批校经籍丛编 子部〇三

中國國家圖書館藏

世說新語

上

〔南北朝〕劉義慶 撰
劉孝標 注
〔清〕馮舒 何煌 批校

浙江古籍出版社

圖書在版編目（CIP）數據

世說新語 / (南北朝) 劉義慶撰 ; (南北朝) 劉孝標注 ; (清) 馮舒, (清) 何煌批校. -- 杭州 : 浙江古籍出版社, 2025. 7. -- (批校經籍叢編). -- ISBN 978-7-5540-3353-1

Ⅰ. I242.1

中國國家版本館CIP數據核字第2025H0U837號

批校經籍叢編

世說新語

（全二册）

〔南北朝〕劉義慶　撰

〔南北朝〕劉孝標　注

〔清〕馮舒　何煌　批校

出版發行　浙江古籍出版社

（杭州市環城北路177號　郵編：310006）

網　　址　https://zjgj.zjcbcm.com

叢書題簽　沈燮元

叢書策劃　祖胤蛟　路　偉

責任編輯　周　密

文字編輯　譚玉珍

封面設計　吴思璐　時代藝術

責任校對　張順潔

責任印務　樓浩凱

照　　排　大千時代（杭州）文化傳媒有限公司

印　　刷　浙江新華印刷技術有限公司

開　　本　889 mm × 1194 mm　1/16

印　　張　41.25

版　　次　2025年7月第1版

印　　次　2025年7月第1次印刷

書　　號　ISBN 978-7-5540-3353-1

定　　價　480.00圓

批校經籍叢編序

古籍影印事業久盛不衰，造福於古代文獻研究者至廣至深，電子出版物相輔而行，益令讀者視野拓展，求書便捷。今日讀者泛覽所及，非僅傳世宋元舊槧、明清秘籍多見複製本，即公私各家所藏之稿本、抄本及批校本，亦多經發掘，足備檢閱。昔人所謂『文獻足徵』之理想，似已不難實現。回溯古籍影印之發展軌跡，始於單種善本之複製，進而彙聚衆本以成編，再則拾遺補缺，名目翻新，遂使秘書日出，孤本不孤，善本易得。古人之精神言語至今不絶，國人拜出版界之賜久且厚矣。處此基本古籍多經影印之世，浙省書業同仁穿穴書海，拓展選題，茲將推出『批校經籍叢編』。

昔人讀書治學，開卷勤於筆墨，舉凡經史諸子、訓詁小學、名家詩文，誦讀間批校題識，乃爲常課。後人一編在手，每見丹黄爛然，附麗原書，詁經訂史，本色當行，其批校未竟者，覽者每引爲憾事。古籍流轉日久，諸家批校又多經增損，文本歧出，各具異同，傳本既夥，遂形成『批校本』之版本類型，蔚爲大觀。古籍書目著録中，通常於原有之版本屬性後，加注批校題跋者名氏。今人編纂善本目録，遇包含批校題跋之文本，即視其爲原本以外另一版本。

古書流傳後世，歷經傳抄翻刻，版本既多且雜，脱訛衍誤，所在不免。清人讀書最重校勘，尤於經典文本、傳世要籍，凡經寓目，莫不搜羅衆本，字比句櫛，列其異同，疏其原委，賞奇析疑，羽翼原書。讀書不講版本，固爲昔人所笑，而研究不重校勘，賢者難免，批校本之爲用宏矣。前人已有之批校，除少量成果刊佈外，殘膏賸馥，猶多隱匿於各家所庋批校本中，發微闡幽，有待識者。

批校本爲古今學人心力所萃，夙受藏書家與文獻學者重視。余生雖晚，尚及知近世文獻大家之遺範，其表表者當推顧廷龍、王欣夫諸前輩。兩先生繼志前賢，好古力學，均以求書訪書、校書編書以終其身，其保存與傳播典籍之功，久爲世人熟稔，而溯其治學成果，莫不重視批校本之搜集與整理。顧老先後主持合衆、歷史文獻及上海圖書館，諸館所藏古籍抄稿本及批校本，林林總總，數以千計，珍同球璧，名傳遐邇，至今仍播惠來學，霑溉藝林。欣夫先生亦文獻名家，平生以網羅董理前賢未刊著述爲職志，其藏書即以稿抄本及批校本爲重點，傳抄編校，終身不懈，所著《蛾術軒篋存善本書録》含家藏善本千餘種，泰半皆稿抄、批校本，通行刊本入録者，亦無不同時並載前人批校。先生學問博洽，精於流略，於批校本鑒定尤具卓識，嘗謂前人集注、集釋類專著，多采摭諸家批校而成，如清黄汝成編《日知録集釋》於光大顧亭林學術影響甚鉅，而未采及之《日知録》批校本，猶可爲通行本補苴。先生於批校本之整理實踐，又可以編纂《松崖讀書記》爲例。先生自少即有志輯録清代考據學大家惠棟批校成果，分書分條，隨得隨録，歷時久而用力深，所作『輯例』，雖爲《讀書記》而作，實則金針度人，已曲盡批校本之閫奥，不辭覼縷，摘録於次：

一、是書仿長洲何（焯）《義門讀書記》、桐城姚（範）《援鶉堂筆記》例，據先生校讀羣書或傳録本，案條輯録。先采列原文，或注或疏，或音義，次空一字録案語。如原文須引數句或一節者，則止標首句而加『云云』二字於下，以省繁重，蓋讀此書者，必取原書對讀，方能明其意旨也。

二、所見先生校讀之書，往往先有先生父半農先生評注，而先生再加校閲者，大概半農先生多用朱筆，先生多用墨筆。然亦有爲例不純，朱墨錯出者。原本尚可據字蹟辨仞，傳録本則易致混殽，故間有先後不符、彼此岐異者，亦有前見或誤，後加訂正，於此已改而於彼未及者，可見前賢讀書之精進。今既無從分析，祇可兩存之，總之爲惠氏一家之學也。

三、原書於句讀批抹，具有精意，足資啟發。本欲仿歸、方評點《史記》例詳著之，因瑣碎過甚，卷帙太巨，又傳録本或有未及句讀批抹者，故未能一一詳之也。

四、凡傳録本多出一時學者之手，故詳審與手蹟無異，每種小題下必注據某某録本，以明淵源所自。録者間有案語，則附録於當條下。

五、先生羣經注疏校閲本，其精華多已采入《九經古義》。今所輯者皆隨手箋記，本有未定之説，或非精詣所在，然正可見先正讀書之法。若以『君子不示人以璞』語爲繩，則非輯是編之旨也。

六、《左傳補注》已有專書，今祇録未刻各條，《讀説文記》已刻入《借月山房叢書》、《小學類編》，世多有之，亦不列入。

七、先生所著《更定四聲稿》，志傳藝文均不載，其目僅一見於顧廣圻傳録先生所校《廣韻跋》中。前年偶於坊間得朱（邦衡）手鈔殘本五册，吉光片羽，亦足珍貴，重爲按韻排比，録附於後，尚冀異日全稿發見，以彌闕憾。

八、先生《文鈔》，今所傳貴池劉氏《聚學軒叢書》二卷本，係出新陽趙（元益）所鈔集，其未刻遺文，據所見補輯附後。

九、兹編所輯，僅據所藏所見者隨得隨録，其或知而未見、見而未能借得，及未知、未見者，尚待續輯，望海内藏書家惠然假讀，補所未備，是所禱耳。

十、是編之輯已歷十年，所據各本除自有外，多假諸同好執友，如常熟瞿氏（啓甲、熙邦）鐵琴銅劍樓、丁氏（祖蔭）緗素樓、杭縣葉氏（景葵）卷盦、吴興劉氏（承幹）嘉業堂、至德周氏（暹）自莊嚴堪、貴池劉氏（之泗）玉海堂、吴縣潘氏（承謀）彦均室、顧氏（則奂）過雲樓，及江蘇國學圖書館、上海涵芬樓，皆助我實多，用志姓氏於首，藉謝盛誼。

先生矻矻窮年，成此巨編，遺稿經亂散佚，引人咨嗟。先生輯録方式以外，今日利用古籍普查成果，網羅羣書，慎擇底本，影印『惠氏批校本叢書』，足與輯本方駕齊驅，而先生所記書目，猶可予以擴充。又所記底本有録自『手蹟真本』者，有從『録本』傳抄者，可知名家批校在昔已見重學林，原本、過録本久已並存。如今天下大同，藏書歸公，目録普及，技術亦日新月異，以影印代替輯録，俾原本面貌及批校真蹟一併保存，仿真傳世，其保護典籍之功，信能後來居上。

浙江古籍出版社編輯諸君，於古籍影印既富經驗，又於存世古籍稿抄批校本情有獨鍾，不辭舟車勞頓，目驗原書，比勘覆覈，非僅關注已知之名家批校本，又於前人著録未晰之本，時有意外發現，深感其志可嘉而其事可行。而入選各書，皆爲歷代學人用力至深、批校甚夥之文本，而毛扆、黄丕烈、盧文弨、孫星衍、顧廣圻等人，均爲膾炙人口之校勘學家。出版社復精心製版，各附解題，索隱鉤玄，闡發其藴。此編行世，諒能深獲讀者之歡迎而大有助於古代文獻研究之深入。

本叢書名乃已故沈燮元先生題署，精光炯炯，彌足珍貴。憶昔編輯部祖胤蛟君謁公金陵，公壽界期頤，嗜書如命，海内所共知，承其關愛，慨然賜題，不辭年邁，作書竟數易其紙。所惜歲月如流，書未刊行而公歸道山，忽已期年。瞻對遺墨，追懷杖履，益深感慕焉。

甲辰新正雨水日，古烏傷吴格謹識於滬東小吉浦畔

前言

一

袁媛

本次影印的《世説新語》是國家圖書館所藏明嘉靖十四年（一五三五）袁褧嘉趣堂刻本（索書號：〇三九〇三），其上有清馮舒批校，何煌校並過録陳景雲、蔣杲等校語。

卷中鈐「上黨」、「默庵藏本」、「馮氏藏本」、「空居閣藏書記」、「石君」、「葉樹廉印」、「石君印」、「樸學齋」、「樸學」、「古愚」、「冰香樓」、「稽瑞樓」、「文端公遺書」、「翁同龢印」、「翁斌孫印」及「殷鋒」、「僅初」、「至樂處」、「葉珩印」、「菉斐軒藏書記」、「山中人」、「濁酒一杯彈琴一曲」等印，知曾經馮舒、葉萬、毛奇齡、許天錦、陳揆、翁心存及其後世翁同龢、翁斌孫收藏。據卷中批校，可知何煌亦曾收藏此本。考陳揆《稽瑞樓書目》著録：「《世説新語》三卷，馮己蒼校本，有跋，三册。」〔一〕己蒼爲馮舒字，陳氏著録者應即此本。陳氏卒後，翁心存以重金收購其藏書，約得十之三四，其中應即包括此部《世説新語》。之後此本一直藏於翁氏家族，至二十世紀五十年代隨著翁氏後人捐贈入藏北京圖書館（今國家圖書館）。

此本刊刻者袁褧係明嘉靖間蘇州著名刻書家，所刻前代書多爲翻刻宋本，傳世有《大戴禮記》、《世説新語》、《六家文選》等，字畫精整，爲後世所重。此本卷末鐫「嘉靖乙未歲吴郡袁氏嘉趣堂重雕」一行，爲據南宋淳熙十五年（一一八八）陸游刻本翻刻，書後有紹興八年（一一三八）董弅跋、淳熙十五年陸游跋。國圖所藏此本書品完好，唯卷中之下葉五十一、卷下之上卷二十六原葉缺失，爲後抄補葉。

《北京圖書館古籍善本書目》著録此本中包含馮舒、何煌二人批校，而卷中並無二人題跋，其説應是依據藏印、筆跡、内容綜合判斷。今觀卷中筆跡，一爲朱筆大字，結體稍扁，向右上傾斜；一爲小字，包含朱、墨二色，端整而略帶鋒芒。經比對，前者與國家圖書館所藏明天啓七年（一六二七）謝恒抄本《竹書紀年》（索書號：〇八〇一〇）、明嘉靖二十七年黄姬水刻本《兩漢紀》（索書號：〇八〇一五）、

〔一〕陳揆《稽瑞樓書目》，《叢書集成初編》，中華書局一九八五年版，第三九册，第一二九頁。

明刻《中興間氣集》（索書號：○八五八六）中馮舒校跋字跡相合；後者與國家圖書館藏清康熙納蘭成德刻通志堂經解本《經典釋文》（索書號：○三八○九）、清康熙四十九年（一七一○）張士俊刻澤存堂五種本《佩觿》（索書號：○七九七六）中何煌校跋字跡相合，可作爲《北京圖書館古籍善本書目》著録之佐證。

卷中除馮舒、何煌批校外，還有何煌過録其友人陳景雲、蔣杲校語。四家校語薈集一本，各有依據，各具特點。

（一）馮舒校語

馮舒（一五九三—一六四九）批校集中在卷上之上，書於天頭、行間，内容爲對勘劉本、補充劉孝標注、擇録『劉批』，共十七條。所校皆與臺灣漢學研究中心藏元至元劉應登刻本（簡稱『至元本』）一致。如卷上之上『滿奮畏風』條注『所以見月則喘』馮校『劉作「所以喘也」』，同卷『謝仁祖年八歲』條注『鯤子别見』馮校『劉本作「字幼輿」』，其中『劉作』、『劉本作』均與至元本同。『劉批』爲書坊僞托劉辰翁批。卷上之上『謝公夫人教兒』條天頭馮批『按謝公之言即子真之意，不過身教而已……』云云，同卷『晉簡文爲撫軍時』條末馮批『謂恐因彈鼠而誤發傷人也』，均與至元本該條下『劉辰翁批』一致。

潘建國指出明代有正德四年（一五○九）趙俊刻本（簡稱『正德本』），爲翻刻至元本，不僅分卷情形、各葉起訖、卷端題署、版式行款與之相同，連元本排版中出於無奈的剜改補入漏字之舉，正德本一般也依樣翻刻[一]。以此而論，馮舒所據『劉本』或爲元刻本，或爲後來之正德本[二]。劉應登本系統諸本是嘉靖十四年袁褧嘉趣堂刻本面世之前，市面上最爲流行的版本，這大概是馮氏引以爲據的重要原因。

此外，馮舒還於人物首見處，旁注其名。此亦爲劉應登本之體例，只是劉本偶有漏注，而馮舒一一註明，亦可見劉本對馮氏之影響。

〔一〕參見潘建國《〈世説新語〉明正德四年趙俊刻本考——兼論袁寒雲舊藏本非爲元刻本》，《中國典籍與文化》二○一一年第一期。

〔二〕據上引潘建國文，傳世元刻本存兩部，分藏於日本公文書館、臺灣漢學研究中心（索書號：○八二三五）；傳世正德本亦存兩部，分藏於中國科學院圖書館、臺灣漢學研究中心（索書號：○八二三六）。

（二）陳景雲校語

何焯批校内容非常豐富，除自校外，還多徵引陳景雲、蔣杲之校語。今據何校所標『陳云』、『少章云』、『蔣云』加以離析。

陳景雲（一六七〇—一七四七）字少章，爲清初著名學者何焯弟子，撰有《通鑑胡注舉正》、《綱目訂誤》、《紀元要略》、《韓集點勘》等。何焯爲何煌之兄。何煌所録陳氏校語共七十一條，每卷皆有。從校語來看，陳氏曾用宋本、元本比勘。卷上之上『王僕射在江州』條注『自王渾至坦之』，何校：『少章云：宋本「澤」字是。「澤」見王氏世譜，渾乃澤之孫，坦之曾祖，湛兄也。』卷中之下『郗司空在北府』條注『表求申勸平北將軍愔及袁真等嚴辦』，何校：『陳云：「申勸」宋本作「申勤」，疑是「勒」字。』此爲陳氏參校宋本者。據當時諸宋本流傳情況判斷，其所據宋本應即宋淳熙十六年張縯湘中刻本（簡稱『湘中本』）。

參校元本者見卷中之上『明帝在西堂』條『罪不至此王大將軍當下』處，何校：『陳云：「王大將軍」元板提行另起。案，敦舉事在元帝永昌末年，事與上文不相蒙，另起爲是。』其所據『元本』與至元本相合。

此外，陳氏又有所考辨案斷。卷上之上『滿奮畏風』條注『爲荀顗所害』，天頭何校：『陳云：「荀顗」當作「苗願」。苗願殺滿奮事見干令叔《晉紀》，奮遇害日，荀顗之卒已久。』同卷『羊秉爲撫軍參軍』條注『徐州刺史悦之子也』，何校：『陳云：「悦」當作「忱」。』

（三）蔣杲校語

蔣杲（一六八三—一七三二）字子遵，號篁亭，亦爲何焯弟子。蔣氏校勘《世説新語》事跡見於《四部叢刊》影印本卷末孫毓修所録沈巖跋：『吾友蔣篁亭並有對校本，考正尤多。』〔一〕王利器《世説新語校勘記》（簡稱『《校勘記》』）曾援據蔣校本，稱之爲『清雍正時蔣篁亭用傳是樓藏宋本及另一元本（校語中惜末分別出來）校曹本』〔二〕，其中『曹本』指明太倉曹氏沙溪重刻袁褧嘉趣堂本。

〔一〕 孫毓修《世説新語校語》末，《四部叢刊初編》第四六四册影印嘉趣堂本《世説新語》書後。

〔二〕 王利器《世説新語校勘記》，影印日本影印尊經閣本《世説新語》書後附録，文學古籍刊行社，一九五五年，第一頁。

然而王氏所見蔣校不見於各大圖書館著録，潘建國亦云『遍檢不得』〔一〕。蔣校手校本雖然不可得見，但有他人過録本傳世。今可知者有三部，均藏於國家圖書館，此本其一，另兩部情況見下文。

何煌標示來自蔣杲的校語共十四條，内容都是對異文、疑誤的案斷。如卷下之下『王渾與婦』條注『王氏家譜曰倫字太沖』，何校：『蔣云：案《魏志》昶中子深，字道沖，與《家譜》異。』卷中之上『羊忱性甚貞烈』條注『泰山平陽人』，何校：『蔣云：案泰山無平陽縣。羊氏冠族，俱出泰山南城，二字疑誤。』卷上之上『劉公幹以失敬（缺末筆）罹罪』條『使楨隨侍太子，酒酣坐歡』，何校：『太，蔣校改「世」。』卷上之下『成帝在石頭』條『父徵（缺末筆）爲琅邪國上將軍』，何校：『蔣云：徵，宋本作「和」。考《晉書》本傳，父名和。』如以上諸例所示，蔣氏注意引證《三國志》、《晉書》等相關史書，也明確提到曾對校宋本，與沈巖跋文所言相合。其所據『宋本』，亦係宋湘中本。

考察何煌臨録體例，他一般衹對考證案斷註明出處。因此對於陳、蔣二人更多的對校成果是否見諸引録、如何被引録，今天已經難以釐清。它們或已混雜於何煌自己的校語之中，目前衹能將之統一視爲何煌校語。

（四）何煌校語

何煌（一六六八—一七四五）字心友，一字仲友，號小山。其校語包括三部分内容：其一，對校宋湘中本。這包含不同的形式，或於字旁標示異文，或於地脚出校，又間或以校記記録。這三種形式在内容上多有重複，很可能是何煌臨録幾家校本所致。可以確定的是，何煌曾親自以湘中本對勘，而非僅僅是過録他人校本。書後陸游跋後即有其識語云：『依宋本校。』校記中稱湘中本爲『俞氏藏本』，如卷下之上首葉記其行款云『俞氏藏本十行十九字』。俞氏指俞彦春，明洪武年間人，曾收藏此湘中本。卷中原有俞氏與其同時人馬騤跋，何煌均予照録：『此書予家青氊也。近以閭閻馬生掩爲己有，幸而復之。時洪武九年也。吴郡俞彦春題。』（卷上之下末）『茂苑馬騤重整。意欲匿此書，後歸之。馬，閭閻小民子也。至今匿《群書百攷》三册、王普《官曆刻漏》一册在彼不還。馬乃舍弟妻家之鄰也。春記于此。』（卷

〔一〕潘建國《〈世說新語〉元刻本考——兼論『劉辰翁』評點實係元代坊肆僞托》，《文學遺産》二〇〇九年第六期。

中之下末）何焯對勘湘中本甚詳，異文、避諱字、格式等皆一一記録，爲了解這一早已亡佚的宋刻本提供了珍貴的資料，詳見下文。

其二，參校元刻本，如卷下之上『王長史謝仁祖同爲王公掾』條『謂客曰使人思安豐』，校云：『思安豐，元板作「思王安豐」。』此類校記二十條，所引元本面貌均與至元本相合，而與正德本稍有出入〔一〕。據此，何焯所據『元板』應確係元刻本。此外，何焯還提到了一種『馮校本』，見卷下之上『桓南郡被召作太子洗馬』條『王大服散後』，何校：『「服散後」三字，馮校本無，俞氏藏本有。』此處並無馮舒校，則似何焯還曾見過另一馮氏校本，但僅此一見，其情形不可得知〔二〕。

其三，偶下案斷。在標明出自陳景雲、蔣杲的校語之外，還有案斷六條，很可能出自何焯。其内容隨文而發，不拘一體。如卷下之上『王仲宣好驢鳴』條注『曾祖龔父暢』，校云：『案「父暢」當作「祖暢」。』卷下之下『石崇與王愷争豪』條『武帝愷之甥也』處，校云：『疑作「愷武帝之甥也」。』

值得注意的是，何校使用朱、墨二色筆，這可能意味著他曾不止一次校勘此本，然而在内容上並未發現明確的、一以貫之的區別。就墨色先後而言，據卷上之上『范宣年八歲』條『人寧可使婦無幝邪』，朱筆改『幝』字爲衣旁，地脚朱筆出校『衤』，又有墨筆校云『案，幝、褌一字也』，似朱筆在前，墨筆在後。同卷『庾穉恭爲荆州』條『以毛扇上武帝』校語情況類似。而卷上之下『何晏注老子』條『但應諾諾』，『諾諾』旁墨筆出校『之』字，天頭墨筆校云『「諾諾」二字，俞氏藏本作「之」字』，又朱筆校云『元板同』，則又爲墨筆在前，朱筆在後。卷中之下『汝南陳仲舉』條校語情況類似。就内容而言，校語提到『俞氏藏本』者，卷上之上、卷中之上兼用二色，卷上之下則基本用墨筆，餘卷爲朱筆而偶有例外；於引録陳、蔣二氏校語，卷上之上兼用二色，餘卷多用朱筆而偶有例外；此外又用朱筆出校元本異文，標以『元板』云云。這種體例上不加區分，使得我們無法一一判斷所出校異文的來源與所屬版本：到底哪些是湘中本面貌，其中是否摻雜了元本異文，需要結合其他文獻加以分析。

〔一〕卷下之下『謝太傅於東船行』則『無得保其夷粹』，何校云：『夷粹，元板「粹夷」。』臺灣漢學研究中心藏元刻本正作『無得保其粹夷』，正德本則作『無得保其純美』。

〔二〕檢臺灣漢學研究中心藏元刻本、正德本均無『服散後』三字，與馮校本同。

二

儘管何焯校本在批校體例上不够嚴謹，但它仍是目前所知對宋湘中本面貌記録最爲詳盡的校本。理解其所具有的重要價值，需要對《世説新語》的版本源流有所回顧。

《世説新語》爲南朝宋劉義慶所撰筆記體小説。據《隋書·經籍志》記載，此書初爲八卷，又有劉孝標注爲十卷。《舊唐書·經籍志》、《新唐書·藝文志》所載與之基本一致〔一〕。至北宋初，八卷本流傳漸稀，包含劉孝標注的十卷本更爲流行。《崇文總目》、《郡齋讀書志》所著録均爲十卷本。南宋初汪藻撰《敘録》，記載當時流傳有兩卷、三卷、八卷、十卷、十一卷數本，卷帙分合情况頗爲複雜。南宋紹興八年董弅首次將此書付梓刊行，定爲三卷。既而又有淳熙十五年陸游於嚴州重刻，淳熙十六年張縯刻於湘中，皆爲三卷。此後三卷本成爲《世説新語》的主流版本。潘建國將之稱爲『定本』效應〔二〕。可以説，《世説新語》是考察古籍從『寫本時代』到『印本時代』的一個絶佳案例，而宋本正是其中的關鍵所在。

目前可知《世説新語》在南宋經歷了四次刊刻。董弅刻本原本不存，有紹興末年杭州翻刻本兩部，分别藏於日本宮内廳和尊經閣。陸游刻本原本不存，而有嘉靖十四年袁褧翻刻本。二本面貌藉由翻刻基本得以保留。唯有張縯湘中刻本原本亡佚、亦未見翻刻，湮没於世。長期以來，學界只能依據《四部叢刊》影印本所附孫毓修《世説新語校語》中所引雍正間沈巖校本稍窺其貌。沈巖有跋説明其所見湘中本之面貌：

〔一〕唯著録劉孝標所著爲《續世説》。

〔二〕潘建國《〈世説新語〉在宋代的流播及其書籍史意義》，《文學評論》二〇一五年第四期，第一七一頁。潘文指出：『董弅刻本《世説新語》問世後，憑藉印本書籍所具有的物理特徵，尤其是文字清晰固定，短時間内可大量複製兩項，異軍突起，逐漸成爲「定本」，即書名定爲《世説新語》，卷數定爲上中下三卷，篇數定爲《德行》至《仇隙》凡三十六篇。加上《世説新語》在宋代的另外三次刊刻——紹興末年杭州翻刻本、淳熙十五年（一一八八）陸游嚴州翻刻本及淳熙十六年（一一八九）張縯（引者按，原誤「江演」）湘中翻刻本，均直接或間接翻刻董本，這進一步放大了董弅本的「定本」效應。』

傳是樓宋槧本是淳熙十六年刊於湘中者，有江原張縯跋一篇。舊爲南園俞氏藏書，有耕雲俞彦春跋。上粘王履約還書簡帖。書法極古雅，紙墨氣亦絶佳，未知放翁所刊原本視此何如也。吾友蔣篁亭並有對校本，考正尤多。雍正庚戌（八年，一七三〇）四月雨牕校畢，時館南城王氏清蔭堂之左廂。巖識〔一〕。

沈氏所言俞彦春跋等情況均與何煌所據本相合，可知二人所見爲同一本，均爲徐乾學傳是樓藏本。與孫毓修《校語》所録相比，何煌校本所載湘中本信息更爲豐富，不僅異文數量大幅增多，而且還保留沈巖曾提到，而孫毓修未能得見的張縯刻書跋。其文如下：

兩晉衣冠每以清言相高，不在能言之列者輒下其品。説者有謂崇虚廢務，晉室不競亦職此之由。然王茂洪、謝安石此兩人者，經綸中興碩德也，言論風旨，尤班班見於策，豈當以清言少之？蓋中之所存者，精明昭融，洞燭至理，則發而爲言，自然超詣，蟬蜕塵埃之外。昔孔子嘗欲無言矣，復繼之以：『天何言哉？四時行焉，百物生焉，天何言哉？』乃言之重而辭之復，何也？游於聖人之門者觀之，是其爲言也，震動八極而非聽聞所測，發揚一真而無朕兆可求，有出乎言之表矣。孰謂言可已乎？江左諸人雖不能進此，然至於理到神會，超然遐舉，亦有非後世所能及者，《世説》所著是也。退食自公，開數尺許，豈獨無使舌本間強，如含瓦石，亦足以澡雪滯念，眇視萬物，爲游息之樂，顧不善歟！揭來湘中，偶有蜀本自隨，因屬文字掾褚君重爲讎校，鋟板置郡庠。褚君刊正訛舛甚悉，視它本爲頗善云。淳熙十六年歲在己酉十二月旦日，江原張縯書。

該跋見書後，爲手抄，半葉八行，行十至十二字。觀其字體，頗具影抄宋刻之意。末紙鈐『稽瑞樓』印。從湘中本在雍正初年以後便不見蹤跡來看，張縯跋補抄者不可能爲嘉慶時的稽瑞樓主人陳揆。《稽瑞樓書目》著録此本云『有跋』也可説明陳氏收藏此本之時已有此跋。此跋很可能是何煌校勘湘中本時倩人抄入。張縯跋文詳載刻書之由，是考察湘中本的底本、刊

〔一〕見孫毓修《世説新語校語》。

刻過程的重要材料〔一〕。

三

何煌校本的另一層價值在於，其紛繁的校語背後潛藏著《世説新語》在清代初期的一段流播歷程：一群學人幾乎同時對此書産生興趣，各有校勘，又轉相參考過録，他們的校勘工作與彼此影響，以及由之衍生出的複雜的批校本源流可視爲文獻學、書籍史研究的典型案例。

何煌校本關涉馮舒、何煌、陳景雲、蔣杲諸人。從明末馮舒到康熙末年何煌等人校勘，相隔大約七八十年。這期間學風已悄然嬗變，這一點從馮氏與何煌等人的批校差異中不難發現：馮舒校以常見之劉應登本，而何煌等人校以宋湘中本與元本；馮舒鮮少考辨，而何煌諸人多引據史書加以案斷。明末清初學風之轉變，學界已多有討論。而具體到《世説新語》，湘中本的『出現』應是實現轉變最重要的契機。

湘中本在元明兩代的流傳，目前並不清楚。它唯一一次見於文獻記載是徐乾學收藏之時。沈巖、蔣杲皆言所據爲『傳是樓宋本』〔二〕。《傳是樓宋元板書目》著録有『《世説新語》上中下卷，六本，宋板』〔三〕，應即此。傳是樓對季振宜藏書多有繼承，則季振宜《延令宋板書目》所載『《世説新語》上中下三卷，三本』很可能也是此本。關於此本更多的信息來自

〔一〕近年來王乙珈《〈世説新語〉在南宋的刊刻與區域流播》（《文藝理論研究》二〇二三年第三期）一文，即從此跋出發，對湘中本的校勘者褚君、刊刻地點等問題加以考證，指出褚君應爲潭州教授褚孝錫，湘中本的刊刻地點應是潭州（今湖南長沙）。

〔二〕蔣杲跋見國家圖書館藏明萬曆三十七年（一六〇九）周氏博古堂刻本，傅增湘跋並録何焯批校題識（索書號：〇〇一九三）。跋云：『戊戌（康熙五十七年，一七一八）正月得傳是樓宋本校閲，是淳熙十六年刊於湘中者，有江原張縯跋。舊爲南園俞氏藏書，有耕雲俞彦春識語，上黏王履約還書一帖。雖多訛脱，然紙墨絶佳，未知放翁所刊原本視何如也。』值得注意的是，沈巖跋與此跋表述非常接近，應是據此而來。

〔三〕國家圖書館藏清道光六年（一八二六）劉氏味經書屋抄本（索書號：〇二八〇八），葉十五。

康熙末、雍正初何煌等學人的批校跋識。在他們之後，湘中本再次不知所蹤，宛如曇花一現。而考察當時校勘諸人，不難發現，他們皆與何焯關係密切，何煌爲何焯弟，陳景雲、蔣杲、沈巖皆爲何焯弟子，彼此間多有往來，構成一個學人群體。

推想當日情形，應是該群體内的某人在某種機緣下獲見傳是樓藏湘中本，既而在圈子内傳閲此書，大家紛紛對勘己藏本（出發點或主要是爲了快速記録此珍稀版本之面貌），對勘之餘又有所考辨，遂又促成彼此交换批校，轉相過録。根據時人跋識與傳世校本勾稽，可以看到：何煌校本多次引用蔣杲、陳景雲之説，蔣杲亦曾參考陳景雲校語，康熙五十九年何焯又過録蔣杲校本，沈巖亦參考蔣杲校本，呈現出頻繁而複雜的交流樣貌。

他們留下的校本都直接或間接記録湘中本面貌，並參考彼此校勘成果，因此既多有呼應，又難免參差。在流傳過程中，又多被後人輾轉過録，面貌或再經變遷。據筆者考察，除了何煌校本，傳世校本中至少還有四部與上述學人的校本有關（也就是與湘中本有關），分别爲國家圖書館藏傅增湘過録何煌録蔣杲校本（索書號：〇〇一九三）、國家圖書館藏佚名過録蔣杲校本（索書號：三四二四七）、國家圖書館藏戴熙芠過録沈巖校本（索書號：〇六二二四）、中山大學圖書館藏佚名過録沈巖校本。此外還有孫毓修《校語》臨校沈巖校本、王利器《世説新語校勘記》引用蔣杲校本〔一〕。梳理其源流關係，圖示如下（已佚批校本以虚線框標示）：

〔一〕王利器《世説新語校勘記》，《世説新語》附録，文學古籍刊行社，一九五六年，第一頁。

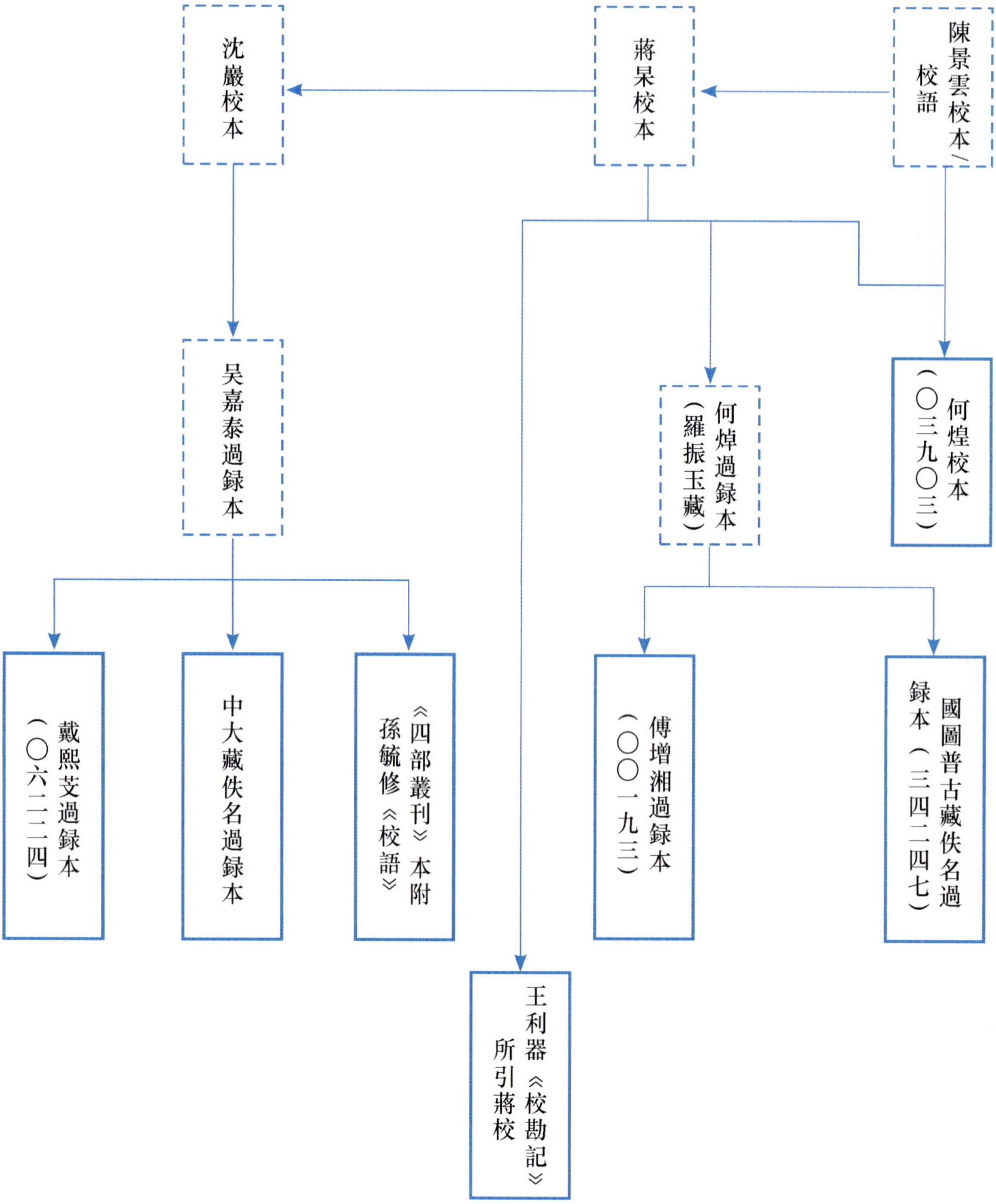
陳景雲校本/校語
蔣杲校本
沈巖校本
何煌校本（〇三九〇三）
何焯過録本（羅振玉藏）
吴嘉泰過録本
國圖普古藏佚名過録本（三四二四七）
傅增湘過録本（〇〇一九三）
王利器《校勘記》所引蔣校
《四部叢刊》本附孫毓修《校語》
中大藏佚名過録本
戴熙芠過録本（〇六二二四）

細析以上批校本之源流，有三事尤其值得注意。

其一，同一學者可能會對某書進行多次批校，而産生多部批校本，蔣杲校本即是一例。比如何煌校本、傳增湘過録何焯校本均過録蔣校，重合較多而互有詳略，然而二本在卷中之上『羊忱性甚貞烈』條注『泰山平陽人』所引蔣校卻大相徑庭。何煌校本云『蔣云：案，泰山無平陽縣。羊氏冠族，俱出泰山南城，二字疑誤』，而傅增湘校本作『《晉书·地理志》：新泰故曰平陽。《宋志》後有平陽』。相較之下，後者更爲妥當，應是後出。由此可見，何、傅二人所録蔣校並非源自同一部校本，而應是反映了蔣杲在不同時期的校勘成果。由傳校本録何焯跋言其過録蔣校是在康熙五十九年，而蔣杲跋言其對校湘中本是在康熙五十七年，又可推知何煌過録蔣校的時間應在五十七年至五十九年之間。

其二，同出一源的過録本在内容上常常存在參差，究其緣由，既有因不慎導致的遺漏錯訛，也包含過録者有意的取捨。關於後者最爲明顯的例子是王利器《校勘記》引用蔣杲校本所載湘中本異文數量極少，與傳增湘校本所録相比不成比例。孫毓修《校語》的情況也與此類似，其所載異文亦較同出沈巖校本之戴熙芠過録本、中山大學藏佚名過録本爲少。孫毓修、王利器都是有意識地删去他們認爲價值不大的異文。此外亦與底本情況有關，過録者常常衹過録與自己所用底本存在歧異的異文。

其三，基於前述過録中存在的各種情況，如果要復原湘中本的面貌，各批校本之間的對校就變得尤爲重要，尤其是不同來源的批校本之間的對校，比如何煌校本與蔣杲校本一系、沈巖校本一系的相互參照。衆本重合或重合度較高者，可確證爲湘中本異文，而那些獨見者、存在歧異者，則需要審慎分析，無法判斷時宜作闕疑。

何煌批校《世説新語》的體量並不大，但它所承載的宋湘中本信息卻極爲重要，與同時代學人批校本及後代過録本共同構成的批校本源流脈絡對於批校本研究而言亦頗具典型性。因此，《批校經籍叢編》予以影印，希望能爲學界同仁提供參考。

目録

世説新語

〔南北朝〕劉義慶 撰

〔南北朝〕劉孝標 注

〔清〕馮舒 何煌 批校

底本爲中國國家圖書館藏明嘉靖十四年袁褧嘉趣堂刻本原書框高二十六點八厘米寬十八點三厘米

刻世説新語序

吳郡袁褧撰

嘗攷載記所述晉人話言簡約玄澹爾雅有韻世言江左善清談今閱新語信乎其言之也臨川撰爲此書採掇綜叙明暢不繁孝標所注能收録諸家小史分釋其義詁訓之賞見於高似孫緯略余家藏宋本是放翁校刋本謝湖躬耕之暇手披心寄自謂可觀爰付梓人傳之同好因嘆昔人論司馬氏之祚亡於清談斯言也無乃過甚矣乎竹林之儔希慕沂樂蘭亭之集咏歌堯風陶荆州之勤敏謝東山之恬鎮解

莊易則輔嗣平叔擅其宗析梵言則道林法深領其乘或詞冷而趣遠或事瑣而意奧風旨各殊人有輿託王茂弘祖士雅之流才通氣峻心翼王室又斑斑載諸冊簡是可非之者哉詩不云乎濟濟多士文王以寧余以琅琊王之渡江諸賢弘贊之力爲多非強說也夫諸晤言率遇藻裁遂爲終身品目故類以標格相高玄虛成習一時雅尚有東京厨俊之流風焉然曠達拓落濫觴莫拯取譏世教撫卷惜之此於諸賢不無遺憾焉耳矣刻成序之嘉靖乙未歲立秋日也

世說新語目録

世說新語目録

宋臨川王義慶采擷漢晉以來佳事佳話爲世説新語極爲精絶而猶未爲奇也梁劉孝標注此書引援詳確有不言之妙如引漢魏吴諸史及子傳地理之書皆不必言只如晉氏一朝史及晉諸公列傳譜錄文章凡一百六十六家皆出於正史之外紀載特詳聞見未接寔爲注書之法

右見高氏緯略

世說新語卷上之上

宋　臨川王義慶　撰

梁　劉孝標　注

德行第一

陳仲舉言爲士則行爲世範登車攬轡有澄清天下之志汝南先賢傳曰陳蕃字仲舉汝南平輿人有室荒蕪不掃除曰大丈夫當爲國家掃天下值漢桓之末閹豎用事外戚豪橫及拜太傅與大將軍竇武謀誅宦官反爲所害爲豫章太守海內先賢傳曰蕃爲尚書以忠正忤貴戚不得在臺遷豫章太守至便問徐孺子所在欲先看之謝承後漢書曰徐稺字孺子豫章南昌人清妙高跱超世絕俗前後爲諸公所辟雖不就及其死萬里赴弔常預炙雞一隻以綿漬酒中暴乾以裹雞徑到所赴冢隧外以水漬綿斗米

飯白茅爲藉以雞置前酹酒畢留謁即去不見喪主主簿白羣情欲府君先入廨陳曰武王式商容之閭席不暇煖許叔重曰商容殷之賢人老子師也車上跽曰式吾之禮賢有何不可袁宏漢紀曰蕃在豫章爲穉獨設一榻去則懸之見禮如此

周子居常云吾時月不見黃叔度則鄙吝之心已復生矣子居別見典略曰黃憲字叔度汝南愼陽人時論者咸云顏子復生而族出孤鄙父爲牛醫潁川荀季和執憲手曰足下吾師範也後見袁奉高曰卿國有顏子寧知之乎奉高曰卿見吾叔度邪戴良少所服下見憲則自降薄悵然若有所失母問汝何不樂乎復從牛醫兒所來邪良曰瞻之在前忽焉在後所謂良之師也

郭林宗至汝南造袁奉高續漢書曰郭泰字林宗太原介休人泰少孤年二十

後進之士上俞氏藏本空文士字

行學至城阜屈伯彦精廬乏食衣不蓋形而處約味道不改其樂李元禮一見稱之曰吾見士多矣無如林宗者也及卒蔡伯喈爲作碑曰吾爲人作銘未嘗不有慚容唯爲郭有道碑頌無愧耳初以有道君子徵泰曰吾觀乾象人事天之所廢不可支也遂辭以疾汝南先賢傳曰袁宏字奉高愼陽人友黄叔度於童齒薦陳仲舉於家巷辟大尉掾卒車不停軌鸞不輟軛詣黄叔度乃彌日信宿人問其故林宗曰叔度汪汪如萬頃之陂澄之不清擾之不濁其器深廣難測量也泰別傳曰薛恭祖問之泰曰奉高之器譬諸氿濫雖清易挹也

李元禮風格秀整高自標持欲以天下名教是非爲已任薛瑩後漢書曰李膺字元禮潁川襄城人抗志清妙有文武儁才遷司隸校尉爲黨事自殺後進之士有升其堂者皆以爲登龍門三秦記曰龍門一名河津

去長安九百里水懸絕龜魚之屬莫能上上則化爲龍矣

李元禮嘗歎荀淑鍾皓先賢行狀曰荀淑字季和潁川潁陰人也所拔韋褐芻牧之中執案刀筆之吏皆爲英彥舉方正補朗陵侯相所在流化鍾皓字季明潁川長社人父祖至德著名皓高風承世除林慮長不之官人位不足天爵有餘曰荀君清識難尚鍾君至德可師海内先賢傳曰潁川先輩爲海内所師者定陵陳穉叔潁陰荀淑長社鍾皓少府李膺宗此三君常言荀君清識難尚陳鍾至德可師

陳太丘詣荀朗陵貧儉無僕役陳寔傳曰寔字仲弓潁川許昌人爲聞喜令太丘長風化宣流乃使元方將車先賢行狀曰陳紀字元方寔長子也至德絕俗與寔高名並著而弟諶又配之每宰府辟召羔鴈成羣世號三君百城皆圖畫季方持杖後從長文尚小載著車中既至荀使叔慈應門慈明行酒

餘六龍下食張璠漢紀曰淑有八子儉緄靖燾汪爽肅敷淑居西豪里縣令苑康曰昔高陽氏有才子八人遂署其里爲高陽里時人號曰八龍文若亦小坐著厀前于時太史奏真人東行檀道鸞續晉陽秋曰陳仲弓從諸子姪造荀父子于時德星聚太史奏五百里賢人聚

客有問陳季方海內先賢傳曰陳諶字季方寔少子也才識博達司空掾公車徵不就足下家君太丘有何功德而荷天下重名季方曰吾家君譬如桂樹生泰山之阿上有萬仞之高下有不測之深上爲甘露所霑下爲淵泉所潤當斯之時桂樹焉知泰山之高淵泉之深不知有功德與無也

陳元方子長文有英才魏書曰陳羣字長文祖寔嘗謂宗人曰此兒必興吾宗及

長有識度其所善皆父黨與季方子孝先陳氏譜曰諶子忠字孝先州辟不就各論其父功德爭之不能決咨於太丘太丘曰元方難爲兄季方難爲弟一作元方難爲弟季方難爲兄

荀巨伯遠看友人疾荀氏家傳曰巨伯漢桓帝時人也亦出潁川未詳其始末値胡賊攻郡友人語巨伯曰吾今死矣子可去巨伯曰遠來相視子令吾去敗義以求生豈荀巨伯所行邪賊既至謂巨伯曰大軍至一郡盡空汝何男子而敢獨止巨伯曰友人有疾不忍委之寧以我身代友人命賊相謂曰我輩無義之人而入有義之國遂班軍而還一郡並獲全

鉛本另起一條
管寧俞氏藏本另起
此條俞氏藏本誤連前

華歆遇子弟甚整雖閑室之内嚴若朝典魏志曰歆字子魚平原高唐人魏略曰靈帝時與北海邴原管寧俱遊學相善時號三人爲一龍謂歆爲龍頭寧爲龍腹原爲龍尾

陳元方兄弟恣柔愛之道而二門之裏兩不失雍熙之軌焉

管寧華歆共園中鋤菜傅子曰寧字幼安北海朱虚人齊相管仲之後也見地有片金管揮鋤與瓦石不異華捉而擲去之又嘗同席讀書有乘軒冕過門者寧讀如故歆廢書出看寧割席分坐曰子非吾友也魏略曰寧少恬靜常笑邴原華子魚有仕宦意及歆爲司徒上書讓寧寧聞之笑曰子魚本欲作老吏故榮之耳

王朗每以識度推華歆魏書曰朗字景興東海郯人魏司徒歆蜡日禮記曰天子大蜡八伊耆氏始爲蜡蜡索也歲十二月合聚萬物而索饗之五經要義曰三代名臘夏曰嘉平

儼

俞氏藏本陽人誤張人而爲
誤而陽爲

劭曰清祀周曰大蜡總謂之臘晉博士張亮議曰蜡者合聚百物索饗之歲終休老息民也臘者祭宗廟五祀傳曰臘接也祭則新故交接也秦漢巳來臘之明日爲初歲古之遺語也嘗集子姪燕飲王亦學之有人向張華說此事張曰王之學華皆是形骸之外去之所以更遠王隱晉書曰張華字茂先范陽人也累遷司空而爲趙王倫所害

華歆王朗俱乘船避難有一人欲依附歆輒難之朗曰幸尚寬何爲不可後賊追至王欲舍所攜人歆曰本所以疑正爲此耳既巳納其自託寧可以急相棄邪遂攜拯如初世以此定華王之優劣華嶠譜叙曰歆爲下邽令漢室方亂乃與同志士鄭太等六七人避世自武關出道遇一丈夫獨行願得與俱皆哀許之歆獨曰不

張　　初

可今在危險中禍福患害義猶一也今無故受之不知其義若有進退可中棄乎衆不忍卒與俱行此丈夫中道墮井皆欲棄之歆乃曰已與俱矣棄之不義卒共還出之而後別

王祥事後母朱夫人甚謹晉諸公贊曰祥字休徵琅邪臨沂人祥世家曰祥父融娶高平薛氏生祥繼室以廬江朱氏生覽晉陽秋曰後母數譖祥屢以非理使祥弟覽輒與祥俱又虐使祥婦覽妻亦趨而共之母患方盛寒冰凍母欲生魚祥解衣將剖冰求之會有處冰小解魚出蕭廣濟孝子傳曰祥後母忽欲黃雀炙祥念難卒致須臾有數十黃雀飛入其幕母之所須必自奔走無不得焉其誠至如此家有一李樹結子殊好母恒使守之時風雨忽至祥抱樹而泣蕭廣濟孝子傳曰祥後母庭中有李始結子使祥晝視鳥雀夜則趍鼠一夜風雨大至祥抱泣至曉母見之惻然祥嘗在別牀眠母自往闇斫之值祥私起空斫得被既還知母憾之不已因跪前

請死母於是感悟愛之如己子虞預晉書曰祥以後母故陵遲不仕年向六十刺史呂虔檄爲别駕時人歌之曰海沂之康寔賴王祥邦國不空别駕之功累遷太保

晉文王稱阮嗣宗至愼每與之言言皆玄遠未嘗臧否人物魏書曰文王諱昭字子上宣帝第二子也魏氏春秋曰阮籍字嗣宗陳留尉氏人阮瑀子也宏達不羈不拘禮俗兗州刺史王昶請與相見終日不得與言昶愧歎之自以不能測也口不論事自然高邁李康家誡曰昔嘗侍坐於先帝時有三長史俱見臨辭出上曰爲官長當清當愼當勤修此三者何患不治乎並受詔上顧謂吾等曰必不得已而去於斯三者何先或對曰清固爲本復問吾吾對曰清愼之道相須而成必不得已愼乃爲大上曰卿言得之矣可舉近世能愼者誰乎吾乃舉故太尉荀景倩尚書董仲達僕射王公仲上曰此諸人者温恭朝夕執事有恪亦各其愼也然天下之至愼者其惟阮嗣宗乎每與之言言及玄遠而未嘗評論時事臧否人物可謂至愼乎

王戎云與嵇康居二十年未嘗見其喜慍之色康集叙曰康字叔夜譙國銍人王隱晉書曰嵇本姓奚其先避怨徙上虞移譙國銍縣以出自會稽取國一支音同本奚焉虞預晉書曰銍有嵇山家於其側因氏焉康別傳曰康性含垢藏瑕愛惡不爭於懷喜怒不寄於顏所知王濬沖在襄城面數百未嘗見其疾聲朱顏此亦方中之美範人倫之勝業也文章叙錄曰康以魏長樂亭主壻遷郎中拜中散大夫

王戎和嶠同時遭大喪俱以孝稱王雞骨支牀和哭泣備禮晉諸公贊曰戎字濬沖琅邪人太保祥宗族也文皇帝輔政鍾會薦之曰裴楷清通王戎簡要即俱辟爲掾晉踐阼累遷荊州刺史以平吳功封安豐侯晉陽秋曰戎爲豫州刺史遭母憂性至孝不拘禮制飲酒食肉或觀棊奕而容貌毀悴杖而後起時汝南和嶠亦名士也以禮法自持處大憂量米而食然顦顇哀毀不逮戎也武帝謂劉仲雄曰王隱晉書曰劉毅字仲雄東萊掖人

雄下無曰字

漢城陽景王後也亮直清方見有不善必評論之王公大人望風憚之僑居陽平太守杜恕致爲功曹沙汰郡吏三百餘人三魏僉曰但聞劉功曹不聞杜府君累遷尚書司隷校尉卿數省王和不聞和哀苦過禮使人憂之仲雄曰和嶠雖備禮神氣不損王戎雖不備禮而哀毀骨立臣以和嶠生孝王戎死孝陛下不應憂嶠而應憂戎晉陽秋曰世祖及時談以此貴戎也

梁王趙王朱鳳晉書曰宣帝張夫人生梁孝王肜字子徽位至太宰桓夫人生趙王倫字子彝位至相國國之近屬貴重當時裴令公晉諸公贊曰裴楷字叔則河東聞喜人司空秀之從弟也父徽冀州刺史有俊識楷特精易義累遷河南尹中書令卒歲請二國租錢數百萬以恤中表之貧者或譏之曰何以乞物

行惠裴曰損有餘補不足天之道也名士傳曰楷行已取與任心而動毀譽雖至處之晏然皆此類

王戎云太保居在正始中不在能言之流及與之言理中清遠將無以德掩其言晉陽秋曰祥少有美德行

王安豐遭艱至性過人裴令往弔之曰若使一慟果能傷人濬沖必不免滅性之譏曲禮曰居喪之禮毀瘠不形視聽不衰不勝喪乃比於不慈不孝孝經曰毀不滅性聖人之教也

王戎父渾有令名官至凉州刺史世語曰渾字長原有才望歷尚書凉州刺史渾薨所歷九郡義故懷其德惠相率致賻數百萬戎悉不受虞預晉書曰戎由是顯名

劉道眞嘗爲徒晉百官名曰劉寶字道眞高平人徒罪役作者扶風王駿虞預晉書曰駿字子臧宣帝第十七子好學至孝晉諸公贊曰駿八歲爲散騎常侍侍魏齊王講晉受禪封扶風王鎭關中爲政最美甍贈武王西土思之但見其碑贊者皆拜之而泣其遺愛如此以五百疋布贖之既而用爲從事中郎當時以爲美事

王平子胡毋彥國諸人皆以任放爲達或有裸體者晉諸公贊曰王澄字平子有達識荊州刺史永嘉流人名曰胡毋輔之字彥國泰山奉高人湘州刺史王隱晉書曰魏末阮籍嗜酒荒放露頭散髮裸袒箕踞其後貴游子弟阮瞻王澄謝鯤胡毋輔之之徒皆祖述於籍謂得大道之本故去巾幘脫衣服露醜惡同禽獸甚者名之爲通次者名之爲達也樂廣笑曰名教中自有樂地何爲乃爾也

郗公值永嘉喪亂在鄉里甚窮餒鄉人以公名德傳

共飴之公常攜兄子邁及外生周翼二小兒往食鄉人曰各自饑困以君之賢欲共濟君耳恐不能兼有所存公於是獨往食輒含飯著兩頰邊還吐與二兒後並得存同過江 郗鑒別傳曰鑒字道徽高平金鄉人漢御史大夫郗慮後也少有體正躭思經籍以儒雅著名永嘉末天下大亂饑饉相望冠帶以下皆割已之資供鑒元皇徵爲領軍遷司空太尉中興書曰鑒兄子邁字思遠有幹世才略累遷少府中護軍 郗公亡翼爲剡縣解職歸席苫於公靈牀頭心喪終三年 周氏譜曰翼字子卿陳郡人祖奕上谷太守父優車騎咨議歷剡令青州刺史少府卿六十四而卒

顧榮在洛陽嘗應人請覺行炙人有欲炙之色因輟已施焉同坐嗤之榮曰豈有終日執之而不知其味

者乎後遭亂渡江每經危急常有一人左右已問其所以乃受炙人也文士傳曰榮字彥先吳郡人其先越王勾踐之支庶封於顧邑子孫遂氏焉世爲吳著姓大父雍吳丞相父穆宜都太守榮少朗俊機警風穎標徹歷廷尉正曾在省與同僚共飲見行炙者有異於常僕乃割炙以噉之後趙王倫篡位其子爲中領軍逼用榮爲長史及倫誅榮亦被執凡受戮等輩十有餘人或有救榮者問其故曰某省中受炙臣也榮乃悟而歎曰一餐之惠恩今不忘古人豈虛言哉

祖光祿少孤貧性至孝常自爲母炊爨作食王隱晉書曰祖納字士言范陽遒人九世孝廉納諸母三兄最治行操能清言歷太子中庶子廷尉卿避地江南溫嶠薦爲光祿大夫王平北聞其佳名以兩婢餉之因取爲中郎王乂別傳曰乂字叔元琅邪臨沂人時留新平二將作亂文帝西之長安乃徵爲相國司馬遷大尚書出

督幽州諸軍事平北將軍有人戲之者曰奴價倍婢祖云百里奚亦何必輕於五羖之皮邪楚國先賢傳曰百里奚字井伯楚國人少仕於虞爲大夫晉欲假道於虞以伐虢諫而不聽奚乃去之說苑曰秦穆公使賈人載鹽於虞諸賈人買百里奚以五羊皮穆公觀鹽怪其牛肥問其故對曰飲食以時使之不暴是以肥也公令有司沐浴衣冠之公孫支讓其卿位號曰五羖大夫

周鎮罷臨川郡還都未及上住泊青溪渚永嘉流人名曰鎮字康時陳留尉氏人也祖父和故安令父震司空長史中興書曰鎮清約寡欲所在有異績王丞相往看之丞相別傳曰王導字茂弘琅邪人祖覽以德行稱父裁侍御史導少知名家世貧約恬暢樂道未嘗以風塵經懷也時夏月暴雨卒至舫至狹小而又大漏殆無復坐處王曰胡威之清何以過此即啓用爲吳

脫鎮字

與郡晉陽秋曰胡威字伯虎淮南人父質以忠清顯質爲荊州威自京師往省之及告歸質賜威絹一疋威跪曰大人清高於何得此質曰是吾奉祿之餘故以爲汝糧耳威受而去每至客舍自放驢取樵爨炊食畢復隨旅進道質帳下都督陰齎糧要之因與爲伴每事相助經營之又進少飯威疑之密誘問之乃知都督也謝而遣之後以白質質杖都督一百除其吏名父子清慎如此及威爲徐州世祖賜見與論邊事及平生帝歎其父清因謂威曰卿清孰與父對曰臣清不如也帝曰何以爲勝汝邪對曰臣父清畏人知臣清畏人不知是以不如遠矣

鄧攸始避難於道中棄己子全弟子晉陽秋曰攸字伯道平陽襄陵人七歲喪父母及祖父母持重九年性清慎平簡鄧粲晉紀曰永嘉中攸爲石勒所獲召見立幕下與語說之坐而飯焉攸車所止與胡人鄰轂胡人失火燒車營勒吏案問胡胡誣攸攸度不可與爭乃曰向爲老婢作粥失火延逸罪應萬死勒知遣之所誣胡厚德攸攸遺其驢馬護送令得逸王隱晉書曰攸以路遠

斫壞車以牛馬負妻子以遯賊又掠其牛馬攸語妻曰吾弟早亡唯有遺民今當步走儋兩兒盡死不如棄己兒抱遺民吾後猶當有兒婦從之中興書曰攸棄兒於草中兒啼呼追之至莫復及攸明日繫兒於樹而去遂渡江至尚書左僕射卒弟子綏服攸齊衰三年既過江取一妾甚寵愛歷年後訊其所由妾具說是北人遭亂憶父母姓名乃攸之甥也攸素有德業言行無玷聞之哀恨終身遂不復畜妾

王長豫爲人謹順事親盡色養之孝中興書曰王悅字長豫丞相導長子也仕至中書侍郎丞相見長豫輒喜見敬豫輒嗔文字志曰王恬字敬豫導次子也少卓犖不羈疾學尚武不爲導所重至中軍將軍多才藝善隸書與濟陽江虨以善奕聞長豫與丞相語恒以慎密爲端丞相還臺及未行

嘗不送至車後恒與曹夫人併當箱篋長豫亡後丞相還臺登車後哭至臺門曹夫人作簏封而不忍開王氏譜曰導娶彭城曹韶女名淑

桓常侍聞人道深公者輒曰此公既有宿名加先達知稱又與先人至交不宜說之桓彝別傳曰彝字茂倫譙國龍亢人漢五更桓榮十世孫也父顥有高名彝少孤識鑒明朗避亂渡江累遷散騎常侍僧法深不知其俗姓蓋衣冠之胤也道微高扇譽播山東爲中州劉公弟子值永嘉亂投迹揚土居止京邑内持法綱外允具瞻弘道之法師也以業慈清淨而不耐風塵考室剡縣東二百里岇山中同遊十餘人高棲浩然支道林宗其風範與高驪道人書稱其德行年七十有九終於山中也

庾公乘馬有的盧晉陽秋曰庾亮字元規潁川鄢陵人明穆皇后長兄也淵雅有德量

時人方之夏侯太初陳長文之倫侍從父琛避地會稽端拱嶷然郡人嚴憚之覲接之者數人而已累遷征西大將軍荊州刺史伯樂相馬經曰馬白額入口至齒者名曰榆鴈一名的盧奴乘客死主乘棄市凶馬也或語令賣去語林曰殷浩勸公賣馬庾云賣之必有買者即復害其主寧可不安已而移於他人哉昔孫叔敖殺兩頭蛇以為後人古之美談賈誼新書曰孫叔敖為兒時出道上見兩頭蛇殺而埋之歸見其母泣問其故對曰夫見兩頭蛇者必死今出見之故爾母曰蛇今安在對曰恐後人見殺而埋之矣母曰夫有陰德必有陽報爾無憂也後遂興於楚朝及長為楚令尹效之不亦達乎

阮光祿在剡曾有好車借者無不皆給有人葬母意欲借而不敢言阮後聞之歎曰吾有車而使人不敢

借何以車爲遂焚之阮光祿別傳曰裕字思曠陳留尉氏人祖略齊國内史父顗汝南太守裕淹通有理識累遷侍中以疾築室會稽剡山徵金紫光祿大夫不就年六十一卒

謝奕作剡令中興書曰謝奕字無奕陳郡陽夏人祖衡太子少傅父裒吏部尚書奕少有器鑒辟太尉掾剡令累遷豫州刺史有一老翁犯法謝以醇酒罰之乃至過醉而猶未已太傅時年七八歲著青布絝在兄膝邊坐諫曰阿兄老翁可念何可作此奕於是改容曰阿奴欲放去邪遂遣之

謝太傅絕重褚公常稱褚季野雖不言而四時之氣亦備文字志曰謝安字安石奕弟也世有學行安弘粹通遠溫雅融暢桓彝見其四歲時稱之曰此兒風神秀徹當繼蹤王東海善行書累遷太保錄尚書事贈太傅晉陽秋曰褚裒字季野河南陽翟人祖

按謝公之言即子眞之意不過身教而已但安石雅善清言故其辭微而遠子眞不過直叙世說取此亦彼亦言語文字之法也

若安東將軍父治武昌太守裒少有簡貴之風沖默之稱累遷江兗二州刺史贈侍中太傅

劉尹在郡臨終綿惙聞閤下祠神鼓舞正色曰莫得淫祀劉尹別傳曰惔字眞長沛國蕭人也漢氏之後眞長有雅裁雖蓽門陋巷晏如也歷司徒左長史侍中丹陽尹爲政務鎮靜信誠風塵不能移也外請殺車中牛祭神眞長答曰丘之禱久矣勿復爲煩包氏論語曰禱請也孔安國曰孔子素行合於神明故曰丘之禱久矣

謝公夫人教兒問太傅那得初不見君教兒答曰我常自教兒謝氏譜曰安娶沛國劉耽女按太尉劉子眞清潔有志操行已以禮而二子不才並漬貨致罪子眞坐免官客曰子奚不訓導之子眞曰吾之行事是其耳目所聞見而不放效豈嚴訓所變耶安石之旨同子眞之意也

洽　閤　蓽

晉簡文爲撫軍時續晉陽秋曰帝諱昱字道萬中宗少子也仁聞有智度穆帝幼冲以撫軍輔政大司馬桓溫廢海西公而立帝在位三年而崩所坐牀上塵不聽拂見鼠行跡視以爲佳有參軍見鼠白日行以手板批殺之撫軍意色不説門下起彈教曰鼠被害尚不能忘懷今復以鼠損人無乃不可乎

謂此同彈鼠的誤殺傷人也

范宣年八歲後園挑菜誤傷指大啼人問痛邪答曰非爲痛身體髮膚不敢毀傷是以啼耳宣別傳曰宣字子宣陳留人漢萊蕪長范丹後也年十歲能誦詩書兒童時手傷改容家人以其年幼皆異之徵太學博士散騎常侍一無所就年五十四卒

宣潔行廉約韓豫章遺絹百匹不受中興書曰宣家至貧罕交人事豫章太守殷羨見宣茅茨不完欲爲改室宣固辭羨愛之以宣貧加年饑疾疫

明

厚餉給之宜又不受續晉陽秋曰韓伯字康伯潁川人好學善言理歷豫章太守領軍將軍減五十匹復不受如是減半遂至一匹既終不受韓後與范同載就車中裂二丈與范云人寧可使婦無幝邪范笑而受之

王子敬病篤道家上章應首過問子敬由來有何異同得失子敬云不覺有餘事唯憶與郗家離婚王氏譜曰獻之娶高平郗曇女名道茂後離婚獻之別傳曰祖父曠淮南太守父羲之右將軍咸寧中詔尚餘姚公主遷中書令卒

殷仲堪既爲荊州值水儉食常五盌盤外無餘肴飯粒脫落盤席閒輒拾以噉之雖欲率物亦緣其性眞

素每語子弟云勿以我受任方州云我豁平昔時意令吾處之不易貧者士之常焉得登枝而捐其本爾曹其存之

晉安帝紀曰仲堪陳郡人太常融孫也車騎將軍謝玄請爲長史孝武說之俄爲黃門侍郎自殺袁悦之後上深爲晏駕後計故先出王恭爲北蕃荆州刺史王忱死乃中詔用仲堪代焉

初桓南郡楊廣共說殷荆州宜奪殷覬南蠻以自樹

桓玄别傳曰玄字敬道譙國龍亢人大司馬溫少子也幼童中溫甚愛之臨終命以爲嗣年七歲襲封南郡公拜太子洗馬義興太守不得志少時去職歸其國與荆州刺史殷仲堪素舊情好甚隆周祗隆安記曰廣字德度弘農人楊震後也晉安帝紀曰覬字伯道陳郡人由中書郎出爲南蠻校尉覬亦以率易才悟著稱與從弟仲堪俱知名中興書曰初仲堪欲起兵密邀覬覬不同楊廣與弟佺期勸殺覬仲堪不許

覬亦即曉其旨嘗因行散率爾去下舍便不復還內

少章案云宋本澤字是渾澤見王氏世譜渾乃澤之孫坦之曾祖湛兄也

外無預知者意色蕭然遠同鬬生之無慍時論以此多之春秋傳曰楚令尹子文鬬氏也論語曰令尹子文三仕爲令尹無喜色三已之無慍色

王僕射在江州爲殷桓所逐奔竄豫章存亡未測徐廣晉紀曰王愉字茂和太原晉陽人安北將軍坦之次子也以輔國司馬出爲江州刺史愉始至鎮而桓玄楊佺期舉兵以應王恭乘流奄至愉無防遑遽奔臨川爲玄所得玄簒位遷尚書左僕射王綏在都既憂慼在貌居處飲食每事有降時人謂爲試守孝子中興書曰綏字彥猷愉子也少有令譽自王渾至坦之六世盛德綏又知名于時冠冕莫與爲比位至中書令荊州刺史桓玄敗後與父愉謀反伏誅

桓南郡玄也既破殷荊州收殷將佐十許人咨議羅企生亦在焉玄別傳曰玄克荊州殺殷道護及仲堪參軍羅企生鮑季禮皆仲堪所親仗也桓

素待企生厚將有所戮先遣人語云若謝我當釋罪
企生荅曰爲殷荆州吏今荆州奔亡存亡未判我何
顔謝桓公 中興書曰企生字宗伯豫章人殷仲堪初
請爲府功曹桓玄來攻轉咨議叅軍仲堪
多疑少决企生深憂之謂其弟遵生曰殷侯仁而無
斷事必無成成敗天也吾當死生以之及仲堪走文
武並無送者唯企生從焉路經家門遵生紿之曰作
如此分別何可不執手企生回馬授手遵生便牽下
之謂曰家有老母將欲何行企生揮涕曰今日之事
我必死之汝等奉養不失子道一門之内有忠與孝
亦復何恨遵生抱之愈急仲堪於路待之企生遥呼
曰今日死生是同願少見待仲堪見其無脱理策馬
而去俄而玄至人士悉詣玄企生獨不往而營理仲
堪家或謂曰玄性猜急未能取卿誠節若遂不詣禍
必至矣企生正色曰我殷侯吏見遇以國士不能共
殄醜逆致此奔敗何面目就桓求生乎玄聞怒而收
之謂曰相遇如此何以見負企生曰使君口血未乾
而生此姦計自傷力劣不能剪定凶逆我死恨晚爾

玄遂斬之時年三十有七衆咸悼之既出市桓又遣人問欲何言荅曰昔晉文王殺嵇康而嵇紹爲晉忠臣王隱晉書曰紹字延祖譙國銍人父康有奇才儁辯紹十歲而孤事母孝謹累遷散騎常侍惠帝敗於蕩陰百官左右皆奔散唯紹儼然端冕以身衛帝兵交御輦飛箭雨集遂以見害也從公乞一弟以養老母桓亦如言宥之桓先曾以一羔裘與企生母胡胡時在豫章企生問至即日焚裘

王恭從會稽還周祗隆安記曰恭字孝伯太原晉陽人祖父濛司徒左長史風流標望父蘊鎮軍將軍亦得世譽恭別傳曰恭清廉貴峻志存格正起家著作郎歷丹陽尹中書令出爲五州都督前將軍青兗二州刺史王大看之王忱小字佛大晉安帝紀曰忱字元達平北將軍坦之第四子也甚得名於當世與族子恭少相善齊聲見稱仕至荊州刺史見其坐六尺簟因

語恭卿東來故應有此物可以一領及我恭無言大去後卽舉所坐者送之既無餘席便坐薦上後大聞之甚驚曰吾本謂卿多故求耳對曰丈人不悉恭恭作人無長物

謂只有一席無餘席也

吳郡陳遺未詳家至孝母好食鐺底焦飯遺作郡主簿恒裝一囊每煮食輙貯錄焦飯歸以遺母後值孫恩賊出吳郡晉安帝紀曰孫恩一名靈秀琅邪人叔父泰事五斗米道以謀反誅恩逸逃於海上聚衆十萬人攻没郡縣後爲臨海太守辛昺斬首送之袁府君山松別見卽日便征遺已聚斂得數斗焦飯未展歸家遂帶以從軍戰於滬瀆敗軍人潰散逃走山澤皆多餓死遺獨以焦飯

以 淮

得活時人以爲純孝之報也

孔僕射爲孝武侍中豫蒙眷接烈宗山陵孔時爲太常形素羸瘦著重服竟日涕泗流漣見者以爲眞孝子續晉陽秋曰孔安國字安國會稽山陰人車騎愉第六子也少而孤貧能善樹節以儒素見稱歷侍中太常尚書遷左僕射特進卒

吳道助附子兄弟居在丹陽郡後遭母童夫人艱道助坦之小字附子隱之小字也吳氏譜曰坦之字處靖濮陽人仕至西中郎將功曹父堅取東苑童儈女名秦姬朝夕哭臨及思至賓客弔省號踊哀絕路人爲之落淚韓康伯時爲丹陽尹母殷在郡每聞二吳之哭輒爲悽惻語康伯曰汝若爲選官當好料理此人康

伯亦甚相知。韓後果爲吏部尚書。大吳不免哀制，小吳遂大貴達。鄭緝孝子傳曰：隱之字處默，少有孝行，遭母喪，哀毀過禮。時與太常韓康伯鄰居，康伯母，揚州刺史殷浩之妹，聰明婦人也。隱之每哭，康伯母輒輟事流涕，悲不自勝，終其喪如此。謂康伯曰：汝後若居銓衡，當用此輩人。後康伯爲吏部尚書，乃進用之。晉安帝紀曰：隱之既有至性，加以廉潔，奉祿頒九族，冬月無被。桓玄欲革嶺南之敝，以爲廣州刺史。去州二十里，有貪泉，世傳飲之者其心無厭。隱之乃至水上，酌而飲之，因賦詩曰：石門有貪泉，一歃重千金。試使夷齊飲，終當不易心。爲盧循所攻，還京師，歷尚書、領軍將軍。晉中興書曰：舊云往廣州飲貪泉，失廉潔之性。吳隱之爲刺史，自酌貪泉飲之，題石門爲詩云云。

言語第二

邊文禮見袁奉高，閬也。失次序。文士傳曰：邊讓字文禮，陳留人。才儁辯逸，大將

按奉高見一
刃以堯聘許由自
比亦非

軍何進聞其名召署令史以禮見之讓占對閑雅聲氣如流坐客皆慕之讓出就曹時孔融王朗等並前爲掾共書刺從讓讓平衡與交接後爲九江太守爲魏武帝所殺奉高曰昔堯聘許由面無作色皇甫謐曰由字武仲陽城槐里人也堯舜皆師而學事焉後隱於沛澤之中堯乃致天下而讓焉由爲人據義履方邪席不坐邪膳不食聞堯讓而去其友巢父聞由爲堯所讓以爲汚已乃臨池洗耳池主怒曰何以汚我水由於是遁耕於中嶽穎水之陽箕山之下終身無經天下色死葬箕山之巔在陽城之南十里堯因就其墓號曰箕山公神以配食五嶽世世奉祀至今不絶也先生何爲顛倒衣裳文禮荅曰明府初臨堯德未彰是以賤民顛倒衣裳耳按袁閎卒於太尉掾未嘗爲汝南斯說謬矣

徐孺子穉也年九歲嘗月下戲人語之曰若令月中無物當極明邪五經通議曰月中有兎蟾蜍者何月陰也蟾蜍亦陰也而與兎並明陰繫於陽

岳 岳 未

也

徐曰不然譬如人眼中有瞳子無此必不明

孔文舉融也年十歲隨父到洛時李元禮有盛名爲司隸校尉詣門者皆儁才清稱及中表親戚乃通文舉至門謂吏曰我是李府君親既通前坐元禮問曰君與僕有何親對曰昔先君仲尼與君先人伯陽有師資之尊是僕與君奕世爲通好也元禮及賓客莫不奇之太中大夫陳韙後至人以其語語之韙曰小時了了大未必佳文舉曰想君小時必當了了韙大踧踖續漢書曰孔融字文舉魯國人孔子二十四世孫也高祖父尚鉅鹿太守父宙泰山都尉融別傳曰融四歲與兄食梨輒取小者人問其故答曰小兒法當取小者年十歲隨父詣京師河南尹李膺有重名

融欲觀其爲人遂造之膺問高明父祖嘗與僕周旋乎融曰然先君孔子與君先人李老君同德比義而相師友則融與君累世通家也衆坐莫不歎息僉曰異童子也太中大夫陳韙後至同坐以告韙曰人小時了了者長大未必能奇融應聲曰卽如所言君之幼時豈實慧乎膺大笑顧謂融曰長大必爲偉器

孔文舉有二子大者六歲小者五歲晝日父眠小者牀頭盜酒飲之大兒謂曰何以不拜荅曰偷那得行禮

乎

此與後鍾毓鍾會事同疑只一事訛而二也

孔融被收中外惶怖時融兒大者九歲小者八歲二兒故琢釘戲了無遽容融謂使者曰冀罪止於身二兒可得全不兒徐進曰大人豈見覆巢之下復有完卵乎尋亦收至魏氏春秋曰融對孫權使有訕謗之言坐棄市二子方八歲九歲融見收

多一乎字

奕棊端坐不起左右曰而父見執二子曰安有巢覆而卵不破者哉遂俱見殺世語曰魏太祖以歲儉禁酒融謂酒以成禮不宜禁由是惑衆太祖收寘法焉二子齠齔見收顧謂二子曰何以不辟二子曰父尚如此復何所辟裴松之以爲世語云融兒不辟知必俱死猶差可安孫盛之言誠所未譬八歲小兒能懸了禍患聰明特達卓然既遠則其憂樂之情固亦有過成人矣安有見父被執而無變容奕棊不起若在暇豫者乎昔申生就命言不忘父不以巳之將死而廢念父之情也父安尚猶若茲而況顛沛哉盛以此爲美談無乃賊夫人之子與蓋由好奇情多而不知言之傷理也

頴川太守髡陳仲弓 按寔之在鄉里州郡有疑獄不能決者皆將詣寔或到而情首或中途改辭或託狂悸皆曰寧爲刑戮所苦不爲陳君所非豈有盛德感人若斯之甚而不自衛反招刑僻殆不然乎此所謂東野之言耳 客有問元方府君何如元方曰高明之君也足下家君何如曰忠臣孝子也客曰易稱

按仲弓在鄉里州郡有疑獄不能決者皆將詣寔或到而情首或中途改辭或托狂悖皆曰寧為刑戮所苦不為陳君所非豈有盛德感人若斯之甚而不自備反招刑辟殆不然乎此所謂東野之言耳

二人同心其利斷金同心之言其臭如蘭王廙注繫辭曰金至堅矣同心者其利無不入蘭芳物也無不樂者言其同心者物無不樂也何有高明之君而刑忠臣孝子者乎元方曰足下言何其謬也故不相荅客曰足下但因偪爲恭而不能荅元方曰昔高宗放孝子孝己帝王世紀曰殷高宗武丁有賢子孝己其母蚤死高宗惑後妻之言放之而死天下哀之尹吉甫放孝子伯奇琴操曰尹吉甫周卿也有子伯奇母死更娶後妻生子曰伯邽乃譖伯奇於吉甫於是放伯奇於野宣王出遊吉甫從伯奇乃作歌以言感之宣王聞之曰此孝子之辭也吉甫乃求伯奇於野而射殺後妻董仲舒放孝子符起未詳唯此三君高明之君唯此三子忠臣孝子客慚而退

荀慈明與汝南袁閬相見荀爽一名諝漢南紀曰諝文章典籍無不涉時人諺

曰荀氏八龍慈明無雙潛處篤志徵聘無所就張璠漢紀曰董卓秉政復徵爽爽欲遁去吏持之急起布衣九十五日而至三公問頴川人士慈明先及諸兄閬笑曰士但可因親舊而已乎慈明曰足下相難依據者何經閬曰方問國士而及諸兄是以尤之耳慈明曰昔者祁奚内舉不失其子外舉不失其讎以爲至公春秋傳曰祁奚爲中軍尉請老晉侯問嗣焉稱解狐其讎也將立之而卒又問焉對曰午也可其子也君子謂祁奚可謂能舉善矣稱其讎不爲諂立其子不爲比公旦文王之詩不論堯舜之德而頌文武者親親之義也春秋之義内其國而外諸夏且不愛其親而愛他人者不爲悖德乎

禰衡被魏武謫爲鼓吏正月半試鼓衡揚枹爲漁陽

摻檛淵淵有金石聲四坐爲之改容典略曰衡字正平平原般人也文士傳曰衡不知先所出逸才飄舉少與孔融作爾汝之交時衡未滿二十融已五十敬衡才秀共結殷勤不能相違以建安初北游或勸其詣京師貴游者衡懷一刺遂至漫滅竟無所詣融數與武帝牋稱其才帝傾心欲見衡稱疾不肯往而數有言論帝甚忿之以其才名不殺圖欲辱之乃令録爲鼓吏後至八月朝會大閱試鼓節作三重閣列坐賓客以帛絹製衣作一岑牟一單絞及小幝鼓吏度者皆當脱其故衣著此新衣次傳衡衡擊鼓爲漁陽摻檛蹋地來前躡馺脚足容態不常鼓聲甚悲音節殊妙坐客莫不忼慨知必衡也既度不肯易衣吏呵之曰鼓吏何獨不易服衡便止當武帝前先脱幝次脱餘衣裸身而立徐徐乃著岑牟次著單絞後乃著幝畢復擊鼓摻檛而去顔色無怍武帝笑謂四坐曰本欲辱衡衡反辱孤至今有漁陽摻檛自衡造也爲黄祖所殺

孔融曰禰衡罪同胥靡不能發明王之夢皇甫謐帝王世紀曰武丁夢天賜己賢人使百工寫其像求諸天下見築者胥

馺

靡衣褐於傅巖之野是謂傅說張晏曰胥靡刑名胥相也靡從也謂相從坐輕刑也魏武慚而赦之

南郡龐士元聞司馬德操在潁川故二千里候之至遇德操采桑士元從車中謂曰吾聞丈夫處世當帶金佩紫焉有屈洪流之量而執絲婦之事蜀志曰龐統字士元襄陽人少時樸鈍未有識者潁川司馬徽有知人之鑒士元弱冠往見徽徽采桑樹上坐士元樹下共語自晝至夜徽異之曰生當為南州士人之冠冕由是漸顯襄陽記曰士元德公之從子也年少未有識者唯德公重之年十八使往見德操與語歎曰德公誠知人實盛德也後劉備訪世事於德操德操曰俗士豈識時務此間自有伏龍鳳雛謂諸葛孔明與士元也華陽國志曰劉備引士元為軍師中郎將從攻洛為流矢所中卒時年三十八德操曰司馬徽別傳曰徽字德操潁川陽翟人有人倫鑒識居荊

州知劉表性暗必害善人乃括囊不談議時人有以人物問徽者初不辨其高下每輒言佳其婦諫曰人質所疑君宜辨論而一皆言佳豈人所以咨君之意乎徽曰如君所言亦復佳其婉約遜遁如此嘗有妄認徽豬者便推與之後得其豬叩頭來還徽又厚辭謝之劉表子琮往候徽遣問在不會徽自鋤園琮左右問司馬君在邪徽曰我是也琮左右見其醜陋罵曰死庸將軍諸郎欲求見司馬君汝何等田奴而自稱是邪徽歸刈頭著幘出見琮左右見徽故是向老翁恐向琮道之琮起叩頭辭謝徽乃謂曰卿真不可然吾甚羞之此自鋤園唯卿知之耳有人臨蠶求簇箔者徽自棄其蠶而與之或曰凡人損已以贍人者謂彼急我緩也今彼此正等何爲與人徽曰人未嘗求已求之不與將慚向有以財物令人慚者人謂劉表曰司馬德操奇士也但未遇耳表後見之曰世間人爲妄語此直小書生耳其智而能愚皆此類荊州破爲曹操所得操欲大用會其病死

子且下車子適知邪徑之速不慮失道之迷昔伯成耦耕不慕諸侯之榮莊子曰堯治天下伯成子

高立爲諸侯禹爲天子伯成辭諸侯而耕於野禹往見之趨就下風而問焉子高曰昔堯治天下不賞而民勸不罰而民畏今子賞罰而民且不仁德自此衰刑自此立夫子盍行邪毋落吾事

原憲桑樞不易有官之宅家語曰原憲字子思宋人孔子弟子居魯環堵之室茨以生草蓬戶不完桑樞而瓮牖上漏下濕坐而弦歌子貢軒車不容巷往見之曰先生何病也憲曰憲聞無財謂之貧學而不能行謂之病今憲貧也非病也夫希世而行比周而友學以爲人教以爲已仁義之慝輿馬之飾憲不忍爲也何有坐則華屋行則肥馬侍女數十然後爲奇此乃許父許由巢父所以忼慨夷齊所以長歎孟子曰伯夷叔齊目不視惡色耳不聽惡聲與鄉人居若在塗炭蓋聖人之清也雖有竊秦之爵千駟之富古史考曰呂不韋爲秦子楚行千金貨於華陽夫人請立子楚爲嗣及子楚立封不韋洛陽十萬戶號文信侯以許獲爵故曰竊也論語曰齊景公有馬千駟民無德而稱焉孔安國曰千駟四千

馬

陳云注或字疑作感字

四

不足貴也士元曰僕生出邊垂寡見大義若不一叩洪鍾伐雷鼓則不識其音響也

劉公幹以失敬罹罪典略曰劉楨字公幹東平寧陽人建安十六年世子爲五官中郎將妙選文學使楨隨侍太子酒酣坐歡乃使夫人甄氏出拜坐上客多伏而楨獨平視他日公聞乃收楨減死輸作部文士傳曰楨性辯捷所問應聲而荅坐平視甄夫人配輸作部使磨石武帝至尚方觀作者見楨匡坐正色磨石武帝問曰石何如楨因得喻已自理跪而對曰石出荊山懸巖之巔外有五色之章內含卞氏之珍磨之不加瑩雕之不增文稟氣堅貞受之自然顧其理枉屈紆繞而不得申帝顧左右大笑即日赦之文帝問曰卿何以不謹於文憲楨荅曰臣誠庸短亦由陛下綱目不疎魏志曰帝諱丕字子桓受漢禪按諸書或云楨被刑魏武之世建安二十年病亡後七年文帝乃即位而謂楨得罪黃初之時謬矣

太改世 蔣校

鍾毓鍾會少有令譽魏書曰毓字穉叔潁川長社人相國繇長子也年十四爲散騎侍郎機捷談笑有父風仕至車騎將軍年十三魏文帝聞之語其父鍾繇魏志曰繇字元常家貧好學爲周易老子訓歷大理相國遷太傅曰可令二子來於是敕見毓面有汗帝曰卿面何以汗毓對曰戰戰惶惶汗出如漿復問會卿何以不汗對曰戰戰慄慄汗不敢出

鍾毓兄弟小時值父晝寢因共偷服藥酒其父時覺且託寐以觀之毓拜而後飲會飲而不拜魏志曰會字士季繇少子也敏惠夙成中護軍蔣濟著論謂觀其眸子足以知人會年五歲繇遣見濟濟甚異之曰非常人也及壯有才數精練名理累遷黃門侍郎諸葛誕反文王征之會謀居多時人謂之子房拜鎮西將軍伐蜀

蜀平進位司徒自謂功名蓋世不可復爲人下所謂親曰我淮南已來畫無遺策四海共知持此欲安歸乎遂謀反見誅時年四十旣而問毓何以拜毓曰酒以成禮不敢不拜又問會何以不拜會曰偷本非禮所以不拜

魏明帝爲外祖母築館於甄氏魏末傳曰帝諱叡字元仲文帝太子以其母廢未立爲嗣文帝與俱獵見子母鹿文帝射其母應弦而倒復令帝射其子帝置弓泣曰陛下已殺其母臣不忍復殺其子文帝曰好語動人心遂定爲嗣是爲明帝魏書曰文昭甄皇后明帝母也父逸上蔡令烈宗即位追封上蔡君嫡孫象襲爵象薨子暢嗣起大第車駕親自臨之旣成自行視謂左右曰館當以何爲名侍中繆襲曰文章敘錄曰襲字熙伯東海蘭陵人有才學累遷侍中光祿勳陛下聖思齊於哲王罔極過於曾閔此館之興情鍾舅氏宜以渭陽爲名秦詩曰渭陽康公念母也

康公之母晉獻公之女文公遭驪姬之難未反而秦姬卒穆公納文公康公時爲太子贈送文公于渭之陽念母之不見也我見舅氏如母存焉按魏書帝於後園爲象母起觀名其里曰渭陽然則象母即帝之舅母非外祖母也且渭陽爲館名亦乖舊史也

何平叔云服五石散非唯治病亦覺神明開朗魏略曰何晏字平叔南陽宛人漢大將軍進孫也或云何苗孫也尚主又好色故黄初時無所事任正始中曹爽用爲中書主選舉宿舊者多得濟拔爲司馬宣王所誅秦丞相寒食散論曰寒食散之方雖出漢代而用之者寡靡有傳焉魏尚書何晏首獲神效由是大行於世服者相尋也

嵆中散語趙景眞嵆紹趙至叙曰至字景眞代郡人漢末其祖流宦客緱氏令新之官至年十二與母共道傍看母曰汝先世非微賤家也汝後能如此不至曰可爾耳歸便就師誦書蚤聞父耕叱牛聲釋書而泣師問之荅曰自傷不能致榮華而使老父不免勤苦年十四入太學觀時先君在學

寫石經古文事訖去遂隨車問先君姓名先君曰年少何以問我至曰觀君風器非常故問耳先君具告之至年十五陽病數數狂走五里三里爲家追得又灸身體十數處年十六遂亡命徑至洛陽求索先君不得至鄴沛國史仲和是魏領軍史渙孫也至便依之遂名巽字陽和先君到鄴至具道太學中事便遂先君歸山陽經年至長七尺三寸潔白黑髮赤脣明目鬚髯不多閑詳安諦體若不勝衣先君嘗謂之曰卿頭小而銳瞳子白黑分明視瞻停諦有白起風至論議清辯有從橫才然亦不以自長也孟元基辟爲遼東從事在郡斷九獄見稱清當自痛棄親遠游母亡不見吐血發病服未竟而亡

卿瞳子白黑分明有白起之風

嚴尤三將敘曰白起平原君勸趙孝成王受馮亭王曰受之秦兵必至武安君必將誰能當之者乎對曰澠池之會臣察武安君小頭而面銳瞳子白黑分明視瞻不轉小頭而面銳者敢斷決也瞳子白黑分明者見事明也視瞻不轉者執志強也可與持久難與爭鋒廉頗爲人勇鷙而愛士知難而忍恥與之野戰則不如持守足以當之王從其計

恨量小狹趙

云尺表能審璣衡之度周髀曰夏至北方二萬六千里冬至南方十三萬五千里日中樹表則無影矣周髀長八尺夏至日晷尺六寸髀股也晷勾也正南千里勾尺五寸正北千里勾尺七寸周髀之書也寸管能測往復之氣呂氏春秋曰黃帝使伶倫自大夏之西崑崙之陰取竹之嶰谷生其竅厚薄均者斷兩節間而吹之以爲黃鍾之管制十二篇以聽鳳凰之鳴雄鳴六雌鳴亦六以爲律呂續漢書律曆志曰十二律之變至於六十以律候氣候氣之法爲室三重戶閉塗釁必周密布緹幔以木爲案加律其上以葭莩灰抑其內爲氣所動者其灰散也以此候之何必在大但問識如何耳

司馬景王東征魏書曰司馬師字子元相國宣文侯長子也以道德清粹重於朝廷爲大將軍錄尚書事毋丘儉反師自征之薨謚景王取上黨李喜以爲從事中郎因問喜曰昔先公辟君不就今孤召君何以來喜對

亦

無二萬二字

曰先公以禮見待故得以禮進退明公以法見繩喜畏法而至耳晉諸公贊曰喜字季和上黨銅鞮人也少有高行研精蓺學宣帝爲相國辟喜喜固辭疾景帝輔政爲從事中郎累遷光祿大夫特進贈太保

鄧艾口喫語稱艾艾魏志曰艾字士載棘陽人少爲農人養犢年十二隨母至潁川讀故太丘長碑文曰言爲世範行爲士則遂名範字士則後宗族有同者故改焉每見高山大澤輒規度指畫軍營處所時人多笑焉後見司馬宣王王辟爲掾累遷征西將軍伐蜀蜀平進位太尉爲衛瓘所害晉文王戲之曰卿云艾艾定是幾艾對曰鳳兮鳳兮故是一鳳朱鳳晉紀曰文王諱昭字子上宣帝次子也列仙傳曰陸通者楚狂接輿也好養性游諸名山嘗遇孔子而歌曰鳳兮鳳兮何德之衰往者不可諫來者猶可追後入蜀在峩嵋山中也

嵇中散既被誅向子期舉郡計入洛文王引進問曰

聞君有箕山之志何以在此對曰巢許狷介之士不足多慕王大咨嗟向秀別傳曰秀字子期河内人少爲同郡山濤所知又與譙國嵇康東平呂安友善並有拔俗之韻其進止無不同而造事營生業亦不異常與嵇康偶鍛於洛邑與呂安灌園於山陽不慮家之有無外物不足怫其心弱冠著儒道論棄而不錄好事者或存之或云是其族人所作困於不行乃告秀欲假其名秀笑曰可復爾耳後康被誅秀遂失圖乃應歲舉到京師詣大將軍司馬文王文王問曰聞君有箕山之志何能自屈秀曰常謂彼人不達堯意本非所慕也一坐皆說隨次轉至黃門侍郎散騎常侍

晉武帝始登阼探策得一晉世譜曰世祖諱炎字安世咸熙二年受魏禪王者世數繫此多少帝既不說羣臣失色莫能有言者侍中裴楷進曰臣聞天得一以清地得一以寧侯王

陳云荀顗當作苗願苗願殺滿奮事見千令升晉紀奮遇害日荀顗之卒已久

鍇作所以喘也

得一以爲天下貞帝説羣臣歎服王弼老子注云一者數之始物之極也各是一物所以爲主也各以其一致此清寧貞

滿奮畏風在晉武帝坐北窗作琉璃屏實密似疎奮有難色帝笑之荀綽冀州記曰奮字武秋高平人魏太尉寵之孫也性清平有識自吏部郎出爲冀州刺史晉諸公贊曰奮體量清雅有曾祖寵之風遷尚書令爲荀顗所害奮荅曰臣猶吳牛見月而喘今之水牛唯生江淮間故謂之吳牛也南土多暑而此牛畏熱見月疑是日所以見月則喘

諸葛靚在吳於朝堂大會晉諸公贊曰靚字仲思琅邪人司空誕少子也雅正有才望誕以壽陽叛遣靚入質於吳以靚爲右將軍大司馬孫皓問卿字仲思爲何所思對曰在家思孝事君思忠朋友思信如斯已

蔡洪洪集錄曰洪字叔開吳郡人有才辯初仕吳朝太康中本州從事舉秀才王隱晉書曰洪仕至松滋令赴洛洛中人問曰幕府初開羣公辟命求英奇於仄陋采賢儁於巖穴君吳楚之士亡國之餘有何異才而應斯舉蔡荅曰夜光之珠不必出於孟津之河舊說云隨侯出行有蛇斬而中斷者侯連而續之蛇遂得生而去後銜明月珠以報其德光明照夜同晝因曰隨珠左思蜀都賦所謂隨侯鄙其夜光也盈握之璧不必采於崑崙之山韓氏曰和氏之璧蓋出於井里之中大禹生於東夷文王生於西羌按孟子曰舜生於諸馮東夷人也文王生於岐周西戎人也則東夷是舜非禹也聖賢所出何必常處昔武王伐紂遷頑民於洛邑尚書曰成周既成遷殷頑民作多士孔安國注曰殷大夫心不則德義之經故徙於王都邇教誨也得無諸君

隨

劉批云玄著猶沉着別本俱箸

是其苗裔乎按華令思舉秀才入洛與王武子相酬對皆與此言不異無容二人同有此辭疑世說穿鑿也

劉末句作疑亦一事

諸名士共至洛水戲竹林七賢論曰王濟諸人嘗至洛水解禊事明日或問濟曰昨游有何語議濟云云還樂令廣也問王夷甫曰今日戲樂乎虞預晉書曰王衍字夷甫琅邪臨沂人司徒戎從弟父乂平北將軍夷甫務知名以清虛通理稱仕至太尉爲石勒所害王曰裴僕射善談名理混混有雅致晉惠帝起居注曰裴頠字逸民河東聞喜人司空秀之少子也冀州記曰頠弘濟有清識稽古善言名理履行高整自少知名歷侍中尚書左僕射爲趙王倫所害張茂先論史漢靡靡可聽晉陽秋曰華博覽洽聞無不貫綜世祖嘗問漢事及建章千門萬戶華畫地成圖應對如流張安世不能過也我與王安豐戎也說延陵子房亦超超玄著晉諸公贊曰夷甫好尚談稱爲時人

早

物所
宗

王武子晉諸公贊曰王濟字武子太原晉陽人司徒渾第二子也有儁才能清言起家中書郎終太僕孫子荆文士傳曰孫楚字子荆太原中都人也晉陽秋曰楚驃騎將軍資之孫南陽太守宏之子鄉人王濟豪俊公子爲本州大中正訪問宏爲鄉里品狀濟曰此人非鄉評所能名吾自狀之曰天才英特亮拔不羣仕至馮翊太守各言其土地人物之美王云其地坦而平其水淡而清其人廉且貞孫云其山嶵巍以嵯峨其水泙渫而揚波其人磊砢而英多按三秦記語林載蜀人伊籍稱吳土地人物與此語同

樂令女適大將軍成都王潁虞預晉書曰樂廣字彥輔南陽人清夷沖曠加有理識累遷侍中河南尹在朝廷用心虛淡時人重其貞貴代王戎爲尚書令八王故事曰司馬潁字叔

度世祖第十九子封成都王大將軍王乂長沙王執權於洛晉百官名曰司馬乂字士度封長沙王八王故事曰世祖第十七子遂構兵相圖長沙王親近小人遠外君子凡在朝者人懷危懼樂令既允朝望加有婚親羣小讒於長沙長沙嘗問樂令樂令神色自若徐荅曰豈以五男易一女晉陽秋曰成都王之起兵長沙王猜廣廣曰寧以一女而易五男乂猶疑之遂以憂卒由是釋然無復疑慮

陸機詣王武子晉陽秋曰機字士衡吳郡人祖遜吳丞相父抗大司馬機與弟雲並有儁才司空張華見而說之曰平吳之利在獲二儁機別傳曰博學善屬文非禮不動入晉仕著作郎至平原內史武子前置數斛羊酪指以示陸曰卿江東何以敵此陸云有千里蓴羹但未下鹽豉耳

中朝有小兒父病行乞藥主人問病曰患瘧也主人曰尊侯明德君子何以病瘧 俗傳行瘧鬼小多不病巨人故光武嘗謂景丹曰嘗聞壯士不病瘧大將軍反病瘧耶 荅曰來病君子所以爲瘧耳

崔正熊詣都郡都郡將姓陳問正熊君去崔杼幾世荅曰民去崔杼如明府之去陳恒 晉百官名曰崔豹字正熊燕國人惠帝時官至太傅丞

元帝始過江 朱鳳晉書曰帝諱叡字景文祖伷封琅邪王父恭王瑾嗣帝襲爵爲琅邪王少而明惠因亂過江起義遂卽皇帝位謚法曰始建國都曰元 謂顧驃騎曰寄人國土心常懷慚榮跪對曰臣聞王者以天下爲家是以耿亳無定處 帝王世紀曰般祖乙徙耿爲河所毀今河東皮氏耿鄉是也盤庚五遷復南居

亳今景亳是也九鼎遷洛邑春秋傳曰武王克商遷九鼎於洛邑今之偃師是也顧陛下勿以遷都爲念

庾公造周伯仁虞預晉書曰周顗字伯仁汝南安城人揚州刺史浚長子也晉陽秋曰顗有風流才氣少知名正體嶷然儕輩不敢媟也汝南賁泰淵通清操之士嘗歎曰汝潁固多賢士自頃陵遲雅道殆衰今復見周伯仁伯仁將袪舊風清我邦族矣舉寒素累遷尚書僕射爲王敦所害伯仁曰君何所欣説而忽肥庾曰君復何所憂慘而忽瘦伯仁曰吾無所憂直是清虛日來滓穢日去耳

過江諸人每至美日輒相邀新亭藉卉飲宴丹陽記曰新亭吳舊立先基崩淪隆安中丹陽尹司馬恢之徙創今地周侯顗也中坐而歎曰風景不殊正自有山河之異皆相視流淚唯王丞相導也

按此多々出語耳而微詞逸旨超然風㩁之表江左諸公并寶其言語之科也

悴

愀然變色曰當共勠力王室克復神州何至作楚囚相對春秋傳曰楚伐鄭諸侯救之鄭執鄖公鍾儀獻有司對曰楚囚也使稅之問其族對曰伶人也能爲樂乎曰先父之職敢有二事與之琴操南音范文子曰楚囚君子也樂操土風不忘舊也君盍歸之以合晉楚之成

衛洗馬初欲渡江形神慘顇語左右云見此芒芒不覺百端交集苟未免有情亦復誰能遣此晉諸公贊曰衛玠字叔寶河東安邑人祖父瓘太尉父恒黃門侍郎玠別傳曰玠頴識通達天韻標令陳郡謝幼輿敬以亞父之禮論者以爲出王眉子平子武子之右世咸謂諸王三子不如衛家一兒娶樂廣女裴叔道曰妻父有冰清之姿壻有璧潤之望所謂秦晉之匹也爲太子洗馬永嘉四年南至江夏與兄別於梁里澗語曰在三之義人之所重今日忠臣致身之運可不勉乎行至豫章乃卒

脫　盍　茫々

顧司空未知名詣王丞相丞相小極對之疲瞴顧思所以叩會之顧和別傳曰和字君孝吳郡人祖容吳荆州刺史父相晉臨海太守和總角知名族人顧榮雅相器愛曰此吾家之騏驥也必振衰族累遷尚書令因謂同坐曰昔每聞元公顧榮道公協贊中宗保全江表鄧粲晉紀曰導與元帝有布衣之好知中國將亂勸帝渡江求爲安東司馬政皆決之號仲父晉中興之功導實居其首體小不安令人喘息丞相因覺謂顧曰此子珪璋特達機警有鋒偽言導病以發其對

會稽賀生體識清遠言行以禮賀循別見不徒東南之美爾雅曰東南之美者有會稽之竹箭焉實爲海內之秀

劉琨雖隔閡寇戎志存本朝王隱晉書曰琨字越石中山魏昌人祖邁有經

國之才父琨光祿大夫琨少稱儁朗累遷司徒長史尚書右丞迎大駕於長安以有殊勳封廣武侯年三十五出爲并州刺史爲段日磾所害謂溫嶠曰班彪識劉氏之復興馬援知漢光之可輔漢書叙傳曰彪字叔皮扶風人客於天水隴西隗囂有窺覦之志彪作王命論以諷之東觀漢記曰馬援字文淵茂陵人從公孫述隗囂游後見光武曰天下反覆盜名字者不可勝數今見陛下寥廓大度同符高祖乃知帝王自有真也帝甚壯之今晉阼雖衰天命未改吾欲立功於河北使卿延譽於江南子其行乎溫曰嶠雖不敏才非昔人明公以桓文之姿建匡立之功豈敢辭命虞預晉書曰嶠字太真太原祁人少標俊清徹英穎顯名爲司空劉琨左司馬是時二都傾覆天下大亂琨聞元皇受命中興忼慨幽朔志存本朝使嶠奉使嶠喟然對曰嶠雖乏管張之才而明公有桓文之志敢辭不敏以違高旨以左長史奉使勸進累遷驃騎大將軍

溫嶠初爲劉琨使來過江于時江左營建始爾綱紀未舉溫新至深有諸慮既詣王丞相陳主上幽越社稷焚滅山陵夷毀之酷有黍離之痛溫忠慨深烈言與泗俱丞相亦與之對泣敘情既畢便深自陳結丞相亦厚相酬納既出懽然言曰江左自有管夷吾此復何憂史記曰管仲夷吾者潁上人相齊桓公九合諸侯一匡天下語林曰初溫奉使勸進晉王大集賓客見之溫公始入姿形甚陋合坐盡驚既坐陳說九服分崩皇室弛絕晉王君臣莫不歔欷及言天下不可以無主聞者莫不踊躍植髮穿冠王丞相深相付託溫公既見丞相便遊樂不住曰既見管仲天下事無復憂

王敦兄含爲光祿勳含別傳曰含字處弘琅邪臨沂人累遷徐州刺史光祿勳與弟

敦作逆伏誅 敦既逆謀屯據南州含委職奔姑孰 鄧粲晉紀曰初王導協贊中興敦有方面之功敦以劉隗爲間巳舉兵討之故含南奔武昌朝廷始警備也 王丞相詣闕謝 中興書曰導從兄敦舉兵討劉隗導率子弟二十餘人旦旦到公車泥首謝罪 司徒丞相揚州官僚問訊倉卒不知何辭顧司空時爲揚州別駕援翰曰王光祿遠避流言明公蒙塵路次羣下不寧不審尊體起居何如

劉本如何

郗太尉拜司空語同坐曰平生意不在多値世故紛紜遂至台鼎朱博翰音實愧於懷 漢書曰朱博字子元杜陵人爲丞相臨拜延登受策有大聲如鍾鳴上問楊雄李尋對曰洪範所謂鼓妖者也人君不聰空名得進則有無形之聲博後坐事自殺故序傳曰博之翰音鼓妖先作易中孚曰上九翰音登于天貞凶王弼注曰翰高飛

也飛者音飛
而實不從也

高坐道人不作漢語或問此意簡文曰以簡應對之煩高坐別傳曰和尚胡名尸黎密西域人傳云國王子以國讓弟遂爲沙門永嘉中始到此土止於大市中和尚天姿高朗風韻遒邁丞相王公一見奇之以爲吾之徒也周僕射領選撫其背而歎曰若選得此賢令人無恨俄而周侯遇害和尚對其靈坐作胡祝數千言音聲高暢既而揮涕收淚其哀樂廢興皆此類性高簡不學晉語諸公與之言皆因傳譯然神領意得頓在言前塔寺記曰尸黎密冢曰高坐在石子岡常行頭陀卒於梅岡即葬焉晉元帝於冢邊立寺因名高坐

周僕射雍容好儀形詣王公初下車隱數人王公含笑看之既坐傲然嘯詠王公曰卿欲希嵇阮邪答曰何敢近舍明公遠希嵇阮鄧粲晉紀曰伯仁儀容弘偉善於俛仰應荅精神足

以蔭映數人深自持能致人而未嘗往焉

庾公嘗入佛圖見臥佛涅槃經云如來背痛於雙樹間北首而臥故後之圖繪者爲此象曰此子疲於津梁于時以爲名言

摯瞻曾作四郡太守大將軍戶曹參軍復出作內史摯氏世本曰瞻字景游京兆長安人太常虞兄子也父育涼州刺史瞻少善屬文起家著作郎中朝亂依王敦爲戶曹參軍歷安豐新蔡西陽太守見敦以故壞裘賜老病外部都督瞻諫曰尊裘雖故不宜與小吏敦曰何爲不可瞻時因醉曰若上服皆可用賜貂蟬亦可賜下乎敦曰非喻所引如此不堪二千石瞻曰瞻視去西陽如脫屣耳敦反乃左遷隨郡內史年始二十九嘗別王敦敦謂瞻曰卿年未三十已爲萬石亦太蚤瞻曰方於將軍少爲太蚤比之甘羅已爲太老摯氏世本曰瞻高亮有氣節故以此

荅敦後知敦有異志建興四年與第五猗據荊州以拒敦竟爲所害史記曰甘羅秦相茂之孫也年十二而秦相吕不韋欲使張唐相燕唐不肯行甘羅說而行之又請車五乘以使趙還報秦秦封甘羅爲上卿賜以甘茂田宅

梁國楊氏子九歲甚聰惠孔君平王隱晉書曰孔坦字君平會稽山陰人善春秋有文辯歷太子舍人累遷廷尉卿詣其父父不在乃呼兒出爲設果果有楊梅孔指以示兒曰此是君家果兒應聲荅曰未聞孔雀是夫子家禽

孔廷尉以裘與從弟沈孔氏譜曰沈字德度會稽山陰人祖父奕全椒令父羣鴻臚卿沈至琅邪王文學沈辭不受廷尉曰晏平仲之儉祠其先人豚肩不掩豆猶狐裘數十年劉向別錄曰晏平仲名嬰東萊夷維人事

齊靈公莊公以節儉力行重於齊禮記曰晏平仲祀其先人豚肩不掩豆君子以爲儉也又曰晏子一狐裘三十年晏子焉知禮注豚祖實也豆徑尺言併豚之兩肩不能掩豆喻少也卿復何辭此於是受而服之

佛圖澄與諸石遊澄別傳曰道人佛圖澄不知何許人出於燉煌好佛道出家爲沙門永嘉中至洛陽値京師有難潛遁草澤閒石勒雄異好殺害因勒大將軍郭黙略見勒以麻油塗掌占見吉凶數百里外聽浮圖鈴聲逆知禍福勒甚敬信之虎卽位亦師澄號大和尚自知終日開棺無屍唯袈裟法服存焉林公曰澄以石虎爲海鷗鳥趙書曰虎字季龍勒從弟也征伐每斬將搴旗勒死誅勒諸兒襲位莊子曰海上之人好鷗者每旦之海上從鷗游鷗之至者數百而不止其父曰吾聞鷗鳥從汝游取來玩之明日之海上鷗舞而不下

謝仁祖年八歲謝豫章鯤子別見將送客爾時語已神悟

鮦本作字幼輿 陳云子字疑衍

自參上流諸人咸共歎之曰年少一坐之顏回仁祖曰坐無尼父焉別顏回晉陽秋曰謝尚字仁祖陳郡人鯤之子也齠齔喪兄哀慟過人及遭父喪溫嶠唁之尚號叫極哀旣而收涕告訴有異常童嶠奇之由是知名仕至鎮西將軍豫州刺史

陶公疾篤都無獻替之言朝士以爲恨陶氏叙曰侃字士衡其先鄱陽人後徙尋陽侃少有遠槩綱維宇宙之志察孝廉入洛司空張華見而謂曰後來匡主寧民君其人也劉弘鎮沔南取爲長史謂侃曰昔吾爲羊太傳參佐見語云君後當居身處今相觀亦復然矣累遷湘廣荆三州刺史加羽葆鼓吹封長沙郡公大將軍贊拜不名劒履上殿進太尉贈大司馬謚桓公按王隱晉書載侃臨終表曰臣少長孤寒始願有限過蒙先朝歷世異恩臣年垂八十位極人臣啓手啓足當復何恨但以餘寇未誅山陵未復所以憤慨兼懷唯此而已猶冀犬馬之齒尚可少延欲爲陛下北吞石虎

西誅李雄勢遂不振良圖永息臨書抳腕涕泗橫流伏願遴選代人使必得良才足以奉宣王猷遵成志業則雖死之日猶生之年有表若此非無獻替仁祖聞之曰時無豎刁故不貽陶公話言呂氏春秋曰管仲病桓公問曰子如不諱誰代子相者豎刁何如管仲曰自宮以事君非人情必不可用後果亂齊時賢以爲德音

竺法深在簡文坐劉尹問道人何以游朱門答曰君自見其朱門貧道如游蓬戶高逸沙門傳曰法師居會稽皇帝重其風德遣使迎焉法師暫出應命司徒會稽王天性虛澹與法師結殷勤之歡師雖升履丹墀出入朱邸泯然曠達不異蓬宇也或云卞令別見

孫盛爲庾公記室參軍中興書曰盛字安國太原中都人博學強識歷著作郎劉陽令庾亮爲荆州以爲征西主簿累遷秘書監從獵將其二兒俱行庾公不

知忽於獵場見齊莊時年七八歲庾謂曰君亦復來邪應聲荅曰所謂無小無大從公于邁

孫齊由齊莊二人小時詣庾公公問齊由何字荅曰字齊由公曰欲何齊邪曰齊許由晉百官名曰孫潛字齊由太原人中興書曰潛盛長子也豫章太守殷仲堪下討王國寶潛時在郡逼爲咨議參軍固辭不就遂以憂卒齊莊何字荅曰字齊莊公曰欲何齊曰齊莊周公曰何不慕仲尼而慕莊周對曰聖人生知故難企慕庾公大喜小兒對孫放別傳曰放字齊莊監君次子也年八歲太尉庾公召見之放清秀欲觀試乃授紙筆令書放便自疏名字公題後問之曰爲欲慕莊周邪放書荅曰意欲慕之公曰何故不慕仲尼而慕莊周放曰仲尼生而知之非希企所及至於莊周是其次者故慕耳公謂賓客曰王輔嗣應荅恐不

能勝之卒長沙王相

張玄之顧敷是顧和中外孫皆少而聰惠和並知之而常謂顧勝親重偏至張頗不厭敷別見續晉陽秋曰張玄之字祖希吳郡太守澄之孫也少以學顯歷吏部尚書出爲冠軍將軍吳興太守會稽内史謝玄同時之郡論者以爲南北之望玄之名亞謝玄時亦稱南北二玄卒於郡于時張年九歲顧年七歲和與俱至寺中見佛般泥洹像弟子有泣者有不泣者和以問二孫玄謂被親故泣不被親故不泣敷曰不然當由忘情故不泣不能忘情故泣大智度論曰佛在陰菴羅雙樹間入般涅槃卧北首天地震動諸三學人僉然不樂郁伊交涕諸無學人但念諸法一切無常

庾法暢造庾太尉握麈尾至佳公曰此至佳那得在

陳云此武帝俱當作成帝二庾俱卒于成穆之世皆不逮事孝武也

法暢曰：廉者不求，貪者不與，故得在耳。法暢氏族所出未詳。法暢著人物論，自叙其美云：悟銳有神，才辭通辯。

庾穉恭爲荆州，庾翼別傳曰：翼字穉恭，潁川鄢陵人也。少有大度，時論以經略許之。兄太尉亮薨，朝議推才，乃以翼都督七州，進征南將軍、荆州刺史。以毛扇上武帝，武帝疑是故物。傅咸羽扇賦序曰：昔吳人直截鳥翼而搖之，風不減方圓二扇，而功無加。然中國莫有生意者。滅吳之後，翕然貴之，無人不用。按庾懌以白羽扇獻武帝，帝嫌其非新，反之。不聞翼也。侍中劉劭曰：文字志曰：劭字彥祖，彭城叢亭人。祖訥，司隸校尉。父松，成皐令。劭博識好學，多藝能，善草隸。初仕領軍參軍。太傅出東，劭謂京洛必危，乃單馬奔揚州。歷侍中、豫章太守。栢梁雲構，工匠先居其下；管弦繁奏，鍾、夔先聽其音。鍾，鍾期也。夔，舜樂正。穉恭上扇，以好不以新。庾後聞之，曰：此人宜在帝左

郡卒疑作部卒　陳

右

何驃騎亡後何充別見徵褚公入既至石頭王長史劉尹同詣褚褚曰真長何以處我真長顧王曰此子能言褚因視王王曰國自有周公晉陽秋曰充之卒議者謂太后父裒宜秉朝政裒自丹徒入朝吏部尚書劉遐勸裒曰會稽王令德國之周公也足下宜以大政付之裒長史王胡之亦勸歸藩於是固辭歸京

裒

胡之

無褚字

蔣云京下疑有口字

桓公北征經金城見前爲琅邪時種柳皆已十圍慨然曰木猶如此人何以堪攀枝執條泫然流淚桓温別傳曰温字元子譙國龍亢人漢五更桓榮後也父彝有識鑒温少有豪邁風氣爲温嶠所知累遷琅邪内史進征西大將軍鎮西夏時逆胡未誅餘燼假息温親勒郡卒建旗致討清蕩伊洛展敬園陵襃謚宣武侯

蔣云晉書作顧悅之

經劉本凌

簡文作撫軍時嘗與桓宣武俱入朝更相讓在前宣武不得已而先之因曰伯也執殳爲王前驅 衛詩也殳長一丈二尺無刃 簡文曰所謂無小無大從公于邁

顧悅與簡文同年而髮蚤白 中興書曰悅字君叔晉陵人初爲殷浩揚州別駕浩卒上疏理浩或諫以浩爲太宗所廢必不依許悅固爭之浩果得申物論稱之後至尚書左丞 簡文曰卿何以先白對曰蒲柳之姿望秋而落松栢之質經霜彌茂 顧凱之爲父傳曰君以直道陵遲於世入見王王髮無二毛而君已斑白問君年乃曰卿何偏蚤白君曰松栢之姿經霜猶茂臣蒲柳之質望秋先零受命之異也王稱善久之

桓公入峽絕壁天懸騰波迅急 晉陽秋曰溫以永和二年率所領七千餘人伐蜀拜表輙行 廼歎曰既爲忠臣不得爲孝子如何 漢書曰王

楡 凌 凌猶

陽爲益州刺史行部至邛僰九折坂歎曰奉先人遺體柰何數乘此險以病去官後王尊爲刺史至其坂問吏曰非王陽所畏之道邪吏曰是叱其馭曰驅之王陽爲孝子王尊爲忠臣

初熒惑入太微尋廢海西晉陽秋曰泰和六年閏十月熒惑守太微端門十一月大司馬桓温廢帝爲海西公晉安帝紀曰桓温於枋頭奔敗知民望之去也乃屠袁眞於壽陽既而謂郗超曰足以雪枋頭之耻乎超曰未厭有識之情也公六十之年敗於大舉不建高世之勳未足以鎮厭民望因說温以廢立之事時温夙有此謀深納超言遂廢海西簡文登阼復入太微帝惡之徐廣晉紀曰咸安元年十二月熒惑逆行入太微至二年七月猶在焉帝懲海西之事心甚憂之時郗超爲中書在直中興書曰超字景興高平人司空愔之子也少而卓犖不羈有曠世之度累遷中書郎司徒左長史引超入曰天命脩短故非所計政當無復近日事不超曰大司馬方將外固封疆

内鎮社稷必無若此之慮臣爲陛下以百口保之帝因誦庾仲初詩（庾闡從征詩也）曰志士痛朝危忠臣哀主辱聲甚悽厲郗受假還東帝曰致意尊公家國之事遂至於此由是身不能以道匡衛思患預防愧歎之深言何能喻因泣下流襟（續晉陽秋曰帝外壓彊臣憂憤不得志在位二年而崩）

簡文在暗室中坐召宣武宣武至問上何在簡文曰某在斯時人以爲能（論語曰師冕見及階子曰階也及席子曰席也皆坐子告之曰某在斯某在斯注歷告坐中人也）

簡文入華林園顧謂左右曰會心處不必在遠翳然林水便自有濠濮閒想也（濠濮二水名也莊子曰莊子與惠子游濠梁水上莊

子曰儵魚出游從容是魚樂也惠子曰子非魚安知魚之樂邪莊子曰子非我安知我之不知魚之樂也莊周釣於濮水楚王使二大夫造焉曰願以境內累莊子莊子持竿不顧曰吾聞楚有神龜者死巳三千年矣巾笥而藏於廟此寧曳尾於塗中寧留骨而貴乎二大夫曰寧曳尾於塗中莊子曰往矣吾亦寧曳尾於塗中覺鳥獸禽魚自來親人

謝太傅語王右軍曰中年傷於哀樂與親友別輒作數日惡王曰文字志曰王羲之字逸少琅邪臨沂人父曠淮南太守羲之少朗拔爲叔父廙所賞善草隸累遷江州刺史右軍將軍會稽內史年在桑榆自然至此正賴絲竹陶寫恒恐兒輩覺損欣樂之趣

支道林常養數匹馬或言道人畜馬不韻支曰貧道重其神駿高逸沙門傳曰支遁字道林河內林慮人或曰陳留人本姓關氏少而任心獨往風

期高亮家世奉法嘗於餘杭山沈思道衍吟然獨暢年二十五始釋形入道年五十三終於洛陽

劉尹與桓宣武共聽講禮記桓云時有入心處便覺咫尺玄門劉曰此未關至極自是金華殿之語漢書叙傳曰班伯少受詩於師丹大將軍王鳳薦伯於成帝宜勸學召見宴暱拜爲中常侍時上方向學鄭寬中張禹朝夕入說尚書論語於金華殿詔伯受之

羊秉爲撫軍參軍少亡有令譽夏侯孝若爲之敘極相讚悼羊秉敘曰秉字長達太山平陽人漢南陽太守續曾孫大父魏郡府君即車騎掾元子也府君夫人鄭氏無子乃養秉齠齔而佳小心敬慎十歲而鄭夫人薨秉思容盡哀俄而公府掾及夫人並卒秉羣從父率禮相承人不間其親雍雍如也仕參撫軍將軍事將奮千里之足揮沖天之翼惜乎春秋三十有二而卒昔罕虎死子産以爲無與爲善自夫子之沒有子産之歎矣亡後有子男又不育是何行

謂是卿何親也
陳云悅當作忱

善而禍繁也豈非司馬生之所惑歟羊權爲黃門侍郎侍簡文坐帝問曰夏侯湛別見作羊秉敘絶可想是卿何物有後不羊氏譜曰權字道輿徐州刺史悅之子也仕至尚書左丞權潛然對曰亡伯令問夙彰而無有繼嗣雖名播天聽然胷絶聖世帝嗟慨之久

濛
王長史與劉眞長別後相見王長史別傳曰濛字仲祖太原晉陽人其先出自周室經漢魏世爲大族祖父佐北軍中候父訥葉令濛神氣清韶年十餘歲放邁不羣弱冠檢尚風流雅正外絶榮競内寡私欲辟司徒掾中書郎以后父贈光祿大夫王謂劉曰卿更長進荅曰此若天之自高耳語林曰仲祖語眞長曰卿近大進劉曰卿仰看邪王問何意劉曰不爾何由測天之高也

劉尹云人想王荆產佳此想長松下當有清風耳荆產

興
無雖字

王徽小字也王氏譜曰徽字幼仁琅邪人祖父乂平北將軍父澄荆州刺史徽歷尚書郎右軍司馬

王仲祖聞蠻語不解茫然曰若使介葛盧來朝故當不昧此語春秋傳曰介葛盧來朝魯聞牛鳴曰是生三犧皆用之矣其音云問之而信杜預注曰介東夷國葛盧其君名也

劉眞長爲丹陽尹許玄度出都就劉宿續晉陽秋曰許詢字玄度高陽人魏中領軍允玄孫總角秀惠衆稱神童長而風情簡素司徒掾辟不就蚤卒牀帷新麗飲食豐甘許曰若保全此處殊勝東山劉曰卿若知吉凶由人吾安得不保此春秋傳曰吉凶無門唯人所召王逸少在坐曰令巢許遇稷契當無此言二人並有愧色

王右軍與謝太傅共登冶城揚州記曰冶城吴時鼓鑄之所吴平猶不廢王

無曰字徽 徽 脫劉字

勤王元板作勤邦

茂弘所治也謝悠然遠想有高世之志王謂謝曰夏禹勤王手足胼胝帝王世紀曰禹治洪水手足胼胝世傳禹病偏枯足不相過今稱禹步是也文王旰食日不暇給尚書曰文王自朝至于日昃不遑暇食今四郊多壘禮記曰四郊多壘卿大夫之辱也宜人人自效而虛談廢務浮文妨要恐非當今所宜謝荅曰秦任商鞅二世而亡戰國策曰衛商鞅諸庶孽子名鞅姓公孫氏少好刑名學爲秦孝公相封於商豈清言致患邪

謝太傅寒雪日內集與兒女講論文義俄而雪驟公欣然曰白雪紛紛何所似兄子胡兒曰胡兒謝朗小字也續晉陽秋曰朗字長度安次兄據之長子安蚤知之文義豔發名亞於玄仕至東陽太守撒鹽空中差可擬兄女曰未若柳絮因風起公大笑樂即公

陳云丞當作承

大兄無奕女左將軍王凝之妻也王氏譜曰凝之字叔平右將軍羲之第二子也歷江州刺史左將軍會稽内史晉安帝紀曰凝之事五斗米道孫恩之攻會稽凝之謂民吏曰不須備防吾已請大道許遣鬼兵相助賊自破矣旣不設備遂爲恩所害婦人集曰謝夫人名道藴有文才所著詩賦誄頌傳於世

王中郎令伏玄度習鑿齒王中郎傳曰坦之字文度太原晉陽人祖東海太守丞清淡平遠父述貞貴簡正坦之器度淳深孝友天至譽輯朝野標的當時累遷侍中中書令領北中郎將徐兖二州刺史中興書曰伏滔字玄度平昌安丘人少有才學舉秀才大司馬桓温參軍領大著作掌國史游擊將軍卒習鑿齒字彦威襄陽人少以文稱善尺牘桓温在荆州辟爲從事歷治中别駕遷滎陽太守

論青楚人物滔集載其論略曰滔以春秋時鮑叔管仲隰朋召忽輪扁甯戚麥丘人逢丑父晏嬰涓子戰國時公羊高孟軻鄒衍田單荀卿鄒奭莒大夫田子方檀子魯連淳于髡盼子田光顔

盼　緝　論

歌黔子於陵仲子王叔卽墨大夫前漢時伏徵君終軍東郭先生叔孫通萬石君東方朔安期先生後漢時大司徒伏三老江革逄萌禽慶承幼子徐防薛方鄭康成周孟王劉祖榮臨孝存侍其元矩孫賓碩劉仲謀劉公山王儀伯郎宗禰正平劉成國魏時管幼安邴根矩華子魚徐偉長任昭先伏高陽此皆青土有才德者也鑿齒以神農生於黔中邵南詠其美化春秋稱其多才漢廣之風不同雞鳴之篇子文叔敖羞與管晏比德接輿之歌鳳兮漁父之詠滄浪漢陰文人之折子貢市南宜僚屠羊說之不爲利回魯仲連不及老萊夫妻田光之於屈原鄧禹卓茂無敵於天下管幼安不勝龐公龐士元不推華子魚何鄧二尚書獨步於魏朝樂令無對於晉世昔伏羲葬南郡少昊葬長沙舜葬零陵比其人則準的如此論其土則羣聖之所葬考其風則詩人之所歌尋其事則未有赤眉黃巾之賊此何如青州邪滔與相往反鑿齒無以對也

臨成以示韓康伯康伯都無言王曰何故不言韓曰無可無不可馬融注論語曰唯義所在

劉尹云清風朗月輒思玄度晉中興士人書曰許詢能清言于時士人皆欽慕仰愛之

荀中郎在京口晉陽秋曰荀羨字令則潁川人光祿大夫崧之子也清和有識裁少以主壻爲駙馬都尉是時殷浩參謀百揆引羨爲援頻莅義興吳郡超授北中郎將徐州刺史以蕃屏焉中興書曰羨年二十八出爲徐兗二州中興方伯之少未有若羨者也登北固望海云南徐州記曰城西北有別嶺入江三面臨水高數十丈號曰北固雖未覩三山便自使人有凌雲意若秦漢之君必當褰裳濡足史記封禪書曰蓬萊方丈瀛洲此三山世傳在海中去人不遠嘗有至者言諸仙人不死藥在焉黃金白銀爲宮闕其物禽獸盡白望之如雲及至反居水下欲到卽風引船而去終莫能至秦始皇登會稽並海上冀遇三神山之奇藥漢武帝既封泰山無風雨變至方士更言蓬萊諸藥可得於是上欣然東至海冀獲蓬萊者

謝公云賢聖去人其間亦邇子姪未之許公歎曰若郗超聞此語必不至河漢超別傳曰超精於理義沙門支道林以爲一時之俊莊子曰肩吾問於連叔曰吾聞言於接輿大而無當往而不反怪怖其言猶河漢而無極也

支公好鶴住剡東岇山支公書曰山去會稽二百里有人遺其雙鶴少時翅長欲飛支意惜之乃鎩其翮鶴軒翥不復能飛乃反顧翅垂頭視之如有懊喪意林曰既有陵霄之姿何肯爲人作耳目近玩養令翮成置使飛去

謝中郎經曲阿後湖問左右此是何水中興書曰謝萬字萬石太傅安弟也才氣高俊蚤知名歷吏部西中郎將豫州刺史散騎常侍荅曰曲阿湖大康地記曰曲阿本名雲陽秦始皇以有王氣鑿北阬山以敗其勢截其直道使其阿曲故曰曲阿也吳還爲雲陽

令復名曲阿謝曰故當淵注渟著納而不流

晉武帝每餉山濤恒少謝太傅安也以問子弟車騎玄也荅曰當由欲者不多而使與者忘少謝車騎家傳曰玄字幼度鎮西奕第三子也神理明俊善微言叔父太傅嘗與子姪燕集問武帝任山公以三事任以官人至於賜予不過斤合當有旨不玄荅有辭致也

謝胡兒語庾道季道季庾龢小字徐廣晉紀曰龢字道季太尉亮子也風情率悟以文談致稱於時歷仕至丹陽尹兼中領軍諸人莫當就卿談可堅城壘庾曰若文度來我以偏師待之康伯來濟河焚舟春秋傳曰秦伯伐晉濟河焚舟杜預曰示必死

李弘度常歎不被遇中興書曰李充字弘度江夏鄳人也祖康父矩皆有美名充初

辟丞相掾記室參軍以貧求剡縣遷大著作中書郎殷揚州殷浩別見知其家貧問君能屈志百里不李荅曰北門之歎久已上聞衛詩北門刺仕不得志也窮猿奔林豈暇擇木遂授剡縣

王司州至吳興印渚中看王胡之別傳曰胡之字脩齡琅邪臨沂人王廙之子也歷吳興太守徵侍中丹陽尹秘書監並不就拜使持節都督司州諸軍事西中郎將司州刺史吳興記曰於潛縣東七十里有印渚渚傍有白石山峻壁四十丈印渚蓋衆溪之下流也印渚已上至縣悉石瀨惡道不可行船印渚已下水道無險故行旅集焉歎曰非唯使人情開滌亦覺日月清朗

謝萬作豫州都督新拜當西之都邑相送累日謝疲頓於是高侍中往中興書曰高崧字茂琰廣陵人父悝光祿大夫崧少好學善史傳累

遷吏部郎侍中以公累免官徑就謝坐因問鄉令仗節方州當疆理西蕃何以爲政謝粗道其意高便爲謝道形勢作數百語謝遂起坐高去後謝追曰阿酃故麤有才具阿酃崧小字也謝因此得終坐

袁彦伯爲謝安南司馬安南謝奉別見都下諸人送至瀨鄉將別既自悽惘歎曰江山遼落居然有萬里之勢續晉陽秋曰袁宏字彦伯陳郡人魏郎中令渙六世孫也祖猷侍中父朂臨汝令宏起家建威參軍安南司馬記室太傅謝安賞宏機捷辯速自吏部郎出爲東陽郡乃祖之於冶亭時賢皆集安欲卒迫試之執手將別顧左右取一扇而贈之宏應聲荅曰輙當奉揚仁風慰彼黎庶合坐歎其要捷性直亮故位不顯也在郡卒

陳云漢江當作江漢

孫綽賦遂初築室畎川自言見止足之分中興書曰綽字興公太原中都人少以文稱歷太學博士大著作散騎常侍遂初賦敘曰余少慕老莊之道仰其風流久矣卻感於陵賢妻之言悵然悟之乃經始東山建五畝之宅帶長阜倚茂林孰與坐華幕擊鍾鼓者同年而語其樂哉齋前種一株松恒自手壅治之高世遠時亦鄰居世遠高柔字也別見語孫曰松樹子非不楚楚可憐但永無棟梁用耳孫曰楓柳雖合抱亦何所施

桓征西治江陵城甚麗盛弘之荊州記曰荊州城臨漢江臨江王所治王被徵出城北門而車軸折父老泣曰吾王去不還矣從此不開北門會賓僚出江津望之云若能目此城者有賞顧長康時為客在坐目曰遙望層城丹樓如霞桓即賞以二婢

崇

因

王子敬語王孝伯曰羊叔子自復佳耳然亦何與人事晉諸公贊曰羊祜字叔子太山平陽人也世長吏二千石至祜九世以清德稱爲兒時遊汶濱有行父止而觀焉歎息曰處士大好相善爲之未六十當有重功於天下即富貴無相忘遂去莫知所在累遷都督荊州諸軍事自在南夏吳人說服稱曰羊公莫敢名者南州人聞公哀號哭罷市故不如銅雀臺上妓魏武遺令曰以吾妾與妓人皆著銅雀臺上施六尺牀繐帷月朝十五日輒使向帳作伎

林公見東陽長山曰何其坦迤會稽土地志曰山靡迤而長縣因山得名

顧長康從會稽還人問山川之美顧云千巖競秀萬壑爭流草木蒙籠其上若雲興霞蔚丘淵之文章錄曰顧愷之字長康晉陵人父悅尚書左丞愷之義熙初爲散騎常侍

簡文崩孝武年十餘歲立至暝不臨宋明帝文章志曰孝武皇帝諱昌明簡文第三子也初簡文觀讖書曰晉氏阼盡昌明及帝誕育東方始明故因生時以爲諱而相與忘告簡文問之乃以諱對簡文流涕曰不意我家昌明便出帝聰惠推賢任才年三十五崩左右啓依常應臨帝曰哀至則哭何常之有

孝武將講孝經謝公兄弟與諸人私庭講習續晉陽秋曰寧康三年九月九日帝講孝經僕射謝安侍坐吏部尚書陸納兼侍中卞眈讀黃門侍郎謝石吏部袁宏兼執經中書郎車胤丹陽尹王混摘句車武子難苦問謝車胤別見謂袁羊曰不問則德音有遺多問則重勞二謝袁羊喬小字也袁氏家傳曰喬字彥升陳郡人父瓌光祿大夫喬歷尚書郎江夏相從桓溫平蜀封湘西伯益州刺史袁曰必無此嫌車曰何以知爾袁曰何嘗見明鏡疲於屢照

温　松　三

清流惲於惠風

王子敬云從山陰道上行會稽土地志曰邑在山陰故以名焉山川自相映發使人應接不暇若秋冬之際尤難爲懷會稽郡記曰會稽境特多名山水峯嶀隆峻吐納雲霧松栝楓柏擢榦竦條潭壑鏡徹清流寫注王子敬見之曰山水之美使人應接不暇

謝太傅問諸子姪子弟亦何預人事而正欲使其佳諸人莫有言者車騎荅曰謝玄譬如芝蘭玉樹欲使其生於階庭耳

道壹道人好整飾音辭王珣遊嚴陵瀨詩敘曰道壹道姓竺氏名德沙門題目曰道壹文鋒富贍孫綽爲之贊曰馳騁遊說言固不虛唯玆壹公綽然有餘譬若春圃載芬載敷條柯猗蔚枝

幹扶踈從都下還東山經吳中已而會雪下未甚寒諸道人問在道所經壹公曰風霜固所不論乃先集其慘澹郊邑正自飄瞥林岫便已皓然

張天錫爲凉州刺史稱制西隅既爲苻堅所禽用爲侍中後於壽陽俱敗至都張資凉州記曰天錫字公純嘏安定烏氏人張耳後也曾祖軌永嘉中爲凉州刺史值京師大亂遂據凉土天錫篡位自立爲凉州牧苻堅使將姚萇攻沒凉州天錫歸長安堅以爲侍中比部尚書歸義侯從堅至壽陽堅軍敗遂南歸拜散騎常侍西平公中興書曰天錫後以貧拜廬江太守薨贈侍中爲孝武所器每入言論無不竟日頗有嫉已者於坐問張北方何物可貴張曰桑椹甘香鵄鴞革響詩魯頌曰翩彼飛鴞集于泮林食我桑椹懷我好音淳酪養性

人無嫉心西河舊事曰河西牛羊肥酪過精好但寫酪置革上都不解散也

顧長康拜桓宣武墓作詩云山崩溟海竭魚鳥將何依宋明帝文章志曰愷之爲桓温參軍甚被親暱人問之曰卿憑重桓乃爾哭之狀其可見乎顧曰鼻如廣莫長風眼如懸河決溜春秋考異郵曰距不周風四十五日廣莫風至廣莫者精大備也盖北風也一曰寒風或曰聲如震雷破山淚如傾河注海

毛伯成既負其才氣常稱寧爲蘭摧玉折不作蕭敷艾榮征西寮屬名曰毛玄字伯成潁川人仕至征西行軍參軍

范甯作豫章中興書曰甯字武子愼陽縣人博學通覽累遷中書郎豫章太守八日請佛有板衆僧疑或欲作荅有小沙彌在坐末曰世

尊默然則爲許可衆從其義

司馬太傅齋中夜坐孝文王傳曰王諱道子簡文皇帝第五子也封會稽王領司徒揚州刺史進太傅爲桓玄所害贈丞相于時天月明淨都無纖翳太傅歎以爲佳謝景重在坐續晉陽秋曰謝重字景重陳郡人父朗東陽太守重明秀有才會終驃騎長史荅曰意謂乃不如微雲點綴太傅因戲謝曰卿居心不淨乃復強欲滓穢太清邪

王中郎甚愛張天錫問之曰卿觀過江諸人經緯江左軌轍有何偉異後來之彥復何如中原張曰研求幽邃自王何以還因時脩制荀樂之風荀顗荀勗脩定法制樂則未聞王曰卿知見有餘何故爲苻堅所制張資凉州記曰天錫明鑒

陳云謝女疑作謝氏

頴發英聲少著答曰陽消陰息故天步屯蹇否剥成象豈足多譏

謝景重女適王孝伯兒二門公甚相愛美謝女譜曰重女月鏡適王恭子愔之謝爲太傅長史被彈王卽取作長史帶晉陵郡太傅已構嫌孝伯不欲使其得謝還取作諮議外示縶維而實以乖閒之及孝伯敗後太傅繞東府城行散丹陽記曰東府城西有簡文爲會稽王時第東則孝文王道子府道子領揚州仍住先舍故俗稱東府僚屬悉在南門要望候拜時謂謝曰王寗異謀阿寗王恭小字也云是卿爲其計謝曾無懼色歛笏對曰樂彥輔有言豈以五男易一女太傅善其對因舉酒勸

世說新語卷上之上

之曰故自佳故自佳

桓玄義興還後見司馬太傅太傅已醉坐上多客問人云桓溫來欲作賊如何晉安帝紀曰溫在姑孰諷朝廷求九錫謝安使吏部郎袁宏具其草以示僕射王彪之彪之作色曰丈夫豈可以此事語人耶安徐問其計彪之曰聞其疾已篤且可緩其事安從之故不行桓玄伏不得起謝景重時爲長史舉板荅曰故宣武公黜昏暗登聖明功超伊霍紛紜之議裁之聖鑒太傅曰我知我知即舉酒云桓義興勸卿酒桓出謝過檀道鸞論之曰道子可謂易於由言謝重能解紛紜矣

宣武移鎮南州制街衢平直人謂王東亭曰王司徒傳曰王珣字元琳丞相導之孫領軍洽之子也少以清秀稱大司馬桓溫辟爲主簿從討袁眞封交趾望海縣東

亭侯累遷尚書左僕射領選進尚書令丞相初營建康無所因承而制置紆曲方此爲劣晉陽秋曰蘇峻既誅大事克平之後都邑殘荒溫嶠議徙都豫章以即豐全朝士及三吳豪傑謂可遷都會稽王導獨謂不宜遷都建業往之秣陵古者既有帝王所治之表又孫仲謀劉玄德俱謂是王者之宅今雖凋殘宜修勞來旋定之道鎮靜羣情且百堵皆作何患不克復乎終至康寧導之策也東亭曰此丞相乃所以爲巧江左地促不如中國若使阡陌條暢則一覽而盡故紆餘委曲若不可測

桓玄詣殷荊州殷在妾房晝眠左右辭不之通桓後言及此事殷云初不眠縱有此豈不以賢賢易色也孔安國注論語曰言以好色之心好賢人則善

桓玄問羊孚羊氏譜曰孚字子道泰山人祖楷尚書郎父綏中書郎孚歷太學博士州別駕太尉參軍年四十六卒何以共重吳聲羊曰當以其妖而浮

謝混問羊孚何以器舉瑚璉晉安帝紀曰混字叔源陳郡人司空琰少子也文學砥礪立名累遷中書令尚書左僕射坐黨劉毅伏誅論語子貢問曰賜也何如子曰汝器也曰何器也曰瑚璉也鄭玄注曰黍稷器夏曰瑚殷曰璉羊曰故當以為接神之器

桓玄既篡位後御牀微陷羣臣失色侍中殷仲文進曰續晉陽秋曰仲文字仲文陳郡人祖融太常父康吳興太守仲文聞玄平京邑棄郡投焉玄甚說之引為咨議參軍時王謐見禮而不親卞範之被親而少禮其寵遇隆重兼於王卞矣及玄篡位以佐命親貴厚自封崇輿馬器服窮極綺麗後房妓妾數十絲竹不絕音性甚貪吝多納賄賂家累千金常若不足玄既敗先投義軍累遷侍中尚書以罪伏誅當由聖德淵重厚地所以不

脫仲文二字

能載時人善之

桓玄既篡位將改置直館問左右虎賁中郎省應在何處有人荅曰無省當時殊忤旨問何以知無荅曰潘岳秋興賦敘曰余兼虎賁中郎將寓直散騎之省岳別見其賦敘曰晉十有四年余年三十二始見二毛以太尉掾兼虎賁中郎將寓直散騎之省高閣連雲陽景罕曜僕野人也偎厠朝列譬猶池魚籠鳥有江湖山藪之思於是染翰操紙慨然而賦于時秋至故以秋興命篇玄咨嗟稱善劉謙之晉紀曰玄欲復虎賁中郎將疑應直與不訪之僚佐咸莫能定參軍劉簡之對曰昔潘岳秋興賦敘云余兼虎賁中郎將寓直于散騎之省以此言之是應直也玄懽然從之此語微異又荅者未知姓名故詳載之

謝靈運好戴曲柄笠丘淵之新集錄曰靈運陳郡陽夏人祖玄車騎將軍父渙祕書

蔣云畏字當從莊子作愳

郎靈運歷祕書監侍中臨川内史以罪伏誅孔隱士謂曰卿欲希心高遠何不能遺曲蓋之貌宋書曰孔淳之字彥深魯國人少以辭榮就約徵聘無所就元嘉初散騎郎徵不到隱上虞山謝荅曰將不畏影者未能忘懷莊子云漁父謂孔子曰人有畏影惡跡而去之走者舉足逾數而跡逾多走逾疾而影不離自以尚遲疾走不休絶力而死不知處陰以休影處靜以息跡愚亦甚矣子脩心守眞還以物與人則無異矣不脩身而求之人不亦外事者乎

君

脫以罪字

世說新語卷上之上

世說新語卷上之下

宋　臨川王義慶　撰

梁　劉孝標　注

政事第三

陳仲弓爲太丘長時吏有詐稱母病求假事覺收之令吏殺焉主簿請付獄考衆姦仲弓曰欺君不忠病母不孝不忠不孝其罪莫大考求衆姦豈復過此陳寔已別見

陳仲弓爲太丘長有劫賊殺財主主者捕之未至發所道聞民有在草不起子者回車往治之主簿曰賊

大宜先按討仲弓曰盜殺財主何如骨肉相殘按後漢時賈彪有此事不聞寔也

陳元方年十一時陳紀已見候袁公袁公問曰賢家君在太丘遠近稱之何所履行元方曰老父在太丘彊者綏之以德弱者撫之以仁恣其所安久而益敬袁宏漢紀曰寔爲太丘其政不嚴而治百姓敬之袁公曰孤往者嘗爲鄴令正行此事不知卿家君法孤孤法卿父檢衆漢書袁氏諸公未知誰爲鄴令故闕其文以待通識者元方曰周公孔子異世而出周旋動靜萬里如一周公不師孔子孔子亦不師周公

賀太傅作吳郡初不出門吳中諸強族輕之乃題府

門云會稽雞不能啼環濟吳紀曰賀邵字興伯會稽山陰人祖齊父景並歷吳官邵歷散騎常侍出爲吳郡太守後遷太子太傅賀聞故出行至門反顧索筆足之曰不可啼殺吳兒於是至諸屯邸檢校諸顧陸役使官兵及藏逋亡悉以事言上罪者甚衆陸抗時爲江陵都督吳錄曰抗字幼節吳郡人丞相遜子孫策外孫也爲江陵都督累遷大司馬荆州牧故下請孫皓然後得釋

山公以器重朝望年踰七十猶知管時任虞預晉書曰山濤字巨源河內懷人祖本郡孝廉父曜宛句令濤蚤孤而貧少有器量宿士猶不慢之年十七宗人謂宣帝曰濤當與景文共綱紀天下者也帝戲曰卿小族那得此快人邪好莊老與嵇康善爲河內從事與石鑒共傳宿濤夜起蹋鑒曰今何等時而眠也知太傅臥何意鑒曰宰相三日不朝與尺一令歸第君何慮焉濤

曰咄石生無事馬蹄閒也投傳而去果有曹爽事遂隱身不交世務累遷吏部尚書僕射太子少傅司徒年七十九甍謚康侯貴勝年少若和裴王之徒並共宗詠有署閣柱曰閣東有大牛和嶠鞅裴楷鞦王濟剔嬲不得休王隱晉書曰初濤領吏部潘岳內非之密爲作謠曰閣東有大牛王濟鞅裴楷鞦和嶠刺促不得休竹林七賢論曰濤之處選非望路絕故貽是言或云潘尼作之文士傳曰尼字正叔滎陽人祖勗尚書左丞父滿平原太守並以文學稱尼少有清才文詞溫雅初應州辟終太常卿

賈充初定律令晉諸公贊曰充字公閭襄陵人父逵魏豫州刺史充起家爲尚書遷廷尉聽訟稱平晉受禪封魯郡公充有才識明達治體加善刑法由此與散騎常侍裴楷共定科令蠲除密網以爲晉律甍贈太宰與羊祜共咨太傅鄭冲王隱晉書曰冲字文和滎陽開封人有核練才清虛寡欲喜論經史草衣縕袍不以爲憂累遷司徒太保晉受禪進太傅冲曰皐陶

嚴明之旨非僕闇懦所探羊曰上意欲令小加弘潤冲乃粗下意續晉陽秋曰初文帝命荀勗賈充裴秀等分定禮儀律令皆先咨鄭冲然後施行也

山司徒前後選殆周遍百官舉無失才凡所題目皆如其言唯用陸亮是詔所用與公意異爭之不從亮亦尋爲賄敗晉諸公贊曰亮字長興河内野王人太常陸乂兄也性高朗而率至爲賈充所親待山濤爲左僕射領選濤行業既與充異自以爲世祖所敬選用之事與充諮論充每不得其所欲好事者說充宜授心腹人爲吏部尚書參同選舉若意不齊事不得諧可不召公與選而實得敘所懷充以爲然乃啓亮公忠無私濤以亮將與巳異又恐其協情不允累啓亮可爲左丞相非選官才世祖不許濤乃辭疾還家亮在職果不能允坐事免官

嵆康被誅後山公舉康子紹爲秘書丞山公啓事曰詔選秘書丞濤薦曰紹平簡温敏有文思又曉音當成濟也猶宜先作秘書郎詔曰紹如此便可爲丞不足復爲郎也晉諸公贊曰康遇事後二十年紹乃爲濤所拔王隱晉書曰時以紹父康被法選官不敢舉年二十八山濤啓用之世祖發詔以爲秘書丞紹咨公出處竹林七賢論曰紹懼不自容將解褐故咨之於濤公曰爲君思之久矣天地四時猶有消息而況人乎王隱晉書曰紹字延祖雅有文才山濤啓武帝云云

王安期爲東海郡名士傳曰王承字安期太原晉陽人父湛汝南太守承冲淡寡欲無所循尚累遷東海內史爲政清靜吏民懷之避亂渡江是時道路寇盜人懷憂懼承每遇艱險處之怡然元皇爲鎮東引爲從事中郎小吏盜池中魚綱紀推之王曰文王之囿與衆共之孟子曰齊宣王問文王之囿方七十里有諸若是其大乎對曰民猶以爲

脩　諮

小也王曰寡人之囿方四十里民猶以爲大何邪孟子曰文王之囿芻蕘者往焉與民同之民以爲小不亦宜乎今王之囿殺麋鹿者如殺人罪是以四十里爲穽於國中也民以爲大不亦宜乎池魚復何足惜

王安期作東海郡吏錄一犯夜人來王問何處來云從師家受書還不覺日晚王曰鞭撻寗越以立威名恐非致理之本呂氏春秋曰寗越者中牟鄙人也苦耕稼之勞謂其友曰何爲可以免此苦也其友曰莫如學也學三十歲則可以達矣寗越曰請以十五歲人將休吾不敢休人將臥吾不敢臥學十五歲而爲周威公之師也使吏送令歸家

成帝在石頭晉世譜曰帝諱衍字世根明帝太子年二十二崩任讓在帝前戮侍中鍾雅晉陽秋曰讓樂安人諸任之後隨蘇峻作亂雅別傳曰雅字彦胄頴川長社人

蔣云徽宋本作和考晉書本傳父名和

魏太傅鍾繇弟仲常曾孫也少有才志累遷至侍中右衛將軍劉超晉陽秋曰超字世踰琅邪人漢成陽景王六世孫封臨沂慈鄉侯遂家焉父徵爲琅邪國上將軍超爲縣小吏稍遷記室掾安東舍人忠清慎密爲中宗所拔自以職在中書絕不與人交關書疏閉門不通賓客家無擔石之儲討王敦有功封零陽伯爲義興太守而受拜及往還朝莫有知者其慎默如此遷右衛大將軍帝泣曰還我侍中讓不奉詔遂斬超雅雅別傳曰蘇峻逼主上幸石頭雅與劉超並侍帝側匡衛與石頭中人密期拔至尊出事覺被害事平之後陶公與讓有舊欲宥之許柳許氏譜曰柳字季祖高陽人祖允魏中領軍父猛吏部郎劉謙之晉紀曰柳妻祖逖子渙女蘇峻招祖約爲逆約遣柳以衆會峻既克京師拜丹陽尹後以罪誅兒思妣者至佳諸公欲全之許氏譜曰永字思妣若全思妣則不得不爲陶全讓於是欲并宥之事奏帝曰讓是殺我侍中

微 才 嘿

俞氏藏本晥瑁字作祖
文英

者不可宥諸公以少主不可違并斬二人

王丞相拜揚州賓客數百人並加霑接人人有說色唯有臨海一客姓任語林曰任名顒時官在都預王公坐及數胡人爲未洽公因便還到過任邊云君出臨海便無復人任大喜說因過胡人前彈指云蘭闍蘭闍羣胡同笑四坐並懽晉陽秋曰王導接誘應會少有牾者雖踈交常賓一見多輸寫款誠自謂爲導所遇同之舊暱

陸太尉詣王丞相咨事過後輒翻異王公怪其如此後以問陸陸玩別傳曰玩字士瑤吳郡吳人祖瑁父英仕郡有譽玩器量淹雅累遷侍中尚書左僕射尚書令贈太尉陸曰公長民短臨時不知所言既後覺

諮

忄 官 忄 迕 款 昵 諮

陳云歷疑作晉

其不可耳

丞相嘗夏月至石頭看庾公庾公正料事丞相云暑可小簡之庾公曰公之遺事天下亦未以爲允殷羨言行曰王公薨後庾冰代相網密刑峻羨時行遇收捕者於途慨然歎曰丙吉問牛喘似不爾嘗從容謂冰曰卿輩自是網目不失皆是小道小善耳至如王公故能行無理事謝安石每歎詠此唱庾赤玉曾問羨王公治何似詎是所長羨曰其餘令績不復稱論然三捉三治三休三敗

丞相末年略不復省事正封籙諾之自歎曰人言我憒憒後人當思此憒憒徐廣歷紀曰導阿衡三世經綸夷險政務寬恕事從簡易故垂遺愛之譽也

陶公性檢厲勤於事晉陽秋曰侃練核庶事勤務稼穡雖戎陳武士皆勸厲之有奉

投　縶

饋者皆問其所由若力役所致懽喜慰賜若他所得則呵辱還之是以軍民勤於農稼家給人足性纖密好問頗類趙廣漢嘗課營種柳都尉夏施盜拔武昌郡西門所種侃後自出駐車施門問此是武昌西門柳何以盜之施惶怖首伏三軍稱其明察侃勤而整自強不息又好督勸於人常云民生在勤大禹聖人猶惜寸陰至於凡俗當惜分陰豈可遊逸生無益於時死無聞於後是自棄也又老莊浮華非先王之法言而不敢行君子當正其衣冠攝以威儀何有亂頭養望自謂宏達邪中興書曰侃嘗檢校佐吏若得樗蒲博奕之具投之曰樗蒲老子入胡所作外國戲耳圍棊堯舜以教愚子博奕紂所造諸君國器何以為此若王事之暇患邑邑者文士何不讀書武士何不射弓談者無以易也

作荊州時敕船官悉錄鋸木屑不限多少咸不解此意後正會值積雪始晴聽事前除雪後猶濕於是悉用木屑覆之都無所妨官用竹皆令錄厚頭積之如山後桓宣武伐

俞氏藏本無白字

蜀裝船悉以作釘又云嘗發所在竹篙有一官長連根取之仍當足乃超兩階用之

何驃騎作會稽晉陽秋曰何充字次道廬江人思韻淹通有文義才情累遷會稽內史侍中驃騎將軍揚州刺史贈司徒虞存弟謇作郡主簿孫統存誄叙曰存字道長會稽山陰人也祖陽散騎常侍父偉州西曹存幼而卓拔風情高逸歷衛軍長史尚書吏部郎范汪碁品曰謇字道眞仕至郡功曹以何見客勞損欲白斷常客使家人節量擇可通者作白事成以見存存時爲何上佐正與謇共食語云白事甚好待我食畢作教食竟取筆題白事後云若得門庭長如郭林宗者當如所白泰別傳曰泰字林宗有人倫鑒識題品海內之士或在幼童或在里肆後皆成英彥六十餘人自著書一卷論取士之本

未行遭亂亡失汝何處得此人謇於是止

王劉與林公共看何驃騎驃騎看文書不顧之晉陽秋曰何充與王濛劉惔好尚不同由此見譏於當世王謂何曰我今故與林公來相看望卿擺撥常務應對玄言那得方低頭看此邪何曰我不看此卿等何以得存諸人以爲佳

桓公在荊州全欲以德被江漢恥以威刑肅物溫別傳曰溫以永和元年自徐州遷荊州刺史在州寬和百姓安之令史受杖正從朱衣上過桓式年少從外來式桓歆小字也桓氏譜曰歆字叔道溫第三子仕至尚書云向從閣下過見令史受杖上捎雲根下拂地足意譏不著桓公云我猶患其重

簡文爲相事動經年然後得過桓公甚患其遲常加勸勉太宗曰一日萬機那得速尚書皐陶謨一日萬機孔安國曰幾微也言當戒懼萬事之微

山遐去東陽王長史就簡文索東陽云承藉猛政故可以和靜致治東陽記云遐字彥林河內人祖濤司徒父簡儀同三司遐歷武陵王友東陽太守江惇傳曰山遐爲東陽風政嚴苛多任刑殺郡內苦之惇隱東陽以仁恕懷物遐感其德爲微損威猛

殷浩始作揚州浩別傳曰浩字淵源陳郡長平人祖識濮陽相父羨光祿勳浩少有重名仕至揚州刺史中軍將軍中興書曰建元初庾亮兄弟何充等相尋薨太宗以撫軍輔政徵浩爲揚州從民譽也劉尹行日小欲晚便使左右取襆人問其故荅曰刺史嚴不敢夜行

謝公時兵厮逋亡多近竄南塘下諸舫中或欲求一時搜索謝公不許云若不容置此輩何以爲京都續晉陽秋曰自中原喪亂民離本域江左造創豪族并兼或客寓流離名籍不立太元中外禦強氐蒐簡民實三吳頗加澄檢正其里伍其中時有山湖遁逸往來都邑者後將軍安方接客時人有於坐言宜糺舍藏之失者安每以厚德化物去其煩細又以強寇入境不宜加動人情乃荅之云卿所憂在於客耳然不爾何以爲京都言者有慚色

王大爲吏部郎王忱已見嘗作選草臨當奏王僧彌來聊出示之僧彌王珉小字也珉別傳曰珉字季琰琅邪人丞相導孫中領軍洽少子有才藝善行書名出兄珣右累遷侍中中書令贈太常僧彌得便以己意改易所選者近半王大甚以爲佳更寫即奏

王東亭與張冠軍善張玄已見王既作吳郡人問小令曰續晉陽秋曰王獻之爲中書令王珉代之時人曰大小王令東亭作郡風政何似答曰不知治化何如唯與張祖希情好日隆耳

殷仲堪當之荊州王東亭問曰德以居全爲稱仁以不害物爲名方今宰牧華夏處殺戮之職與本操將不乖乎殷答曰皐陶造刑辟之制不爲不賢古史考曰庭堅號曰皐陶舜謀臣也舜舉之於堯堯令作士主刑孔丘居司寇之任未爲不仁家語曰孔子自魯司空爲大司寇七日而誅亂法大夫少正卯

文學第四

鄭玄在馬融門下融自敘曰融字季長右扶風茂陵人少而好問學無常師大將軍鄧

隲召爲舍人棄遊武都會羌虜起自關以西道斷融以謂古人有言左手據天下之圖而右手刎其喉愚夫不爲何則生貴於天下也豈以曲俗咫尺爲羞滅無限之身哉因往應之爲校書郎出爲南郡太守

三年不得相見高足弟子傳授而巳嘗筭渾天不合諸弟子莫能解或言玄能者融召令筭一轉便決衆咸駭服及玄業成辭歸既而融有禮樂皆東之歎

高士傳曰玄字康成北海高密人八世祖崇漢尚書玄別傳曰玄少好學書數十三誦五經好天文占候風角隱術年十七見大風起詣縣曰某時當有火災至時果然智者異之年二十一博極羣書精歷數圖緯之言兼精筭術遂去吏師故兗州刺史第五元先就東郡張恭祖受周禮禮記春秋傳周流博觀每經歷山川及接顔一見皆終身不忘扶風馬季長以英儒著名玄往從之叅考同異季長后戚嫚於待士玄不得見住左右自起精廬既因紹介得通時涿郡盧子幹爲門人冠首季長又不解剖裂七事玄思得五子幹

得三季長謂子幹曰吾與汝皆弗如也季長臨別執玄手曰大道東矣子勉之後遇黨錮隱居著述凡百餘萬言大將軍何進辟玄乃縫掖相見玄長八尺餘須眉美秀姿容甚偉進待以賓禮授以几杖玄多所匡正不用而退袁紹辟玄及去餞之城東欲玄必醉會者三百餘人皆離席奉觴自旦及莫度玄飲三百餘盃而溫克之容終日無怠獻帝在許都徵爲大司農行至元城卒

恐玄擅名而心忌玄亦疑有追乃坐橋下在水上據屐融果轉式逐之告左右曰玄在土下水上而據木此必死矣遂罷追玄竟以得免馬融海内大儒被服仁義鄭玄名列門人親傳其業何猜忌而行鴆毒乎委巷之言賊夫人之子

鄭玄欲注春秋傳尚未成時行與服子慎遇宿客舍先未相識服在外車上與人說己注傳意漢南紀曰服虔字子

愼河南滎陽人少行清苦爲諸生尤明春秋左氏傳爲作訓解舉孝廉爲尚書郎九江太守玄聽之良久多與己同玄就車與語曰吾久欲注尚未了聽君向言多與吾同今當盡以所注與君遂爲服氏注

鄭玄家奴婢皆讀書嘗使一婢不稱旨將撻之方自陳說玄怒使人曳著泥中須臾復有一婢來問曰胡爲乎泥中衛式微詩也毛公曰泥中衛邑名也荅曰薄言往愬逢彼之怒衛邶柏舟之詩

服虔既善春秋將爲注欲參考同異聞崔烈集門生講傳摯虞文章志曰烈字威考高陽安平人駰之孫瑗之兄子也靈帝時官至司徒太尉封陽平亭侯遂匿姓名爲烈門人賃作食每當至講時輒竊聽

戶壁閒既知不能踰已稍共諸生敘其短長烈聞不測何人然素聞虔名意疑之明蚤往及未寤便呼子慎子慎虔不覺驚應遂相與友善

鍾會撰四本論始畢甚欲使嵇公一見置懷中既定畏其難懷不敢出於戶外遙擲便回急走魏志曰會論才性同異傳於世四本者言才性同才性異才性合才性離也尚書傅嘏論同中書令李豐論異侍郎鍾會論合屯騎校尉王廣論離文多不載

何晏爲吏部尚書有位望時談客盈坐文章敘錄曰晏能清言而當時權勢天下談士多宗尚之魏氏春秋曰晏少有異才善談易老王弼未弱冠往見之晏聞弼名弼別傳曰弼字輔嗣山陽高平人少而察惠十餘歲便好莊老通辯能言爲傅

嘏所知吏部尚書何晏甚奇之題之曰後生可畏若斯人者可與言天人之際矣以弼補臺郎弼事功雅非所長益不留意頗以所長笑人故爲時士所嫉又爲人淺而不識物情初與王黎荀融善黎奪其黄門郎於是恨黎與融亦不終好正始中以公事免其秋遇癘疾亡時年二十四弼之卒也晉景帝嗟歎之累日曰天喪予其爲高識惇惜如此

因條向者勝理語弼曰此理僕以爲極可得復難不弼便作難一坐人便以爲屈於是弼自爲客主數番皆一坐所不及

何平叔注老子始成詣王輔嗣見王注精奇廼神伏曰若斯人可與論天人之際矣因以所注爲道德二論魏氏春秋曰弼論道約美不如晏自然出拔過之

王輔嗣弱冠詣裴徽永嘉流人名曰徽字文季河東聞喜人太常潛少弟也仕至冀

然　理　惇

州刺史徽問曰夫無者誠萬物之所資聖人莫肯致言而老子申之無已何邪弼別傳曰弼父爲尚書郎裴徽爲吏部郎徽見異之故問弼曰聖人體無無文不可以訓故言必及有老莊未免於有恒訓其所不足

傅嘏善言虚勝魏志曰嘏字蘭碩北地泥陽人傅介子之後也累遷河南尹尚書嘏嘗論才性同異鍾會集而論之傅子曰嘏旣達治好正而有清理識要如論才性原本精微鮮能及之司隸鍾會年甚少嘏以明知交會荀粲談尚玄遠粲別傳曰粲字奉倩潁川潁陰人太尉彧少子也粲諸兄儒術論議各知名粲能言玄遠常以子貢稱夫子之言性與天道不可得而聞也然則六籍雖存固聖人之糠秕能言者不能屈每至共語有爭而不相喻裴冀州釋二家之義通彼我之懷常使兩情皆得彼此俱暢

肯　文

諾〻二字元板同俞氏藏本作之字

粲別傳曰粲太和初到京邑與傅嘏談善名理而粲尚玄遠宗致雖同倉卒時或格而不相得意裴徽通彼我之懷爲二家釋頃之粲與嘏善管輅傳曰裴使君有高才逸度善言玄妙也

何晏注老子未畢見王弼自說注老子旨何意多所短不復得作聲但應諾諾遂不復注因作道德論文章敘錄曰自儒者論以老子非聖人絕禮棄學晏說與聖人同著論行於世也

中朝時有懷道之流有詣王夷甫咨疑者值王昨已語多小極不復相酬荅乃謂客曰身今少惡裴逸民亦近在此君可往問晉諸公贊曰裴頠談理與王夷甫不相推下

裴成公作崇有論時人攻難之莫能折唯王夷甫來如小屈時人即以王理難裴理還復申晉諸公贊曰自魏太常夏

侯玄步兵校尉阮籍等皆著道德論于時侍中樂廣吏部郎劉漢亦體道而言約尚書令王夷甫講理而才虛散騎常侍戴奧以學道爲業後進庾敳之徒皆希慕簡曠頠疾世俗尚虛無之理故著崇有二論以折之才博喻廣學者不能究後樂廣與頠清閑欲說理而頠辭喻豐博廣自以體虛無笑而不復言惠帝起居注曰頠著二論以規虛誕之弊文詞精富爲世名論

諸葛厷年少不肯學問始與王夷甫談便已超詣王歎曰卿天才卓出若復小加研尋一無所愧厷後看莊老更與王語便足相抗衡王隱晉書曰厷字茂遠琅邪人魏雍州刺史緒之子有逸才仕至司空主簿

衛玠總角時問樂令夢樂云是想衛曰形神所不接而夢豈是想邪樂云因也未嘗夢乘車入鼠穴擣虀

檢

噉鐵杵，皆無想無因故也。周禮有六夢：一曰正夢，謂無所感動，平安而夢也；二曰噩夢，謂驚愕而夢也；三曰思夢，謂覺時所思念也；四曰寤夢，謂覺時道之而夢也；五曰喜夢，謂喜說而夢也；六曰懼夢，謂恐懼而夢也。按樂所言想者，蓋思夢也；因者，蓋正夢也。衛思因經日不得，遂成病。樂聞，故命駕爲剖析之，衛即小差。樂歎曰：「此兒胷中當必無膏肓之疾。」春秋傳曰：晉景公有疾，求醫於秦，秦伯使醫緩爲之。未至，公夢疾爲二豎子，曰：「彼良醫也，懼傷我焉，其一曰：居肓之上，膏之下，若我何？」醫至，曰：「疾不可爲也。在肓之上，膏之下，攻之不可，達刺之不可及，藥不至焉。」公曰：「良醫也。」注：肓，鬲也；心下爲膏。

庾子嵩讀莊子，開卷一尺許便放去，曰：「了不異人意。」晉陽秋曰：庾敳字子嵩，潁川人，侍中峻第三子。恢廓有度量，自謂是老莊之徒。曰：「昔未讀此書，意嘗謂至理如此；今見之，正與人意暗同。」仕至豫州長史。

客問樂令旨不至者，樂亦不復剖析文句，直以麈尾柄确几曰：「至不？」客曰：「至。」樂因又舉麈尾曰：「若至者，那得去？」夫藏舟潛往，交臂恒謝，一息不留，忽焉生滅。故飛鳥之影，莫見其移；馳車之輪，曾不掩地。是以去不去矣，庸有至乎？至不至矣，庸有去乎？然則前至不異後至，至名所以生；前去不異後去，去名所以立。今天下無去矣，而去者非假哉？既爲假矣，而至者豈實哉？於是客乃悟服。樂辭約而旨達，皆此類。

初注莊子者數十家，莫能究其旨要。向秀於舊注外爲解義，妙析奇致，大暢玄風。秀別傳曰：秀與嵇康、呂安爲友，趣舍不同。嵇康傲世不羈，安放逸邁俗，而秀雅好讀書。二子頗以此嗤之。後秀將注莊子，先以告康、安。康、安咸曰：「此書詎復須注？徒棄人作樂事耳。」及成，以示二子。康曰：「爾故復勝不？」安乃驚曰：「莊周不死矣！」後注周易，大義可觀。

麈

而與漢世諸儒互有彼此未若隱莊之絶倫也秀本傳或言秀遊託數賢蕭屑卒歲都無注述唯好莊子聊應崔譔所注以備遺忘云竹林七賢論云秀爲此義讀之者無不超然若已出塵埃而窺絶冥始了視聽之表有神德玄哲能遺天下外萬物雖復使動競之人顧觀所徇皆悵然自有振拔之情矣唯秋水至樂二篇未竟而秀卒秀子幼義遂零落然猶有別本郭象者爲人薄行有儁才文士傳曰象字子玄河南人少有才理慕道好學託志老莊時人咸以爲王弼之亞辟司空掾太傅主簿見秀義不傳於世遂竊以爲己注乃自注秋水至樂二篇又易馬蹄一篇其餘衆篇或定點文句而已文士傳曰象作莊子注最有清辭遒旨後秀義別本出故今有向郭二莊其義一也

阮宣子有令聞太尉王夷甫見而問曰老莊與聖教

爲友元校作友善

卿常無食鴻臚丞差有祿

太子洗馬下俞氏藏本有三語掾據晉書是阮瞻誤九字

同異對曰將無同太尉善其言辟之爲掾世謂三語掾衛玠嘲之曰一言可辟何假於三宣子曰苟是天下人望亦可無言而辟復何假一遂相與爲友名士傳曰阮脩字宣子陳留尉氏人好老易能言理不喜見俗人時誤和逢即舍去傲然無營家無儋石之儲晏如也琅邪王處仲爲鴻臚卿謂曰鴻臚丞差有祿卿常無食能作不脩曰爲復可耳遂爲鴻臚丞太子洗馬

亦

裴散騎娶王太尉女婚後三日諸壻大會晉諸公贊曰裴遐字叔道河東人父綽長水校尉遐少有理稱辟司空掾散騎郎永嘉流人名衍字夷甫第四女適遐也當時名士王裴子弟悉集郭子玄在坐挑與裴談子玄才甚豐贍始數交未快郭陳張甚盛裴徐理前語理致甚微四坐咨嗟稱快鄧粲晉紀曰遐以辯論爲業善敘名理辭氣清暢泠然若

皆

貝

琴瑟聞其言者知與不知無不歎服王亦以爲奇謂諸人曰君輩勿爲爾將受困寡人女壻

衛玠始渡江見王大將軍敦別傳曰敦字處仲琅邪臨沂人少有名理累遷青州刺史避地江左歷侍中丞相大將軍揚州牧以罪伏誅因夜坐大將軍命謝幼輿晉陽秋曰謝鯤字幼輿陳郡人父衡晉碩儒鯤性通簡好老易善音樂以琴書爲業避亂江東爲豫章太守王敦引爲長史鯤別傳曰鯤四十三卒贈太常玠見謝甚說之都不復顧王遂達旦微言王永夕不得豫玠體素羸恒爲母所禁爾夕忽極於此病篤遂不起玠別傳曰玠少有名理善易老自抱羸疾初不於外擅相酬對時友歎曰衛君不言言必入眞武昌見大將軍王敦敦與談論咨嗟不能自已

舊云王丞相過江左止道聲無哀樂嵇康聲無哀樂論略曰夫殊方

無琴字

陳云歌笑疑作歌哭

烝

異俗歌笑不同使錯而用之或聞哭而權或聽歌而感然哀樂之情均也今用均同之情發萬殊之聲斯非音聲之無常乎

養生嵇叔夜養生論曰夫蝨著頭而黑麝食柏而香頸處險而癭齒居晉而黃豈唯蒸之使重無使輕芬之使香勿使脡哉誠能蒸以靈芝潤以醴泉無爲自得體妙心玄庶與羨門比壽王喬爭年何爲不可養生哉

言盡意歐陽堅石言盡意論畧曰夫理得於心非言不暢物定於彼非名不辨名逐物而遷言因理而變不得相與爲二矣苟無其二言無不盡矣

三理而已。然宛轉關生無所不入

殷中軍爲庾公長史按庾亮僚屬名及中興書浩爲亮司馬非爲長史也下都王丞相爲之集桓公王長史王藍田王述別傳曰述字懷祖太原晉陽人祖湛父承並有高名述蚤孤事親孝謹簞瓢陋巷宴安永日由是爲有識所知襲爵藍田侯謝鎮西並在丞相自起解帳帶麈尾語殷曰身今日當

烝廿

得脡

與君共談析理既共清言遂達三更丞相與殷共相往反其餘諸賢略無所關既彼我相盡丞相乃歎曰向來語乃竟未知理源所歸至於辭喻不相負正始之音正當爾耳明旦桓宣武語人曰昨夜聽殷王清言甚佳仁祖亦不寂寞我亦時復造心顧看兩王掾王濛王述並爲王導所辟輒翣如生母狗馨

殷中軍見佛經云理亦應阿堵上佛經之行中國尚矣莫詳其始牟子曰漢明帝夜夢神人身有日光明日博問羣臣通人傅毅對曰臣聞天竺有道者號曰佛輕舉能飛身有日光殆將其神也於是遣羽林將軍秦景博士弟子王遵等十二人之大月氏國寫取佛經四十二部在蘭臺石室劉子政列仙傳曰歷觀百家之中以相檢驗得仙者百四十六人其七十四人已在佛經故撰

得七十可以多聞博識者遐觀焉如此即漢成哀之間已有經矣與牟子傳記便爲不同魏略西戎傳曰天竺城中有臨兒國浮屠經云其國王生浮圖浮圖者太子也父曰屑頭邪母曰莫邪浮圖者身服色黃髮如青絲爪如銅其母夢白象而孕及生從右脅出而有髻墮地能行七步天竺又有神人曰沙律昔漢哀帝元壽元年博士弟子景慮受大月氏王使伊存口傳浮屠經曰復豆者其人也漢武故事曰昆邪王殺休屠王以其衆來降得其金人之神置之甘泉宮金人皆長丈餘其祭不用牛羊唯燒香禮拜上使依其國俗祀之此神全類於佛豈當漢武之時其經未行於中土而但神明事之邪故驗劉向魚豢之說佛至自哀成之世明矣然則牟博所言四十二者其文今存非妄蓋明帝遣使廣求異聞非是時無經也

謝安年少時請阮光祿道白馬論孔叢子曰趙人公孫龍云白馬非馬馬者所以命形白者所以命色夫命色者非命形故曰白馬非馬也爲論以示謝于時謝不即解阮語重相咨盡阮乃歎曰非但能言人不

可得正索解人亦不可得中興書曰裕甚精論難

褚季野語孫安國褚裒孫盛並已見云北人學問淵綜廣博孫荅曰南人學問清通簡要支道林聞之曰聖賢固所忘言自中人以還北人看書如顯處視月南人學問如牖中窺日支所言但譬成孫褚之理也然則學廣則難周難周則識闇故如顯處視月學寡則易覈易覈則智明故如牖中窺日也

劉眞長與殷淵源談劉理如小屈殷曰惡卿不欲作將善雲梯仰攻墨子曰公輸般爲高雲梯欲以攻宋墨子聞之自魯往裂裳裹足日夜不休十日十夜而至於郢見楚王曰聞大王將攻宋有之乎王曰然墨子曰請令公輸般設攻宋之具臣請試守之於是公輸般設攻宋之計墨子縈帶守之輸九攻之而墨子九卻之不能入遂輟兵

無雲字

縈帶誤勞帝

錯

殷中軍云康伯未得我牙後慧浩別傳曰浩善老易能清言康伯浩甥也甚愛之

惠

謝鎮西少時聞殷浩能清言故往造之殷未過有所通爲謝標榜諸義作數百語既有佳致兼辭條豐蔚甚足以動心駭聽謝注神傾意不覺流汗交面殷徐語左右取手巾與謝郎拭面按殷浩大謝尚三歲便是時流或當貴其勝致故爲之揮汗

宣武集諸名勝講易易乾鑿度曰孔子曰易者易也變易也不易也三成德爲道包錯籥者易也其德也光明四通日月星辰布八卦序四時和也變也者天地不變不能成朝夫婦不變不能成家不易者其位也天在上地在下君南面臣北面父坐子伏此其不易也故易者天地人道也鄭玄序

無成字
無包籥二字者字在易字下

易曰易之爲名也一言而函三義簡易一也變易二也不易三也繫辭曰乾坤易之藴也易之門戶也又曰乾確然示人易矣坤隤然示人簡矣易則易知簡則易從此言其簡易法則也又曰其爲道也屢遷變動不居周流六虛上下無常剛柔相易不可以爲典要唯變所適此則言其從時出入移動也又曰天尊地卑乾坤定矣卑高以陳貴賤位矣動靜有爲剛柔斷矣此則言其張設布列不易也據此三義而說易之道廣矣大矣曰說一卦簡文欲聽聞此便還曰義自當有難易其以一卦爲限邪

有北來道人好才理與林公相遇於瓦官寺講小品于時竺法深孫興公悉共聽此道人語屢設疑難林公辯荅清析辭氣俱爽此道人每輒摧屈孫問深公上人常是逆風家向來何以都不言庾法暢人物論曰法深學義淵

博名聲蚤著弘道法師也深公笑而不荅林公曰白旃檀非不馥焉能逆風成實論曰波利質多天樹其香則逆風而聞深公得此義夷然不屑

孫安國往殷中軍許共論往反精苦客主無閒左右進食冷而復煗者數四彼我奮擲麈尾悉脫落滿餐飯中賓主遂至莫忘食殷乃語孫曰卿莫作強口馬我當穿卿鼻孫曰卿不見决鼻牛人當穿卿頰續晉陽秋曰孫盛善理義時中軍將軍殷浩擅名一時能與劇談相抗者唯盛而已

莊子逍遙篇舊是難處諸名賢所可鑽味而不能拔理於郭向之外支道林在白馬寺中將馮太常共語

馮氏譜曰馮懷字祖思長樂人歷太常護軍將軍因及逍遥支卓然標新理於二家之表立異義於衆賢之外皆是諸名賢尋味之所不得後遂用支理向子期郭子玄逍遥義曰夫大鵬之上九萬尺鷃之起榆枋小大雖差各任其性苟當其分逍遥一也然物之芸芸同資有待得其所待然後逍遥耳唯聖人與物冥而循大變爲能無待而常通豈獨自通而已又從有待者不失其所待不失則同於大通矣支氏逍遥論曰夫逍遥者明至人之心也莊生建言大道而寄指鵬鷃鵬以營生之路曠故失適於體外鷃以在近而笑遠有矜伐於心內至人乘天正而高興遊無窮於放浪物物而不物於物則遥然不我得玄感不爲不疾而速則逍然靡不適此所以爲逍遥也若夫有欲當其所足足於所足快然有似天眞猶饑者一飽渴者一盈豈忘烝嘗於糗糧絕觴爵於醪醴哉苟非至足豈所以逍遥乎此向郭之注所未盡

殷中軍浩也嘗至劉尹所清言良久殷理小屈遊辭不

軍　斥　所待作恃　道　三　飢　浩作正文無也字

已劉亦不復答殷去後乃云田舍兒強學人作爾馨語劉惔已見

殷中軍雖思慮通長然於才性偏精忽言及四本便若湯池鐵城無可攻之勢神農書曰夫有石城七仞湯池百步帶甲百萬而無粟者不能自固也

支道林造即色論支道林集妙觀章云夫色之性也不自有色色不自有雖色而空故曰色即爲空色復異空論成示王中郎王坦之已見中郎都無言支曰默而識之乎論語曰默而識之誨人不倦何有於我哉王曰既無文殊誰能見賞維摩詰經曰文殊師利問維摩詰云何者是菩薩入不二法門時維摩詰默然無言文殊師利歎曰是眞入不二法門也

王逸少作會稽初至支道林在焉孫興公謂王曰支道林拔新領異胷懷所及乃自佳卿欲見不王本自有一往雋氣殊自輕之後孫與支共載往王許王都領域不與交言須臾支退後正值王當行車已在門支語王曰君未可去貧道與君小語因論莊子逍遙遊支作數千言才藻新奇花爛映發王遂披襟解帶留連不能已支法師傳曰法師研十地則知頓悟於七住尋莊周則辯聖人之逍遙當時名勝咸味其音旨道賢論以七沙門比竹林七賢遁比向秀雅尚莊老二子異時風尚玄同也

三乘佛家滯義支道林分判使三乘炳然諸人在下坐聽皆云可通支下坐自共說正當得兩入三便亂

今義弟子雖傳猶不盡得法華經曰三乘者一曰聲聞乘二曰緣覺乘三曰菩薩乘聲聞者悟四諦而得道也緣覺者悟因緣而得道也菩薩者行六度而得道也然則羅漢得道全由佛教故以聲聞爲名也辟支佛得道或聞因緣而解或聽環珮而得悟神能獨達故以緣覺爲名也菩薩者大道之人也方便則止行六度眞教則通脩萬善功不爲已志存廣濟故以大道爲名也

許掾詢也年少時人以比王苟子苟子王脩小字也文字志曰脩字敬仁太原晉陽人父濛司徒左長史脩明秀有美稱善隷行書號曰流奕清舉起家著作佐郞瑯邪王文學轉中軍司馬未拜而卒時年二十四昔王弼之没與脩同年故脩弟熈乃歎曰無愧於古人而年與之齊也

許大不平時諸人士及於法師並在會稽西寺講王亦在焉許意甚忿便往西寺與王論理共決優劣苦相折挫王遂大屈許復執王理王執許理更相覆疏

王復屈許謂支法師曰弟子向語何似支從容曰君語佳則佳矣何至相苦邪豈是求理中之談哉

林道人詣謝公東陽時始總角新病起體未堪勞與林公講論遂至相苦（東陽謝朗也巳見中興書曰朗博涉有逸才善言玄理）母王夫人在壁後聽之再遣信令還而太傅留之王夫人因自出云新婦少遭家難一生所寄唯在此兒因流涕抱兒以歸謝公語同坐曰家嫂辭情忼慨致可傳述恨不使朝士見（謝氏譜曰朗父據取太康王韜女名綏）

支道林許掾諸人共在會稽王齋頭（簡文）支爲法師許爲都講（高逸沙門傳曰道林時講維摩詰經）支通一義四坐莫不厭心

許送一難衆人莫不抃舞但共嗟詠二家之美不辯其理之所在

謝車騎在安西艱中（安西謝奕已見）林道人往就語將夕乃退有人道上見者問云公何處來荅云今日與謝孝劇談一出來（玄別傳曰玄能清言善名理）

支道林初從東出住東安寺中（高逸沙門傳曰遁居會稽晉哀帝欽其風味遣中使至東迎之遁遂辭丘壑高步天邑）王長史宿構精理并撰其才藻往與支語不大當對王敘致作數百語自謂是名理奇藻支徐徐謂曰身與君別多年君義言了不長進王大慚而退

殷中軍讀小品釋氏辨空經有詳者焉有略者焉詳者爲大品略者爲小品下二百籤皆是精微世之幽滯嘗欲與支道林辯之竟不得今小品猶存高逸沙門傳曰殷浩能言名理自以有所不達欲訪之於遁遂邂逅不遇深以爲恨其爲名識賞重如此之至焉語林曰浩於佛經有所不了故遣人迎林公林乃虛懷欲往王右軍駐之曰淵源思致淵富既未易爲敵且己所不解上人未必能通縱復服從亦名不益高若佗脫不合便喪十年所保可不須往林公亦以爲然遂止

佛經以爲祛練神明則聖人可致釋氏經曰一切衆生皆有佛性但能脩智慧斷煩惱萬行具足便成佛也簡文云不知便可登峰造極不然陶練之功尚不可誣

于法開始與支公爭名後情漸歸支意甚不分遂遁

跡剡下遣弟子出都語使過會稽于時支公正講小品開戒弟子道林講比汝至當在某品中因示語攻難數十番云舊此中不可復通弟子如言詣支公正值講因謹述開意往反多時林公遂屈厲聲曰君何足復受人寄載來名德沙門題目曰于法開才辨從橫以數術弘教高逸沙門傳曰法開初以義學著名後與支遁有競故遁居剡縣更學醫術

殷中軍問自然無心於禀受何以正善人少惡人多諸人莫有言者劉尹荅曰譬如寫水著地正自縱横流漫略無正方圓者一時絶歎以爲名通莊子曰天籟者吹萬不同而使其自已也郭子玄注曰無既無矣則不能生有有之未生又不能爲生然則生生者誰哉塊然

而自生耳非我生也我不生物物不生我則自然而已然謂之天然天然非爲也故以天言之所以明其自然故也

康僧淵初過江未有知者恒周旋市肆乞索以自營忽往殷淵源許值盛有賓客殷使坐麤與寒温遂及義理語言辭旨曾無愧色領略麤舉一往參詣由是知之僧淵氏族所出未詳疑是胡人尚書令沈約撰晉書亦稱其有義學

殷謝諸人共集殷浩謝安謝因問殷眼往屬萬形萬形來入眼不成實論曰眼識不待到而知虛塵假空與明故得見色若眼到色到色間則無空明如眼觸目則不能見彼當知眼識不到而知依如此說則眼不往形不入遥屬而見也謝有問殷無荅疑闕文

人有問殷中軍何以將得位而夢棺器將得財而夢

屎
矢穢殷曰官本是臭腐所以將得而夢棺屍財本是糞土所以將得而夢穢汙時人以爲名通

殷中軍被廢東陽浩黜廢事別見始看佛經初視維摩詰僧肇注維摩經曰維摩詰者秦言淨名蓋法身之大士見居此土以弘道也疑般若波羅密太多後見小品恨此語少波羅密此言到彼岸也經云到者有六焉一曰檀檀者施也二曰毗黎毗黎者持戒也三曰羼提羼提者忍辱也四曰尸羅尸羅者精進也五曰禪禪者定也六曰般若般若者智慧也然則五者爲舟般若爲導導則爲絶有相之流升無相之彼岸也故曰波羅密也淵源未暢其致少而疑其多已而究其宗多而患其少也

支道林殷淵源俱在相王許簡文相王謂二人可試一交言而才性殆是淵源崤函之固崤謂二陵之地函函谷關也並秦之

屎尸　比　爲

險塞王者之居左思魏都賦曰崤函帝王之宅君其慎焉支初作改轍遠之數四交不覺入其玄中相王撫肩笑曰此自是其勝場安可爭鋒

謝公因子弟集聚問毛詩何句最佳遏稱曰謝玄小字已見昔我往矣楊柳依依今我來思雨雪霏霏公曰訏謨定命遠猷辰告大雅詩也毛萇注曰訏大也謨謀也辰時也鄭玄注曰猷圖也大謀定命謂正月始和布政于邦國都鄙謂此句偏有雅人深致

張憑舉孝廉出都負其才氣謂必參時彥欲詣劉尹鄉里及同舉者共笑之張遂詣劉劉洗濯料事處之下坐唯通寒暑神意不接張欲自發無端頃之長史

無共字

諸賢來清言客主有不通處張乃遥於末坐判之言約旨遠足暢彼我之懷一坐皆驚眞長延之上坐清言彌日因留宿至曉張退劉曰卿且去正當取卿共詣撫軍張還船同侣問何處宿張笑而不荅須臾眞長遣傳教覓張孝廉船同侣惋愕卽同載詣撫軍至門劉前進謂撫軍曰下官今日爲公得一太常博士妙選既前撫軍與之話言咨嗟稱善曰張憑勃窣爲理窟卽用爲太常博士宋明帝文章志曰憑字長宗吳郡人有意氣爲鄉閭所稱學尚所得敏而有文太守以才選舉孝廉試策高第爲惔所舉補太常博士累遷吏部郎御史中丞

汰法師云六通三明同歸正異名耳安法師傳曰竺法汰者體器弘

簡道情冥到法師友而善焉一說法汰郎安公弟子也經云六通者三乘之功德也一曰天眼通見遠方之色二曰天耳通聞障外之聲三曰身通飛行隱顯四曰它心通水鏡萬慮五曰宿命通神知已往六曰漏盡通慧解累世三明者解脫在心朗照三世者也然則天眼天耳身通它心漏盡此五者皆見在心之明也宿命則過去心之明也因天眼發未來之智則未來心之明也同歸異名義在斯矣

支道林許謝盛德共集王家許詢謝安王濛謝顧謂諸人今日可謂彥會時既不可留此集固亦難常當共言詠以寫其懷許便問主人有莊子不正得漁父一篇莊子曰孔子遊乎緇帷之林休坐乎杏壇之上孔子弦歌鼓琴奏曲未半有漁者下船而來鬚眉交白被髮揄袂行原以上距陸而止左手據膝右手持頤以聽曲終而招子貢子路語曰彼何爲者也曰孔氏曰孔氏何治子貢曰服忠信行仁義飾禮樂選人倫孔氏之所治也曰有士之君歟曰非也漁父曰仁則仁矣恐

謝字今前氏字脫 絃 須 膝 脫終字 誤士

（不免其身孔子聞而求問之遂言入疵四病以誡孔子）謝看題便各使四坐通支道林先通作七百許語敘致精麗才藻奇拔衆咸稱善於是四坐各言懷畢謝問曰卿等盡不皆曰今日之言少不自竭謝後麤難因自敘其意作萬餘語才峰秀逸（文字志曰安神情秀悟善談玄遠）既自難干加意氣擬託蕭然自得四坐莫不厭心支謂謝曰君一往奔詣故復自佳耳

殷中軍孫安國王謝能言諸賢悉在會稽王許殷與孫共論易象妙於見形（其論略曰聖人知觀器不足以達變故表圓應於著龜圓應不可爲典要故寄妙迹於六爻六爻周流唯化所適故雖一畫而吉凶並彰微一則失之矣擬器託象

而慶咎交著繫器則失之矣故設八卦者蓋緣化之影迹也天下者寄見之一形也圓影備未備之象一形兼未形之形故盡二儀之道不與乾坤齊妙風雨之變不與巽坎同體矣孫語道合意氣干雲一坐咸不安孫理而辭不能屈會稽王慨然歎曰使真長來故應有以制彼即迎真長孫意已不如真長既至先令孫自叙本理孫麤說已語亦覺殊不及向劉便作二百許語辭難簡切孫理遂屈一坐同時拊掌而笑稱美良久

僧意在瓦官寺中未詳僧意氏族所出王苟子來苟子王脩小字與共語便使其唱理意謂王曰聖人有情不王曰無重問曰聖人如柱邪王曰如籌算雖無情運之者有情僧

意云誰運聖人邪苟子不得荅而去諸本無僧意最後一句意疑其闕廣校衆本皆然惟一書有之故取以成其義然王脩善言理如此論特不近人情猶疑斯文爲謬也

司馬太傅問謝車騎惠子其書五車何以無一言入玄謝曰故當是其妙處不傳莊子曰惠施多方其書五車其道舛駮其言不中謂卵有毛雞三足馬有卵犬可爲羊火不熱目不見龜長於蛇丁子有尾白狗黑連環可解能勝人之口不能服人之心蓋辯者之囿也

殷中軍被廢徙東陽大讀佛經皆精解唯至事數處不解事數謂若五陰十二入四諦十二因緣五根五力七覺之聲遇見一道人問所籤便釋然

殷仲堪精覈玄論人謂莫不研究殷乃歎曰使我解

四本談不翅爾周祗隆安記曰仲堪好學而有理思也

殷荆州曾問遠公張野遠法師銘曰沙門釋惠遠鴈門樓煩人本姓賈氏世爲冠族年十二隨舅令狐氏遊學許洛年二十一欲南渡就范宣子學道阻不通遇釋道安以爲師抽簪落髮研求法藏釋曇翼每資以燈燭之費識鑒淹遠高悟冥賾安常歎曰道流東國其在遠乎襄陽既沒振錫南遊結宇靈嶽自年六十不復出山名被流沙彼國僧衆皆稱漢地有大乘沙門每至然香禮拜輒東向致敬年八十三而終易以何爲體荅曰易以感爲體殷曰銅山西崩靈鍾東應便是易耶東方朔傳曰孝武皇帝時未央宮前殿鍾無故自鳴三日三夜不止詔問太史待詔王朔朔言恐有兵氣更問東方朔朔曰臣聞銅者山之子山者銅之母以陰陽氣類言之子母相感山恐有崩弛者故鍾先鳴易曰鳴鶴在陰其子和之精之至也其應在後五日內居三日南郡太守上書言山崩延袤二十餘里樊英別傳曰漢順帝時殿下鍾鳴問英對曰蜀岷山崩山於

孝誤漢末

銅爲母母崩子鳴非聖朝災後蜀果上山崩日月相應二說微異故並載之遠公笑而不荅

羊孚弟娶王永言女孚弟輔也羊氏譜曰輔字幼仁泰山人祖楷尚書郎父綏中書郎輔仕至衛軍功曹娶琅邪王訥之女字僧首及王家見壻孚送弟俱往時永言父東陽尚在王氏譜曰訥之字永言琅邪人祖彪之光祿大夫父臨之東陽太守訥之歷尚書左丞御史中丞殷仲堪是東陽女壻亦在坐殷氏譜曰仲堪娶琅邪王臨之女字英彥孚雅善理義乃與仲堪道齊物莊子篇也殷難之羊云君四番後當得見同殷笑曰乃可得盡何必相同乃至四番後一通殷咨嗟曰僕便無以相異歎爲新拔者久之

殷仲堪云三日不讀道德經便覺舌本閒強晉安帝紀曰仲

堪有思理能清言

提婆初至爲東亭弟講阿毗曇出經叙曰僧伽提婆罽賓人姓瞿曇氏儁朗有深鑒符堅至長安出諸經後渡江遠法師請譯阿毗曇遠法師阿毗曇叙曰阿毗曇心者三藏之要領詠歌之微言源流廣大管綜衆經領其宗會故作者以心爲名焉有出家開士字法勝以阿毗曇源流廣大卒難尋究別撰斯部凡二百五十偈以爲要解號之曰心罽賓沙門僧伽提婆少翫斯文因請令譯焉阿毗曇者晉言大法也道標法師曰阿毗曇者秦言無此法也始發講坐裁半僧彌便云都已曉卽於坐分數四有意道人更就餘屋自講提婆講竟東亭問法岡道人曰法岡未詳氏族弟子都未解阿彌邪得已解所得云何曰大略全是故當小未精覈耳出經叙曰提婆以隆安初遊京師東亭侯王珣迎至舍講阿毗曇提婆宗致既明振

發義與王僧彌一聽便自講其
明義易啓人心如此未詳年卒
桓南郡與殷荆州共談每相攻難年餘後但一兩番
桓自歎才思轉退殷云此乃是君轉解周祗隆安記曰玄善言理
棄郡還國常與殷荆州
仲堪終日談論不輟
文帝嘗令東阿王七步中作詩不成者行大法應聲
便爲詩曰煑豆持作羹漉菽以爲汁萁在釜下然豆
在釜中泣本自同根生相煎何太急帝深有慚色魏志
曰陳思王植字子建文帝同母弟也年十餘歲誦詩
論及辭賦數萬言善屬文太祖嘗視其文曰汝倩人
邪植跪曰出言爲論下筆成章顧當面試奈何倩人
時鄴銅雀臺新成太祖悉將諸子登之使各爲賦植
援筆立成可觀性簡易不治威儀輿馬服飾不尚華
麗每見難問應聲而荅太祖寵愛之幾爲太子者數

豉

矣文帝即位封鄄城侯後徙雍丘復封東阿植每
求試不得而國亟遷易汲汲無懽年四十一薨
魏朝封晉文王爲公備禮九錫文王固讓不受公卿
將校當詣府敦喻司空鄭冲冲已見馳遣信就阮籍求
文籍時在袁孝尼家袁氏世紀曰準字孝尼陳郡陽夏人父渙魏郎中令準忠信居
正不耻下問唯恐人不勝已也世事多險故恬退不
敢求進著書十萬餘言荀綽兗州記曰準有雋才大
始中位給事中宿醉扶起書札爲之無所點定乃寫付使時
人以爲神筆顧愷之晉文章記曰阮籍勸進落落有宏致至轉說徐而攝之也一本注阮籍
勸進文略曰竊聞明公固讓冲等眷眷實懷愚心以
爲聖王作制百代同風褒德賞功其來久矣周公籍
已成之業據既安之勢光宅曲阜奄
有龜蒙明公宜奉聖旨受兹介福也
左太冲作三都賦初成思別傳曰思字太冲齊國臨淄人父雍起於筆札多所掌

懽　陽夏脫陽　恬　兗州作兗淮州　籍作藉　据

思蚤喪母雍憐之七字俞氏藏本作思少孤三字

練爲殿中御史思蚤喪母雍憐之不甚教其書學及長博覽名文遍閱百家司空張華辟爲祭酒賈謐舉爲祕書郎謐誅歸鄉里專思著述齊王冏請爲記室參軍不起時爲三都賦未成也後數年疾終其三都賦改定至終乃上初作蜀都賦云金馬電發於高岡碧雞振翼而雲披鬼彈飛丸以礌礉火井騰光以赫曦今無鬼彈故其賦往往不同思爲人無吏幹時人而有文才又頗以椒房自矜故齊人不重也

互有譏訾思意不愜後示張公張華已見張曰此二京可三然君文未重於世宜以經高名之士思乃詢求於皇甫謐王隱晉書曰謐字士安安定朝那人漢太尉嵩曾孫也祖叔獻霸陵令父叔侯舉孝廉謐族從皆累世富貴獨守寒素所養叔母歎曰昔孟母以三徙成子曾父以烹豕存教豈我居不卜鄰何爾魯之甚乎脩身篤學自汝得之於我何有因對之流涕謐乃感激年二十餘就鄉里席坦受書遭人而問少有寧日武帝借與書二車遂博覽太子中庶子議郎徵並不就終于家謐見之嗟歎遂

幹　止　閒　與一

爲作敘於是先相非貳者莫不歛衽讚述焉思別傳曰思造張載問岷蜀事交接亦疎皇甫謐西州高士摯仲治宿儒知名非思倫匹劉淵林衛伯輿並蚤終皆不爲思賦序注也凡諸注解皆思自爲欲重其文故假時人名姓也

劉伶著酒德頌意氣所寄名士傳曰伶字伯倫沛郡人肆意放蕩以宇宙爲狹常乘鹿車攜一壺酒使人荷鍤隨之云死便掘地以埋土木形骸遨遊一世竹林七賢論曰伶處天地間悠悠蕩蕩無所用心嘗與俗士相牾其人攘袂而起欲必築之伶和其色曰雞肋豈足以當尊拳其人不覺廢然而返未嘗措意文章終其世凡著酒德頌一篇而已其辭曰有大人先生者以天地爲一朝萬朞爲須臾日月爲扃牖八荒爲庭衢行無轍迹居無室廬幕天席地縱意所如止則操巵執觚動則挈榼提壺唯酒是務焉知其餘有貴介公子縉紳處士聞吾風聲議其所以乃奮袂攘襟怒目切齒陳說禮法是非鋒起先生於是方捧甖承槽銜杯漱醪奮髯箕踞枕麴藉糟無思無慮其樂陶陶兀然而醉豁爾而醒

足　郡　狹作細　無以字　迕　軌　止　觚　槽　銜　踑

靜聽不聞雷霆之聲熟視不見太山之形不覺寒暑之切肌利欲之感情俯觀萬物之擾擾如江漢之載浮萍二豪侍側焉如蜾蠃之與螟蛉

樂令善於清言而不長於手筆將讓河南尹請潘岳爲表晉陽秋曰岳字安仁榮陽人夙以才穎發名善屬文清綺絕世蔡邕未能過也仕至黃門侍郎爲孫秀所害潘云可作耳要當得君意樂爲述已所以爲讓標位二百許語潘直取錯綜便成名筆時人咸云若樂不假潘之文潘不取樂之旨則無以成斯矣

夏侯湛作周詩成文士傳曰湛字孝若譙國人魏征西將軍夏侯淵曾孫也有盛才文章巧思善補雅詞名亞潘岳歷中書侍郎湛集載其敘曰周詩者南陔白華華黍由庚崇丘由儀六篇有其義而亡其辭湛續其亡故云周詩也示潘安仁安仁曰此非徒溫雅

乃别見孝悌之性其詩曰既殷斯虔仰說洪恩夕定辰省奉朝侍昏宵中告退雞鳴在門孳孳恭誨夙夜是敦潘因此遂作家風詩岳家風詩載其宗祖之德及自戒也

孫子荆除婦服作詩以示王武子孫楚集云婦胡毋氏也其詩曰時邁不停日月電流神爽登遐忽已一周禮制有叙告除靈丘臨祠感痛中心若抽王曰未知文生於情情生於文一作文於情生情於文生覽之悽然增伉儷之重

太叔廣甚辯給而摯仲治長於翰墨俱爲列卿每至公坐廣談仲治不能對退著筆難廣廣又不能荅王隱晉書曰廣字季思東平人拜成都王爲太弟欲使詰洛廣子孫多在洛慮害乃自殺摯虞字仲治京兆長安人祖茂秀才父模太僕卿虞少好學師事皇甫謐善校練文義多所著述歷秘書監太常卿從惠帝至長安遂流離鄠杜間性好博古而文籍蕩盡永嘉五年洛中大饑遂餓而死虞與廣名位略同廣長

口才虞長筆才俱少政事衆坐廣談虞不能對廣退虞筆難廣廣不能荅於是更相嗤笑紛然於世廣無可記虞多所録於斯爲勝也

江左殷太常父子並能言理亦有辯訥之異揚州口談至劇太常輙云汝更思吾論中興書曰殷融字洪遠陳郡人桓彝有人倫鑒見融甚歎美之著象不盡意大賢須易論理義精微談者稱焉兄子浩亦能清言每與浩談有時而屈退而著論融更居長爲司徒左西屬飲酒善舞終日嘯詠未嘗以世務自嬰累遷吏部尚書太常卿卒

庾子嵩作意賦成晉陽秋曰敳永嘉中爲石勒所害先是敳見王室多難知終嬰其禍乃作意賦以寄懷從子文康見問曰若有意邪非賦之所盡若無意邪復何所賦荅曰正在有意無意之閒

郭景純詩云林無靜樹川無停流王隱晉書曰郭璞字景純河東聞喜

人父瑗建平太守璞別傳曰璞奇博多通文藻粲麗才學賞豫足參上流其詩賦誄頌並傳於世而訥於言造次詠語常人無異又不持儀檢形質穨索縱情嫚惰時有醉飽之失友人干令升戒之曰此伐性之斧也璞曰吾所受有分恒恐用之不盡豈酒色之能害王敦取爲參軍敦縱兵都輦乃咨以大事璞極言成敗不爲回屈敦忌而害之詩璞幽思篇者

阮孚云阮孚別見泓崢蕭瑟實不可言每讀此文輒覺神超形越

庾闡始作揚都賦道溫庾云溫挺義之標庾作民之望方響則金聲比德則玉亮庾公聞賦成求看兼贈貺之闡更改望爲儁以亮爲潤云中興書曰闡字仲初潁川人太尉亮之族也少孤九歲便能屬文遷散騎侍郎領大著作爲揚都賦邈絕當時五十四卒

孫興公作庾公誄袁羊曰見此張緩于時以爲名賞

袁氏家傳曰喬有文才

庾仲初作揚都賦成以呈庾亮亮以親族之懷大爲其名價云可三二京四三都於此人人競寫都下紙爲之貴謝太傅云不得爾此是屋下架屋耳事事擬學而不免儉狹王隱論楊雄太玄經曰玄經雖妙非益也是以古人謂其屋下架屋

習鑿齒史才不常宣武甚器之未三十便用爲荊州治中鑿齒謝牋亦云不遇明公荊州老從事耳後至都見簡文返命宣武問見相王何如荅云一生不曾見此人從此忤旨出爲衡陽郡性理遂錯於病中猶作漢晉春秋品評卓逸續晉陽秋曰鑿齒少而博學才情秀逸溫甚奇之自州從

蔣云大定大字疑衍

陳云共王當作共工蔣云晉書作工

事歲中三轉至治中後以忤旨左遷戶曹參軍衡陽太守在郡著漢晉春秋斥温覬覦之心也鑿齒集載其論略曰靜漢末累世之交爭廓九域之蒙晦大定千載之盛功者皆司馬氏也若以魏有代王之德則不足有靜亂之功則孫劉鼎立共王秦政猶不見叙於帝王況暫制數州之衆哉且漢有係周之業則晉無所承魏之迹矣春秋之時吳楚稱王若推有德彼必自係於周不推吳楚也況長轡廟堂吳蜀兩定天下之功也

孫興公云三都二京五經鼓吹言此五賦是經典之羽翼

謝太傅問主簿陸退陸氏譜曰退字黎民吳郡人高祖凱吳丞相祖仰吏部郎父伊州主簿退仕至光禄大夫張憑何以作母誄而不作父誄退答曰故當是丈夫之德表於事行婦人之美非誄不顯陸氏譜曰退憑壻也

王茍仁年十三作賢人論長史送示眞長眞長荅云見茍仁所作論便足參微言脩集載其論曰或問易稱賢人黃裳元吉茍未能闇與理會何得不求通求通則有損有損則元吉之稱將虛設乎荅曰賢人誠未能闇與理會當居然體從比之理盡猶一豪之領一梁一豪之領一梁雖於理有損不足以撓梁賢有情之至寡豪有形之至小豪不至撓梁於賢人何有損之者哉

孫興公云潘文爛若披錦無處不善續文章志曰岳爲文選言簡章清綺絕倫陸文若排沙簡金往往見寶文章傳曰機善屬文司空張華見其文章篇篇稱善猶譏其作文大治謂曰人之作文患於不才至子爲文乃患太多也

簡文稱許掾云玄度五言詩可謂妙絕時人續晉陽秋曰詢有才藻善屬文自司馬相如王褒揚雄諸賢世尚賦頌皆體則詩騷傍綜百家之言及至建安而詩章大

治　體

盛遠乎西朝之末潘陸之徒雖時有質文而宗歸不異也正始中王弼何晏好莊老玄勝之談而世遂貴焉至過江佛理尤盛故郭璞五言始會合道家之言而韻之詢及太原孫綽轉相祖尚又加以三世之辭而詩騷之體盡矣詢綽並爲一時文宗自此作者悉體之至義熙中謝混始改

孫興公作天台賦成以示范榮期中興書曰范啓字榮期愼陽人父堅護軍啓以才義顯於世仕至黃門郎云卿試擲地要作金石聲范曰恐子之金石非宮商中聲然每至佳句赤城霞起而建標瀑布飛流而界道此賦之佳處輒云應是我輩語

桓公見謝安石作簡文謚議看竟擲與坐上諸客曰此是安石碎金劉謙之晉紀載安議曰謹按謚法一德不懈曰簡道德博聞曰文易簡而天下之理得觀乎人文化成天下儀之景行猶有彷彿宜尊號曰太宗謚曰簡文

袁虎少貧虎袁宏小字也嘗爲人傭載運租謝鎭西經船行其夜清風朗月聞江渚閒估客船上有詠詩聲甚有情致所誦五言又其所未嘗聞歎美不能巳卽遣委曲訊問乃是袁自詠其所作詠史詩因此相要大相賞得續晉陽秋曰虎少有逸才文章絕麗曾爲詠史詩是其風情所寄少孤而貧以運租爲業鎭西謝尚時鎭牛渚乘秋佳風月率爾與左右微服泛江會虎在運租船中諷詠聲既清會辭文藻拔非尚所曾聞遂住聽之乃遣問訊荅曰是袁臨汝郎誦詩卽其詠史之作也尚佳其率有勝致卽遣要迎談話申旦自此名譽日茂

孫興公云潘文淺而淨陸文深而蕪

裴郎作語林始出大爲遠近所傳時流年少無不傳

陳云王公當作黃公

寫各有一通。載王東亭作經王公酒壚下賦，甚有才情。裴氏家傳曰：裴榮字榮期，河東人。父穉，豐城令。榮期少有風姿才氣，好論古今人物，撰語林數卷，號曰裴子。檀道鸞謂裴松之以爲啓作語林，榮儻別名啓乎？

謝萬作八賢論，與孫興公往反，小有利鈍。中興書曰：萬善屬文，能談論。萬集載其敘四隱四顯，爲八賢之論，謂漁父、屈原、季主、賈誼、楚老、龔勝、孫登、嵇康也。其旨以處者爲優，出者爲劣。孫綽難之，以謂體玄識遠者，出處同歸。文多不載。謝後出以示顧君齊，顧氏譜曰：夷字君齊，吳郡人。祖歛，孝廉。父霸，少府卿。夷辟州主簿，不就。顧曰：「我亦作，知卿當無所名。」

桓宣武命袁彥伯作北征賦，續晉陽秋曰：宏從溫征鮮卑，故作北征賦，宏文之高者。既成，公與時賢共看，咸嗟歎之。時王珣在坐云：

雅

嘆

俞氏藏本無此韻二字

恨少一句得寫字足韻當佳袁即於坐攬筆益云感不絕於余心泝流風而獨寫公謂王曰當今不得不以此事推袁宏集載其賦云聞所聞於相傳云獲麟於此野誕靈物以瑞德奚授體於虞者悲尼父之慟泣似實慟而非假豈一物之足傷實致傷於天下感不絕於余心泝流風而獨寫晉陽秋曰宏嘗與王珣伏滔同侍溫坐溫令滔讀其賦至致傷於天下於此改韻云此韻所詠慨深千載今於天下之後便移韻於寫送之致如為未盡滔乃云得益寫一句或當小勝桓公語宏卿試思益之宏應聲而益王伏稱善

孫興公道曹輔佐才如白地明光錦中興書曰曹毗字輔佐譙國人魏大司馬休曾孫也好文籍能屬詞累遷太學博士尚書郎光祿勳裁為負版絝論語曰孔子式負版者鄭氏注曰版謂邦國籍也負之者賤隸人也非無文采酷無裁製

二 讀誤續

袁伯彦作名士傳成宏以夏侯太初何平叔王輔嗣爲正始名士阮嗣宗嵇叔夜山巨源向子期劉伯倫阮仲容王濬仲爲竹林名士裴叔則樂彦輔王夷甫庾子嵩王安期阮千里衞叔寶謝幼輿爲中朝名士見謝公公笑曰我嘗與諸人道江北事特作狡獪耳彦伯遂以著書

王東亭到桓公吏旣伏閣下桓令人竊取其白事東亭卽於閣下更作無復向一字續晉陽秋曰珣學涉通敏文高當世

桓宣武北征温別傳曰温以太和四年上疏自征鮮卑袁虎時從被責免官會須露布文喚袁倚馬前令作手不輟筆俄得七紙殊可觀東亭在側極歎其才袁虎云當令齒舌間得利

袁宏始作東征賦都不道陶公胡奴誘之狹室中臨以白刃胡奴陶範別見曰先公勳業如是君作東征賦云何相忽略宏窘蹙無計便荅我大道公何以云無因誦曰精金百鍊在割能斷功則治人職思靖亂長沙之勳爲史所讚續晉陽秋曰宏爲大司馬記室參軍後爲東征賦悉稱過江諸名望時桓温在南州宏語衆云我決不及桓宣武時伏滔在温府與宏善苦諫之宏笑而不荅滔密以啓温温甚忿以宏一時文宗又聞此賦有聲不欲令人顯問之後遊青山飲酌既歸公命宏同載衆爲危懼行數里問宏曰聞君作東征賦多稱先賢何故不及家君宏荅曰尊公稱謂自非下官所敢專故未呈啓不敢顯之耳温乃云君欲爲何辭宏卽荅云風鑒散朗或搜或引身雖可亡道不可隕則宣城之節信爲允也温泫然而止二說不同故詳載焉

武誤當作城

城誤武

陸云博當作傳

或問顧長康君箏賦何如嵇康琴賦顧曰不賞者作後出相遺深識者亦以高奇見貴中興書曰愷之博學有才氣爲人遲鈍而自矜尚爲時所笑宋明帝文章志曰桓溫云顧長康體中癡黠各半合而論之正平平耳世云有三絶畫絶文絶癡絶續晉陽秋曰愷之矜伐過實諸年少因相稱譽以爲戲弄爲散騎常侍與謝瞻連省夜於月下長詠自云得先賢風制瞻每遙贊之愷之得此彌自力忘倦瞻將眠語搥腳人令代愷之不覺有異遂幾申旦而後止

殷仲文天才宏贍續晉陽秋曰仲文雅有才藻著文數十篇而讀書不甚廣博亮歎曰亮別見若使殷仲文讀書半袁豹丘淵之文章敘曰豹字士蔚陳郡人祖耽歷陽太守父質琅邪内史豹隆安中著作佐郎累遷太尉長史丹陽尹義熙九年卒才不滅班固續漢書曰固字孟堅右扶風人幼有儁才學無常師善屬文經傳無不究

覽

羊孚作雪贊云資清以化乗氣以霏遇象能鮮即絜成輝桓胤遂以書扇中興書曰胤字茂祖譙國人祖冲太尉父嗣江州刺史胤少有清操以恬退見稱仕至中書令玄敗徙安成郡後見誅

王孝伯在京行散至其弟王睹戶前睹王爽小字也中興書曰爽字季明恭第四弟也仕至侍中恭事敗贈太常問古詩中何句爲最睹思未荅孝伯詠所遇無故物焉得不速老此句爲佳

桓玄嘗登江陵城南樓云我今欲爲王孝伯作誄因吟嘯良久隨而下筆一坐之間誄以之成晉安帝紀曰玄文翰之美高於一世玄集載其誄敘曰隆安二年九月十七日前將軍青兗二州刺史太原王孝伯薨川岳降

誄誤諫

陳云後當作穀

神哲人是育既爽其靈不貽其福天道茫昧孰測倚伏犬馬反噬豺狼翹陸嶺摧高梧林殘松竹人之云亡邦國喪牧于以誄之爰旌芳郁文多不盡載

桓玄初并西夏領荊江二州二府一國玄别傳曰玄既克殷仲堪後楊佺期遣使諷朝廷朝廷以玄都督八州領江州荆州二刺史于時始雪五處俱賀五版並入玄在聽事上版至即荅版後皆粲然成章不相揉雜

桓玄下都羊孚時爲兖州别駕從京來詣門牋云自頃世故睽離心事淪藴明公啓晨光於積晦澄百流以一源桓見牋馳喚前云子道子道來何遲即用爲記室參軍孟昶别見爲劉牢之主簿續晉陽秋曰牢之字道堅彭城人世

松　無書字　廳　城

以將顯父遁征虜將軍牢之沈毅多計數爲謝玄參軍苻堅之役以驍猛成功及平王恭轉徐州刺史桓玄下都以牢之爲前鋒行征西將軍玄至歸降用爲會稽內史欲解其兵奔而縊死詣門謝見云羊侯羊侯百口賴卿

世說新語上之下

此書予家青氊也近以閭閻馬生捲爲己有幸而復之時洪武九年也吳郡俞彥春題

世說新語卷上之下

世説新語中之上

宋　臨川王義慶　撰
梁　　劉孝標　注

方正第五

陳太丘與友期行，期日中，過中不至，太丘舍去，去後乃至。元方時年七歲，門外戲。陳寔及紀並已見。客問元方：「尊君在不？」荅曰：「待君久不至，已去。」友人便怒曰：「非人哉！與人期行，相委而去。」元方曰：「君與家君期日中，日中不至，則是無信；對子罵父，則是無禮。」友人慙，下車引之，元方入門不顧。

南陽宗世林魏武同時而甚薄其爲人不與之交及魏武作司空總朝政從容問宗曰可以交未荅曰松栢之志猶存世林旣以忤旨見疎位不配德文帝兄弟每造其門皆獨拜牀下其見禮如此楚國先賢傳曰宗承字世林南陽安衆人父資有美譽承少而脩德雅正確然不羣徵聘不就聞德而至者如林魏武弱冠屢造其門值賓客猥積不能得言乃伺承起往要之捉手請交承拒而不納帝後爲司空輔漢朝乃謂承曰卿昔不顧吾今可爲交未承曰松栢之志猶存帝不說以其名賢猶敬禮之勑文帝脩子弟禮就家拜漢中太守武帝平冀州從至鄴陳羣等皆爲之拜帝猶以舊情介意薄其位而優其禮就家訪以朝政居賓客之右文帝徵爲直諫大夫明帝欲引以爲相以老固辭

魏文帝受禪陳群有慼容帝問曰朕應天受命卿何

以不樂羣曰臣與華歆服膺先朝今雖欣聖化猶義形於色華嶠譜敘曰魏受禪朝臣三公以下並受爵位華歆以形色忤時徙爲司空不進爵文帝久不懌以問尚書令陳羣曰我應天受命百辟莫不説喜形於聲色而相國及公獨有不怡者何邪羣起離席長跪曰臣與相國曾事漢朝心雖説喜義干其色亦懼陛下實應見憎帝大説歎息良久遂重異之

郭淮作關中都督甚得民情亦屢有戰庸魏志曰淮字伯濟太原陽曲人建安中除平原府丞黃初元年奉使賀文帝踐阼而稽留不及羣臣歡會帝正色責之曰昔禹會諸侯於塗山防風氏後至便行大戮今溥天同慶而卿最留遲何也淮曰臣聞五帝先教導民以德夏后政衰始用刑辟今臣遭唐虞之世是以知免防風氏之誅帝説之擢爲雍州刺史遷征西將軍淮在關中三十餘年功績顯著遷儀同三司贈大將軍淮妻太尉王凌之妹坐凌事魏略曰凌字彥雲太原祁人歷司空太尉征當幷誅東將軍密欲立楚王彪司馬宣王自討之凌

自縛歸罪遥謂太傅曰卿直以折簡召我我當不至邪太傅曰以卿非肯逐折簡者也遂使人送至西夌自知罪重試索棺釘以觀太傅意太傅給之夌行至項城夜呼掾屬與決曰行年八十身名俱滅命邪遂自殺使者徵攝甚急淮使戒裝克日當發州府文武及百姓勸淮舉兵淮不許至期遣妻百姓號泣追呼者數萬人行數十里淮乃命左右追夫人還於是文武奔馳如徇身首之急既至淮與宣帝書曰五子哀戀思念其母其母既亡則無五子五子若殞亦復無淮宣帝乃表特原淮妻世語曰淮妻當從坐侍御史往收督將及羌胡渠帥數千人叩頭請淮上表留妻淮不從妻上道莫不流涕人人扼腕欲劫留之淮五子叩頭流血請淮淮不忍視乃命追之於是數千騎往追還淮以書白司馬宣王曰五子哀母不惜其身若無其母是無五子五子若亡亦

人

肯作背

無准也令輙追還若於法未通當受罪於主者書至宣王乃表原之

諸葛亮之次渭濱關中震動蜀志曰亮字孔明琅邪陽都人客于荆州躬耕隴畝好爲梁甫吟長八尺每自比管仲樂毅時人莫之許也唯博陵崔州平頴川徐元直謂爲信然先主屯新野徐庶見先主曰諸葛孔明臥龍也將軍豈願見之乎先主曰君與俱來庶曰此人可就見不可屈致也先主遂詣亮謂關羽張飛曰孤之有孔明猶魚之有水也累遷丞相益州牧率衆北征卒於渭南

魏明帝深懼晉宣王戰乃遣辛毗爲軍司馬魏志曰毗字佐治頴川陽翟人累遷衛尉宣王既與亮對渭而陳亮設誘譎萬方宣王果大忿將欲應之以重兵亮遣間諜覘之還曰有一老夫毅然仗黃鉞當軍門立軍不得出亮曰此必辛佐治也晉陽秋曰諸葛亮寇于郿據渭水南原詔使高祖拒之亮善撫御又戎政嚴明

且僑軍遠征糧運艱澁利在野戰朝廷每聞其出欲以不戰屈之高祖亦以爲然而擁大軍禦侮於外不宜遠露怯弱之形以虧大勢故秣馬坐甲每見吞併之威亮雖挑戰或遺高祖巾幗巾幗婦女之飾欲以激怒冀獲曹咎之利朝廷慮高祖不勝忿憤而衛尉辛毗骨鯁之臣帝乃使毗仗節爲高祖軍司馬亮果復挑戰高祖乃奮怒將出應之毗仗節中門而立高祖乃止將士聞見者益加勇銳識者以人臣雖擁衆千萬而屈於王人大略深長皆如此之類也

夏侯玄既被桎梏魏氏春秋曰玄字太初譙國人夏侯尚之子大將軍前妻兄也風格高朗弘辯博暢正始中護軍曹爽誅徵爲太常內知不免不交人事不畜筆研及太傅薨許允謂玄曰子無復憂矣玄歎曰士宗卿何不見事乎此人猶能以通家年少遇我子元子上不吾容也後中書令李豐惡大將軍執政遂謀以玄代之大將軍聞其謀誅豐收玄送廷尉于寶晉紀曰初豐之謀也使告玄玄荅曰宜詳之爾不以聞也故及於難時鍾毓爲廷尉鍾會先不與玄相

澁　幗　猶

知因便狎之玄曰雖復刑餘之人未敢聞命世語曰玄至廷尉不肯下辭廷尉鍾毓自臨履玄玄正色曰吾當何辭爲令史責人邪卿便爲吾作毓以玄名士節高不可屈而獄當竟夜爲作辭令與事相附流涕以示玄玄視之曰不當若是邪鍾會年少於玄玄不與交是日於毓坐狎玄玄正色曰鍾君何得如是名士傳曰初玄以鍾毓志趣不同不與之交玄被收時毓爲廷尉執玄手曰太初何至於此玄正色曰雖復刑餘之人不可得交按郭頒西晉人時世相近爲晉魏世語事多詳覈孫盛之徒皆采以著書並云玄距鍾會而袁宏名士傳最後出不依前史以爲鍾毓可謂謬矣考掠初無一言臨刑東市顏色不異魏志曰玄格量弘濟臨斬顏色不異舉止自若

夏侯泰初與廣陵陳本善本與玄在本母前宴飲世語曰本字休元臨淮東陽人魏志曰本廣陵東陽人父矯司徒本歷郡守廷尉所在操綱領舉大體能使羣

下自盡有率御之才不親小事不讀法律而得廷尉之稱遷鎮北將軍

本弟騫

晉陽秋曰騫字休淵司徒第二子無騫諤風滑稽而多智謀仕至大司馬

行還徑入至堂戶泰初因起曰可得同不可得而雜

名士傳曰玄以鄉黨貴齒本不論德位年長者必為拜與陳本母前飲騫來而出其可得同不可得而雜者也

高貴鄉公薨內外諠譁

魏志曰高貴鄉公諱髦字彥士文帝孫東海定王霖之子也初封郯縣高貴鄉公好學夙成齊王廢羣臣迎之即皇帝位漢晉春秋曰自曹芳事後魏人省徹宿衛無復鎧甲諸門戎兵老弱而已曹髦見威權日去不勝其忿召侍中王沈尚書王經散騎常侍王業謂曰司馬昭之心路人所知也吾不能坐受廢辱今日當與卿自出討之王經諫不聽乃出懷中板令投地曰行之決矣正使死何所恨況不必死邪於是入白太后沈業奔走告昭昭為之備髦遂率僮僕數百鼓譟而出昭弟屯騎校尉伷入遇髦於東止車門左右訶之伷眾奔走中護軍賈充又逆髦戰於南闕下髦自

用劒衆欲退太子舍人成濟問充曰事急矣當云何充曰公畜汝等正爲今日今日之事無所問也濟即前刺髦刃出於背魏氏春秋曰帝將誅大將軍詔有司復進位相國加九錫帝夜自將冗從僕射李昭黄門從官焦伯等下陵雲臺鎧仗授兵欲因際會遣使自出致討會雨而卻明日遂見王經等出黄素詔於懷曰是可忍也孰不可忍今當決行此事帝遂拔劒升輦率殿中宿衛倉頭官僮擊戰鼓出雲龍門賈充自外而入帝師潰散帝猶稱天子手劒奮擊衆莫敢逼充率厲將士騎督成倅弟濟以矛進帝崩于師時暴雨雷電晦冥

司馬文王問侍中陳泰曰魏志曰泰字玄伯司空羣之子也何以靜之泰云唯殺賈充以謝天下文王曰可復下此不對曰但見其上未見其下干寶晉紀曰高貴鄉公之殺司馬文王召朝臣謀其故太常陳泰不至使其舅荀顗召之告以可不泰曰世之論者以泰方於舅今舅不如泰也子弟內外咸共逼之垂涕而入文王待之曲室謂曰玄伯卿何以處我對曰可誅賈充以謝天下文王曰爲

吾更思其次泰曰唯有進於此不知其次文王乃止漢晉春秋曰曹髦之薨司馬昭聞之自投於地曰天下謂我何於是召百官議其事昭垂涕問陳泰曰何以居我泰曰公光輔數世功蓋天下謂當並迹古人垂美於後一旦有殺君之事不亦惜乎速斬賈充猶可以自明也昭曰公閭不可得殺也卿更思餘計泰厲聲曰意唯有進於此耳餘無足委者也歸而自殺魏氏春秋曰泰勸大將軍誅賈充大將軍曰卿更思其他泰曰豈可使泰復發後言遂嘔血死

和嶠爲武帝所親重語嶠曰東宮頃似更成進卿試往看還問何如荅云皇太子聖質如初晉諸公贊曰嶠字長輿汝南西平人父逌太常知名嶠少以雅量稱深爲賈充所知每向世祖稱之歷尚書太子少傅干寶晉紀曰皇太子有醇古之風美於信受侍中和嶠數言於上曰季世多僞而太子尚信非四海之主憂太子不了陛下家事願追思文武之祚上既重長適又懷齊王朋黨之論弗入也後上謂嶠曰太子近入朝吾謂差

涕作淚

無曰字

宮

祚

進卿可與荀侍中共往言及顗奉詔還對上曰太子明識弘新有如明詔問嶠嶠對曰聖質如初上默然晉陽秋曰世祖疑惠帝不可承繼大業遣和嶠荀勗往觀察之既見勗稱歎曰太子德更進茂不同於故嶠曰皇太子聖質如初此陛下家事非臣所盡天下聞之莫不稱嶠爲忠而欲灰滅勗也按荀顗清雅性不阿諛校之二說則孫盛爲得也

諸葛靚後入晉除大司馬召不起以與晉室有讎常背洛水而坐與武帝有舊帝欲見之而無由乃請諸葛妃呼靚既來帝就太妃間相見禮畢酒酣帝曰卿故復憶竹馬之好不靚曰臣不能吞炭漆身今日復覩聖顔因涕泗百行帝於是慙悔而出晉諸公贊曰吳亡靚入洛以父誕爲太祖所殺誓不見世祖世祖叔母琅邪王妃靚之姊也帝後因靚在姊間往就見焉靚逃於厠

中於是以至孝發名時嵇康亦被法而康子紹死蕩陰之役談者咸曰觀紹靚二人然後知忠孝之道區以別矣

陳云常山主當作常山主下婦長廣公主上當有甄德二字

武帝語和嶠曰我欲先痛罵王武子然後爵之嶠曰武子儁爽恐不可屈帝遂召武子苦責之因曰知愧不晉諸公贊曰齊王當出藩而王濟諫請無數又累遣常山主與婦長廣公主共入稽顙陳乞留之世祖甚恚謂王戎曰我兄弟至親今出齊王自朕家計而甄德王濟連遣婦入來生哭人邪濟等尚爾況餘者乎濟自此被責左遷國子祭酒武子曰尺布斗粟之謠常爲陛下恥之漢書曰淮南厲王長高祖少子也有罪文帝徙之於蜀不食而死民作歌曰一尺布尚可縫一斗粟尚可舂兄弟二人不能相容瓚注曰言一尺布帛可縫而共衣一斗米粟可舂而共食況以天下之廣而不相容也它人能令疏親臣不能使親疏以此愧陛下

廣作屬

天下作天子

無之字

杜預之荆州，頓七里橋，朝士悉祖。王隱晉書曰：預字元凱，京兆杜陵人，漢御史大夫延年十一世孫。祖畿，魏太保。父恕，幽州荆州刺史。預智謀淵博，明於治亂，常稱立德者非所企及，立功立言所庶幾也。累遷河南尹，爲鎮南將軍，都督荆州諸軍事，鎮襄陽。以平吳勳封當陽侯。預無伎藝之能，身不跨馬，射不穿札，而每有大事，輒在將帥之限。贈征南將軍、儀同三司。預少賤，好豪俠，不爲物所許。楊濟既名氏雄俊，不堪，不坐而去。八王故事曰：濟字文通，弘農人，楊駿弟也。有才識，累遷太子太保，與駿同誅。須臾，和長輿來，問：「楊右衛何在？」客曰：「向來不坐而去。」長輿曰：「必大夏門下盤馬。」往大夏門，果大閱騎。長輿抱內車，共載歸，坐如初。

杜預拜鎮南將軍，朝士悉至，皆在連榻坐。語林曰：中朝方鎮還不與元凱共坐預征吳還獨榻不與賓客共也時亦有裴叔則羊穉舒後至曰杜元凱乃復連榻坐客不坐便去晉諸公贊曰羊琇字穉舒泰山人通濟有才幹與世祖同年相善謂世祖曰後富貴時見用作領護軍各十年世祖即位累遷左將軍特進杜請裴追之羊去數里住馬既而俱還杜許

晉武帝時荀勗爲中書監虞預晉書曰勗字公曾潁川潁陰人漢司空爽曾孫也十餘歲能屬文外祖鍾繇曰此兒當及其曾祖爲安陽令民生爲立祠累遷侍中中書監和嶠爲令故事監令由來共車嶠性雅正常疾勗諂諛王隱晉書曰勗性佞媚譽太子出齊王當時私議損國害民孫劉之匹也後世若有良史當著佞倖傳後公車來嶠便登正向前坐不復容勗勗方更覓車然得去監令各給車自此始曹嘉之晉紀曰中書監令常同車入朝至和嶠爲令

而荀勗爲監嶠意強抗專車而坐乃使監令異車自此始也

山公大兒著短帢車中倚武帝欲見之山公不敢辭問兒兒不肯行時論乃云勝山公晉諸公贊曰山該字伯倫司徒濤長子也雅有器識仕至左衛將軍

向雄爲河內主簿有公事不及雄而太守劉淮橫怒遂與杖遣之雄後爲黃門郎劉爲侍中初不交言武帝聞之敕雄復君臣之好雄不得已詣劉再拜曰向受詔而來而君臣之義絕何如於是卽去武帝聞尚不和乃怒問雄曰我令卿復君臣之好何以猶絕漢晉春秋曰雄字茂伯河內人世語曰雄有節槩仕至黃門郎護軍將軍按王隱孫盛不與故君相聞議曰昔

在晉初河內溫縣領校向雄送御犢牛不充呈郡輒隨比送洛値天大熱郡送牛多暍死臺法甚重太守吳奮召雄與杖雄不受杖曰郡牛者亦死也呈牛者亦死也奮大怒下雄獄將大治之會司隷辟雄都官從事數年爲黃門侍郎奮爲侍中同省相避不相見武帝聞之給雄酒禮使詣奮解雄乃奉詔此則非劉淮也晉諸公贊曰淮字君平沛國杼秋人少以清正稱累遷河內太守侍中尚書僕射司徒

雄曰古之君子進人以禮退人以禮今之君子進人若將加諸膝退人若將墜諸淵臣於劉河內不爲戎首亦已幸甚安復爲君臣之好武帝從之

禮記曰穆公問於子思曰爲舊君反服古邪子思曰古之君子進人以禮退人以禮故有舊君反服之禮今之君子進人若將加諸膝退人若將墜諸淵無爲戎首不亦善乎又何反服之有鄭玄曰爲兵主求攻伐故曰戎首也

齊王冏爲大司馬輔政虞預晉書曰冏字景治齊王攸子也少聰惠及長謙約好

校誤牧

無使字

求誤來

伐

施趙王倫篡位冏起義兵誅倫拜大司馬加九錫政皆決之而恣用羣小不復朝覲遂爲長沙王所誅

嵇紹爲侍中詣冏咨事冏設宰會召葛旟齊王官屬名曰旟字虛旟齊王從事中郎晉陽秋曰齊王起義轉長史旣克趙王倫與董艾等專執威權冏敗見誅董艾等入王故事曰艾字叔智弘農人祖遇魏侍中父綏祕書監艾少好功名不脩士檢齊王起義艾爲新汲令赴軍用艾領右將軍王敗見誅共論時宜旟等白冏嵇侍中善於絲竹公可令操之遂送樂器紹推卻不受冏曰今日共爲歡卿何卻邪紹曰公協輔皇室令作事可法紹雖官卑職備常伯操絲比竹蓋樂官之事不可以先王法服爲伶人之業今逼高命不敢苟辭當釋冠冕襲私服此紹之心也旟等不自得而退

咨作諮

盧志於衆坐世語曰志字子通范陽人尚書珽少子少知名起家鄴令歷成都王長史衛尉卿尚書郎問陸士衡陸遜陸抗是君何物抗已見吳書曰遜字伯言吳郡人世爲冠族初領海昌令號神君累遷丞相答曰如卿於盧毓盧珽魏志曰毓字子家涿人父植有名於世累遷吏部郎尚書選舉先性行而後言才進司空珽咸熙中爲泰山太守字子笏位至尚書士龍失色雲別見旣出戶謂兄曰何至如此彼容不相知也士衡正色曰我父祖名播海內寧有不知鬼子敢爾孔氏志怪曰盧充者范陽人家西三十里有崔少府墓充先冬至一日出家西獵見一麞舉弓而射卽中之麞倒而復起充逐之不覺遠忽見一里門如府舍門中一鈴下有唱家前充問此何府也荅曰少府府也充曰我衣惡那得見貴人卽有人提襆新衣迎之充著盡可體便進見少府展姓名酒炙數行崔曰近得尊府君書爲君索小女婚故相延耳卽舉書示充充父亡時雖小然已見父

手迹便欷歔無辭崔即敕內令女郎莊嚴使充就東廊充至婦已下車立席頭共拜爲三日畢還見崔崔曰君可歸矣女有娠相生男當以相還生女當留自養敕外嚴車送客崔送至門執手零涕離別之感無異生人復致衣一襲被褥一副充便上車去如電逝須臾至家家人相見悲喜推問知崔是亾人而入其墓追以懊惋居四年三月三日臨水戲忽見一犢車乍浮乍沒既上岸充往開車後戶見崔氏女與三歲男兒共載充見之忻然欲捉其手女舉手指後車曰府君見人即見少府充往問訊女抱兒還充又與金盌別并贈詩曰煌煌靈芝質光麗何猗猗華豔當時顯嘉異表神奇含英未及秀中夏罹霜萎榮耀長幽滅世路永無施不悟陰陽運哲人忽來儀會淺離別速皆由靈與祇何以贈余親金盌可顧兒愛恩從此別斷絕傷肝脾充取兒盌及詩忽不見二車處將兒還四坐謂是鬼魅僉遙唾之形如故問兒誰是汝父兒逕就充懷衆初怪惡傳省其詩慨然歎死生之玄通也充詣市賣盌高舉其價不欲速售冀有識者欻有一老婢問充得盌之由還報其大家即女姨也遣視之果是謂充曰我姨姊崔少府女未嫁而亡家親

欷歔　晉書無爲字又見崔下無複出崔字　人作之　椀　當顯時　椀　椀　媚

矢左右發俞氏藏本脫矢字

蔣云案泰山無平陽縣羊氏冠族俱出泰山南城二字疑誤

痛之贈一金盌著棺中令視卿盌甚似得盌本末可得聞不充以事對卽詣充家迎兒兒有崔氏狀又似充貌姨曰我舅甥三月末間產父曰春煗溫也願休強也卽字溫休溫休蓋幽婚也其兆先彰矣兒遂成爲令器歷數郡二千石皆著績其後生植爲漢尚書植子毓爲魏司空冠蓋相承至今也議者疑二陸優劣謝公以此定之

羊忱性甚貞烈趙王倫爲相國忱爲太傅長史乃版以參相國軍事使者卒至忱深懼豫禍不暇被馬於是帖騎而避使者追之忱善射矢左右發使者不敢進遂得免文字志曰忱字長和一名陶泰山平陽人世爲冠族父繇車騎掾忱歷太傅長史楊州刺史還侍中永嘉五年遭亂被害年五十餘

王太尉不與庾子嵩交王夷甫庾敳庾卿之不置王曰君

不得爲爾庾曰卿自君我我自卿卿我自用我法卿自用卿法

阮宣子伐社樹阮修已見春秋傳曰共工氏有子曰勾龍爲后土后土爲社風俗通曰孝經稱社者土也廣博不可備敬故封土以爲社而祀之報功也然則社自祀勾龍非土之祭也有人止之宣子曰社而爲樹伐樹則社亡樹而爲社伐樹則社移矣

阮宣子論鬼神有無者或以人死有鬼宣子獨以爲無曰今見鬼者云著生時衣服若人死有鬼衣服復有鬼邪論衡曰世謂人死爲鬼非也人死不爲鬼無知不能害人如審鬼者死人精神人見之宜從裸袒之形無爲見衣帶被服也何則衣無精神也由此言之見衣服象人則形體亦象人象人知非死

人之精神也凡天地之間有鬼非人死之精神也

元皇帝既登阼以鄭后之寵欲舍明帝而立簡文時議者咸謂舍長立少既於理非倫且明帝以聰亮英斷益宜爲儲副周王諸公並苦爭懇切中興書曰鄭太后字阿春滎陽人少孤先嫁田氏夫亡依舅吳氏時中宗敬后虞氏先崩將納吳氏女遊後園有言之於中宗者納爲夫人甚寵生簡文帝即位尊之曰文宣太后唯刁玄亮獨欲奉少主以阿帝旨元帝便欲施行慮諸公不奉詔於是先喚周侯丞相入然後欲出詔付刁周王既入始至階頭帝逆遣傳詔遏使就東廂周侯未悟即卻略下階丞相披撥傳詔徑至御牀前曰不審陛下何以見臣

帝默然無言乃探懷中黃紙詔裂擲之由此皇儲始定周侯方慨然愧歎曰我常自言勝茂弘今始知不如也中興書曰元皇以明帝及瑯邪王裒並非敬后所生而謂裒有大成之度勝於明帝因從容問王導曰立子以德不以年今二子孰賢導曰世子宣城俱有爽明之德莫能優劣如此故當以年於是更封裒爲瑯邪王而此與世說互異然法盛采撫典故以何爲實且從容諷諫理或可安豈有登階一言曾無奇說便爲之改計乎

王丞相初在江左欲結援吳人請婚陸太尉對曰培塿無松柏薰蕕不同器杜預左傳注曰培塿小阜松柏大木也薰香草蕕臭草玩雖不才義不爲亂倫之始玩巳見

諸葛恢大女適太尉庾亮兒恢別傳曰恢字道明瑯邪陽都人祖誕司空父

靚亦知名恢少有令問稱爲明賢避難江左中宗召補主簿累遷尚書令庾氏譜曰庾亮子會娶恢女名文虎庾會別見次女適徐州刺史羊忱兒羊氏譜曰羊楷字道茂祖繇車騎掾父忱侍中楷仕至尚書郎娶諸葛恢次女亮子被蘇峻害改適江虨虨別見恢兒娶鄧攸女諸葛氏譜曰恢子衡字峻文仕至滎陽太守娶河南鄧攸女于時謝尚書求其小女婚恢乃云羊鄧是世婚江家我顧伊庾家伊顧我不能復與謝裒兒婚永嘉流人名曰裒字幼儒陳郡人父衡博士裒歷侍中吏部尚書吳國內史及恢亡遂婚謝氏譜曰裒子石娶恢小女名文熊中興書曰石字石奴歷尚書令聚斂無厭取譏當世於是王右軍往謝家看新婦猶有恢之遺法威儀端詳容服光整王歎曰我在遺女裁得爾耳

周叔治作晉陵太守，周侯仲智往別。叔治以將別，涕泗不止。仲智恚之曰：「斯人乃婦女，與人別唯啼泣。」便舍去。鄧粲晉紀曰：周謨字叔治，顗次弟也，仕至中護軍。嵩字仲智，謨兄也，性狡直果俠，每以才氣陵物。顗被害，王敦使人弔焉。嵩曰：「亡兄天下有義人，爲天下無義人所殺，復何所弔！」敦甚銜之，循取爲從事中郎，因事誅嵩。晉陽秋曰：嵩事佛，臨刑猶誦經。周侯獨留，與飲酒言話，臨別流涕，撫其背曰：「奴好自愛。」阿奴，謨小字。

周伯仁爲吏部尚書，在省內夜疾危急。時刁玄亮爲尚書令，營救備親好之至，良久小損。虞預晉書曰：刁協字玄亮，勃海饒安人。少好學，雖不研精，而多所博涉，中興制度皆稟於協。累遷尚書令，中宗信重之，爲王敦所忌，舉兵討之，奔至江南，敗死。明旦，報仲智，仲智狼狽來。始入戶，刁下牀

對之大泣說伯仁昨危急之狀仲智手批之刁爲辟易於戶側旣前都不問病直云君在中朝與和長輿齊名那與佞人刁協有情逕便出

王含作廬江郡貪濁狼籍王敦護其兄故於衆坐稱家兄在郡定佳廬江人士咸稱之時何充爲敦主簿在坐正色曰充即廬江人所聞異於此敦默然旁人爲之反側充晏然神意自若中興書曰王敦以震主之威收羅賢儁辟充爲主簿充知敦有異志逡巡疎外及敦稱含有惠政一坐畏敦擊節而已充獨抗之其時衆人爲之失色由是忤敦出爲東海王文學

顧孟著嘗以酒勸周伯仁伯仁不受顧因移勸柱而

勤

另起

陳云王大將軍元板提行另起案敦舉事在元帝永昌末年此事与上文不相蒙另起爲是

語柱曰詎可使作棟梁自遇周得之欣然遂爲衿契徐廣晉紀曰顧顯字孟著吳郡人驃騎榮兄子少有重名泰興中爲騎郎蚤卒時爲悼惜之

明帝在西堂會諸公飲酒未大醉帝問今名臣共集何如堯舜時周伯仁爲僕射因厲聲曰今雖同人主復那得等於聖治帝大怒還內作手詔滿一黃紙遂付廷尉令收因欲殺之按明帝未即位顗已爲王敦所殺此說非也後數日詔出周羣臣往省之周曰近知當不死罪不足至此

王大將軍當下時咸謂無緣爾伯仁曰今主非堯舜何能無過且人臣安得稱兵以向朝廷處仲狠抗剛愎王平子何在顗別傳曰王敦討劉隗時溫太真爲東宮庶子在承華門外與顗相

見曰大將軍此舉有在義無有濫顗曰君年少希更事未有人臣若此而不作亂共相推戴數年而爲此者乎處仲狼抗而強忌平子何在晉陽秋曰王澄爲荊州羣賊並起乃奔豫章而恃其宿名猶陵侮敦敦伏勇士路戎等搤而殺之裴子曰平子從荊州下大將軍伺欲殺之而平子左右有二十人甚健皆持鐵楯馬鞭平子恒持玉枕大將軍乃犒荊州文武二十人積飲食皆不能動乃借平子玉枕便持下牀平子手引大將軍帶絕與力士鬬甚苦乃得上屋上久許而死

王敦既下住船石頭欲有廢明帝意賓客盈坐敦知帝聰明欲以不孝廢之每言帝不孝之狀而皆云溫太真所說溫嘗爲東宮率後爲吾司馬甚悉之須臾溫來敦便奮其威容問溫曰皇太子作人何似溫曰小人無以測君子敦聲色並厲欲以威力使從已乃

伺 伏

俞氏藏本誤連上

重問温太子何以稱佳温曰鈎深致遠蓋非淺識所測然以禮侍親可稱爲孝劉謙之晉紀曰敦欲廢明帝言於衆曰太子子道有虧温司馬昔在東宫悉其事嶠既正言敦忿而愧焉

王大將軍既反至石頭周伯仁往見之謂周曰卿何以相負對曰公戎車犯正下官忝率六軍而王師不振以此負公晉陽秋曰王敦既下六軍敗績顗長史郝嘏及左右文武勸顗避難顗曰吾備位大臣朝廷傾撓豈可草間求活投身胡虜邪乃與朝士詣敦敦曰近日戰有餘力不對曰恨力不足豈有餘邪

蘇峻既至石頭百僚奔散王隱晉書曰峻字子高長廣掖人少有才學仕郡主簿舉孝廉値中原亂招合流舊三千餘家結壘本縣宣示王化收葬枯骨遠近感其恩義咸共宗焉討王

敦有功封公遷歷陽太守峻外營將表曰鼓自鳴峻自斫鼓曰我鄉里時有此則空城有頃詔書徵峻峻曰臺下云我反反豈得活邪我寧山頭望廷尉不能廷尉望山頭乃作亂晉陽秋曰峻率衆二萬濟自橫江至於蔣山王師敗績唯侍中鍾雅獨在帝側或謂鍾曰見可而進知難而退古之道也君性亮直必不容於寇讎何不用隨時之宜而坐待其弊邪鍾曰國亂不能匡君危不能濟而各遜遁以求免吾懼董狐將執簡而進矣

庾公臨去顧語鍾後事深以相委鍾曰棟折榱崩誰之責邪庾曰今日之事不容復言卿當期克復之效耳鍾曰想足下不愧荀林父耳春秋傳曰楚莊王圍鄭晉使荀林父率師

陳云平當作景

救鄭與楚戰於邲晉師敗績桓子歸請死晉景公將許之士貞子諫而止後林父敗赤狄于曲梁賞桓子狄臣千室亦賞士伯以瓜衍之縣曰吾獲狄土子之功也微子吾喪伯氏矣

蘇峻時孔羣在橫塘爲匡術所逼王丞相保存術會稽後賢記曰羣字敬休會稽山陰人祖竺吳豫章太守父弈全椒令羣有智局仕至御史中丞晉陽秋曰匡術爲阜陵令逃亡無行庾亮徵蘇峻術勸峻誅亮遂與峻同反後以宛城降**因衆坐戲語令術勸羣酒以釋橫塘之憾羣荅曰德非孔子厄同匡人**家語曰孔子之宋匡簡子以甲士圍之子路怒奮戟將戰孔子止之曰夫詩書之不講禮樂之不習是丘之過也若述先王之道而爲咎者非丘罪也命也夫歌予和汝子路彈劍孔子和之曲三終匡人解甲罷**雖陽和布氣鷹化爲鳩至於識者猶憎其眼**禮記月令曰仲春之月鷹化爲鳩鄭玄曰鳩播穀也夏小正曰鷹則爲鳩鷹也者其殺之時也鳩也者非殺之

景 千 縣 土

時也善變而之仁故具之

蘇子高事平靈鬼志謠徵曰明帝初有謠曰高山崩石自破高山峻也碩峻弟也後諸公誅峻碩猶據石頭潰散而逃追斬之王庾諸公欲用孔廷尉爲丹陽孔坦亂離之後百姓彫弊孔慨然曰昔肅祖臨崩諸君親升御牀並蒙眷識共奉遺詔孔坦疏賤不在顧命之列既有艱難則以微臣爲先今猶俎上腐肉任人膾截耳於是拂衣而去諸公亦止按王隱晉書蘇峻事平陶侃欲將坦上用爲豫章太守坦辭母老不行臺以爲吳郡吳郡多名族而坦年少乃授吳興內史不聞尹京

孔車騎與中丞共行孔愉別傳曰愉字敬康會稽山陰人初辟中宗參軍討華軼有功封餘不亭侯愉少時嘗得一龜放於餘不溪中龜中路左顧者數過及後鑄印而龜左顧更鑄猶如此

印師以聞愉悟取而佩焉累遷尚書左僕射贈車騎將軍中丞孔群也任御道逢匡術賓從甚盛因往與車騎共語中丞初不視直云鷹化爲鳩衆鳥猶惡其眼術大怒便欲刃之車騎下車抱術曰族弟發狂卿爲我宥之始得全首領

梅頤嘗有惠於陶公後爲豫章太守有事王丞相遣收之侃曰天子富於春秋萬機自諸侯出王公既得錄陶公何爲不可放乃遣人於江口奪之晉諸公贊曰頤字仲眞汝南西平人少好學隱退而求實進止永嘉流人名曰頤領軍司馬頤弟陶字叔眞鄧粲晉紀曰初有譖侃於王敦者乃以從弟廙代侃爲荆州左遷侃廣州侃文武距廙而求侃敦聞大怒及侃將莅廣州過敦敦陳兵欲害侃敦諮議參軍梅陶諫敦乃止厚禮而遣之王隱晉書亦同按二書所敘則有惠於陶是

梅陶非頵也頵見陶公拜陶公止之頵曰梅仲真厀明日豈可復屈邪

王丞相作女伎施設牀席蔡公先在坐不說而去王亦不留蔡司徒別傳曰謨字道明濟陽考城人博學有識避地江左歷左光祿錄尚書事揚州刺史薨贈司空

何次道庾季堅二人並爲元輔晉陽秋曰庾冰字季堅太尉亮之弟也少有檢操兄亮常器之曰吾家晏平仲累遷車騎將軍江州刺史成帝初崩于時嗣君未定何欲立嗣子庾及朝議以外寇方強嗣子沖幼乃立康帝中興書曰帝諱岳字世同成帝同母弟也成帝崩即位年二十二康帝登阼會群臣謂何曰朕今所以承大業爲誰之議何答

曰陛下龍飛此是庾冰之功非臣之力于時用微臣之議今不覩盛明之世晉陽秋曰初顯宗臨崩庾冰議立長君何充謂宜奉皇子爭之不得充不自安求處外任及冰出鎮武昌充自京馳還言於帝曰冰不宜出昔年陛下龍飛使晉德再隆者冰之勳也臣無與焉帝有慙色

江僕射年少王丞相呼與共棊王手嘗不如兩道許而欲敵道戲試以觀之江不卽下王曰君何以不行江曰恐不得爾徐廣晉紀曰江虨字思玄陳留人博學知名兼善弈爲中興之冠累遷尚書左僕射護軍將軍傍有客曰此年少戲迺不惡王徐舉首曰此年少非唯圍棊見勝范汪棊品曰虨與王恬等棊第一品導第五品

孔君平疾篤庾司空爲會稽省之庾冰相問訊甚至爲

之流涕庾既下牀孔慨然曰大丈夫將終不問安國寧家之術廼作兒女子相問庾聞回謝之請其話言王隱晉書曰坦方直而有雅望

桓大司馬詣劉尹臥不起桓彎彈彈劉枕丸迸碎牀褥間劉作色而起曰使君如馨地寧可鬬戰求勝中興書曰溫曾爲徐州刺史沛國屬徐州故呼溫使君鬬戰者以溫爲將也桓甚有恨容劉尹眞長已見

後來年少多有道深公者深公謂曰黃吻年少勿爲評論宿士昔嘗與元明二帝王庾二公周旋高逸沙門傳曰晉元明二帝游心玄虛託情道味以賓友禮待法師王公庾公傾心側席好同臭味也

王中郎年少時坦之已見江虨爲僕射領選欲擬之爲尚書郎有語王者王曰自過江來尚書郎正用第二人何得擬我江聞而止按王處之別傳曰處之從伯導謂處之曰選曹舉汝爲尚書郎幸可作諸王佐邪此知郎官寒素之品也

王述轉尚書令事行便拜文度曰故應讓杜許藍田云汝謂我堪此不文度曰何爲不堪但克讓自是美事恐不可闕藍田慨然曰既云堪何爲復讓人言汝勝我定不如我述別傳曰述常以謂人之處世當先量己而後動義無虛讓是以應辭便當固執其貞正不踰皆此類

孫興公作庾公誄文多託寄之辭綽集載誄文曰咨予與公風流同歸

擬量託情視公猶師君子之交相與無私虛中納是吐誠誨非雖實不敏敬佩弦韋永戢話言口誦心悲旣成示庾道恩庾見慨然送還之曰先君與君自不至於此道恩庾羲小字徐廣晉紀曰羲字叔和太尉亮第三子拔尚率到位建威將軍吳國內史

王長史求東陽撫軍不用簡文後疾篤臨終撫軍哀歎曰吾將負仲祖於此命用之長史曰人言會稽王癡眞癡王濛已見

劉簡作桓宣武別駕後爲東曹參軍劉氏譜曰簡字仲約南陽人祖喬豫州刺史父挻潁川太守簡仕至大司馬參軍頗以剛直見疎嘗聽訊簡都無言宣武問劉東曹何以不下意荅曰會不能用宣武亦無怪色

劉眞長王仲祖共行日旰未食有相識小人貽其餐肴案甚盛眞長辭焉仲祖曰聊以充虛何苦辭眞長曰小人都不可與作緣孔子稱唯女子與小人爲難養近之則不遜遠之則怨劉尹之意蓋從此言也

王脩齡嘗在東山甚貧乏司州已見陶胡奴爲烏程令胡奴陶範小字也陶侃別傳曰範字道則侃第十子也侃諸子中最知名歷尚書秘書監何法盛以爲第九子送一船米遺之卻不肯取直荅語王脩齡若飢自當就謝仁祖索食不須陶胡奴米

阮光祿阮裕已見赴山陵至都不往殷劉許過事便還諸人相與追之既亦知時流必當逐已乃遄疾而去至

方山不相及中興書曰裕終日頹然無所錯綜而物自宗之劉尹時爲會稽乃嘆曰我入當泊安石渚下耳不敢復近思曠傍伊便能捉杖打人不易

王劉與桓公共至覆舟山看酒酣後劉牽脚加桓公頸桓公甚不堪舉手撥去既還王長史語劉曰伊詎可以形色加人不温別傳曰温有豪邁風氣也

桓公問桓子野謝安石料萬石必敗何以不諫子野桓伊小字也續晉陽秋曰伊字叔夏譙國銍人父景護軍將軍伊少有才藝又善聲律加以標悟省率爲王濛劉惔所知累遷豫州刺史贈右將軍子野荅曰故當出於難犯耳桓作色曰萬石撓弱凡才有何嚴顏難犯

羅君章曾在人家，主人令與坐上客共語。荅曰：「相識已多，不煩復爾。」羅府君別傳曰：含字君章，桂陽東陽人。蓋楚熊姓之後，啓土羅國，遂氏族焉。後寓湘境，故爲桂陽人。含，臨海太守彥曾孫，滎陽太守綏少子也。桓宣武辟爲別駕，以官廨諠擾，於城西池小洲上立茅茨，伐木爲牀，織葦爲席，布衣蔬食，晏若有餘。桓公嘗謂衆坐曰：「此自江左之清秀，豈唯荊楚而已。」累遷散騎常侍、廷尉、長沙相，致仕，中散大夫，門施行馬。含自在官舍，有一白雀棲集堂宇。及致仕還家，階庭忽蘭菊挺生，豈非至行之徵邪？

韓康伯病，拄杖前庭消搖。韓伯已見。見諸謝皆富貴，轟隱交路，歎曰：「此復何異王莽時？」漢書曰：王莽宗族凡十侯五大司馬，外戚莫盛焉。

王文度爲桓公長史時，桓爲兒求王女，王許諮藍田。王坦之、王述並已見。既還，藍田愛念文度，雖長大猶抱著厀上。

膝　語　耒

文度因言桓求已女婚藍田大怒排文度下膝曰惡見文度已復癡畏桓溫面兵那可嫁女與之文度還報云下官家中先得婚處桓公曰吾知矣此尊府君不肯耳後桓女遂嫁文度兒王氏譜曰坦之子愷娶桓溫第二女字伯子中興書曰愷字茂仁歷吳國內史丹陽尹贈太常

王子敬數歲時嘗看諸門生樗蒲見有勝負因曰南風不競春秋傳曰楚伐鄭師曠曰不害吾驟歌南風南風不競多死聲楚必無功杜預曰歌者吹律以詠八風南風音微故曰不競也門生輩輕其小兒迺曰此郎亦管中窺豹時見一斑子敬瞋目曰遠慙荀奉倩近愧劉真長遂拂衣而去荀劉已見

謝公聞羊綏佳致意令來終不肯詣羊氏譜曰綏字仲彦太山人父楷尚書郎綏仕至中書侍郎後綏爲太學博士因事見謝公公即取以爲主簿

王右軍與謝公詣阮公阮思曠也至門語謝故當共推主人謝曰推人正自難

太極殿始成徐廣晉紀曰孝武寧康二年尚書令王彪之等啓改作新宫太元三年二月内外軍六千人始營築至七月而成太極殿高八丈長二十七丈廣十丈尚書謝萬監視賜爵關内侯大匠毛安之關中侯王子敬時爲謝公長史謝送版使王題之王有不平色語信云可擲著門外謝後見王曰題之上殿何若昔魏朝韋誕諸人亦自爲也王曰魏祚所以

陳云宋書曰字當在恵字茂遠上

不長謝以爲名言[宋明帝文章志曰太元中新宮成議者欲屈王獻之題榜以爲萬代寶謝安與王語次因及魏時起陵雲閣忘題榜乃使韋仲將縣橙上題之比下須髮盡白裁餘氣息還語子弟云宜絕楷法安欲以此風動其意王解其旨正色曰此奇事韋仲將魏朝大臣寧可使其若此有以知魏德之不長安知其心迺不復逼之]

王恭欲請江盧奴爲長史晨往詣江江猶在帳中王坐不敢即言良久乃得及江不應[盧奴江敳小字也晉安帝紀曰敳字仲凱濟陽人祖正散騎常侍父虨僕射並以義正器素知名當世敳歷位內外簡退著稱歷黃門侍郎驃騎咨議]直喚人取酒自飲一椀又不與王王且笑且言那得獨飲江云卿亦復須邪更使酌與王王飲酒畢因得自解去未出戶江歎曰人自量固爲難[宋書曰敳郎湘]

椀

虨作彪

橙志作梯

州江夷之父也夷字茂遠湘州刺史

孝武問王爽卿何如卿兄王荅曰風流秀出臣不如恭忠孝亦何可以假人中興書曰爽忠孝正直烈宗崩王國寶夜開門入爲遺詔爽爲黃門郎距之曰大行晏駕太子未立敢有先入者斬國寶懼乃止

王爽與司馬太傅飲酒太傅醉呼王爲小子王曰亡祖長史與簡文皇帝爲布衣之交亡姑亡姊伉儷二宮何小子之有中興書曰王濛女諱穆之爲哀帝皇后王蘊女諱法惠爲孝武皇后

張玄與王建武先不相識張玄已見建武王忱也晉安帝紀曰忱初作荊州刺史後爲建武將軍後遇於范豫章許范令二人共語范甯巳見張因正坐斂衽王孰視良久不對張大失望便去范苦

熟

譬留之遂不肯住范是王之舅王氏譜曰王坦之娶順陽郡范汪女名蓋郎甯妹也生愷乃讓王曰張玄吳士之秀亦見遇於時而使至於此深不可解王笑曰張祖希若欲相識自應見詣范馳報張張便束帶造之遂舉觴對語賓主無愧色

雅量第六

豫章太守顧劭環濟吳紀曰劭字孝則吳郡人年二十七起家爲豫章太守擧善以教民風化大行是雍之子劭在郡卒雍盛集僚屬自圍棊江表傳曰雍字元歎曾就蔡伯喈伯喈賞異之以其名與之吳志曰雍累遷尚書令封陽遂鄉侯拜侯還第家人不知爲人不飲酒寡言語孫權嘗曰顧侯在坐令人不樂位至丞相外啓信至而無兒

書雖神氣不變而心了其故以爪掐掌血流沾褥賓客既散方歎曰已無延陵之高豈可有喪明之責禮記曰延陵季子適齊及其反也其長子死葬於嬴博之間孔子曰延陵季子吳之習於禮者也往而觀其葬焉其坎深不至於泉其斂以時服既葬而封廣輪掩坎其高可隱也既封左袒右還其封且號者三曰骨肉歸復于土命也若䰟氣則無不之也而遂行孔子曰延陵季子之於禮也其合矣乎子夏喪其子而喪其明曾子弔之曰朋友喪明則哭之曾子哭子夏亦哭曰天乎予之無罪也曾子怒曰商汝何無罪也吾與汝事夫子於洙泗之間退而老於西河之上使西河之民疑汝於夫子爾罪一也喪爾親使民未有聞焉爾罪二也喪爾子喪爾明爾罪三也子夏投其杖而拜曰吾過矣吾過矣於是豁情散哀顏色自若

嵇中散臨刑東市神氣不變索琴彈之奏廣陵散曲

終曰袁孝尼嘗請學此散吾靳固不與廣陵散於今絕矣晉陽秋曰初康與東平呂安親善安嫡兄遜淫安妻徐氏安欲告遜遣妻以咨於康康諭而抑之遜內不自安陰告安撾母表求徙邊安當徙訴自理辭引康文士傳曰呂安罹事康詣獄以明之鍾會庭論康曰今皇道開明四海風靡邊鄙無詭隨之民街巷無異口之議而康上不臣天子下不事王侯輕時傲世不爲物用無益於今有敗於俗昔太公誅華士孔子戮少正卯以其負才亂羣惑衆也今不誅康無以清潔王道於是錄康閑獄臨死而兄弟親族咸與共別康顏色不變問其兄曰向以琴來不邪兄曰以來康取調之爲太平引曲成歎曰太平引於今絕也太學生三千人上書請以爲師不許文王亦尋悔焉王隱晉書曰康之下獄太學生數千人請之于時豪俊皆隨康入獄悉解喻一時散遣康竟與安同誅

夏侯太初嘗倚柱作書時大雨霹靂破所倚柱衣服

陳云書賛當作書贊

焦然神色無變書亦如故賓客左右皆跌蕩不得住見顧愷之書贊語林曰太初從魏帝拜陵陪列於松栢下時暴雨霹靂正中所立之樹冠冕焦壞左右覩之皆伏太初顏色不改臧榮緒又以爲諸葛誕也

王戎七歲嘗與諸小兒遊看道邊李樹多子折枝諸兒競走取之唯戎不動人問之荅曰樹在道邊而多子此必苦李取之信然名士傳曰戎由是幼有神理之稱也

魏明帝於宣武場上斷虎爪牙縱百姓觀之王戎七歲亦往看虎承間攀欄而吼其聲震地觀者無不辟易顛仆戎湛然不動了無恐色竹林七賢論曰明帝自閣上望見使人問戎姓名而異之

王戎爲侍中南郡太守劉肇遺筒中箋布五端戎雖不受厚報其書晉陽秋曰司隷校尉劉毅奏南郡太守劉肇以布五十疋雜物遺前豫州刺史王戎請檻車徵付廷尉治罪除名終身戎以書未達不坐竹林七賢論曰戎報肇書議者僉以爲譏世祖患之乃發口詔曰以戎之爲士義豈懷私議者乃息戎亦不謝

裴叔則被收神氣無變舉止自若求紙筆作書書成救者多乃得免後位儀同三司晉諸公賛曰楷息瓚取楊駿女駿誅以楷婚黨收付廷尉侍中傅祗證楷素意由此得免名士傳曰楚王之難李肇惡楷名重收將害之楷神色不變舉動自若諸人請救得免晉陽秋曰楷與王戎俱加儀同三司

王夷甫嘗屬族人事經時未行遇於一處飲燕因語之曰近屬尊事那得不行族人大怒便舉樏擲其面

夷甫都無言盥洗畢牽王丞相臂與共載去在車中照鏡語丞相曰汝看我眼光迺出牛背上王夷甫蓋自謂風神英俊不至與人校

裴遐在周馥所馥設主人鄧粲晉紀曰馥字祖宣汝南人代劉淮爲鎮東將軍鎮壽陽移檄四方欲奉迎天子元皇使甘卓攻之馥出奔道卒遐與人圍棊馥司馬行酒遐正戲不時爲飲司馬恚因曳遐墜地遐還坐舉止如常顏色不變復戲如故王夷甫問遐當時何得顏色不異答曰直是闇當故耳一作闇故當耳一作眞是鬬將故耳

宋本脫鎮字

劉慶孫在太傅府于時人士多爲所構唯庾子嵩縱心事外無迹可間後以其性儉家富說太傅令換千

陳云取之疑敗之

萬冀其有吝於此可乘晉陽秋曰劉輿字慶孫中山人有豪俠才筭善交結爲范陽王虓所暱虓薨太傅召之大相委仗用爲長史八王故事曰司馬越字元超高密王泰長子少尚布衣之操爲中外所歸累遷司空太傅太傅於衆坐中問庾庾時頹然已醉幘墮几上以頭就穿取徐答云下官家故可有兩娑千萬隨公所取於是乃服後有人向庾道此庾曰可謂以小人之慮度君子之心

王夷甫與裴景聲志好不同景聲惡欲取之卒不能回乃故詣王肆言極罵要王答已欲以分謗王不爲動色徐曰白眼兒遂作晉諸公贊曰邈字景聲河東聞喜人少有通才從兄頠器賞之每與清言終日達曙自謂理構多如輒每謝之然未能出也歷太傅從事中郎左司馬監東海王軍

喜 知

事少爲文士而經事爲將雖非其才而以罕重稱也

王夷甫長裴成公四歲不與相知時共集一處皆當時名士謂王曰裴令令望何足計王便卿裴裴曰自可全君雅志裴頠已見

有往來者云庾公有東下意或謂王公可潛稍嚴以備不虞王公曰我與元規雖俱王臣本懷布衣之好若其欲來吾角巾徑還烏衣丹陽記曰烏衣之起吳時烏衣營處所也江左初立琅邪諸王所居何所稍嚴中興書曰於是風塵自消內外緝穆

王丞相主簿欲檢校帳下公語主簿欲與主簿周旋無爲知人几案間事

祖士少好財阮遥集好屐並恒自經營同是一累而未判其得失祖約別傳曰約字士少范陽遒人累遷平西將軍豫州刺史鎮壽陽與蘇峻反峻敗約投石勒約本幽州冠族賓客塡門勒登高望見車騎大驚又使占奪鄉里先人田地地主多恨勒惡之遂誅約晉陽秋曰阮孚字遥集陳留人咸第二子也少有智調而無儁異累遷侍中吏部尚書廣州刺史人有詣祖見料視財物客至屛當未盡餘兩小簏著背後傾身障之意未能平或有詣阮見自吹火蠟屐因歎曰未知一生當著幾量屐神色閑暢於是勝負始分孚別傳曰孚風韻疎誕少有門風

許侍中顧司空俱作丞相從事爾時已被遇遊宴集聚略無不同晉百官名曰許璪字思文義興陽羨人許氏譜曰璪祖鑒字子良永興長父裴

道

宋本脫一地字

字季顯烏程令璪仕至吏部侍郎嘗夜至丞相許戲二人歡極丞相便命使入已帳眠顧至曉回轉不得快孰許上牀便咍臺大鼾丞相顧諸客曰此中亦難得眠處顧和字君孝少知名族人顧榮曰此吾家騏驥也必興吾宗仕至尚書令五子治隗淳履之

庾太尉風儀偉長不輕舉止時人皆以爲假亮有大兒數歲雅重之質便自如此人知是天性温太眞嘗隱幔怛之此兒神色恬然乃徐跪曰君侯何以爲此論者謂不減亮蘇峻時遇害庾氏譜曰會字會宗太尉亮長子年十九咸和六年遇害或云見阿恭知元規非假阿恭會小字也

褚公於章安令遷太尉記室參軍按庾亮啓參佐名裒時直爲參軍不

佐

掌記室也名字已顯而位微人未多識公東出乘估客船送故吏數人投錢唐亭住錢唐縣記曰縣近海爲潮漂沒縣諸豪姓斂錢雇人輂土爲塘因以爲名也爾時吳興沈充爲縣令未詳當送客過浙江客出亭吏驅公移牛屋下潮水至沈令起彷徨問牛屋下是何物人吏云昨有一傖父來寄亭中晉陽秋曰吳人以中州人爲傖有尊貴客權移之令有酒色因遥問傖父欲食餅不姓何等可共語褚因舉手答曰河南褚季野遠近久承公名令於是大遽不敢移公便於牛屋下脩刺詣公更宰殺爲饌具於公前鞭撻亭吏欲以謝慙公與之酌宴言色無異狀如不覺令送公至界

郗太傅在京口遣門生與王丞相書求女壻丞相語郗信君往東廂任意選之門生歸白郗曰王家諸郎亦皆可嘉聞來覓壻咸自矜持唯有一郎在東牀上坦腹臥如不聞郗公云正此好訪之乃是逸少因嫁女與焉王氏譜曰逸少羲之小字羲之妻太傅郗鑒女名璿字子房

過江初拜官輿飾供饌羊曼拜丹陽尹客來蚤者並得佳設日晏漸罄不復及精隨客早晚不問貴賤曼別傳曰曼字延祖泰山南城人父暨陽平太守曼頹縱宏任飲酒誕節與陳留阮放等號兗州八達累遷丹陽尹爲蘇峻所害羊固拜臨海竟日皆美供雖晚至亦獲盛饌時論以固之豐華不如曼之眞率明帝東宮僚屬名曰固字道安

太山人文字志曰固父坦車騎長史固善草行著名一時避亂渡江累遷黃門侍郎襃其清儉贈大鴻臚

周仲智飲酒醉瞋目還面謂伯仁曰君才不如弟而橫得重名須臾舉蠟燭火擲伯仁伯仁笑曰阿奴火攻固出下策耳孫子兵法曰火攻有五一曰火人二曰火積三曰火車四曰火軍五曰火隊凡軍必知五火之變故以火攻者明也

顧和始爲楊州從事月旦當朝未入頃停車州門外周侯詣丞相歷和車邊語林曰周侯飲酒已醉著白帢憑兩人來詣丞相和覓蝨夷然不動周既過反還指顧心曰此中何所有顧搏蝨如故徐應曰此中最是難測地周侯既入語丞相曰卿州吏中有一令僕才中興書曰和有操量弱冠知名

庾太尉與蘇峻戰敗率左右十餘人乘小船西奔晉陽秋曰蘇峻作逆詔亮都督征討戰于建陽門外王師敗績亮於陳攜二弟奔溫嶠亂兵相剝掠射誤中柂工應弦而倒舉船上咸失色分散亮不動容徐曰此手那可使著賊衆迺安

庾小征西嘗出未還婦母阮是劉萬安妻劉氏譜曰劉綏妻陳留阮蕃女字幼娥綏別見與女上安陵城樓上俄頃翼歸策良馬盛輿衛阮語女聞庾郎能騎我何由得見婦告翼庾氏譜曰翼娶高平劉綏女字靜女翼便爲於道開鹵簿盤馬始兩轉墜馬墮地意色自若

宣武桓溫與簡文太宰武陵王晞共載密令人在輿前後鳴

鼓大叫鹵簿中驚擾太宰惶怖求下輿顧看簡文穆然清恬宣武語人曰朝廷間故復有此賢續晉陽秋曰帝性温深雅有局鎮嘗與桓温太宰武陵王晞同乘至板橋温密勑令無因鳴角鼓譟部伍並驚馳温陽駭異晞大震帝舉止自若音顔無變温每以此稱其德量故論者謂温服憚也

王劭王薈共詣宣武劭薈別傳曰劭字敬倫丞相導第五子清貴簡素研味玄賾大司馬桓温稱爲鳳鶵累遷尚書僕射吳國内史薈字敬文丞相最小子有清譽夷泰無競仕至鎮軍將軍正值收庾希家中興書曰希字始彦司空冰長子累遷徐兖二州刺史希兄弟貴盛桓温忌之諷免希官遂奔于暨陽初郭璞筮冰子孫必有大禍唯固三陽可以有後故希求鎮山陽弟友爲東陽希自家暨陽及温誅希弟柔倩聞希難逃於海陵後還京口聚衆事敗爲温所誅薈不自安逡巡欲去劭堅坐不動待收信還得不定迺出論者

陳云元居疑先居之譌

以劭爲優

桓宣武與郗超議芟夷朝臣條牒既定其夜同宿續晉陽秋曰超謂温雄武當樂推之運遂深自委結温亦深相器重故潛謀密計莫不預焉明晨起呼謝安王坦之入擲疏示之郗猶在帳內謝都無言王直擲還云多宣武取筆欲除郗不覺竊從帳中與宣武言謝含笑曰郗生可謂入幕賓也帳一作帷

謝太傅盤桓東山時與孫興公諸人汎海戲中興書曰安元居會稽與支道林王羲之許詢共游處出則漁弋山水入則談說屬文未嘗有處世意也風起浪涌孫王諸人色並遽便唱使還太傅神情方王吟嘯不言舟人以公貌閑意說猶去不止既風轉急浪猛

起 起譌

諸人皆諠動不坐公徐云如此將無歸衆人即承響而回於是審其量足以鎮安朝野

桓公伏甲設饌廣延朝士因此欲誅謝安王坦之晉安帝紀曰簡文晏駕遺詔桓溫依諸葛亮王導故事溫大怒以爲黜其權謝安王坦之所建也入赴山陵百官拜于道側在位望者戰慄失色或云自此欲殺王謝王甚遽問謝曰當作何計謝神意不變謂文度曰晉阼存亡在此一行相與俱前王之恐狀轉見於色謝之寬容愈表於貌望階趨席方作洛生詠諷浩浩洪流桓憚其曠遠乃趣解兵按宋明帝文章志曰安能作洛下書生詠而少有鼻疾語音濁後名流多斆其詠弗能及手掩鼻而吟焉桓溫止新亭大陳兵衛呼安及坦之欲於坐害之王入失厝倒執手版汗流霑衣安神姿舉動不異

於常舉目徧歷溫左右衛士謂溫曰安聞諸侯有道守在四鄰明公何有壁間著阿堵輩溫笑曰正自不能不爾於是矜莊之心頓盡命却左右促燕行觴笑語移日王謝舊齊名於此始判優劣

謝太傅與王文度共詣郗超日旰未得前王便欲去謝曰不能爲性命忍俄頃超得寵桓溫專殺生之威

支道林還東高逸沙門傳曰遁爲哀帝所迎游京邑久心在故山乃拂衣王都還就巖穴時賢並送於征虜亭丹陽記曰太安中征虜將軍謝安立此亭因以爲名蔡子叔前至坐近林公中興書曰蔡系字子叔濟陽人司徒謨第二子有文理仕至撫軍長史謝萬石後來坐小遠蔡暫起謝移就其處蔡還見謝在焉因合褥舉謝擲地自復坐謝冠幘傾脫乃徐

另起

起振衣就席神意甚平不覺瞋沮坐定謂蔡曰卿奇人殆壞我面蔡答曰我本不爲卿面作計其後二人俱不介意郗嘉賓欽崇釋道安德問安和上傳曰釋道安者常山薄柳人本姓衞年十二作沙門神性聰敏而貌至陋佛圖澄甚重之值石氏亂於陸渾山木食修學爲慕容俊所逼乃住襄陽以佛法東流經籍錯謬更爲條章標序篇目爲之注解自支道林等皆宗其理無疾卒餉米千斛修書累紙意寄殷勤道安答直云損米愈覺有待之爲煩

謝安南免吏部尚書還東晉百官名曰謝奉字弘道會稽山陰人謝氏譜曰奉祖端散騎常侍父鳳丞相主簿奉歷安南將軍廣州刺史吏部尚書謝太傅赴桓公司馬出西相遇破岡既當遠別遂停三日共語太傅欲

慰其失官安南輒引以他端雖信宿中塗竟不言及此事太傅深恨在心未盡謂同舟曰謝奉故是奇士

戴公從東出謝太傅往看之謝本輕戴見但與論琴書戴既無吝色而談琴書愈妙謝悠然知其量晉安帝紀曰戴逵字安道譙國人少有清操恬和通任爲劉眞長所知性甚快暢泰於娛生好鼓琴善屬文尤樂遊燕多與高門風流者遊談者許其通隱屢辭徵命遂箸高尚之稱

謝公與人圍棊俄而謝玄淮上信至看書竟默然無言徐向局客問淮上利害答曰小兒輩大破賊意色舉止不異於常續晉陽秋曰初苻堅南寇京師大震謝安無懼色方命駕出墅與兄子玄圍棊夜還乃處分少日皆辦破賊又無喜容其高量如此謝車騎傳曰氐賊苻堅傾國大出衆號百萬朝

廷遣諸軍距之凡八萬堅進屯壽陽玄爲前鋒都督與從弟琰等選精鋭決戰射傷堅俘獲數萬計得僞輦及雲母車寶器山積錦罽萬端牛馬驢騾駝十萬頭匹

王子猷子敬曾俱坐一室上忽發火子猷遽走避不惶取屐晉百官名曰王徽之字子猷中興書曰徽之羲之第五子卓犖不羈欲爲傲達仕至黃門侍郎子敬神色恬然徐喚左右扶憑而出不異平常續晉陽秋曰獻之雖不脩當貫而容止不安世以此定二王神宇

苻堅遊蒐近境堅別見謝太傅謂子敬曰可將當軸了其此處

王僧彌謝車騎共王小奴許集王珉謝玄竝已見小奴王薈小字也僧彌舉酒勸謝云奉使君一觴謝曰可爾謝玄曾爲徐州故云使君

僧彌勃然起作色曰汝故是吳興溪中釣碣耳何敢譸張玄叔父安曾爲吳興玄少時從之遊故珉云然謝徐撫掌而笑曰衛軍僧彌殊不肅省乃侵陵上國也

王東亭爲桓宣武主簿既承藉有美譽公甚敬其人地爲一府之望初見謝失儀而神色自若坐上賓客即相貶笑公曰不然觀其情貌必自不凡吾當試之後因月朝閣下伏公於内走馬直出突之左右皆宕仆而王不動名價於是大重咸云是公輔器也續晉陽秋曰珣初辟大司馬掾桓温至重之常稱王掾必爲黑頭公未易才也

太元末長星見孝武心甚惡之徐廣晉紀曰泰元二十年九月有蓬星如

陳云蓋誤疑其是益字

粉絮東南行歷須女至大星按太元末唯有此妖不聞長星也且漢文八年有長星出東方文穎注曰長星有光芒或竟天或長十丈或二三丈無常也此星見多爲兵革事此後十六年文帝乃崩蓋知長星非關天子世說虛也

夜華林園中飲酒舉桮屬星云長星勸爾一桮酒自古何時有萬歲天子

殷荊州有所識作賦是束晳慢戲之流文士傳曰晳字廣微陽平元城人漢太子太傅踈廣後也王莽末廣曾孫孟達自東海避難元城改姓去踈之足以爲束氏晳博學多識問無不對元康中有人自嵩高山下得竹簡一枚上兩行科斗書司空張華以問晳晳曰此明帝顯節陵中策文也檢校果然曾爲餅賦諸文文甚俳詼三十九歲卒元城爲之廢市殷甚以爲有才語王恭適見新文甚可觀便於手巾函中出之王讀殷笑之不自勝王看竟既不笑亦不言好惡但

以如意帖之而已殷悵然自失

羊綏第二子孚少有儁才與謝益壽相好益壽謝混小字也嘗蚤往謝許未食俄而王齊王睹來王睹已見齊王熙小字也中興書曰熙字叔和恭次弟尚鄱陽公主太子洗馬早卒既先不相識王向席有不說色欲使羊去羊了不眄唯腳委几上詠矚自若謝與王敘寒溫數語畢還與羊談賞王方悟其奇乃合共語須臾食下二王都不得餐唯屬羊不暇羊不大應對之而盛進食食畢便退遂苦相留羊義不住直云向者不得從命中國尚虛二王是孝伯兩弟

識鑒第七

曹公少時見喬玄玄謂曰天下方亂羣雄虎爭撥而理之非君乎然君實是亂世之英雄治世之姦賊恨吾老矣不見君富貴當以子孫相累續漢書曰玄字公祖梁國睢陽人少治禮及嚴氏春秋累遷尚書令玄嚴明有才略長於知人初魏武帝爲諸生未知名也玄甚異之魏書曰玄見太祖曰吾見士多矣未有若君者天下將亂非命世之才不能濟也能安之者其在君乎按世語曰玄謂太祖君未有名可交許子將太祖乃造子將子將納焉孫盛雜語曰太祖嘗問許子將我何如人固問然後子將荅曰治世之能臣亂世之姦雄太祖大笑世說所言謬矣

曹公問裴潛曰卿昔與劉備共在荊州卿以備才如何潛曰使居中國能亂人不能爲治若乘邊守嶮足爲一方之主魏志曰潛字文行河東人避亂荊州劉表待之以賓客禮潛私謂王粲司馬芝曰

矣至長沙七字俞氏藏本誤作累遷尚書令贈太常八字

劉牧非霸王之才而欲以西伯自處其敗無日矣遂南渡適長沙累遷尚書令贈太常

何晏鄧颺夏侯玄並求傅嘏交而嘏終不許魏畧曰鄧颺字玄茂南陽宛人鄧禹之後也少得士名明帝時爲中書郎以與李勝等爲浮華被斥正始中遷侍中尚書爲人好貨臧艾以父妾與颺得顯官京師爲之語曰以官易富鄧玄茂何晏選不得人頗由颺以黨曹爽誅諸人乃因荀粲說合之謂嘏曰夏侯太初一時之傑士虛心於子而卿意懷不可交合則好成不合則致隟二賢若穆則國之休此藺相如所以下廉頗也史記曰相如以功大拜上卿位在廉頗右頗怒欲辱之相如每稱疾望見引車避匿其舍人欲去之相如曰夫以秦王之威而吾廷叱之何畏廉將軍哉顧秦彊趙弱秦以吾二人故不敢加兵於趙今兩虎鬬勢不俱生吾以公家急而後私讎也頗聞謝罪傅曰夏侯太初志大心勞能

浮 後

合虛譽誠所謂利口覆國之人何晏鄧颺有爲而躁博而寡要外好利而內無關籥貴同惡異多言而妬前多言多釁妬前無親以吾觀之此三賢者皆敗德之人爾遠之猶恐罹禍況可親之邪後皆如其言傅子日是時何晏以才辯顯於貴戚之間鄧颺好交通合徒黨鬻聲名於閭閻夏侯玄以貴臣子少有重名皆求交於嘏嘏不納也嘏友人荀粲有清識遠志然猶勸嘏結交云

晉武帝講武於宣武場帝欲偃武修文親自臨幸悉召羣臣山公謂不宜爾因與諸尚書言孫吳用兵本意遂究論舉坐無不咨嗟皆曰山少傅乃天下名言史記曰孫武齊人吳起衛人並善兵法竹林七賢論曰咸寧中吳既平上將爲桃林華山之事息役弭兵

脫文字

役弭誤弭役

示天下以大安於是州郡悉去兵大郡置武吏百人小郡五十人時京師猶講武山濤因論孫吳用兵本意濤爲人常簡默葢以爲國者不可以忘戰故及之名士傳曰濤居魏晉之間無所標明嘗與尚書盧欽言及用兵本意武帝聞之曰山少傅名言也後諸王驕汰輕遘禍難於是寇盜處處蟻合郡國多以無備不能制服遂漸熾盛皆如公言時人以謂山濤不學孫吳而闇與之理會王夷甫亦歎云公闇與道合竹林七賢論曰永寧之後諸王構禍狡虜欻起皆如濤言名士傳曰王夷甫推嘆濤晻晻爲與道合其深不可測皆此類也

王夷甫父乂爲平北將軍有公事使行人論不得時夷甫在京師命駕見僕射羊祜尚書山濤夷甫時總角姿才秀異叙致既快事加有理濤甚奇之既退看

之不輟乃嘆曰生兒不當如王夷甫邪羊祜曰亂天下者必此子也晉陽秋曰夷甫父乂有簡書將免官夷甫年十七見所繼從舅羊祜申陳事狀辭甚俊偉祜不然之夷甫拂衣而起祜顧謂賓客曰此人必將以盛名處當世大位然敗俗傷化者必此人也漢晉春秋曰初羊祜以軍法欲斬王戎夷甫又忿祜言其必敗不相貴重天下爲之語曰二王當朝世人莫敢稱羊公之有德

潘陽仲見王敦小時謂曰君蜂目已露但豺聲未振耳必能食人亦當爲人所食晉陽秋曰潘滔字陽仲滎陽人太常尼從子也有文學才識永嘉末爲河南尹遇害漢晉春秋曰初王夷甫言東海王越轉王敦爲揚州潘滔初爲太傅長史言於太傅曰王處仲蜂目已露豺聲未發今樹之江外肆其豪彊之心是賊之也晉陽秋曰敦爲太子舍人與滔同僚故有此言習孫二說便小遷異春秋傳曰楚令尹子上謂世子商臣蜂目而豺聲忍人也

雄宋本訛權

手不能書宋本作不知書

石勒不知書石勒傳曰勒字世龍上黨武鄉人匈奴之苗裔也雄勇好騎射晉元康中流宕山東與平原茌平人師歡家庸耳恒聞鼓角鞞鐸之音勒私異之初勒鄉里原上地中生石日長類鐵騎之象國中生人參葩葉甚盛于時父老相者皆云此胡體貌奇異有不可知勸邑人厚遇之人多哂而不信永嘉初豪傑並起與胡王陽等十八騎詣汲桑爲左前督桑敗共推勒爲主攻下州縣都於襄國後僭正號死謚明皇帝使人讀漢書聞酈食其勸立六國後刻印將授之大驚曰此法當失云何得遂有天下至留侯諫迺曰賴有此耳鄧粲晉紀曰勒手不能書目不識字每於軍中令人誦讀聽之皆解其意漢書曰項羽急圍漢王於滎陽漢王與酈食其謀撓楚權食其勸立六國後王令趣刻印張良入諫以爲不可輟食吐哺罵酈生曰豎儒幾敗乃公事趣令銷印

衛玠年五歲神衿可愛祖太保曰此兒有異顧吾老

宕

衿

不見其大耳晉諸公贊曰瓘字伯玉河東安邑人少以明識清允稱傳嘏極貴重之謂之寗武子仕至太保爲楚王瑋所害玠別傳曰玠有虛令之秀清勝之氣在羣伍之中有異人之望祖太保見玠五歲曰此兒神爽聰令與衆大異恐吾年老不及見爾

劉越石云華彥夏識能不足彊果有餘虞預晉書曰華軼字彥夏平原人魏太尉歆曾孫也累遷江州刺史傾心下士甚得士歡心以不從元皇命見誅漢晉春秋曰劉琨知軼必敗謂其自取之也

張季鷹辟齊王東曹掾在洛見秋風起因思吳中菰菜羹鱸魚膾曰人生貴得適意爾何能羈宦數千里以要名爵遂命駕便歸俄而齊王敗時人皆謂爲見機文士傳曰張翰字季鷹父儼吳大鴻臚翰有清才美望博學善屬文造次立成辭義清新大司馬齊

傳

王冏辟爲東曹掾翰謂同郡顧榮曰天下紛紛未已夫有四海之名者求退良難吾本山林間人無望於時久矣子善以明防前以智慮後榮捉其手愴然曰吾亦與子採南山蕨飲三江水爾翰以疾歸府以輒去除吏名性至孝遭母艱哀毀過禮自以年宿不營當世以疾終于家

諸葛道明初過江左自名道明名亞王庾之下中興書曰恢避難過江與潁川荀道明陳留蔡道明俱有名譽號曰中興三明時人爲之語曰京都三明各有名蔡氏儒雅荀葛清先爲臨沂令丞相謂曰明府當爲黑頭公語林曰丞相拜司空諸葛道明在公坐指冠冕曰君當復著此

王平子素不知眉子曰志大其量終當死塢壁間晉諸公贊曰王玄字眉子夷甫子也東海王越辟爲掾後行陳留太守大行威罰爲塢人所害

王大將軍始下楊朗苦諫不從遂爲王致力乘中鳴

雲露車逕前曰聽下官鼓音一進而捷王先把其手曰事克當相用爲荆州既而忘之以爲南郡晉百官名曰郎字世彦弘農人楊氏譜曰郎祖囂典軍校尉父淮冀州刺史王隱晉書曰郎有器識才量善能當世仕至雍州刺史王敗後明帝收郎欲殺之帝尋崩得免後兼三公署數十人爲官屬此諸人當時並無名後皆被知遇于時稱其知人

周伯仁母冬至舉酒賜三子曰吾本謂度江託足無所爾家有相爾等並羅列吾前復何憂周嵩起長跪而泣曰不如阿母言伯仁爲人志大而才短名重而識闇好乘人之弊此非自全之道嵩性狼抗亦不容

於世唯阿奴碌碌當在阿母目下耳鄧粲晉紀曰阿奴嵩之弟周謨也三周並已見

王大將軍既亡王應欲投世儒世儒爲江州王含欲投王舒舒爲荊州含語應曰大將軍平素與江州云何而汝欲歸之應曰此迺所以宜往也晉陽秋曰應字安期含子也敦無子養爲嗣以爲武衛將軍用爲副貳伏誅江州當人彊盛時能抗同異此非常人所行及覩衰厄必興愍惻王彬別傳曰彬字世儒琅邪人祖覽父正並有名德彬爽氣出儕類有雅正之韻與元帝姨兄弟佐佑皇業累遷侍中從兄敦下石頭害周伯仁彬與顗素善往哭其尸甚慟既而見敦敦怪其有慘容而問之荅曰向哭周伯仁情不能已敦曰伯仁自致刑戮汝復何爲者哉彬曰伯仁清譽之士有何罪因數敦曰抗旌犯上殺戮忠良音辭忼

慨與淚俱下敦怒甚丞相在坐代爲之懼命彬曰拜謝彬曰有足疾比來見天子尚不能拜何跪之有敦曰脚疾何如頸疾以親故不害之累遷江州刺史左僕射贈衛將軍荆州守文豈能作意表行事含不從遂共投舒舒果沈含父子于江王舒傳曰舒字處明琅邪人祖覽知名父會御史舒器業簡素有文武榦中宗用爲北中郎將荆州刺史尚書僕射出爲會稽太守以父名會累表自陳討蘇峻有功封彭澤侯贈車騎大將軍彬聞應當來密具船以待之竟不得來深以爲恨含之投舒舒遣軍逆之含父子赴水死昔酈寄賣友見譏況販兄弟以求安舒非人矣

武昌孟嘉作庾太尉州從事已知名褚太傅有知人鑒罷豫章還過武昌問庾曰聞孟從事佳今在此不庾云試自求之褚眄睞良久指嘉曰此君小異得無

欲

以父宋本脫以字

是乎庾大笑曰然于時既歎褚之默識又欣嘉之見賞嘉別傳曰嘉字萬年江夏鄳人曾祖父宗吳司空祖父揖晉廬陵太守宗葬武昌陽新縣子孫家焉嘉少以清操知名太尉庾亮領江州辟嘉部廬陵從事下都還亮引問風俗得失對曰待還當問從事吏亮舉麈尾掩口而笑語弟翼曰孟嘉故是盛德人轉勸學從事太傅褚裒有器識亮正旦大會裒問亮聞江州有孟嘉何在亮曰在坐卿但自覓裒歷觀久之指嘉曰將無是乎亮欣然而笑喜裒得嘉奇嘉爲裒所得乃益器之後爲征西桓溫參軍九月九日溫遊龍山參寮畢集時佐史並著戎服風吹嘉帽墮落溫戒左右勿言以觀其舉止嘉初不覺良久如廁命取還之令孫盛作文嘲之成著嘉坐嘉還即荅四坐嗟嘆嘉喜酣暢愈多不亂溫問酒有何好而卿嗜之嘉曰明公未得酒中趣爾又問聽伎絲不如竹竹不如肉何也荅曰漸近自然轉從事中郎遷長史年五十三而卒

戴安道年十餘歲在瓦官寺畫王長史見之曰此童

脫王字

裒問

揖因

非徒能畫（續晉陽秋曰逵善圖畫窮巧丹青也）亦終當致名恨吾老不見其盛時耳

王仲祖謝仁祖劉眞長倶至丹陽墓所省殷揚州殊有確然之志（中興書曰浩棲遲積年累聘不至）旣反王謝相謂曰淵源不起當如蒼生何深爲憂嘆劉曰卿諸人眞憂淵源不起邪

小庾臨終自表以子園客爲代（園客爰之小字也庾氏譜曰爰之字仲眞翼第二子中興書曰爰之有父翼風相温徙于豫章年三十六而卒）朝廷慮其不從命未知所遣乃共議用桓温劉尹曰使伊去必能克定西楚然恐不可復制（陶侃別傳曰庾翼薨表其子爰之代爲荊州何充曰陶公重勳

絶　確　歎

脫尹字

疑与前文是一條故無尹字

陳云洛陽當作略陽

也臨終高讓丞相未薨敬豫爲四品將軍于今不改親則道恩優游散騎未有超卓若此之授乃以徐州刺史桓溫爲安西將軍荊州刺史宋明帝文章志曰翼表其子代任朝廷畏憚之議者欲以授桓溫時簡文輔政然之劉惔曰溫去必能定西楚然恐不能復制願大王自鎮上流惔請爲從軍司馬簡文不許溫後果如惔所筭也

桓公將伐蜀在事諸賢咸以李勢在蜀既久承藉累葉且形據上流三峽未易可克唯劉尹云伊必能克蜀觀其蒲博不必得則不爲華陽國志曰李勢字子仁洛陽臨渭人本巴西宕渠賨人也其先李特因晉亂據蜀特子雄稱號成都勢祖驤特弟也驤生壽壽篡位自立勢即壽子也晉安西將軍伐蜀勢歸降遷之揚州自起至亡六世三十七年溫別傳曰初朝廷以蜀處險遠而溫衆寡少縣軍深入甚以憂懼而溫直指成都李勢面縛語林曰劉尹見桓公每嬉戲必取勝謂曰卿乃爾好利

何不焦頭及伐
蜀故有此言

謝公在東山畜妓簡文曰安石必出既與人同樂亦不得不與人同憂宋明帝文章志曰安縱心事外疎略常節每畜女妓攜持遊肆也

郗超與謝玄不善苻堅將問晉鼎既已狼噬梁岐又虎視淮陰矣車頻秦書曰苻堅字永固武都氏人也本姓蒲祖父洪詐稱讖文改曰苻言已當王應符命也堅初生有赤光流其室及誕背赤色隱起若篆文幼有美度石虎司隸徐正名知人堅六歲時嘗戲於路正見而異焉問曰苻郎此官街小兒行戲不畏縛邪堅曰吏縛有罪不縛小兒正謂左右曰此兒有王霸相石氏亂伯父健及父雄西入關健夢天神使者朱衣冠拜肩頭爲龍驤將軍肩頭堅小字也健即拜爲龍驤以應神命後健僭帝號死子生立凶暴羣臣殺之而立堅堅立十五年遣長樂公丕攻没襄陽十九年大興師伐晉衆號百萬水陸俱進次于項城自項城至長安連旗千里首尾不絶乃遣

告晉曰已爲晉君於長安城中建廣夏之室今故大舉渡江相迎克日入宅也于時朝議遣玄北討人間頗有異同之論唯超曰是必濟事吾昔嘗與共在桓宣武府見使才皆盡雖履屐之間亦得其任以此推之容必能立勳元功既舉時人咸歎超之先覺又重其不以愛憎匿善中興書曰于時氐賊彊盛朝議求文武良將可鎮靖北方者衞大將軍安曰唯兄子玄可任此事中書郎郗超聞而嘆曰安違衆舉親明也玄必不負其舉

韓康伯與謝玄亦無深好玄北征後巷議疑其不振康伯曰此人好名必能戰續晉陽秋曰玄識局貞正有經國之才略玄聞之甚忿常於衆中厲色曰丈夫提千兵入死地以事

君親故發不得復云爲名

褚期生少時謝公甚知之恒云褚期生若不佳者僕不復相士期生褚爽小字也續晉陽秋曰爽字茂弘河南人太傅裒之孫祕書監韶之子太傅謝安見其少時嘆曰若期生不佳我不復論士及長果俊邁有風氣好老莊之言當世榮譽弗之屑也唯與殷仲堪善累遷中書郎義興太守女爲恭帝皇后

郗超與傅瑗周旋瑗見其二子並總髮超觀之良久謂瑗曰小者才名皆勝然保卿家終當在兄即傅亮兄弟也傅氏譜曰瑗字叔玉北地靈州人歷護軍長史安城太守宋書曰迪字長猷瑗長子也位至五兵尚書贈太常丘淵之文章錄曰亮字季友迪弟也歷尚書令在光祿大夫元嘉三年以罪伏誅

王恭隨父在會稽王大自都來拜墓恭父蘊王忱並已見恭暫

左　郗　歎

往墓下看之二人素善遂十餘日方還父問恭何故多日對曰與阿大語蟬連不得歸因語之曰恐阿大非爾之友終乖愛好果如其言忱與恭爲王緒所間終成怨隙別見

間誤閒

車胤父作南平郡功曹太守王胡之避司馬無忌之難置郡于酆陰是時胤十餘歲胡之每出嘗於籬中見而異焉謂胤父曰此兒當致高名後遊集恒命之胤長又爲桓宣武所知清通於多士之世官至選曹尚書續晉陽秋曰胤字武子南平人父育爲郡主簿太守王胡之有知人識裁見謂其父曰此兒當成卿門戶宜資令學問胤就業恭勤博覽不倦家貧不常得油夏月則練囊盛數十螢火以繼日焉及長風姿美劭機悟敏率桓溫在荊州取爲從事一歲至治中胤既博學多聞又善於激賞當時每有盛坐胤

必同之皆云無車公不樂太傅謝公遊集之日開筵以待之累遷丹陽尹護軍將軍吏部尚書

王忱死西鎮未定朝貴人人有望時殷仲堪在門下雖居機要資名輕小人情未以方嶽相許晉孝武欲拔親近腹心遂以殷爲荆州事定詔未出王珣問殷曰陜西何故未有處分殷曰已有人王歷問公卿咸云非王自計才地必應在已復問非我邪殷曰亦似非其夜詔出用殷王語所親曰豈有黃門郎而受如此任仲堪此舉迺是國之亡徵晉安帝紀曰孝武深爲晏駕後計擢仲堪代王忱爲荆州仲堪雖有美譽議者未以方嶽相許也既受腹心之任居上流之重議者謂其殆矣終爲桓玄所敗

世説新語中之上

世說新語中之下

宋臨川王義慶撰
梁劉孝標注

賞譽第八上

陳仲舉嘗歎曰若周子居者眞治國之器汝南先賢傳曰周乘字子居汝南安城人天資聰朗高峙嶽立非陳仲舉黃叔度之儔則不交也仲舉嘗歎曰周子居者眞治國之器也爲太山太守甚有惠政譬諸寶劍則世之干將吳越春秋曰吳王闔閭請干將作劍干將者吳人其妻曰莫邪干將采五山之精六金之英候天地伺陰陽百神臨視而金鐵之精未流夫妻乃剪髮及爪而投之鑪中金鐵乃濡遂成二劍陽曰干將而作龜文陰曰莫邪而作漫理干將匿其陽出其陰以獻闔閭闔閭甚寶重之

世目李元禮謖謖如勁松下風李氏家傳曰膺嶽峙淵清峻貌貴重華夏稱曰潁川李府君頵頵如玉山汝南陳仲舉軒軒如千里馬南陽朱公叔飂飂如行松柏之下

謝子微見許子將兄弟曰平輿之淵有二龍焉見許

子政弱冠之時歎曰若許子政者有幹國之器正色忠謇則陳仲舉之匹汝南先賢傳曰謝甄字子微汝南邵陵人明識人倫雖郭林宗不及甄之鑒也見許子將兄弟弱冠時則曰平輿之淵有二龍出爲豫章從事許虔字子政平輿人體尚高潔雅正寛亮謝子微見虔兄弟歎曰若許子政者幹國之器也虔弟劭聲未發時時人以謂不如虔虔恒撫髀稱劭自以爲不及也釋褐爲郡功曹黜姦廢惡一郡肅然年三十五卒海内先賢傳曰許劭字子將虔弟也山峙淵停行應規表邵陵謝子微高才遠識見劭十歳時歎曰此乃希世之偉人也初劭拔樊子昭於市肆出虞承賢於客舍召李叔才於無聞擢郭子瑜於小吏廣陵徐孟本來臨汝南聞劭高名辟功曹時袁紹以公族爲濮陽長棄官還副車從騎將入郡界乃歎曰許子將秉持清格豈可以吾輿服見之邪遂單馬而歸辟公府掾敦辟皆不就避地江南卒於豫章也

伐惡退不肖范孟博之風張璠漢紀曰范滂字孟博汝南伊陽人爲功曹辟公府掾升車攬轡有澄清天下之志百

城聞滂高名皆解印
綬去爲黨事見誅

公孫度目邴原所謂雲中白鶴非燕雀之網所能羅
也魏書曰度字叔濟襄平人累遷冀州刺史遼東太
守邴原別傳曰原字根矩東管朱虛人少孤數歲
時過書舍而泣師問曰童子何泣也原曰凡得學者
有親也一則願其不孤二則羨其得學中心感傷故
泣耳師惻然曰苟欲學不須資也於是就業長則博
覽洽聞金玉其行知世將亂避地遼東公孫度厚禮
之中國既寧欲還鄉里爲度禁絕原密自治嚴謂部
落曰移北近郡以觀其意皆曰樂移原舊有捕魚大
船請村落皆令熟醉因夜去之數日度乃覺吏欲追
之度曰邴君所謂雲中白鶴非鶉鷃之網所能羅也
魏王辟祭酒累遷
五官中郎長史

鍾士季目王安豐阿戎了了解人意王隱晉書曰戎
少清明曉悟

謂裴公之談經日不竭裴頠
已見吏部郎闕文帝問其人

於鍾會會曰裴楷清通王戎簡要皆其選也於是用裴按諸書皆云鍾會薦裴楷王戎於晉文王文王辟以爲掾不聞爲吏部郎

王濬沖裴叔則二人總角詣鍾士季須臾去後客問鍾曰向二童何如鍾曰裴楷清通王戎簡要後二十年此二賢當爲吏部尚書兾爾時天下無滯才晉陽秋曰戎爲兒童鍾會異之

諺曰後來領袖有裴秀虞預晉書曰秀字季彥河東聞喜人父潛魏太常秀有風操八歲能著文叔父徽有聲名秀年十餘歲有賓客詣徽出則過秀時人爲之語曰後進領袖有裴秀大將軍辟爲掾父終推財與兄年二十五遷黄門侍郎晉受禪封鉅鹿公後累遷左光祿司空四十八薨謚元公配食宗廟

裴令公目夏侯太初肅肅如入廊廟中不脩敬而人自敬禮記曰周豐謂魯哀公曰宗廟社稷之中未施敬而民自敬一曰如入宗廟琅琅但見禮樂器見鍾士季如觀武庫但覩矛戟見傅蘭碩汪廧靡所不有見山巨源如登山臨下幽然深遠玄會嘏壽並已見上

羊公還洛郭奕爲野王令晉諸公贊曰奕字泰業太原陽曲人累世舊族奕有才望歷雍州刺史尚書羊至界遣人要之郭便自往既見歎曰羊叔子何必減郭太業復往羊許小悉還又歎曰羊叔子去人遠矣羊既去郭送之彌日一舉數百里遂以出境免官復歎曰羊叔子何必減顏子

洽宋本誤給

王戎目山巨源如璞玉渾金人皆欽其寶莫知名其器顧愷之畫贊曰濤無所標明淳深淵默人莫見其際而其器亦入道故見者莫能稱謂而服其偉量

羊長和父繇與太傅祜同堂相善仕至車騎掾蚤卒長和兄弟五人幼孤羊氏譜曰繇字堪甫太山人祖續漢太尉不拜父祕京兆太守繇歷車騎掾娶樂國禎女生五子秉給式亮忱也祜來哭見長和哀容舉止宛若成人迺歎曰從兄不亡矣

山公舉阮咸爲吏部郎目曰清眞寡欲萬物不能移也名士傳曰咸字仲容陳留人籍兄子也任達不拘當世皆怪其所爲及與之處少嗜欲哀樂至到過絕於人然後皆忘其向議爲散騎侍郎山濤舉爲吏部武帝不用太原郭弈見之心醉不覺歎服解音好酒以卒山濤啓事曰吏部郎史曜出處缺當選濤薦咸曰眞素寡欲深識清濁萬物不能移也若在官人

名　嚚然　忱

之職必妙絶於時部用陸亮晉陽秋曰咸行巳多違禮度濤舉以爲吏部郎世祖不許竹林七賢論曰山濤之舉阮咸固知上不能用蓋惜曠世之儁莫識其意故耳夫以咸之所犯方外之意稱其清貞寡欲則迹外之意自見耳

王戎目阮文業清倫有鑒識漢元以來未有此人杜篤新書曰阮武字文業陳留尉氏人父諶侍中武闊達博通淵雅之上陳留志曰武魏末河清太守族子籍年總角未知名武見而偉之以爲勝巳知人多此類著書十八篇謂之阮子終於家郭泰友人宋子俊稱泰自漢元以來未有林宗之匹

武元夏目裴王曰戎尚約楷清通虞預晉書曰武陔字元夏沛國竹邑人父周魏光祿大夫陔及二弟歆茂皆總角見稱並有器望鄉人諸父未能覺其多少時同郡劉公榮名知人嘗造周周見其三子公榮曰君三子皆國士元夏器量最優有輔佐之風力仕宦可爲亞公叔夏季

夏不減常伯納言也陔至左僕射

庾子嵩目和嶠森森如千丈松雖磊砢有節目施之大厦有棟梁之用晉諸公贊曰嶠常慕其舅夏侯玄爲人故於朝士中峨然不羣時類憚其風節

王戎云太尉神姿高徹如瑶林瓊樹自然是風塵外物名士傳曰夷甫天形奇特明秀若神八王故事曰石勒見夷甫謂長史孔萇曰吾行天下多矣未嘗見如此人當可活不萇曰彼晉三公不爲我用勒曰雖然要不可加以鋒刃也夜使推牆殺之

王汝南既除所生服遂停墓所兄子濟每來拜墓略不過叔叔亦不候濟脱時過止寒温而已後聊試問近事荅對甚有音辭出濟意外濟極惋愕仍與語轉

造精微濟先略無子姪之敬旣聞其言不覺懍然心形俱肅遂留共語彌日累夜濟雖儁爽自視缺然乃喟然歎曰家有名士三十年而不知濟去叔送至門濟從騎有一馬絕難乘少能騎者濟聊問叔好騎乘不曰亦好爾濟又使騎難乘馬叔姿形旣妙回策如縈名騎無以過之濟益歎其難測非復一事鄧粲晉紀曰王湛字處沖太原人隱德人莫之知雖兄弟宗族亦以爲癡唯父昶異焉昶喪居墓次兄子濟往省湛見牀頭有周易謂湛曰叔父用此何爲頗曾看不湛笑曰體中佳時脫復看耳今日當與汝言因共談易剖析入微妙言奇趣濟所未聞歎不能測濟性好馬而所乘馬駿駛意甚愛之湛曰此雖小駛然力薄不堪苦近見督郵馬當勝此但養不至耳濟取督郵馬穀食十數日與湛試之湛未嘗乘馬卒然便馳騁步驟不

異於濟而馬不相勝湛曰今直行車路何以別馬勝不唯當就蟻封耳於是就蟻封盤馬果倒躓其儁識天才乃爾既還渾問濟何以暫行累日濟曰始得一叔渾問其故濟具歎述如此渾曰何如我濟曰濟以上人武帝每見濟輒以湛調之曰卿家癡叔死未濟常無以荅既而得叔後武帝又問如前濟曰臣叔不癡稱其實美帝曰誰比濟曰山濤以下魏舒以上晉陽秋曰濟有人倫鑒識其雅俗是非少所優潤見湛歎服其德宇時人謂湛上方山濤不足下比魏舒有餘湛聞之曰欲以我處季孟之間乎王隱晉書曰魏舒字陽元任城人幼孤爲外氏甯家所養甯氏起宅相者曰當出貴甥外祖母意以盛氏甥小而惠謂應相也舒曰當爲外氏成此宅相少名遲鈍叔父衡使守水碓每言舒堪八百戶長我願畢矣舒不以介意身長八尺二寸不修常人近事少工射著韋衣入山澤每獵大獲

爲後將軍鍾毓長史毓與參佐射戲舒常爲坐畫籌後值朋人少以舒充數於是發無不中加舉措閑雅殆盡其妙毓歎謝之曰吾之不足盡卿如此射矣轉相國參軍晉王每朝罷目送之曰魏舒堂堂人之領袖累遷侍中司徒於是顯名年二十八始宦

裴僕射時人謂爲言談之林藪惠帝起居注曰頠理甚淵博贍於論難

張華見褚陶語陸平原曰君兄弟龍躍雲津顧彥先鳳鳴朝陽謂東南之寶已盡不意復見褚生陸曰公未覩不鳴不躍者耳褚氏家傳曰陶字季雅吳郡錢塘人褚先生後也陶聰惠絕倫年十三作鷗鳥水碓二賦宛陵嚴仲弼見而奇之曰褚先生復出矣弱不好弄清淡閑默以墳典自娛語所親曰聖賢備在黃卷中捨此何求州郡辟不就吳歸命世祖補臺郎建忠校尉司空張華與陶書曰二陸龍躍於江漢彥先鳳鳴於朝陽自此以來常恐南金已盡而復得之於吾子故知延州之德不孤淵岱

舉　瞻　碓　才

俞氏藏本脫士衡二字

陳云周俊疑周浚

之寶不匱仕至中尉

有問秀才吳舊姓何如荅曰吳府君聖王之老成明時之儁乂朱永長理物之至德清選之高望嚴仲弼九皋之鳴鶴空谷之白駒顧彥先八音之琴瑟五色之龍章張威伯歲寒之茂松幽夜之逸光陸士衡士龍鴻鵠之裹回懸鼓之待槌秀才蔡洪也集載洪與刺史周俊書曰一日侍坐言及吳士詢于芻蕘遂見下問造次承顏載辭不舉敕令條列名狀退輒思之今稱疏所知吳展字士季下邳人忠足矯非清足厲俗信可結神才堪幹世仕吳爲廣州刺史吳郡太守吳平還下邳閉門自守不交賓客誠聖王之老成明時之儁乂也朱誕字永長吳郡人體履清和黃中通理吳朝舉賢良累遷議郎今歸在家誠理物之至德清選之高望也嚴隱字仲弼吳郡人稟氣清純思度淵偉吳朝舉賢良宛陵

才　幹

令吳平去職九皋之鳴鶴空谷之白駒也張暢字威伯吳郡人禀性堅明志行清朗居磨涅之中無緇磷之損歲寒之松栢幽夜之逸光也陸雲别傳曰雲字士龍吳大司馬抗之第五子機同母之弟也儒雅有俊才容貌瓌偉口敏能談博聞彊記善著述六歲便能賦詩時人以爲項託揚烏之疇也年十八刺史周俊命爲主簿俊常嘆曰陸士龍當今之顏淵也累遷太子舍人清河内史爲成都王所害凡此諸君以洪筆爲鉏耒以紙札爲良田以玄默爲稼穡以義理爲豐年以談論爲英華以忠恕爲珍寶著文章爲錦繡藴五經爲繒帛坐謙虚爲席薦張義讓爲帷幙行仁義爲室宇修道德爲廣宅按蔡所論士十六人無陸機兄弟又無凡此諸君以下疑益之

人問王夷甫山巨源義理何如是誰輩王曰此人初

陳云襄州疑作湘州晉有湘州無襄州

不肯以談自居然不讀老莊時聞其詠往往與其旨合顧愷之畫贊曰濤有而不恃皆此類也

洛中雅雅有三嘏劉粹字純嘏宏字終嘏漠字沖嘏是親兄弟王安豐甥並是王安豐女壻宏眞長祖也晉諸公贊曰粹沛國人歷侍中南中郎將宏歷祕書監光祿大夫晉後略曰漠少以清識爲名與王夷甫友善並好以人倫爲意故世人許以才智之名自相國右長史出爲襄州刺史以貴簡稱按劉氏譜劉邠妻武周女生粹宏漠非王氏甥

洛中錚錚馮惠卿名蓀是播子晉後略曰播字友聲長樂人位至大宗正生蓀八王故事曰蓀少以才悟識當世之宜蚤歷清職仕至侍中爲長沙王所害蓀與邢喬俱司徒李胤外孫及胤子順並知名時稱馮才清李才明純粹邢晉諸公贊曰喬字曾伯河間人有才學仕至司

奇之俞氏藏本脫之字

隷校尉順字曼長仕至太僕卿

衛伯玉爲尚書令見樂廣與中朝名士談議奇之曰自昔諸人没已來常恐微言將絶今乃復聞斯言於君矣命子弟造之曰此人人之水鏡也見之若披雲霧覩青天晉陽秋曰尚書令衛瓘見廣曰昔何平叔諸人没常謂清言盡矣今復聞之於君王隱晉書曰衛瓘有名理及與何晏鄧颺等數共談講見廣奇之曰每見此人則瑩然猶廓雲霧而覩青天

王太尉曰見裴令公精明朗然籠蓋人上非凡識也若死而可作當與之同歸或云王戎語禮記曰趙文子與叔譽觀于九原文子曰死者如可作也吾誰與歸鄭玄曰作起也

王夷甫自歎我與樂令談未嘗不覺我言爲煩晉陽秋曰

自黃門郎俞氏藏本脫自字

樂廣善以約言厭人心其所不知默如也太尉王夷甫光祿大夫裴叔則能清言常曰與樂君言覺其簡至吾等皆煩也

郭子玄有儁才能言老莊庾敳嘗稱之每曰郭子玄何必減庾子嵩名士傳曰郭象字子玄自黃門郎爲太傅主簿任事用勢傾動一府敳謂象曰卿自是當世大才我疇昔之意都已盡矣其伏理推心皆此類也

王平子目太尉阿兄形似道而神鋒太儁太尉荅曰誠不如卿落落穆穆王隱晉書曰澄通朗好人倫情無所繫

太傅府有三才劉慶孫長才晉陽秋曰太傅將召劉輿或曰輿猶膩也近將汙人太傅疑而禦之輿乃密視天下兵簿諸屯戍及倉庫處所人穀多少牛馬器械水陸地形皆默識之是時軍國多事每會議事自潘滔以下皆不知所對輿便屈指籌計所發兵仗處所糧廩運轉事無凝滯

於是太傅遂委仗之

潘陽仲大才裴景聲清才

八王故事曰劉輿才長綜覈潘滔以博學爲名裴邈彊立方正皆爲東海王所暱俱顯一府故時人稱曰輿長才滔大才邈清才也

世說新語中之上

世說新語中之上

批校经籍叢编 子部〇三

中國國家圖書館藏

世說新語

下

〔南北朝〕劉義慶 撰
劉孝標 注

〔清〕馮舒
何煌 批校

浙江古籍出版社

世說新語中之下

宋　臨川王義慶　撰

梁　劉孝標　注

賞譽第八下

林下諸賢各有儁才子籍子渾器量弘曠世語曰渾字長成清虛寡欲位至太子中庶子康子紹清遠雅正已見簡子虞預晉書曰簡字季倫平雅有父風與嵇紹劉漠等齊名遷尚書出爲征南將軍咸子瞻虛夷有遠志瞻弟孚爽朗多所遺名士傳曰瞻字千里夷任而少嗜欲不脩名行自得於懷讀書不甚研求而識其要仕至太子舍人年三十卒中興書曰孚風韻疎誕少有門風初爲安東參軍蓬髮飲酒不以王務嬰心秀子純悌並令淑有清流竹林七賢

世說新語卷中下　一　王

論曰純字長悌位至侍中悌字叔遜位至御史中丞晉諸公贊曰洛陽敗純悌出奔爲賊所害戎子萬子有大成之風苗而不秀晉諸公贊曰王綏字萬子辟太尉掾不就年十九卒晉書曰戎子萬有美號而太肥戎令食穅而肥愈甚也唯伶子無聞凡此諸子唯瞻爲冠紹簡亦見重當世

庾子躬有廢疾甚知名家在城西號曰城西公府虞預晉書曰琮字子躬潁川人太常峻弟二子仕至太尉掾

王夷甫語樂令名士無多人故當容平子知王澄別傳曰澄風韻邁達志氣不羣從兄戎兄夷甫名冠當年四海人士一爲澄所題目則二兄不復措意云已經平子其見重如此是以名聞益盛天下知與不知莫不傾注澄後事迹不逮朝野失望及舊遊識見者猶曰當今名士也

王太尉云郭子玄語議如懸河寫水注而不竭名士傳曰子玄有儁才能言莊老

司馬太傅府多名士一時儁異庾文康云見子嵩在其中常自神王晉陽秋曰敳爲太傅從事中郎

太傅東海王鎮許昌以王安期爲記室參軍雅相知重勑世子毗曰夫學之所益者淺體之所安者深閑習禮度不如式瞻儀形諷味遺言不如親承音旨王參軍人倫之表汝其師之或曰王趙鄧三參軍人倫之表汝其師之謂安期鄧伯道趙穆也趙吳郡行狀曰穆字季子汲郡人貞淑平粹才識清通歷尚書郎太傅參軍代太傅越與穆及王承阮瞻鄧攸書曰禮八歲出就外

傳十年曰幼學明可以漸先王之教也然學之所受者淺體之所安者深是以閑習禮度不如式瞻軌儀諷味遺言不如親承辭旨小兒毗旣無令淑之資未聞道德之風欲屈諸君時以閑豫周旋燕誨也穆歷晉明帝師冠軍將軍吳郡太守封南鄉侯袁宏作名士傳直云王叅軍或云趙家先猶有此本

庾太尉少爲王眉子所知庾過江嘆王曰庇其宇下使人忘寒暑晉諸公贊曰玄少希慕簡曠八王故事曰玄爲陳留太守或勸玄過江投琅邪王玄曰王處仲得志於彼家叔猶不免害豈能容我謂其器宇不容於敦也

謝幼輿曰友人王眉子清通簡暢嵇延祖弘雅劭長董仲道卓犖有致度王隱晉書曰董養字仲道太始初到洛下千祿求榮永嘉中洛城東北角步廣里中地陷中有二鵝蒼者飛去白者不能飛問之博識者不能知養聞歎曰昔周時所盟

會秋泉此地也卒有二鵝蒼者胡象後胡當入洛白者不能飛此國諱也謝鯤元化論序曰陳留董仲道於元康中見惠帝廢楊悼后升太學堂歎曰建此堂也將何爲乎每見國家赦書謀反逆皆赦孫殺王父母子殺父母不赦以爲王法所不容也奈何公卿處議文飾禮典以至此乎天人之理既滅大亂斯起顧謂謝鯤阮孚曰易稱知幾其神乎君等可深藏矣乃與妻荷擔入蜀莫知其所終

王公目太尉巖巖清峙壁立千仞顧愷之夷甫畫贊曰夷甫天形瓌特識者以爲巖巖秀峙壁立千仞

庾太尉在洛下問訊中郎庾敳中郎留之云諸人當來尋溫元甫晉諸公贊曰溫幾字元甫太原人才性清婉歷司徒右長史湘州刺史卒官劉王喬曹嘉之晉紀曰劉疇字王喬彭城人父訥司隸校尉疇善談名理曾避亂塢壁有胡數百欲害之疇無懼色援笳而吹之爲出塞入塞之聲以動其遊客之思於是群胡皆泣而去之位至司徒左長史

裴叔則俱至酬酢終日庾公猶憶劉裴之才儁元甫之清中中一作平

蔡司徒在洛見陸機兄弟住參佐廨中三間瓦屋士龍住東頭士衡住西頭士龍爲人文弱可愛士衡長七尺餘聲作鍾聲言多慷慨文士傳曰雲性弘靜怡怡然爲士友所宗機清厲有風格爲鄉黨所憚

王長史是庾子躬外孫王氏譜曰濛父訥娶潁川庾琮之女字三壽也丞相目子躬云入理泓然我已上人子躬子嵩兄也

庾太尉目庾中郎家從談談之許名士傳曰敳不爲辨析之談而舉其旨要太尉王夷甫雅重之也一作家從談之祖從一作誦許一作辭

晉書俞氏藏本脫晉字又逖字上有祖字

庾公目中郎神氣融散差如得上晉陽秋曰敳頹然淵放莫有動其聽者

劉琨稱祖車騎爲朗詣曰少爲王敦所歎虞預晉書曰逖字士穉范陽遒人豁蕩不修儀檢輕財好施晉陽秋曰逖與司空劉琨俱以雄豪著名年二十四與琨同辟司州主簿情好綢繆共被而寢中夜聞雞鳴俱起曰此非惡聲也每語世事則中宵起坐相謂曰若四海鼎沸豪傑共起吾與足下相避中原耳爲汝南太守值京師傾覆率流民數百家南度行達泗口安東板爲徐州刺史逖既有豪才常慷慨以中原爲巳任乃說中宗雪復神州之計拜爲豫州刺史使自招募逖遂率部曲百餘家北度江誓曰祖逖若不清中原而復濟此者有如大江攻城畧地招懐義士屢摧石虎虎不敢復闚河南石勒爲逖母墓置守吏劉琨與親舊書曰吾枕戈待旦志梟逆虜常恐祖生先吾著鞭耳會其病卒先有妖星見豫州分逖曰此必爲我也天未欲滅寇故耳贈車騎將軍

積　祖　其　或　懷　一

俞氏藏本無允字

時人目庾中郎善於託大長於自藏名士傳曰敳雖居職任未嘗以事自嬰從容博暢寄通而已是時天下多故機事屢起有爲者拔奇吐異而禍福繼之敳常默然故憂喜不至也

王平子邁世有儁才少所推服每聞衛玠言輒歎息絕倒玠別傳曰玠少有名理善通莊老琅邪王平子高氣不羣邁世獨傲每聞玠之語議至于理會之間要妙之際輒絕倒於坐前後三聞爲之三倒時人遂曰衛君談道平子三倒

王大將軍與元皇表云舒風槩簡正允作雅人自多於邃王舒已見王邃別傳曰邃字處重琅邪人舒弟也意局剛清以政事稱累遷中領軍尚書左僕射舒邃並敦從弟最是臣少所知拔中間夷甫澄見語卿知處明茂弘茂弘已有令名眞副卿清論處明親踈無

知之者吾常以卿言爲意殊未有得恐已悔之臣慨然曰君以此試頃來始乃有稱之者言常人正自患知之使過不知使負實使一作便

周侯於荊州敗績還未得用王丞相與人書曰雅流弘器何可得遺鄧粲晉紀曰顗爲荊州始至而建平民傅密等叛逆蜀賊顗狼狽失據陶侃救之得免顗至武昌投王敦敦更選侃代顗顗還建康未即得用也

時人欲題目高坐而未能桓廷尉以問周侯周侯曰可謂卓朗桓公曰精神淵著高坐傳曰庚亮周顗桓彝一代名士一見和尚披衿致契曾爲和尚作目久之未得有云尸利密可稱卓朗於是桓始咨嗟以爲標之極但宣武嘗云少見和尚稱其精神淵著當年出倫其爲名士所歎如此

陳蔣咸云此注繆疑出後人妄益

王大將軍稱其兒云其神候似欲可王應也下令目叔向朗朗如百間屋春秋左氏傳曰叔向羊舌肸也晉大夫

王敦爲大將軍鎮豫章衛玠避亂從洛投敦相見欣然談話彌日于時謝鯤爲長史敦謂鯤曰不意永嘉之中復聞正始之音阿平若在當復絶倒玠別傳曰玠至武昌見王敦敦與之談論彌日信宿敦顧謂僚屬曰昔王輔嗣吐金聲於中朝此子今復玉振於江表微言之緒絶而復續不悟永嘉之中復聞正始之音阿平若在當復絶倒矣

王平子與人書稱其兒風氣日上足散人懷永嘉流人名曰澄第四子徽澄別傳曰徽邁上有父風

胡毋彥國吐佳言如屑後進領袖言談之流靡靡如解木出屑也

徽徽　矣　肸乃

王丞相云刁玄亮之察察戴若思之巖巖虞預晉書曰戴儼字若思廣陵人才義辯濟有風標鋒穎累遷征西將軍爲王敦所害贈左光祿大夫儀同三司卞望之之峯距卞壼別傳曰壼字望之濟陰冤句人父粹太常卿壼少以貴正見稱累遷御史中丞權門屏迹轉領軍尚書令蘇峻作亂率衆拒戰父子二人俱死王難鄧粲晉紀曰初咸和中貴遊子弟能談嘲者慕王平子謝幼輿等爲達壼厲色於朝曰悖禮傷教罪莫斯甚中朝傾覆實由於此欲奏治之王導庾亮不從乃止其後皆折節爲名士語林曰孔坦爲侍中密啓成帝不宜往拜曹夫人丞相聞之曰王茂弘駑痾耳若卞望之之巖巖刁玄亮之察察戴若思之峰距當敢爾不此言殊有由緒故聊載之耳

大將軍語右軍汝是我佳子弟按王氏譜羲之是敦從父兄子當不減阮主簿中興書曰阮裕少有德行王敦聞其名召爲主簿知敦有不臣之心縱酒昏酣不綜其事

世目周侯嶷如斷山晉陽秋曰顗正情嶷然雖一時儕類皆無敢媟近

王丞相招祖約夜語至曉不眠明旦有客公頭鬢未理亦小倦客曰公昨如是似失眠公曰昨與士少語遂使人忘疲

王大將軍與丞相書稱楊朗曰世彥識器理致才隱明斷既爲國器且是楊侯淮之子世語曰淮字始立弘農華陰人曾祖處祖修有名前世父囂典軍校尉淮元康末爲冀州刺史荀綽冀州記曰淮見王綱不振遂縱酒不以官事規意消摇卒歲而已成都王知淮不治猶以其名士惜而不遺召爲軍咨議祭酒府散停家關東諸侯欲以淮補三事以示懷賢尚德之事未施行而卒時年二十有七位望殊爲陵遲卿亦足與之處

何次道往丞相許丞相以麈尾指坐呼何共坐曰來來此是君坐何充已見

丞相治楊州廨舍按行而言曰我正爲次道治此爾何少爲王公所重故屢發此歎晉陽秋曰充導妻姊之子明穆皇后之妹夫也思韻淹濟有文義才情導深器之由是少有美譽遂歷顯位導有副貳已使繼相意故屢顯此指於上下

王丞相拜司徒而嘆曰劉王喬若過江我不獨拜公曹嘉之晉紀曰疇有重名永嘉中爲閻鼎所害司徒蔡謨每歎曰若使劉王喬得南渡司徒公之美選也

王藍田爲人晚成時人乃謂之癡晉陽秋曰述體道清粹簡貴靜正怡然自足不交非類雖羣英紛紛俊乂交馳述獨蔑然曾不慕羨由是名譽久蘊

王丞相以其

蔣云按晉書楊淮當作楊準

東海子辟爲掾常集聚王公每發言衆人競贊之述於末坐曰主非堯舜何得事事皆是丞相甚相歎賞言非聖人不能無過意譏讃述之徒

世目楊朗沈審經斷蔡司徒云若使中朝不亂楊氏作公方未已謝公云朗是大才八王故事曰楊淮有六子曰喬髦朗琳俊伷皆得美名論者以謂悉有台輔之望文康庾公每追歎曰中朝不亂諸楊作公未已也

劉萬安即道眞從子庾公琮字子躬所謂灼然玉舉又云千人亦見百人亦見劉氏譜曰綏字萬安高平人祖奥太祝令父斌著作郎綏歷驃騎長史

庾公爲護軍屬桓廷尉覓一佳吏乃經年桓後遇見

伷　賦廿

徐寧而知之遂致於庾公曰人所應有其不必有人所應無已不必無眞海岱清士徐江州本事曰徐寧字安期東海郯人通朗有德素少知名初爲輿縣令譙國桓彝有人倫鑒識嘗去職無事至廣陵尋親舊遇風停浦中累日在船憂邑上岓消搖見一空宇有似廨署彝訪之云輿縣廨也令姓徐名寧彝既獨行思逢悟賞聊造之寧清惠博涉相遇怡然遂停宿因留數夕與寧結交而別至都謂庾亮曰吾爲卿得一佳吏部郎亮問所在彝即敘之累遷吏部郎左將軍江州刺史

桓茂倫云褚季野皮裏陽秋謂其裁中也晉陽秋曰裒簡穆有器識故爲彝所目也

何次道嘗送東人瞻望見賈寧在後輪中曰此人不死終爲諸侯上客晉陽秋曰寧字建寧長樂人賈氏孼子也初自結於王應諸葛瑤應

敗浮遊吳會吳人咸侮辱之聞京師亂馳出投蘇峻峻甚暱之以爲謀主及峻聞義軍起自姑孰屯于石頭是寧之計峻敗先降仕至新安太守

杜弘治墓崩哀容不稱庾公顧謂諸客曰弘治至羸不可以致哀晉陽秋曰杜乂字弘治京兆人祖預父錫有譽前朝乂少有令名仕丹陽丞蚤卒成帝納乂女爲后又曰弘治哭不可哀

世稱庾文康爲豐年玉穉恭爲荒年穀庾家論云是文康稱恭爲荒年穀庾長仁爲豐年玉謂亮有廊廟之器翼有匡世之才各有用也

世目杜弘治標鮮季野穆少江左名士傳曰乂清標令上也

有人目杜弘治標鮮清令盛德之風可樂詠也語林曰有

人目杜弘治標解甚清令初若熙怡容無韻盛德之風可樂詠也

庾公云逸少國舉故庾倪爲碑文云拔萃國舉倪庾倩小字也徐廣晉紀曰倩字少彦司空氷子皇后兄也有才具仕至太宰長史桓溫以其宗彊使下邳王晃誣與謀反而誅之

庾稺恭與桓溫書稱劉道生日夕在事大小殊快義慷通樂既佳且足作友正實良器推此與君同濟艱不者也宋明帝文章志曰劉恢字道生沛國人識局明濟有文武才王濛每稱其思理淹通蕃屏之高選爲車騎司馬年三十六卒贈前將軍

王藍田拜揚州主簿請諱教云亡祖先君名播海内遠近所知内諱不出於外禮記曰婦人之諱不出門餘無所諱

蕭中郎孫丞公婦父劉尹在撫軍坐時擬爲太常劉尹云蕭祖周不知便可作三公不自此以還無所不堪晉百官名曰蕭輪字祖周樂安人劉謙之晉紀曰輪有才學善三禮歷常侍國子博士

謝太傅未冠始出西詣王長史清言良久去後苟子問曰王濛子脩並已見向客何如尊長史曰向客亹亹爲來逼人

王右軍語劉尹故當共推安石劉尹曰若安石東山志立當與天下共推之續晉陽秋曰初安家於會稽上虞縣優遊山林六七年間徵召不至雖彈奏相屬繼以禁錮而晏然不屑也

謝公稱藍田掇皮皆眞徐廣晉紀曰述貞審眞意不顯

桓温行經王敦墓邊過望之云可兒可兒孫綽與庾亮牋曰王敦可人之目數十年間也兒一作人

殷中軍道王右軍云逸少清貴人吾於之甚至一時無所後文章志曰羲之高爽有風氣不類常流也

王仲祖稱殷淵源非以長勝人處長亦勝人晉陽秋曰浩善以通和接物也

王司州與殷中軍語歎云己之府奧蚤已傾寫而見殷陳勢浩汗衆源未可得測徐廣晉紀曰浩清言妙辯玄致當時名流皆爲其美譽

王長史謂林公眞長可謂金玉滿堂林公曰金玉滿

陳乙權从逌蔣云灌逌是似致

堂復何爲簡選王曰非爲簡選直致言處自寡耳謂吉人之辭寡非擇言而出也

王長史道江道羣人可應有乃不必有人可應無已必無中興書曰江灌字道羣陳留人僕射彪從弟也有才器與從兄逌名相亞仕尚書中護軍一曰己不必無

會稽孔沈魏顗虞球虞存謝奉並是四族之儁于時之桀沈有顗奉並別見虞氏譜曰球字和琳會稽餘姚人祖授吳廣州刺史父基右軍司馬球仕至黃門侍郎孫興公目之曰沈爲孔家金顗爲魏家玉虞爲長琳宗謝爲弘道伏長琳即存及球字也弘道謝奉字也言虞氏宗長琳之才謝氏伏弘道之美也

王仲祖劉眞長造殷中軍談談竟俱載去劉謂王曰

傑。

一曰己不必無 權 逌

淵源眞可王曰卿故墮其雲霧中中興書曰浩能言理談論精微長於老易故風流者皆宗歸之

劉尹每稱王長史云性至通而自然有節濛別傳曰濛之交物虛己納善恕而後行希見其喜愠之色凡與一面莫不敬而愛之然少孤事諸母甚謹篤義穆親不脩小絜以清貧見稱

王右軍道謝萬石在林澤中爲自遒上歎林公器朗神儁支遁別傳曰遁任心獨往風期高亮道祖士少風領毛骨恐沒世不復見如此人道劉眞長標雲柯而不扶疎劉尹別傳曰惔既令望姻婭帝室故屢居達官然性不偶俗心淡榮利雖身登顯列而每挹降閑靜自守而已

簡文目庾赤玉省率治除謝仁祖云庾赤玉胷中無

親 絜

宿物赤玉庾統小字中興書曰統字長仁潁川人衛將軍懌子也少有令名仕至尋陽太守

殷中軍道韓太常曰康伯少自標置居然是出羣器及其發言遣辭往往有情致續晉陽秋曰康伯清和有思理幼爲舅殷浩所稱

簡文道王懷祖才既不長於榮利又不淡直以眞率少許便足對人多多許晉陽秋曰述少貧約簞瓢陋巷不求聞達由是爲有識所重

林公謂王右軍云長史作數百語無非德音如恨不苦苦謂窮人以辭王曰長史自不欲苦物

殷中軍與人書道謝萬文理轉遒成殊不易中興書曰萬才器儁秀善自衒曜故致有時譽兼善屬文能談論時人稱之

王長史云江思悛思懷所通不翅儒域徐廣晉紀曰江惇字思悛

陳留人僕射彪弟也性篤學手不釋書博覽墳典儒道兼綜徵聘無所就年四十九而卒

許玄度送母始出都人問劉尹玄度定稱所聞不劉曰才情過於所聞許氏譜曰玄度母華軼女也按詢集詢出都迎姊於路賦詩續晉陽秋亦然而此言送母疑繆矣

阮光禄云王家有三年少右軍安期長豫阮裕王悦安期王應並已見

謝公道豫章若遇七賢必自把臂入林江左名士傳曰鯤通簡有識不脩威儀好迹逸而心整形濁而言清居身若穢動不累高隣家有女嘗往挑之女方織以梭投折其兩齒既歸傲然長嘯曰猶不廢我嘯歌其不事形骸如此

王長史歎林公尋微之功不減輔嗣支遁別傳曰遁神心警悟清識

玄遠嘗至京師王仲祖稱其造微之功不異王弼

殷淵源在墓所幾十年于時朝野以擬管葛起不起以卜江左興亡續晉陽秋曰時穆帝幼沖母后臨朝簡文親賢民望任登宰輔桓溫有平蜀洛之勳擅彊西陝帝自料文弱無以抗之陳郡殷浩素有盛名時論比之管葛故徵浩爲揚州溫知意在抗己甚忿焉

殷中軍道右軍清鑒貴要晉安帝紀曰羲之風骨清舉也

謝太傅爲桓公司馬續晉陽秋曰初安優遊山水以敷文析理自娛桓溫在西蕃欽其盛名諷朝廷請爲司馬以世道未夷志存匡濟年四十起家應務也桓詣謝值謝梳頭遽取衣幘桓公云何煩此因下共語至暝既去謂左右曰頗曾見如此人不

謝公作宣武司馬屬門生數十人於田曹中郎趙悅子伏滔大司馬寮屬名曰悅字悅子下邳人歷大司馬參軍左衛將軍悅子以告宣武宣武云且爲用半趙俄而悉用之曰昔安石在東山搢紳敦逼恐不豫人事況今自鄉選反違之邪

桓宣武表云謝尚神懷挺率少致民譽溫集載其平洛表曰今中州既平宜時綏定鎮西將軍豫州刺史尚神懷挺率少致人譽是以入贊百揆出蕃方司宜進據洛陽撫寧黎庶謂可本官都督司州諸軍事

世目謝尚爲令達阮遙集云清暢似達或云尚自然令上晉陽秋曰尚率易挺達超悟令上也

桓大司馬病謝公往省病從東門入溫時在姑孰桓公遙

望嘆曰吾門中久不見如此人

簡文目敬豫爲朗豫王恬已見文字志曰恬識理明貴爲後進冠冕也

孫興公爲庾公參軍共遊白石山衛君長在坐衛氏譜曰永字君長成陽人位至左軍長史孫曰此子神情都不關山水而能作文庾公曰衛風韻雖不及卿諸人傾倒處亦不近孫遂沐浴此言

王右軍目陳玄伯壘塊有正骨陳泰已見

王長史云劉尹知我勝我自知濛別傳曰濛與沛國劉惔齊名時人以濛比袁曜卿惔比荀奉倩而共交友甚相知賞也

王劉聽林公講王語劉曰向高坐者故是凶物復更

聽王又曰自是鉢釪後王何人也高逸沙門傳曰王濛恒尋遁遇祇洹寺中講正在高坐上每舉麈尾常領數百言而情理俱暢預坐百餘人皆結舌注耳濛云聽講衆僧向高坐者是鉢釪後王何人也

許玄度言琴賦所謂非至精者不能與之析理劉尹其人非淵靜者不能與之閑止簡文其人嵇叔夜琴賦也劉惔眞長丹陽尹

魏隱兄弟少有學義魏氏譜曰隱字安時會稽上虞人歷義興太守御史中丞弟遏黃門郎總角詣謝奉奉與語大說之曰大宗雖衰魏氏已復有人隱一作隱

簡文云淵源語不超詣簡至然經綸思尋處故有局

陳初法汰北來未知名車頻秦書曰釋道安爲慕容儁所掠欲投襄陽行至新野集衆議曰今遭凶年不依國主則法事難舉乃分僧衆使竺法汰詣揚州曰彼多君子上勝可投法汰遂渡江至揚土焉王領軍供養之中興書曰王洽字敬和丞相導弟三子累遷吳郡內史爲士民所懷嘗拜中領軍尋加中書令不拜年二十六而卒每與周旋行來往名勝許輒與俱不得汰便停車不行因此名遂重名德沙門題目曰法汰高亮開達孫綽爲汰贊曰凄風拂林明泉映壑爽爽法汰校德無作事外蕭灑神內恢廓實從前起名隨後躍泰元起居注曰法汰以十卒烈宗詔曰法汰師喪逝哀痛傷懷可贈錢十萬

王長史與大司馬書道淵源識致安處足副時談

謝公云劉尹語審細孫綽爲惔誄敘曰神猶淵鏡言必珠玉

桓公語嘉賓阿源有德有言向使作令僕足以儀刑

百揆朝廷用違其才耳（嘉賓郄超小字也阿源殷浩也）簡文語嘉賓劉尹語末後亦小異回復其言亦乃無過

孫興公許玄度共在白樓亭（會稽記曰亭在山陰臨流映壑也）共商略先往名達林公既非所關聽訖云二賢故自有才情

王右軍道東陽我家阿林章清太出（林應爲臨王氏譜曰臨之字仲産琅邪人僕射虎之子仕至東陽太守）

王長史與劉尹書道淵源觸事長易

謝中郎云王脩載樂託之性出自門風（王氏譜曰耆之字脩載琅

邪人荆州刺史廙弟三子歷中書郎鄱陽太守給事中

林公云王敬仁是超悟人文字志曰脩之少有秀令之稱

劉尹先推謝鎮西謝後雅重劉曰昔嘗北面按謝尚年長於惔神頴夙彰而曰北面於劉非可信

謝太傅稱王脩齡曰司州可與林澤遊王胡之別傳曰胡之常遺世務以高尚爲情與謝安相善也

諺曰揚州獨步王文度後來出人郗嘉賓續晉陽秋曰超少有才氣越世負俗不循常檢時人爲一代盛譽者語曰大才槃槃謝家安江東獨步王文度盛德日新郗嘉賓其語小異故詳錄焉

人問王長史江虨兄弟羣從王荅曰諸江皆復足自

虨

陳云淳當作惇

生活鄰及弟淳從灌並有德行知名於世

謝太傅道安北見之乃不使人厭然出戶去不復使人思安北王坦之也續晉陽秋曰謝安初攜幼穉同好養志海濱襟情超暢尤好聲律然抑之以禮在哀能至弟萬之喪不聽絲竹者將十年及輔政而修室第園館麗車服雖朞功之慘不廢妓樂王坦之因苦諫焉按謝公益以王坦之好直言故不思爾

謝公云司州造勝遍決宋明帝文章志曰胡之性簡好達玄言也

劉尹云見何次道飲酒使人欲傾家釀充飲酒能溫克

謝太傅語眞長阿齡於此事故欲太厲脩齡王胡之小字也劉曰亦名士之高操者胡之別傳曰胡之治身清約以風操自居

王子猷說世目士少爲朗我家亦以爲徹朗晉諸公贊曰祖

彪　稚　謝

約少有清稱

謝公云長史語甚不多可謂有令音王濛別傳曰濛性和暢能清言談道貴理中簡而有會商略古賢顯默之際辭旨劭令往往有高致

謝鎮西道敬仁文學鏃鏃無能不新語林曰敬仁有異才時賢皆重之王右軍在郡迎敬仁叔仁輒同車常惡其遲後以馬迎敬仁雖復風雨亦不以車也

劉尹道江道羣不能言而能不言江灌已見

林公云見司州警悟交至使人不得住亦終日忘疲王胡之別傳曰胡之少有風尚才器率舉有秀悟之稱

世稱荀子秀出阿興清和荀子已見阿興王蘊小字

簡文云劉尹茗柯有實理柯一作打又作仃又作打

少章云阮千里當連刻誤提行另起

謝胡兒作著作郎嘗作王堪傳晉諸公贊曰堪字世冑東平壽張人少以高亮義正稱爲尚書左丞有準繩操爲石勒所害贈太尉不諳堪是何似人咨謝公謝公荅曰世冑亦被遇堪烈之子晉諸公贊曰烈字陽秀蚤知名魏朝爲治書御史

阮千里姨兄弟潘安仁中外安仁詩所謂子親伊姑我父唯舅是許允壻岳集曰堪爲成都王軍司馬岳送至北邙別作詩曰微微髮膚受之父母峩峩王侯中外之首子親伊姑我父唯舅

謝太傅重鄧僕射常言天地無知使伯道無兒晉陽秋曰鄧攸既棄子遂無復繼嗣爲有識傷惜

謝公與王右軍書曰敬和棲託好佳中興書曰洽於公子中最知名

與頴川荀羨俱有美稱

吳四姓舊目云張文朱武陸忠顧厚吳錄士林曰吳郡有顧陸朱張爲四姓三國之間四姓盛焉

謝公語王孝伯君家藍田舉體無常人事按述雖簡而性不寬裕投火怒蠅方之未甚若非太傅虛相褒飾則世說謬設斯語也

許掾嘗詣簡文爾夜風恬月朗乃共作曲室中語襟情之詠偏是許之所長辭寄清婉有逾平日簡文雖契素此遇尤相咨嗟不覺造厀共叉手語達于將旦旣而曰玄度才情故未易多有許續晉陽秋曰詢能言理曾出都迎姊簡文皇帝劉眞長說其情旨及襟懐之詠每造厀賞對夜以繫日

殷允出西郗超與袁虎書云子思求良朋託好足下勿以開美求之中興書曰允字子思陳郡人太常康弟六子恭素謙退有儒者之風歷吏部尚書世目袁爲開美故子敬詩曰袁生開美度

謝車騎問謝公眞長性至峭何足乃重荅曰是不見耳阿見子敬尚使人不能已語林曰羊驎因酒醉撫謝左軍謂太傅曰此家詎復後鎮西太傅曰汝阿見子敬便沐浴爲論兄輩推此言意則安以玄不見眞長故不重耳見子敬尚重之況眞長乎

謝公領中書監王東亭有事應同上省王後至坐促王謝雖不通太傅猶斂膝容之王謝不通事別見王神意閑暢謝公傾目還謂劉夫人曰向見阿苽故自未易有

苽　膝　乎

陳云詢當作珣

按王詢小字法護而此言阿苽未爲可解儻小名有兩耳雖不相關正是使人不能巳巳

王子敬語謝公公故蕭灑謝曰身不蕭灑君道身最得身正自調暢續晉陽秋曰安弘雅有器風神調暢也

謝車騎初見王文度曰見文度雖蕭灑相遇其復愔愔竟夕

范豫章謂王荆州范甯王忱並巳見卿風流儁望眞後來之秀王曰不有此舅焉有此甥

子敬與子猷書道兄伯蕭索寡會遇酒則酣暢忘反乃自可矜

自 苽 巳 器

張天錫世雄涼州以力弱詣京師雖遠方殊類亦邊人之桀也天錫已見聞皇京多才欽羨彌至猶在渚住司馬著作往詣之未詳言容鄙陋無可觀聽天錫心甚悔來以遐外可以自固王彌有儁才美譽當時聞而造焉續晉陽秋曰珉風情秀發才辭富贍既至天錫見其風神清令言話如流陳說古今無不貫悉又諳人物氏族中來皆有證據天錫訝服

王恭始與王建武甚有情後遇袁悅之間遂致疑隙晉安帝紀曰初悅與族子恭少相善齊聲見稱及並登朝俱爲王相所待內外始有不咸之論恭獨深憂之乃告悅曰悠悠之論頗有異同當由驃騎簡於朝覲故也將無從容切言之邪若主相諧睦吾徒得勠

力明時復何憂哉忱以爲然而慮弗見用乃令袁悅具言之悅每欲間恭乃於王坐責讓恭曰卿何妄生同異疑誤朝野其言切厲恭雖悅悵謂忱爲搆已也忱雖心不負恭而無以自亮於是情好大離而怨隟成矣然每至興會故有相思時恭嘗行散至京口射堂于時清露晨流新桐初引恭目之曰王大故自濯濯

司馬太傅爲二王目曰孝伯亭亭直上阿大羅羅清疎恭正直亢烈忱通朗誕放

王恭有清辭簡旨能叙說而讀書少頗有重出中興書曰恭雖才不多而清辭過人有人道孝伯常有新意不覺爲煩

殷仲堪喪後桓玄問仲文卿家仲堪定是何似人仲文曰雖不能休明一世足以映徹九泉續晉陽秋曰仲堪仲文之

用 嗔 直亢

八乂誤八人　陳云乂人並誤疑是及字

從兄也少有美譽

品藻第九

汝南陳仲舉潁川李元禮二人共論其功德不能定先後蔡伯喈續漢書曰蔡伯喈陳留圉人通達有儁才博學善屬文伎藝術數無不精綜仕至左中郎將爲王允所誅評之曰陳仲舉彊於犯上李元禮嚴於攝下犯上難攝下易張璠漢紀曰時人爲之語曰不畏彊禦陳仲舉天下模楷李元禮仲舉遂在三君之下謝沈漢書曰三君者一時之所貴也竇武劉淑陳蕃少有高操海内尊而稱之故得因以爲目元禮居八俊之上薛瑩漢書曰李膺王暢荀緄朱寓魏朗劉祐杜楷趙典爲八俊英雄記曰先是張儉等相與作衣冠糾彈彈中人相調言我彈中誠有八俊八乂猶古之八元八凱也謝沈書曰八俊者卓出之名也姚信士緯曰陳仲舉體氣高烈有王臣之節李

藝　寓祐　冠衣禮　人八　勝

元禮忠壯正直有社稷之能海內論之未決蔡伯喈抑一言以變之疑論乃定也

龐士元至吳吳人並友之蜀志曰周瑜領南郡士元爲功曹瑜卒士元送喪至吳吳人多聞其名及當還西並會昌門與士元言見陸績文士傳曰績字公紀幼有儁朗才數博學多通龐士元年長於績共爲交友仕至鬱林太守自知亾日年三十二而卒顧劭全琮環濟吳紀曰琮字子黃吳郡錢塘人有德行義槩爲大司馬而爲之目曰陸子所謂駑馬有逸足之用顧子所謂駑牛可以負重致遠或問如所目陸爲勝邪曰駑馬雖精速能致一人耳駑牛一日行百里所致豈一人哉吳人無以難全子好聲名似汝南樊子昭蔣濟萬機論曰許子將褒貶不平以拔樊子昭而抑許文休劉曄難曰子昭拔自賈豎年至七十退能守靜進不苟競濟荅曰子昭誠自幼至長容貌宁潔然觀其

因 博 昌 璜

陳云人事當作人士

挿齒牙樹頰頦吐脣吻自非文休之敵

顧劭嘗與龐士元宿語問曰聞子名知人吾與足下孰愈曰陶冶世俗與時浮沉吾不如子吳志曰劭好樂人倫自州郡庶幾及四方人事往來相見或諷議而去或結友而別風聲流聞遠近稱之論王霸之餘策覽倚伏之要害吾似有一日之長劭亦安其言吳錄曰劭安其言更親之

諸葛瑾弟亮及從弟誕吳書曰瑾字子瑜其先葛氏瑯邪諸縣人後徙陽都陽都先有姓葛者時人謂諸葛因爲氏瑾少以至孝稱累遷豫州牧六十八卒魏志曰誕字公休爲吏部郎人有所屬託輒顯其言而承用之後有當否則公議其得失以爲褒貶自是羣寮莫不愼其所舉累遷揚州刺史鎮東將軍司空謀逆伏誅並有盛名各在一國于時以爲蜀得

其龍吳得其虎魏得其狗誕在魏與夏侯玄齊名瑾在吳吳朝服其弘量吳書曰瑾避亂渡江大皇帝取爲長史遣使蜀但與弟亮公會相見退無私面而又有容貌思度時人服其弘量

司馬文王問武陔陳玄伯何如其父司空陔曰通雅博暢能以天下聲教爲已任者不如也明練簡至立功立事過之魏志曰陔與泰善故文王問之

正始中人士比論以五荀方五陳荀淑方陳寔荀靖方陳諶逸士傳曰靖字叔慈潁川人有儁才以孝著名兄弟八人號八龍隱身修學動止合禮弟爽亦有才學顯名當世或問汝南許章爽與靖孰賢章曰二人皆玉也慈明外朗叔慈内潤太尉辟不就年五十終時人惜之號玄行先生荀爽方陳紀荀彧方陳群典略曰彧字文

蔣云案晉書楊佺期傳作楊準

若頴川人爲漢侍中守尚書令彧爲人英偉折節待士坐不累席其在臺閣不以私欲撓意年五十薨謚曰敬侯以其名德高追贈太尉

荀顗方陳泰晉諸公贊曰顗字景倩彧之子蹈禮立德思義溫雅加深識國體累遷光祿大夫晉受禪封臨淮公典朝儀刊正國式爲一代之制轉太尉爲台輔德望清重留心禮教卒謚康公又以八裴方八王裴徽方王祥裴楷方王夷甫裴康方王綏晉百官名曰康字仲豫徽之子晉諸公贊曰康有弘量歷太子左率裴綽方王澄王朝目錄曰綽字仲舒楷弟也名亞於楷歷中書黃門侍郎裴瓚方王敦晉諸公贊曰瓚字國寶楷之子才氣爽儁終中書郎裴遐方王導裴頠方王戎裴邈方王玄

冀州刺史楊淮二子喬與髦俱總角爲成器淮與裴頠樂廣友善遣見之頠性弘方愛喬之有高韻謂淮

曰喬當及卿髦小減也廣性清淳愛髦之有神檢謂淮曰喬自及卿然髦尤精出淮笑曰我二兒之優劣乃裴樂之優劣論者評之以爲喬雖高韻而檢不匝樂言爲得然並爲後出之儁荀綽冀州記曰喬字國彦爽朗有遠意髦字士彦清平有貴識並爲後出之儁爲裴頠樂廣所重晉諸公贊曰喬似淮而疎皆爲二千石髦爲石勒所害

劉令言始入洛劉氏譜曰訥字令言彭城叢亭人祖瑾樂安長父鬷魏洛陽令訥歷司隸校尉見諸名士而歎曰王夷甫太解明樂彦輔我所敬張茂先我所不解周弘武巧於用短王隱晉書曰周恢字弘武汝南人祖裴永寧少府父隆州從事恢仕至秦相秩中二千石杜方叔拙於用長晉諸公贊曰杜育字方叔襄城鄧陵人杜襲孫也育幼便岐嶷號神童及長美風姿有才藻時人號曰杜聖累遷國

俞氏藏本脫傳字

陳云郝當作郗下注同隆乃太傅鑒之叔事詳晉史

子祭酒洛陽將没爲賊所殺鄧陵一作鄧林

王夷甫云閭丘沖荀綽兗州記曰沖字賓卿高平人家世二千石沖清平有鑒識博學有文義累遷太傅長史雖不能立功蓋世然聞義不惑當世厖事務於平允操持文案必引經誥飾以文采未嘗有滯性尤通達不矜不假好音樂侍婢在側不釋弦管出入乘四望車居之甚夷不能虧損恭素之行淡然肆其心志論者不以爲侈不以爲僭至於白首而清名令望不渝於始爲光祿勳京邑未潰乘車出爲賊所害時人皆痛惜之優於滿奮郝隆晉諸公贊曰隆字弘始高平人爲人通亮清識爲吏部郎楊州刺史齊王冏起義隆應檄稽留爲參軍王邃所殺此三人並是高才沖最先達兗州記曰于時高平人上偶盛滿奮郝隆達在沖前名位已顯而劉寶王夷甫猶以沖之虛貴足先二人

王夷甫以王東海比樂令江左名士傳曰承言理辯物但明其旨要不爲辭費

傳 以 鄧陵一作鄧林

有識伏其約而能通太尉王夷甫一世龍門見而雅重之以比南陽樂廣故王中郎作碑云當時標榜爲樂廣之儷

庾中郎與王平子鴈行晉陽秋曰初王澄有通朗稱而輕薄無行兄夷甫有盛名時人許以人倫鑒識常爲天下士目曰阿平第一子嵩第二處仲第三敳以澄敦莫已若也及澄喪敦敗敳世譽如初

王大將軍在西朝時見周侯輒扇障面不得住敦性彊梁自少及長季倫斬妓曾無異色若斯傲很豈憚於周顗乎此言不然也後度江左不能復爾三歎曰不知我進伯仁退沈約晉書曰周顗王敦素憚之見輒面熱雖復臘月亦扇面不休其憚如此

會稽虞騑元皇時與桓宣武同俠其人有才理勝望

三　傲很此

虞光祿傳曰駿字思行會稽餘姚人虞𩇕曾孫右光祿潭孔子也雖機榦不及潭而至行過之歷吏部郎吳興守徵爲金紫光祿大夫卒王丞相嘗謂駿曰孔愉有公才而無公望丁潭有公望而無公才愉已見會稽後賢記曰潭字世康山陰人吳司徒固曾孫也沈婉有雅望少與孔愉齊名仕至光祿大夫晉陽秋曰孔敬康丁世康張偉康俱著名時謂會稽三康偉康名茂嘗夢得大象以問萬雅雅曰君當爲大郡而不善也象大獸也取其音狩故爲大郡然象以齒喪身後爲吳郡果爲沈充所殺兼之者其在卿乎駿未達而喪虞光祿傳曰駿未登台鼎時論稱屈

明帝問周伯仁卿自謂何如郗鑒周曰鑒方臣如有功夫復問郗郗曰周顗比臣有國士門風鄧粲晉紀曰伯仁清正嶷然以德望稱之

王大將軍下，庾公問：「聞卿有四友，何者是？」荅曰：「君家中郎，我家太尉、阿平、胡毋彦國。八王故事曰：胡毋輔之少有雅俗鑒識，與王澄、庾敳、王敦、王夷甫爲四友，今故荅也。阿平故當最劣。」庾曰：「似未肯劣。」庾又問：「何者居其右？」王曰：「自有人。」又問：「何者是？」王曰：「噫！其自有公論。」左右躡公，公乃止。敦自謂右者在已也。

人問丞相：「周侯何如和嶠？」荅曰：「長輿嵯櫱。」虞預晉書曰：嶠厚自封植，嶷然不羣。

明帝問謝鯤：「君自謂何如庾亮？」荅曰：「端委廟堂，使百僚準則，臣不如亮；一丘一壑，自謂過之。」晉陽秋曰：鯤隨王敦下，入朝見太子於東宮，語及夕。太子從容問鯤曰：「論者以君方庾亮，自謂孰愈？」對曰：「宗廟之美，百官之富，臣不如亮縱意丘壑自謂過之鄧粲晉紀曰鯤與王澄之徒慕竹林諸人散首披髮裸袒箕踞謂之八達故隣家之女折其兩齒世爲謠曰任達不已幼輿折齒鯤有勝情遠槩爲朝廷之望故時以庾亮方焉

王丞相二弟不過江曰穎曰敞時論以穎比鄧伯道敞比溫忠武議郎祭酒者也王氏譜曰穎字茂英位至議郎年二十卒敞字茂平丞相祭酒不就襲爵堂邑公年二十有二而卒

明帝問周侯論者以卿比郗鑒云何周曰陛下不須牽顗比按顗死彌年明帝乃即位世說此言妄矣

王丞相云頃下論以我比安期千里亦推此二人唯共推太尉此君特秀晉諸公贊曰夷甫性矜峻少爲同志所推

宋褘曾爲王大將軍妾後屬謝鎭西鎭西問褘我何

如王答曰王比使君田舍貴人耳鎮西妖冶故也

明帝問周伯仁卿自謂何如庾元規對曰蕭條方外亮不如臣從容廊廟臣不如亮（按諸書皆以謝鯤比亮不聞周顗）

王丞相辟王藍田爲掾庾公問丞相藍田何似王曰眞獨簡貴不減父祖然曠澹處故當不如爾（王述猶臨故也）

卞望之云郗公體中有三反方於事上好下佞已一反治身清貞大脩計校二反自好讀書憎人學問三反（按太尉劉寔論王肅方於事上好下佞已性嗜榮貴不求苟合治身不穢尤惜財物王郗志性儻亦同乎）

世論溫太眞是過江第二流之高者時名輩共說人物第一將盡之閒溫常失色溫氏譜序曰晉大夫郤至封於溫子孫因氏居太原祁縣爲郡著姓

王丞相云見謝仁祖恒令人得上與何次道語唯舉手指地曰正自爾馨前篇及諸書皆云王公重何充謂必代已相而此章以手指地意如輕詆或清言析理何不逮謝故邪

何次道爲宰相人有譏其信任不得其人晉陽秋曰充所暱庸雜以此損名阮思曠慨然曰次道自不至此但布衣超居宰相之位可恨唯此一條而已語林曰阮光祿聞何次道爲宰相歎曰我當何處生活此則阮未許何爲鼎輔二說便相符也

王右軍少時丞相云逸少何緣復減萬安邪劉綏已見郗司空家有傖奴知及文章事事有意王右軍向劉尹稱之劉問何如方回郗愔別傳曰愔字方回高平金鄉人太宰鑒長子也淵靖純素無執無競簡私寡交遊歷會稽內史侍中司徒王曰此正小人有意向耳何得便比方回劉曰若不如方回故是常奴耳

時人道阮思曠骨氣不及右軍簡秀不如真長韶潤不如仲祖思致不如淵源而兼有諸人之美中興書曰裕以人不須廣學正應以禮讓爲先故終日頹然無所修綜而物自宗之

簡文云何平叔巧累於理嵇叔夜儁傷其道理本真率巧則乖其致道唯虛澹儁則違其宗所以二子不免也

時人共論晉武帝出齊王之與立惠帝其失孰多晉陽秋曰齊王攸字大猷文帝第二子孝敬忠肅清和平允親賢下士仁惠好施能屬文善尺牘初荀勗馮紞爲武帝親幸攸惡勗之佞勗懼攸或嗣立必誅已且攸甚得衆心朝賢景附會帝有疾攸及皇太子入問訊朝士皆屬目於攸而不在太子至是勗從容曰陛下萬年後太子不得立也帝曰何故勗曰百寮內外皆歸心於齊王太子安得立乎陛下試詔齊王歸國必舉朝會之不可若然則臣言徵矣侍中馮紞又曰陛下必欲建諸侯成五等宜從親始親莫若齊王帝從之於是下詔使攸之國攸聞勗紞間已憂忿不知所爲入辭出歐血薨帝哭之慟馮紞侍曰齊王名過其實而天下歸之今自薨殞陛下何哀之甚帝乃止劉毅聞之故終身稱疾焉多謂立惠帝爲重桓溫曰不然使子繼父業弟承家祀有何不可武帝兆禍亂覆神州在斯而已輿隸且知其若此況宣武之弘儁乎此言非也

人問殷淵源當世王公以卿比裴叔道云何殷曰故當以識通暗處遐與浩並能清言

撫軍問殷浩卿定何如裴逸民良久荅曰故當勝耳

桓公少與殷侯齊名常有競心桓問殷卿何如我殷云我與我周旋久寧作我

撫軍問孫興公劉真長何如曰清蔚簡令王仲祖何如曰溫潤恬和徐廣晉紀曰凡稱風流者皆舉王劉爲宗焉桓溫何如曰高爽邁出謝仁祖何如曰清易令達阮思曠何如曰弘潤通長袁羊何如曰洮洮清便殷洪遠何如曰遠有致思卿自謂何如曰下官才能所經悉不如諸賢

至於斟酌時宜籠罩當世亦多所不及然以不才時復託懷玄勝遠詠老莊蕭條高寄不與時務經懷自謂此心無所與讓也

桓大司馬下都問眞長曰聞會稽王語音進爾邪桓溫別傳曰興寧九年以溫克復舊京肅靜華夏進都督中外諸軍事侍中大司馬加黃鉞使入參朝政劉曰極進然故是第二流中人耳桓曰第一流復是誰劉曰正是我輩耳

殷侯既廢桓公語諸人曰少時與淵源共騎竹馬我棄去已輒取之故當出我下續晉陽秋曰簡文輔政引殷浩爲揚州欲以抗桓桓素輕浩未之憚也

陳云巖晉書作嚴案漢書儒林傳有嚴彭祖今字彭祖則其名似當作嚴

人問撫軍殷浩談竟何如答曰不能勝人差可獻酬羣心

簡文云謝安南清令不如其弟安南謝奉也已見謝氏譜曰奉弟聘字弘遠歷侍中廷尉卿學義不及孔巖中興書曰巖字彭祖會稽山陰人父倫黃門侍郎巖有才學歷丹陽尹尚書西陽侯在朝多所匡正爲吳興太守大得民和後卒于家居然自勝言奉任天眞也

倫

未廢海西公時王元琳問桓元子箕子比干迹異心同不審明公孰是孰非曰仁稱不異寧爲管仲論語曰微子去之箕子爲之奴比干諫而死子曰殷有三仁焉子路曰桓公殺公子糾召忽死之管仲不死曰未仁乎子曰桓公九合諸侯一匡天下不以兵車管仲之力如其仁如其仁

劉丹陽王長史在瓦官寺集桓護軍亦在坐桓伊已見共商略西朝及江左人物或問杜弘治何如衛虎桓答曰弘治膚清衛虎奕奕神令王劉善其言虎衛玠小字玠別傳曰永和中劉眞長謝仁祖共商略中朝人或問杜弘治可方衛洗馬不謝曰安得比其間可容數人江左名士傳曰劉眞長曰吾請評之弘治膚清叔寶神清論者謂爲知言

劉尹撫王長史背曰阿奴比丞相但有都長阿奴濛小字也都美也司馬相如傳曰閑雅甚都語林曰劉眞長與丞相不相得每曰阿奴比丞相條達清長

劉尹王長史同坐長史酒酣起舞劉尹曰阿奴今日不復減向子期類秀之任率也

桓公問孔西陽安石何如仲文西陽卽孔巖也孔思未對反

問公曰何如答曰安石居然不可陵踐其處故乃勝也

謝公與時賢共賞說遏胡兒並在坐公問李弘度曰卿家平陽何如樂令晉諸公贊曰李重字茂重江夏鍾武人少以清尚見稱歷吏部郎平陽太守於是李潸然流涕曰趙王篡逆樂令親授璽綬晉陽秋曰趙王倫篡位樂廣與滿奮崔隨進璽綬亡伯雅正恥處亂朝遂至仰藥恐難以相比此自顯於事實非私親之言晉諸公贊曰趙王爲相國取重爲左司馬重以倫將篡辭疾不就敦喻之重不復自治至於篤甚扶曳受拜數日卒時人惜之贈散騎常侍謝公語胡兒曰有識者果不異人意

王脩齡問王長史我家臨川何如卿家宛陵長史未

俞氏藏本作卒情脱士字

荅脩齡曰臨川譽貴長史曰宛陵未爲不貴中興書曰羲之自會稽王友改授臨川太守王述從驃騎功曹出爲宛陵令述之爲宛陵多脩爲家之具初有勞苦之聲丞相王導使人謂之曰名父之子屈臨小縣甚不宜爾述荅曰足自當止時人未知達也後屢臨州郡無所造作世始嘆服之

劉尹至王長史許清言時苟子年十三倚牀邊聽既去問父曰劉尹語何如尊長史曰韶音令辭不如我往輒破的勝我劉惔別傳曰惔有儁才其談詠虛勝理會所歸王濛略同而叙致過之其詞當也

謝萬壽春敗後簡文問郗超萬自可敗那得乃爾失士卒情超曰伊以率任之性欲區別智勇中興書曰萬之爲豫

歎　知

州氏羌暴掠司豫鮮卑屯結并冀萬旣受方任自率衆入潁以援洛陽萬矜豪傲物失士衆之和北中郎郗曇以疾還彭城萬以爲賊盛致退便回還南遂自潰亂狼狽單歸太宗責之廢爲庶人

劉尹謂謝仁祖曰自吾有四友門人加親謂許玄度曰自吾有由惡言不及於耳二人皆受而不恨尚書大傳曰孔子曰文王有四友自吾得回也門人加親是非胥附邪自吾得賜也遠方之士至是非奔走邪自吾得師也前有輝後有光是非先後邪自吾得由也惡言不入於耳是非禦侮邪

世目殷中軍思緯淹通比羊叔子羊祜德高一世才經夷險淵源蒸燭之耀豈喻日月之明也

有人問謝安石王坦之優劣於桓公桓公停欲言中悔曰卿喜傳人語不能復語卿

邪　狽　回　和

爲陳校一作與

王中郎嘗問劉長沙曰我何如苟子大司馬官屬名曰劉奭字文時彭城人劉氏譜曰奭祖昶彭城內史父濟臨海令奭歷車騎咨議長沙相散騎常侍劉荅曰卿才乃當不勝苟子然會名處多王笑曰癡

支道林問孫興公君何如許掾孫曰高情遠致弟子蚤已服膺一吟一詠許將北面

王右軍問許玄度卿自言何如安石許未荅王因曰安石故相爲雄阿萬當裂眼爭邪中興書曰萬器量不及安石雖居藩任安在私門之時名稱居萬上也

劉尹云人言江虨田舍江乃自田宅屯謂能多出有也

謝公云金谷中蘇紹最勝紹是石崇姊夫蘇則孫愉

萬

乃萬

屯一作也

子也石崇金谷詩叙曰余以元康六年從太僕卿出爲使持節監青徐諸軍事征虜將軍有別廬在河南縣界金谷澗中或高或下有清泉茂林衆果竹柏藥草之屬莫不畢備又有水碓魚池土窟其爲娛目歡心之物備矣時征西大將軍祭酒王詡當還長安余與衆賢共送往澗中晝夜遊宴屢遷其坐或登高臨下或列坐水濱時琴瑟笙筑合載車中道路並作及住令與鼓吹遞奏遂各賦詩以叙中懷或不能者罰酒三斗感性命之不永懼凋落之無期故具列時人官號姓名年紀又寫詩著後後之好事者其覽之哉凡三十人吳王師議郎關中侯始平武功蘇紹字世嗣年五十爲首魏書曰蘇則字文師扶風武功人剛直疾惡常慕汲黯之爲人仕至侍中河東相晉百官名曰愉字休豫則次子山濤啓事曰愉忠義有智意位至光祿大夫

劉尹目庾中郎雖言不愔愔似道突兀差可以擬道名士傳曰敳頹然淵放莫有動其聽者

孫承公云謝公清於無奕中興書曰孫統字承公太原人善屬文時人謂其有祖楚風仕至餘姚令潤於林道陳逵別傳曰逵字林道潁川許昌人祖淮太尉父畛光祿大夫逵少有幹以清敏立名襲封廣陵公黃門郎西中郎將領梁淮南二郡太守

或問林公司州何如二謝林公曰故當攀安提萬王胡之別傳曰胡之好談諧善屬文辭爲當世所重

孫興公許玄度皆一時名流或重許高情則鄙孫穢行或愛孫才藻而無取於許宋明帝文章志曰綽博涉經史長於屬文與許詢俱與負俗之談詢卒不降志而綽嬰綸世務焉續晉陽秋曰綽雖有文才而誕縱多穢行時人鄙之

郗嘉賓道謝公造膝雖不深徹而纏綿綸至又曰右軍詣嘉賓嘉賓聞之云不得稱詣政得謂之朋耳謝

公以嘉賓言爲得凡徹諳者蓋深覈之名也謝不徹王亦不諳謝王於理相與爲朋儔也

庾道季云思理倫和吾愧康伯志力彊正吾愧文度

自此以還吾皆百之庾龢已見

王僧恩輕林公藍田曰勿學汝兄汝兄自不如伊僧恩王禕之小字也王氏世家曰禕之字文劭述次子少知名尚尋陽公主仕至中書郎未三十而卒坦之悼念與桓溫稱之贈散騎常侍

簡文問孫興公袁羊何似荅曰不知者不負其才知之者無取其體言其有才而無德也

蔡叔子云韓康伯雖無骨幹然亦膚立

郗嘉賓問謝太傅曰林公談何如嵇公謝云嵇公勤

著腳裁可得去耳支遁傳曰遁神悟機發風期所得自然超邁也又問殷何如支謝曰正爾有超拔支乃過殷然亹亹論辯恐口欲制支

庾道季云廉頗藺相如雖千載上死人懍懍恒如有生氣史記曰廉頗者趙良將也以勇氣聞諸侯藺相如者趙人也趙惠文王時得楚和氏璧秦昭王請以十五城易之趙遣相如送璧秦受之無還城意相如請璧示其瑕因持璧卻立倚柱怒髮上衝冠曰王欲急臣臣頭今與璧俱碎秦王謝之後秦王使趙王鼓瑟相如請秦王擊筑趙以相如功大拜上卿位在廉頗上曹蜍蜍曹茂之小字也曹氏譜曰茂之字永世彭城人也祖韶鎮東將軍司馬父曼少府卿茂之仕至尚書郎李志晉百官名曰志字溫祖江夏鍾武人李氏譜曰志祖重散騎常侍父慕純陽令志仕至員外常侍南康相雖見在厭厭如九泉下人人皆如此

陳云紞子當作統字

便可結繩而治但恐狐狸貒貉噉盡言人皆如曹李質魯淳慤則天下無姦民可結繩致治然才智無聞功迹俱滅身盡於狐狸無擅世之名也

衛君長是蕭祖周婦兄謝公問孫僧奴僧奴孫騰小字也晉百官名曰騰字伯海太原人中興書曰騰紞子也博學歷中庶子廷尉君家道衛君長云何孫曰云是世業人謝曰殊不爾衛自是理義人于時以比殷洪遠

王子敬問謝公林公何如庾公謝殊不受答曰先輩初無論庾公自足沒林公殷羨言行曰時有人稱庾太尉理者羨曰此公好舉宗本槌人

謝遏諸人共道竹林優劣謝公云先輩初不臧貶七

賢魏氏春秋曰山濤通簡有德秀咸戎伶朗達有儁才於時之談以阮爲首王戎次之山向之徒皆其倫也若如盛言則非無臧貶此言謬也

有人以王中郎比車騎車騎聞之曰伊窟窟成就續晉陽秋曰坦之雅貴有識量風格峻整

謝太傅謂王孝伯劉尹亦奇自知然不言勝長史

王黃門兄弟三人俱詣謝公子猷子重多說俗事王氏譜曰操之字子重羲之第六子歷祕書監侍中尚書豫章太守子敬寒溫而已既出坐客問謝公向三賢孰愈謝公曰小者最勝客曰何以知之謝公曰吉人之辭寡躁人之辭多推此知之

謝公問王子敬君書何如君家尊荅曰固當不同公

曰外人論殊不爾王曰外人那得知宋明帝文章志曰獻之善隸書變右軍法爲今體字畫秀媚妙絶時倫與父俱得名其章草跡弱殊不及父或訊獻之云羲之書勝不莫能判有問羲之云世論卿書不逮獻之答曰殊不爾也宅日見獻之問尊君書何如獻之不荅又問論者云君固當不如獻之笑而荅曰人那得知之也

王孝伯問謝太傅林公何如長史太傅曰長史韶興問何如劉尹謝曰噫劉尹秀王曰若如公言並不如此二人邪謝云身意正爾也

人有問太傅子敬可是先輩誰比謝曰阿敬近撮王劉之標續晉陽秋曰獻之文義並非所長而能撮其勝會故擅名一時爲風流之冠也

謝公語孝伯君祖比劉尹故爲得逮孝伯云劉尹非

不能遠直不逮言濛質而惔文也

袁彥伯爲吏部郎子敬與郗嘉賓書曰彥伯已入殊足頓興往之氣故知捶撻自難爲人冀小卻當復差耳

王子猷子敬兄弟共賞高士傳人及贊子敬賞井丹高潔子猷云未若長卿慢世嵇康高士傳曰丹字大春扶風郿人博學高論京師爲之語曰五經紛綸井大春未嘗書刺謁一人比宮五王更請莫能致新陽侯陰就使人要之不得已而行侯設麥飯葱菜以觀其意丹推去曰以君侯能供美膳故來相過何謂如此乃出盛饌侯起左右進輦丹笑曰聞桀紂駕人車此所謂人車者邪侯即去輦越騎梁松貴震朝廷請交丹丹不肯見後丹得時疾松自將醫視之病愈久之松失大男磊丹一往弔之時賓客滿廷丹裘褐不宁入門坐者皆悚望其

顏色丹四向長揖前與松語客主禮畢後長揖徑坐莫得與語不肯爲吏徑出後遂隱遁其贊曰井丹高潔不慕榮貴抗節五王不交非類顯譏輦車左右失氣披褐長揖義陵羣萃司馬相如者蜀郡成都人字長卿初爲郎事景帝梁孝王來朝從遊說士鄒陽等相如說之因病免遊梁後過臨卭富人卓王孫女文君新寡好音相如以琴心挑之文君奔之俱歸成都後昔貧至臨卭買酒舍文君當壚相如著犢鼻幝滌器市中爲人口吃善屬文仕宦不慕高爵常託疾不與公卿大事終于家其贊曰長卿慢世越禮自放犢鼻居市不恥其狀託疾避官蔑此卿相乃賦大人超然莫尚

有人問袁侍中袁氏譜曰恪之字元祖陳郡陽夏人祖王孫司徒從事中郎父綸臨汝令恪之仕黃門侍郎義熙初爲侍中曰殷仲堪何如韓康伯荅曰理義所得優劣乃復未辨然門庭蕭寂居然有名士風流殷不及韓故殷作誄云荊門晝掩閑庭晏然

昔

王子敬問謝公嘉賓何如道季荅曰道季誠復鈔撮清悟嘉賓故自上謂超抜也

王珣疾臨困問王武岡曰中興書曰謐字雅遠丞相導孫車騎劭子有才器襲爵武岡侯位至司徒世論以我家領軍比誰武岡曰世以比王北中郎東亭轉臥向壁歎曰人固不可以無年領軍王洽珣之父也年二十六卒珣意以其父名德過坦之而無年故致此論

王孝伯道謝公濃至又曰長史虛劉尹秀謝公融謂條暢也

王孝伯問謝公林公何如右軍謝曰右軍勝林公林公在司州前亦貴徹不言若羲之而言勝胡之

桓玄爲太傅大會朝臣畢集坐裁貢問王楨之曰我

何如卿第七叔王氏譜曰楨之字公幹琅邪人徽之子歷侍中大司馬長史弟七叔獻之也于時賔客爲之咽氣王徐徐答曰亡叔是一時之標公是千載之英一坐懽然

桓玄問劉太常曰我何如謝太傅劉瑾集敘曰瑾字仲璋南陽人祖遐父暢暢娶王羲之女生瑾瑾有才力歷尚書太常卿劉答曰公高太傅深又曰何如賢舅子敬答曰樝梨橘柚各有其美莊子曰樝梨橘柚其味相反皆可於口也

舊以桓謙比殷仲文中興書曰謙字敬祖沖弟三子尚書僕射中軍將軍晉安帝紀曰仲文有器貌才思桓玄時仲文入桓於庭中望見之謂同坐曰我家中軍那得及此也

規箴第十

漢武帝乳母嘗於外犯事，帝欲申憲，乳母求救東方朔。漢書曰：朔字曼倩，平原厭次人。朔別傳曰：朔，南陽步廣里人。列仙傳曰：朔是楚人，武帝時上書說便宜，拜郎中。宣帝初，棄官而去，共謂歲星也。朔曰：「此非脣舌所爭，爾必望濟者，將去時，但當屢顧帝，慎勿言此，或可萬一冀耳。」乳母既至，朔亦侍側，因謂曰：「汝癡耳！帝豈復憶汝乳哺時恩邪？」帝雖才雄心忍，亦深有情戀，乃悽然愍之，即敕免罪。史記滑稽傳曰：漢武帝少時，東武侯母嘗養帝，後號大乳母。其子孫從奴橫暴長安中，當道奪人衣物。有司請徙乳母於邊，奏可。乳母入辭帝所幸倡郭舍人，發言陳辭，雖不合大道，然令人主和說。乳母乃先見，爲下泣。舍人曰：「即入辭，勿去，數還顧。」乳母如其言。舍人疾言罵之曰：「咄！老女子何不疾行

陛下已壯矣寧尚須乳母活邪尚何還顧邪於是人主憐之詔止毋徙罰請者

京房與漢元帝共論因問帝幽厲之君何以亡所任何人答曰其任人不忠房曰知不忠而任之何邪曰亡國之君各賢其臣豈知不忠而任之房稽首曰將恐今之視古亦猶後之視今也漢書曰京房字君明東郡頓丘人尤好鍾律知音聲以孝廉爲郎是時中書令石顯專權及友人五鹿充宗爲尚書令與房同經論議相是非而此二人用事房嘗宴見問上曰幽厲之君何以亡所任何人上曰君亦不明而臣巧佞房曰知其巧佞而任之邪將以爲賢邪上曰賢之房曰然則今何以知其不賢上曰以其時亂而君危知之房曰是任賢而理任不肖而亂自然之道也幽厲何不覺悟而蚤納賢何爲卒任不肖以至亡於是上曰亂亡之君各賢其臣令皆覺悟安得亂亡之君房曰齊桓二世何不以幽厲疑之而任竪刀趙高政治日亂邪上曰唯有道

刁漢書作刀蓋古無刁刀俱兩音故耳

十刀

者能以往知來耳房曰自陛下卽位盜賊不禁刑人滿市云云問上曰今治也亂也上曰然愈於彼房曰前二君皆然臣恐後之視今猶今之視前也上曰今爲亂者誰房曰上所親與圖事帷幄中者房指謂石顯及充宗顯等乃建言宜試房以郡守遂以房爲東郡顯發其私事坐棄市

陳元方遭父喪哭泣哀慟軀體骨立其母愍之竊以錦被蒙上郭林宗弔而見之謂曰卿海内之儁才四方是則如何當喪錦被蒙上孔子曰衣夫錦也食夫稻也於汝安乎論語曰宰我問三年之喪朞已久矣子曰食夫稻衣夫錦於汝安乎夫君子居喪食旨不甘聞樂不樂居處不安故不爲也今汝安則爲之吾不取也奮衣而去自後賓客絶百所日所一作許

孫休好射雉至其時則晨去夕反羣臣莫不止諫此

爲小物何足甚躭休曰雖爲小物耿介過人朕所以好之環濟吳紀曰休字子烈吳大帝第六子初封琅邪王夢乘龍上天顧不見尾孫琳廢少主迎休立之銳意典籍欲畢覽百家之事頗好射雉至春晨出莫反唯此時舍書崩謚景皇帝條列吳事曰休在位烝烝無有遺事唯射雉可譏

孫皓問丞相陸凱曰卿一宗在朝有幾人陸曰二相五侯將軍十餘人皓曰盛哉陸曰君賢臣忠國之盛也父慈子孝家之盛也今政荒民弊覆亡是懼臣何敢言盛吳錄曰凱字敬風吳人丞相遜族子忠鯁有大節篤志好學初爲建忠校尉雖有軍事手不釋卷累遷左丞相時後主暴虐凱正直彊諫以其宗族彊盛不敢加誅也

何晏鄧颺令管輅作卦云不知位至三公不卦成輅

稱引古義深以戒之颺曰此老生之常談輅別傳曰輅字公明平原人也明周易聲發徐州冀州刺史裴徽舉秀才謂曰何鄧二尚書有經國才略於物理無不精也何尚書神明清徹殆破秋豪君當慎之自言不解易中九事必當相問比至洛宜善精其理輅曰若九事皆至義不足勞思若陰陽者精之久矣輅至洛陽果爲何尚書問九事皆明何曰君論陰陽此世無雙也時鄧尚書在曰此君善易而語初不論易中辭義何邪輅荅曰夫善易者不論易也何尚書含笑賛之曰可謂要言不煩也因謂輅曰聞君非徒善論易至於分著思爻亦爲神妙試爲作一卦知位當至三公不又頃夢青蠅數十來鼻頭上驅之不去有何意故輅曰鴟鴞天下賤鳥也及其在林食桑椹則懷我好音況輅心過草木注情葵藿敢不盡忠唯察之爾昔元凱之相重華宣慈惠和仁義之至也周公之翼成王坐以待旦敬慎之至也故能流光六合萬國咸寧然後據鼎足而登金鉉調陰陽而濟兆民此履道之休應非卜筮之所明也今君侯位重山岳勢若雷霆望雲赴景萬里馳風而懷德者少畏威者衆殆非小心翼

翼多福之士又鼻者艮也此天中之山高而不危所以長守貴也今青蠅臭惡之物而集之焉位峻者顛輕豪者亡必至之分也夫變化雖相生極則有害虛滿雖相受溢則有竭聖人見陰陽之性明存亡之理損益以爲衰抑進以爲退是故山在地中曰謙雷在天上曰大壯謙則哀多益寡大壯則非礼不履伏願君侯上尋文王六爻之旨下思尼父彖象之義則三公可決青蠅可驅鄧曰此老生之常談輅曰夫老生者見不生常談者見不談也

晏曰知幾其神乎古人以爲難交疏吐誠今人以爲難今君一面盡二難之道可謂明德惟馨詩不云乎中心藏之何日忘之名士傳曰是時曹爽輔政識者慮有危機晏有重名與魏姻戚内雖懷憂而無復退也著五言詩以言志曰鴻鵠比翼遊羣飛戲太清常畏大網羅憂禍一旦并豈若集五湖從流唼浮萍永寧曠中懷何爲怵惕驚蓋因輅言懼而賦詩

晉武帝既不悟太子之愚必有傳後意諸名臣亦多

獻直言帝嘗在陵雲臺上坐衛瓘在側欲申其懷因如醉跪帝前以手撫牀曰此坐可惜帝雖悟因笑曰公醉邪晉陽秋曰初惠帝之爲太子咸謂不能親政事衛瓘每欲陳啓廢之而未敢也後因會醉遂跪牀前曰臣欲有所啓帝曰公所欲言者何邪瓘欲言而復止者三因以手撫牀曰此坐可惜帝意乃悟因謬曰公眞大醉也帝後悉召東宮官屬大會令左右齎尚書處事以示太子令處決太子不知所對賈妃以問外人代太子對多引古詞義給使張弘曰太子不學陛下所知宜以見事斷不宜引書也妃從之弘具草奏令太子書呈帝大說以示瓘於是賈充語妃曰衛瓘老奴幾敗汝家妃由是怨瓘後遂誅之

王夷甫婦郭泰寧女晉諸公贊曰郭豫字太寧太原人仕至相國參軍知名早卒才拙而性剛聚斂無猒干豫人事夷甫患之而不能禁時其鄉人幽州刺史李陽京都大俠晉百官名曰陽字景祖高

南人武帝時爲幽州刺史語林曰陽性遊俠盛暑一日詣數百家別賓客與別常塡門遂死于几下故懼之猶漢之樓護漢書遊俠傳曰護字君卿齊人學經傳甚得名譽母死送葬車三千兩仕至天水太守郭氏憚之夷甫驟諫之乃曰非但我言卿不可李陽亦謂卿不可郭氏小爲之損

王夷甫雅尚玄遠常嫉其婦貪濁口未嘗言錢字晉陽秋曰夷甫善施舍父時有假貸者皆與焚券未嘗謀貨利之事王隱晉書曰夷甫求富貴得富貴資財山積用不能消安須問錢乎而世以不問爲高不亦惑乎婦欲試之令婢以錢遶牀不得行夷甫晨起見錢閡行呼婢曰舉卻阿堵物

王平子年十四五見王夷甫妻郭氏貪欲令婢路上擔糞平子諫之並言不可郭大怒謂平子曰昔夫人

臨終以小郎囑新婦不以新婦囑小郎永嘉流人名曰澄父乂乂第三娶樂安任氏女生澄急捉衣裾將與杖平子饒力爭得脫踰窓而走

元帝過江猶好酒王茂弘與帝有舊常流涕諫帝許之命酌酒一酣從是遂斷鄧粲晉紀曰上身服儉約以先時務性素好酒將渡江王導深以諫帝乃令左右進觴飲而覆之自是遂不復飲克己復禮官修其方而中興之業隆焉

謝鯤爲豫章太守從大將軍下至石頭敦謂鯤曰余不得復爲盛德之事矣鯤曰何爲其然但使自今巳後日亡日去耳鯤別傳曰鯤之諷切雅正皆此類也敦又稱疾不朝鯤諭敦曰近者明公之舉雖欲大存社稷然四海之内

大

實懷未達若能朝天子使羣臣釋然萬物之心於是乃服仗民望以從衆懷盡沖退以奉主上如斯則勳侔一匡名垂千載時人以爲名言晉陽秋曰鯤爲豫章太守王敦將肆逆以鯤有時望逼與俱行既克京邑將旋武昌鯤曰不就朝覲鯤懼天下私議也敦曰君能保無變乎對曰鯤近日入覲主上側席遲得見公宮省穆然必無不虞之慮公若入朝鯤請侍從敦曰正復殺君等數百何損於時遂不朝而去

元皇帝時廷尉張闓葛洪富民塘頌曰闓字敬緒丹陽人張昭孫也中興書曰闓晉陵內史甚有威德轉至廷尉卿在小市居私作都門蚤閉晩開羣小患之詣州府訴不得理遂至檛登聞鼓猶不被判聞賀司空出至破岡連名詣賀訴賀循別傳曰循字彥先會稽山陰人本姓

慶高祖純避漢帝諱改爲賀氏父劭吴中書令以忠正見害循少嬰家禍流放荒裔吴平乃還秉節高舉元帝爲安東王循爲吴國内史賀曰身被徵作禮官不關此事羣小叩頭曰若府君復不見治便無所訴賀未語令且去見張廷尉當爲及之張聞即毀門自至方山迎賀賀出見辭之曰此不必見關但與君門情相爲惜之張愧謝曰小人有如此始不即知蚤已毀壞

郗太尉晚節好談既雅非所經而甚矜之中興書曰鑒少好學博覽雖不及章句而多所通綜後朝覲以王丞相末年多可恨每見必欲苦相規誡王公知其意每引作他言臨還鎮故命駕詣丞相丞相翹須厲色上坐便言方當乖別必

欲言其所見意滿口重辭殊不流王公攝其次曰後面未期亦欲盡所懷願公勿復談郗遂大瞋冰衿而出不得一言

王丞相爲揚州遣八部從事之職顧和時爲下傳還同時俱見諸從事各奏二千石官長得失至和獨無言王問顧曰卿何所聞荅曰明公作輔寧使網漏吞舟何緣采聽風聞以爲察察之政丞相咨嗟稱佳諸從事自視缺然也

蘇峻東征沈充晋陽秋曰充字士居吳興人少好兵諂事王敦敦克京邑以充爲車騎將軍領吳國内史明帝伐王敦充率衆就王含謂其妻曰男兒不建豹尾不復歸矣敦死充將吳儒斬首送

京都請吏部郎陸邁與俱陸碑曰邁字功高吳郡人器識清敏風檢澄峻累遷振威太守尚書吏部郎將至吳密勑左右令入閶門放火以示威陸知其意謂峻曰吳治平未久必將有亂若爲亂階請從我家始峻遂止

陸玩拜司空玩別傳曰是時王導郗鑒庾亮相繼薨殂朝野憂懼以玩德望乃拜司空玩辭讓不獲乃歎息謂朋友曰以我爲三公是天下無人矣時人以爲知言有人詣之索美酒得便自起瀉著梁柱間地祝曰當今乏才以爾爲柱石之用莫傾人棟梁玩笑曰戢卿良箴

小庾在荆州公朝大會問諸僚佐曰我欲爲漢高魏武何如翼別見宋明帝文章志曰庾翼名輩豈應狂狷如此哉時若有斯言亦傳聞者之謬矣

一坐莫荅長史江虨曰願明公爲桓文之事不願作漢高魏武也

羅君章爲桓宣武從事含別傳曰刺史庾亮初命含爲部從事桓温臨州轉參軍謝鎮西作江夏往檢校之中興書曰尚爲建武將軍江夏相羅既至初不問郡事徑就謝數日飲酒而還桓公問有何事君章云不審公謂謝尚何似人桓公曰仁祖是勝我許人君章云豈有勝公人而行非者故一無所問桓公奇其意而不責也

王右軍與王敬仁許玄度並善二人亡後右軍爲論議更克孔巖誡之曰明府昔與王許周旋有情及逝

俞氏藏本 脫右字

没之後無慎終之好民所不取右軍甚愧

謝中郎在壽春敗臨奔走猶求玉帖鐙太傅在軍前後初無損益之言爾日猶云當今豈須煩此按萬未死之前安猶未仕高臥東山又何肯輕入軍旅邪世說此言迂謬已甚

王大語東亭卿乃復論成不惡那得與僧彌戲續晉陽秋曰珉有儁才與兄珣並有名聲出珣右故時人為之語曰法護非不佳僧彌難為兄

殷覬病困看人政見半面殷荊州興晉陽之甲春秋公羊傳曰晉趙鞅取晉陽之甲以逐荀寅士吉射寅吉射者君側之惡人往與覬別涕零屬以消息所患覬答曰我病自當差正憂汝患耳晉安帝紀曰殷仲堪舉兵覬弗與同且以己居小任唯當守局而已晉陽之事非所宜豫也仲堪每邀之覬輒曰吾

珉而 因

進不敢同退不
敢異遂以憂卒

遠公在廬山中豫章舊志曰廬俗字君孝本姓匡夏禹苗裔東野王之子秦末百越君長與吳芮助漢定天下野王亡軍中漢八年封俗鄡陽男食邑茲部印曰廬君俗兄弟七人皆好道術遂寓于洞庭之山故世謂廬山孝武元封五年南巡狩浮江親覩神靈乃封俗爲大明公四時秩祭焉遠法師廬山記曰山在江州尋陽郡左挾彭澤右傍通川有匡俗先生出自殷周之際遁世隱時潜居其下或云匡俗受道於仙人而共遊其嶺遂託室崖岫即巖成館故時人謂爲神仙之廬而命焉法師遊山記曰自託此山二十三載再踐石門四遊南嶺東望香鑪峯北眺九江傳聞有石井方湖中有赤鱗踊出野人不能敍直嘆其奇而已矣雖老講論不輟弟子中或有墮者遠公曰桑榆之光理無遠照但願朝陽之暉與時並明耳執經登坐諷誦朗暢詞色甚苦高足之徒皆肅然增

陳云延疑作述 下疑有脫字 史撫軍

敬

桓南郡好獵每田狩車騎甚盛五六十里中旌旗蔽隰騁良馬馳擊若飛雙甄所指不避陵壑或行陳不整麏兔騰逸參佐無不被繫束桓道恭玄之族也桓氏譜曰道恭字祖猷彝同堂弟也父赤之太學博士道恭歷淮南太守僞楚江夏相義熙初伏誅時爲賊曹參軍頗敢直言常自帶絳綿繩著腰中玄問此何爲答曰公獵好縛人士會當被縛手不能堪芒也玄自此小差

王緒王國寶相爲脣齒並上下權要王氏譜曰緒字仲業太原人祖延父乂撫軍晉安帝紀曰緒爲會稽王從事中郎以佞邪親幸王珣王恭惡國寶與緒亂政與殷仲堪克

廿

刻

元板作謝混諫曰

期同舉內臣朝廷及恭表至乃斬緒以悅諸侯國寶平北將軍坦之第三子太傅謝安國寶婦父也惡而抑之不用安薨相王輔政遷中書令有妾數百從弟緒有寵於王深爲其說國寶權動內外王珣王恭殷仲堪爲孝武所待不爲相王所眄恭抗表討之車胤又爭之會稽王旣不能拒諸侯兵遂委罪國寶付廷尉賜死王大不平其如此乃謂緒曰汝爲此欻欻曾不慮獄吏之爲貴乎史記曰有上書告漢丞相欲反文帝下之廷尉勃旣出歎曰吾嘗將百萬之軍安知獄吏之爲貴也

桓玄欲以謝太傅宅爲營謝混曰召伯之仁猶惠及甘棠韓詩外傳曰昔周道之隆召伯在朝有司請召民召伯曰以一身勞百姓非吾先君文王之志也乃暴處於棠下而聽訟焉詩人見召伯休息之棠美而歌之曰蔽芾甘棠勿剪勿伐召伯所茇文靖之德更不保五畝之宅玄慚而止

世說新語卷中

玶　徹　忄

捷悟第十一

楊德祖爲魏武主簿時作相國門始搆榱桷魏武自出看使人題門作活字便去楊見卽令壞之旣竟曰門中活闊字王正嫌門大也文士傳曰楊脩字德祖弘農人太尉彪子少有才學思幹魏武爲丞相辟爲主簿脩常白事知必有反覆教豫爲荅對數紙以次牒之而行敕守者曰向白事必教出相反覆若按此次第連荅之已而風吹紙次亂守者不別而遂錯誤公怒推問脩慙懼然以所白甚有理終亦是脩後爲武帝所誅

人餉魏武一桮酪魏武噉少許蓋頭上題合字以示衆衆莫能解次至楊脩脩便噉曰公教人噉一口也復何疑

魏武嘗過曹娥碑下楊脩從碑背上見題作黃絹幼婦外孫韲臼八字魏武謂脩曰解不答曰解魏武曰卿未可言待我思之行三十里魏武乃曰吾已得令脩別記所知脩曰黃絹色絲也於字爲絶幼婦少女也於字爲妙外孫女子也於字爲好韲臼受辛也於字爲辤所謂絶妙好辤也魏武亦記之與脩同乃歎曰我才不及卿乃覺三十里會稽典録曰孝女曹娥者上虞人父盱能撫節按歌婆娑樂神漢安二年迎伍君神泝濤而上爲水所淹不得其尸娥年十四號慕思盱乃投瓜于江存其父尸曰父在此瓜當沈旬有七日瓜偶沈遂自投於江而死縣長度尚悲憐其義爲之改葬命其弟子邯鄲子禮爲之作碑按曹娥碑在會稽中而魏武楊修未嘗過江也異苑曰陳留蔡邕避難過吳讀碑文

以爲詩人之作無詭妄也因刻石旁作八字魏武見而不能了以問羣寮莫有解者有婦人浣於汾渚曰第四車解既而禰正平也衡即以離合義解之或謂此婦人即娥靈也

魏武征袁本初治裝餘有數十斛竹片咸長數寸衆云並不堪用正令燒除太祖思所以用之謂可爲竹椑楯而未顯其言馳使問主簿楊德祖應聲荅之與帝心同衆伏其辯悟

王敦引軍垂至大桁明帝自出中堂温嶠爲丹陽尹帝令斷大桁故未斷帝大怒瞋目左右莫不悚懼按晉陽秋鄧紀皆云敦將至嶠燒朱雀橋以阻其兵而云未斷大桁致帝怒大爲譌謬一本云帝自勸嶠入一本作噉飲帝怒此則近也召諸公來嶠至不謝但求酒炙王導須

陳云申勸宋本作申勤疑是勒字

吏至徒跣下地謝曰天威在顏遂使温嶠不容得謝嶠於是下謝帝廼釋然諸公共嘆王機悟名言

郗司空在北府桓宣武惡其居兵權南徐州記曰徐州人多勁悍號精兵故桓温常曰京口酒可飲箕可用兵可使郗於事機素暗遣牋詣桓方欲共獎王室脩復園陵世子嘉賓出行於道上聞信至急取牋視竟寸寸毀裂便回還更作牋自陳老病不堪人間欲乞閑地自養宣武得牋大喜即詔轉公督五郡會稽太守晉陽秋曰大司馬將討慕容暐表求申勸平北將軍愔及袁真等嚴辦愔以羸疾求退詔大司馬領愔所任按中興書愔辭此行温責其不從轉授會稽世說爲謬

王東亭作宣武主簿嘗春月與石頭兄弟乘馬出郊

迴　勸　退

時彥同遊者連鑣俱進石頭桓遐小字中興書曰遐字伯道溫長子也仕至豫州刺史唯東亭一人常在前覺數十步諸人莫之解石頭等既疲倦俄而乘輿回諸人皆似從官唯東亭弈弈在前其悟捷如此

夙惠第十二

賓客詣陳太丘宿太丘使元方季方炊客與太丘論議二人進火俱委而竊聽炊忘箸箄飯落釜中太丘問炊何不餾元方季方長跪曰大人與客語乃俱竊聽炊忘箸箄飯今成糜太丘曰爾頗有所識不對曰彷彿志之二子俱說更相易奪言無遺失太丘曰如

此但糜自可何必飯也

何晏七歲明惠若神魏武奇愛之因晏在宮内欲以爲子晏乃畫地令方自處其中人問其故答曰何氏之廬也魏武知之卽遣還魏略曰晏父蚤亡太祖爲司空時納晏母其時秦宜禄阿鰥亦隨母在宮並寵如子常謂晏爲假子也

晉明帝數歲坐元帝厀上有人從長安來元帝問洛下消息潸然流涕明帝問何以致泣具以東渡意告之因問明帝汝意謂長安何如日遠答曰日遠不聞人從日邊來居然可知元帝異之明日集群臣宴會告以此意更重問之乃荅曰日近元帝失色曰爾何

故異昨日之言邪荅曰舉目見日不見長安

司空顧和與時賢共清言張玄之顧敷是中外孫年並七歲顧愷之家傳曰敷字祖根吳郡吳人滔然有大成之量仕至著作郎二十三卒在牀邊戲于時聞語神情如不相屬瞑於燈下二兒共敘客主之言都無遺失顧公越席而提其耳曰不意衰宗復生此寶

韓康伯數歲家酷貧至大寒止得襦母殷夫人自成之令康伯捉熨斗謂康伯曰且著襦尋作複褌兒云已足不須複褌也母問其故荅曰火在熨斗中而柄熱今既著襦下亦當煖故不須耳母甚異之知爲國

器

晉孝武年十二時冬天晝日不著複衣但著單練衫五六重夜則累茵褥謝公諫曰聖體宜令有常陛下晝過冷夜過熱恐非攝養之術帝曰晝動夜靜老子曰躁勝寒靜勝熱此言夜靜寒宜重肅也謝公出嘆曰上理不減先帝簡文帝善言理也

桓宣武甍桓南郡年五歲服始除桓車騎與送故文武別桓沖別傳曰沖字玄叔溫弟也累遷車騎將軍都督七州諸軍事因指語南郡此皆汝家故吏佐玄應聲慟哭酸感傍人車騎每自目已坐曰靈寶成人當以此坐還之靈寶玄小字也鞠愛過

俞氏藏本脫此注

於所生

豪爽第十三

王大將軍年少時舊有田舍名語音亦楚武帝喚時賢共言伎藝事人皆多有所知唯王都無所關意色殊惡自言知打鼓吹帝令取鼓與之於坐振袖而起楊槌奮擊音節諧捷神氣豪上傍若無人舉坐歎其雄爽或曰敦嘗坐武昌釣臺聞行船打鼓嗟稱其能俄而一槌小異敦以扇柄撞几曰可恨應侍側曰不然此是回颿檛使視之云舩人入夾口應知鼓又善於敦也

王處仲世許高尚之目嘗荒恣於色體爲之弊左右諫之處仲曰吾乃不覺爾如此者甚易耳乃開後閤

驅諸婢妾數十人出路任其所之時人歎焉鄧粲晉紀曰敦性簡脫口不言財其存尚如此

王大將軍眉目高朗疎率學通左氏晉陽秋曰敦少稱高率通朗有鑒裁

王處仲每酒後輒詠老驥伏櫪志在千里烈士暮年壯心不已魏武帝樂府詩以如意打唾壺壺口盡缺

晉明帝欲起池臺元帝不許帝時為太子好養武士一夕中作池比曉便成今太子西池是也丹陽記曰西池孫登所創吳史所稱西苑也明帝修復之耳

王大將軍始欲下都處分樹置先遣參軍告朝廷諷

旨時賢祖車騎尚未鎮壽春瞋目厲聲語使人曰卿語阿黑郭小字也何敢不遜催攝面去須臾不爾我將三千兵槊腳令上王聞之而止

庾穉恭既常有中原之志文康時權重未在己及季堅作相忌兵畏禍與穉恭歷同異者久之乃果行傾荊漢之力窮舟車之勢師次于襄陽漢晉春秋曰翼風儀美劭才能豐贍少有經緯大略及繼兄亮居方州之任有匡維內外掃蕩羣凶之志是時杜乂殷浩諸人盛名冠世翼未之貴也常曰此輩宜束之高閣俟天下清定然後議其所任耳其意氣如此唯與桓溫友善相期以寧濟宇宙之事初翼輒發所部奴及車馬萬數率大軍入沔將謀伐狄遂次于襄陽翼別傳曰翼爲荊州雅有大志每以門地威重兄弟寵授不陳力竭誠何以報國雖蜀阻險塞胡負凶力然皆無道酷虐易可

乘滅當此時不能歸除二寇以復王業非丈夫也於是徵役三州悉其帑實成衆五萬兼率荒附治戎大舉直指魏趙軍次襄陽燿威漢北也

大會寮佐陳其旌甲親授弧矢曰我之此行若此射矣遂三起三疊徒衆屬目其氣十倍

桓宣武平蜀集參僚置酒於李勢殿巴蜀搢紳莫不來萃桓既素有雄情爽氣加爾日音調英發敘古今成敗由人存亡繫才其狀磊落一坐歎賞既散諸人追味餘言于時尋陽周馥曰恨卿輩不見王大將軍

中興書曰馥周撫孫也字湛隱有將略曾作敦掾

桓公讀高士傳至於陵仲子便擲去曰誰能作此溪

刻自處皇甫謐高士傳曰陳仲子字子終齊人兄戴居於陵曾乏糧三日匍匐而食井李之實三咽而後能視身自織屨令妻擗纑以易衣食嘗歸省母有饋其兄生鵞者仲子嚬顣曰惡用此鶃鶃爲哉後母殺鵞仲子不知而食之兄自外入曰鶃鶃肉邪仲子出門哇而吐之楚王聞其名聘以爲相乃夫婦逃去爲人灌園

桓石虔司空豁之長庶也豁別傳曰豁字朗子溫之弟累遷荆州刺史贈司空小字鎭惡年十七八未被舉而童隸已呼爲鎭惡郎嘗住宣武齋頭從征枋頭車騎沖沒陳左右莫能先救宣武謂曰汝叔落賊汝知不石虔聞之氣甚奮命朱辟爲副策馬於數萬衆中莫有抗者徑致沖還三軍嘆服河朔後以其名斷瘧中興書曰石虔有才幹有史學累有戰功仕至

豫州刺史贈後軍將軍

陳林道在西岸晉陽秋曰逵爲西中郎將領淮南太守戍歷陽都下諸人共要至牛渚會陳理既佳人欲共言折陳以如意拄頰望雞籠山嘆曰孫伯符志業不遂吳錄曰長沙桓王諱策字伯符吳郡富春人少有雄姿風氣年十九而襲業衆號孫郎平定江東爲許貢客射破其面引鏡自照謂左右曰面如此豈可復立功乎乃謂張昭曰中國方亂夫以吳越之衆三江之固足以觀成敗公等善相吾弟呼大皇帝授以印綬曰舉江東之衆決機於兩陳之間卿不如我任賢使能各盡其心我不如卿愼勿北渡語畢而薨年二十有六於是竟坐不得談

王司州在謝公坐詠入不言兮出不辭乘回風兮載雲旗離騷九歌少司命之辭語人云當爾時覺一坐無人

桓玄西下入石頭外白司馬梁王奔叛續晉陽秋曰梁王珍之字景度中興書曰初桓玄之篡位國人有孔璞者奉珍之奔壽陽義旗既興歸朝廷仕至太常卿以罪誅玄時事形已濟在平乘上笳鼓並作直高詠云簫管有遺音梁王安在哉阮籍詠懷詩也

世說新語中之下

茂苑馬騤重整意欲匿此書後歸之
馬閭閻小民子也
至今匿羣書百餘三冊王晉官曆刻漏一冊在彼不還馬乃舍弟妻家之鄰也
春記于此

海棠庭院香風細

俞氏藏本十行十九字

世說新語卷下之上

宋臨川王義慶撰

梁劉孝標注

容止第十四

魏武將見匈奴使自以形陋不足雄遠國魏氏春秋曰武王姿貌短小而神明英發使崔季珪代帝自捉刀立牀頭既畢令間諜問曰魏王何如匈奴使荅曰魏王雅望非常魏志曰崔琰字季珪清河東武城人聲姿高暢眉目疎朗鬚長四尺甚有威重然牀頭捉刀人此乃英雄也魏武聞之追殺此使

何平叔美姿儀面至白魏明帝疑其傅粉正夏月與

陳云曾當作不

熱湯餅既噉大汗出以朱衣自拭色轉皎然魏略曰晏性自喜動靜粉帛不去手行步顧影按此言則晏之妖麗本資外飾且晏養自宮中與帝相長豈復疑其形姿待驗而明也

魏明帝使后弟毛曾與夏侯玄共坐時人謂蒹葭倚玉樹魏志曰玄爲黃門侍郎與毛曾並坐玄甚恥之曾說形於色明帝恨之左遷玄爲羽林監

時人目夏侯太初朗朗如日月之入懷李安國頹唐如玉山之將崩魏略曰李豐字安國衛尉李義子也識別人物海內注意明帝得吳降人問江東聞中國名士爲誰以安國對之是時豐爲黃門郎改名宣上問安國所在左右公卿即具以豐對上曰豐名乃被於吳越邪仕至中書令爲晉王所誅

嵇康身長七尺八寸風姿特秀康別傳曰康長七尺八寸偉容色土木形

樹朗

骸不加飾屬而龍章鳳姿天質自然正爾在羣形之中便自知非常之器見者歎曰蕭蕭肅肅爽朗清舉或云蕭蕭如松下風高而徐引山公曰嵇叔夜之爲人也巖巖若孤松之獨立其醉也傀俄若玉山之將崩

裴令公目王安豐眼爛爛如巖下電王戎形狀短小而目甚清照視日不眩

潘岳妙有姿容好神情岳別傳曰岳姿容甚美風儀閑暢少時挾彈出洛陽道婦人遇者莫不連手共縈之左太沖絕醜續文章志曰思貌醜顇不持儀飾亦復效岳遊遨於是羣嫗齊共亂唾之委頓而返語林曰安仁至美每行老嫗以果擲之滿車張孟陽至醜每行小兒以瓦

蕭 肅 照 閑 暢 群 遨

石投之亦滿車二說不同

王夷甫容貌整麗妙於談玄恒捉白玉柄麈尾與手都無分別

潘安仁夏侯湛並有美容喜同行時人謂之連璧八王故事曰岳與湛著契故好同遊

裴令公有儁容姿一旦有疾至困惠帝使王夷甫往看裴方向壁臥聞王使至強回視之王出語人曰雙眸閃閃若巖下電精神挺動體中故小惡名士傳曰楷病困詔遣黃門郎王夷甫省之楷回眸屬夷甫云竟未相識夷甫還亦歎其神儁

有人語王戎曰嵇延祖卓卓如野鶴之在雞羣答曰

君未見其父耳〔康已見上〕

裴令公有儁容儀脫冠冕麤服亂頭皆好時人以爲玉人見者曰見裴叔則如玉山上行光映照人

劉伶身長六尺貌甚醜顇而悠悠忽忽土木形骸〔梁祚魏國統曰劉伶字伯倫形貌醜陋身長六尺然肆意放蕩悠焉獨暢自得一時常以宇宙爲狹〕

驃騎王武子是衛玠之舅儁爽有風姿見玠輒歎曰珠玉在側覺我形穢〔玠別傳曰驃騎王濟玠之舅也嘗與同遊語人曰昨日吾與外生共坐若明珠之在側朗然來照人〕

有人詣王太尉遇安豐大將軍丞相在坐往別屋見季胤平子〔石崇金谷詩敘曰王詡字季胤琅邪人王氏譜曰詡夷甫弟也仕至脩武令〕還

語人曰今日之行觸目見琳琅珠玉

王丞相見衛洗馬曰居然有羸形雖復終日調暢若不堪羅綺玠別傳曰玠素抱羸疾西京賦曰始徐進而羸形似不勝乎羅綺

王大將軍稱太尉處衆人中似珠玉在瓦石間

庾子嵩長不滿七尺腰帶十圍頽然自放

衛玠從豫章至下都人久聞其名觀者如堵牆玠先有羸疾體不堪勞遂成病而死時人謂看殺衛玠玠別傳曰玠在羣伍之中寔有異人之望齠齔時乘白羊車於洛陽市上咸曰誰家璧人於是家門州黨號爲璧人按永嘉流人名曰玠以永嘉六年五月六日至豫章其年六月二十日卒此則玠之南度豫章四十五日豈暇至下都而亡乎且諸書皆云玠亡在豫章而不云在下都也

訥 訥

側〻俞氏藏本少一字 馮校作惻〻

俞氏藏本脫求救陶公四字

周伯仁道桓茂倫嶔崎歷落可笑人或云謝幼輿言

周侯說王長史父王氏譜曰訥字文開太原人祖默尚書父祐散騎常侍訥始過江仕至新淦令形貌既偉雅懷有槩保而用之可作諸許物也

祖士少見衛君長云此人有旄仗下形

石頭事故朝廷傾覆晉陽秋曰蘇峻自姑孰至于石頭逼遷天子峻以倉屋爲宮使人守衛靈鬼志謠徵曰明帝末有謠歌側側力放馬出山側大馬死小馬餓後峻遷帝於石頭御膳不具

溫忠武與庾文康投陶公求救陶公云肅祖顧命不見及且蘇峻作亂釁由諸庾誅其兄弟不足以謝天下徐廣晉紀曰肅祖遺詔庾亮王導輔幼主而進大臣官陶侃祖約不在其例侃約疑亮寢遺詔也中興書曰初庾亮欲徵蘇峻卞壼不許溫嶠及三吳欲起兵衛帝室亮不聽下制曰妄起兵者誅故峻得作

訥 訥 淵 旦 三 寢 杖

亂京邑也于時庾在温船後聞之憂怖無計別日温勸庾見陶庾猶豫未能往温曰溪狗我所悉卿但見之必無憂也庾風姿神貌陶一見便改觀談宴竟日愛重頓至

庾太尉在武昌秋夜氣佳景清佐吏殷浩王胡之之徒登南樓理詠音調始遒聞函道中有屐聲甚厲定是庾公俄而率左右十許人步來諸賢欲起避之公徐云諸君少住老子於此處興復不淺因便據胡牀與諸人詠謔竟坐甚得任樂後王逸少下與丞相言及此事丞相曰元規爾時風範不得不小穨右軍荅

下王公二字俞氏藏本無

曰唯丘壑獨存孫綽庾亮碑文曰公雅好所託常在塵垢之外雖柔心應世蠖屈其迹而方寸湛然固以玄對山水

王敬豫有美形問訊王公王公撫其肩曰阿奴恨才不稱又云敬豫事事似王公語林曰謝公云小時在殿廷會見丞相便覺清風來拂人

王右軍見杜弘治歎曰面如凝脂眼如點漆此神仙中人江左名士傳曰永和中劉真長謝仁祖共商略中朝人士或曰杜弘治清標令上爲後來之美又面如凝脂眼如點漆粗可得方諸衞玠時人有稱王長史形者蔡公曰恨諸人不見杜弘治耳

劉尹道桓公鬢如反猬皮眉如紫石稜自是孫仲謀

俞氏藏本無操字

司馬宣王一流人宋明帝文章志曰溫爲溫嶠所賞故名溫吳志曰孫權字仲謀策弟也漢使者劉琬語人曰吾觀孫氏兄弟雖並有才秀明達皆祿祚不終唯中弟孝廉形貌魁偉骨體不恒有大貴之表晉陽秋曰宣王天姿傑邁有英雄之略

王敬倫風姿似父作侍中加授桓公公服從大門入桓公望之曰大奴固自有鳳毛大奴王劭也已見中興書曰劭美姿容持儀操也

林公道王長史斂衿作一來何其軒軒韶舉語林曰王仲祖有好儀形每覽鏡自照曰王文開那生如馨兒時人謂之達也

時人目王右軍飄如遊雲矯若驚龍

王長史嘗病親踈不通林公來守門人遽啓之曰一

俞氏藏本著作省無公服二字

異人在門不敢不啓王笑曰此必林公按語林曰諸人嘗要阮光祿共詣林公阮曰欲聞其言惡見其面此則林公之形信當醜異

或以方謝仁祖不乃重者桓大司馬曰諸君莫輕道仁祖企腳北窗下彈琵琶故自有天際眞人想晉陽秋曰尚善音樂裴子云丞相嘗曰堅石挈腳枕琵琶有天際想堅石尚小名

王長史爲中書郎往敬和許敬和王洽已見爾時積雪長史從門外下車步入尚書著公服敬和遥望歎曰此不復似世中人

省二　曰挈

簡文作相王時與謝公共詣桓宣武王珣先在內桓語王卿嘗欲見相王可住帳裏二客既去桓謂王曰

俞氏藏本無然字

定何如王曰相王作輔自然湛若神君續晉陽秋曰帝美風姿舉止端詳公亦萬夫之望不然僕射何得自沒僕射謝安

海西時諸公每朝朝堂猶暗唯會稽王來軒軒如朝霞舉

謝車騎道謝公遊肆復無乃高唱但恭坐捻鼻顧睞便自有寢處山澤閒儀

謝公云見林公雙眼黯黯明黑孫興公見林公稜稜露其爽

庾長仁與諸弟入吳欲住亭中宿諸弟先上見羣小滿屋都無相避意長仁曰我試觀之乃策杖將一小

水上俞氏藏本多一由字

兒始入門諸客望其神姿一時退匿長仁已見一說是庾亮

有人歎王恭形茂者云濯濯如春月柳

自新第十五

周處年少時兇彊俠氣爲鄉里所患處別傳曰處字子隱吳郡陽羨人父魴吳鄱陽太守處少孤不治細行晉陽秋曰處輕果薄行州郡所棄又義興水中有蛟山中有邅跡一作白額虎並皆暴犯百姓義興人謂爲三橫而處尤劇或說處殺虎斬蛟實冀三橫唯餘其一處即刺殺虎又入水擊蛟蛟或浮或沒行數十里處與之俱經三日三夜鄉里皆謂已死更相慶竟殺蛟而出聞里人相慶始知爲人情所患有自改意孔氏

自俞氏藏本作入

志怪曰義興有邪足虎溪渚長橋有蒼蛟並大噉人郭西周時謂郡中三害周即處也乃自吳
尋二陸平原不在正見清河具以情告幷云欲自修
改而年已蹉跎終無所成清河曰古人貴朝聞夕死
況君前途尚可且人患志之不立亦何憂令名不彰
邪處遂改勵終爲忠臣孝子晉陽秋曰處仕晉爲御史中丞多所彈糾氏人齊萬年反乃令處距萬年伏波孫秀欲表處母老處曰忠孝之道何當得兩全乃進戰斬首萬計弦絕矢盡左右勸退處曰此是吾授命之日遂戰而沒
戴淵少時遊俠不治行檢嘗在江淮閒攻掠商旅陸
機赴假還洛輜重甚盛淵使少年掠劫淵在岸上據
胡牀指麾左右皆得其宜淵既神姿峰穎雖處鄙事

入

劫

神氣猶異機於船屋上遥謂之曰卿才如此亦復作劫邪淵便泣涕投劍歸機辭厲非常機彌重之定交作筆薦焉虞預晉書曰機薦淵於趙王倫曰蓋聞繁弱登御然後高墉之功顯孤竹在肆然後降神之曲成伏見處士戴淵砥節立行有井渫之潔安窮樂志無風塵之慕誠東南之遺寶朝廷之貴璞也若得寄跡康衢必能結軌驥騄耀質廊廟必能垂光瑜璠夫枯岸之民果於輸珠潤山之客列於貢玉蓋明暗呈形則庸識所甄也倫即辟淵過江仕至征西將軍

企羡第十六

王丞相拜司空桓廷尉作兩髻葛帬策杖路邊窺之歎曰人言阿龍超阿龍故自超阿龍丞相小字不覺至臺門

王丞相過江自說昔在洛水邊數與裴成公阮千里

俞氏本無丞字陳云丞當作承

諸賢共談道羊曼曰人久以此許卿何須復爾王曰亦不言我須此但欲爾時不可得耳欲一作歎

王右軍得人以蘭亭集序方金谷詩序又以己敵石崇甚有欣色王羲之臨河叙曰永和九年歲在癸丑莫春之初會于會稽山陰之蘭亭脩禊事也羣賢畢至少長咸集此地有崇山峻嶺茂林脩竹又有清流激湍映帶左右引以為流觴曲水列坐其次是日也天朗氣清恵風和暢娛目騁懷信可樂也雖無絲竹管弦之盛一觴一詠亦足以暢叙幽情矣故列序時人錄其所述右將軍司馬太原孫丞公等二十六人賦詩如左前餘姚令會稽謝勝等十五人不能賦詩罰酒各三斗

王司州先為庾公記室參軍後取殷浩為長史始到庾公欲遣王使下都王自啓求住曰下官希見盛德

暢 絃 一 姚
暢

龍共俞氏藏本作龍衣譌 案父暢當作祖暢
俞氏藏本少一邕字
俞氏藏本無既字

淵源始至猶貪與少日周旋

郗嘉賓得人以己比符堅大喜

孟昶未達時家在京口晉安帝紀曰昶字彥達平昌人父馥中護軍昶矜嚴有志局少爲王恭所知豫義旗之勳遷丹陽尹盧循既下昶慮事不濟仰藥而死嘗見王恭乘高輿被鶴氅裘于時微雪昶於籬間窺之歎曰此眞神仙中人

傷逝第十七

王仲宣好驢鳴魏志曰王粲字仲宣山陽高平人曾祖龔父暢皆爲漢三公粲至長安見蔡邕邕奇之倒屣迎之曰此王公孫有異才吾不及也吾家書籍盡當與之避亂荆州依劉表以粲貌寢通脫不甚重之太祖以從征吳道中卒既葬文帝臨其喪顧語同遊曰

苻　局　一　龍衣　一　寢

王好驢鳴可各作一聲以送之赴客皆一作驢鳴按戴叔鸞母好驢鳴叔鸞每爲驢鳴以説其母人之所好儻亦同之

王濬沖爲尚書令著公服乘軺車經黄公酒壚下過韋昭漢書注曰壚酒肆也以土爲墮四邊高似壚也顧謂後車客吾昔與嵇叔夜阮嗣宗共酣飲於此壚竹林之遊亦預其末自嵇生夭阮公亡以來便爲時所羈紲今日視此雖近邈若山河竹林七賢論曰俗傳若此頴川庾爰之嘗以問其伯文康文康云中朝所不聞江左忽有此論蓋好事者爲之耳

孫子荆以有才少所推服唯雅敬王武子武子喪時名士無不至者子荆後來臨屍慟哭賓客莫不垂涕

哭畢，向靈牀曰：卿常好我作驢鳴，今我爲卿作。體似眞聲，賓客皆笑。孫舉頭曰：使君輩存，令此人死。語林曰：王武子葬，孫子荊哭之甚悲，賓客莫不垂涕。既作驢鳴，賓客皆笑。孫曰：諸君不死，而令武子死乎！賓客皆怒。

王戎喪兒萬子，山簡往省之，王悲不自勝。簡曰：孩抱中物，何至於此？王曰：聖人忘情，最下不及情；情之所鍾，正在我輩。王隱晉書曰：戎子綏欲取裴遁女，綏既蚤亡，戎過傷痛，不許人求之，遂至老無敢取者。簡服其言，更爲之慟。一說是王夷甫喪子，山簡弔之。

有人哭和長輿曰：峨峨若千丈松崩。

衛洗馬以永嘉六年喪，謝鯤哭之，感動路人。永嘉流人名曰：玠以六年六月二十日亡，葬南昌城許徵墓東。玠之薨，謝幼輿發哀於武昌，感慟不自勝。人問：子何恤而

注彪當作恢事見中上十三條

致哀如是荅曰棟梁折矣何得不哀咸和中丞相王公教曰衛洗馬當改葬此君風流名士海內所瞻可脩薄祭以敦舊好玠別傳曰玠咸和中故遷於江寧丞相王公教曰洗馬明當改葬此君風流名士海內民望可脩三牲之祭以敦舊好

顧彥先平生好琴及喪家人常以琴置靈牀上張季鷹往哭之不勝其慟遂徑上牀鼓琴作數曲竟撫琴曰顧彥先頗復賞此不因又大慟遂不執孝子手而出

庾亮兒遭蘇峻難遇害諸葛道明女爲庾兒婦既寡將改適亮子會會妻父彪並已見上與亮書及之亮荅曰賢女尚

郭　改　郭

虔俞氏藏本作處注中同

少故其宜也感念亡兒若在初沒

庾文康亡何揚州臨葬云埋玉樹著土中使人情何能已已搜神記曰初庾亮病術士戴洋曰昔蘇峻事公於白石祠中許賽車下牛從來未解爲此鬼所考不可救也明年亮果亡靈鬼志謠徵曰文康初鎮武昌出石頭百姓看者於岸歌曰庾公上武昌翩翩如飛鳥庾公還揚州白馬牽旐旐又曰庾公初上時翩翩如飛鴉庾公還揚州白馬牽旐車後連徵不入尋薨下都葬焉

王長史病篤寑臥燈下轉麈尾視之歎曰如此人曾不得四十及亡劉尹臨殯以犀柄麈尾著柩中因慟絕濛別傳曰濛以永和初卒年三十九沛國劉惔與濛至交及卒惔深悼之雖友于之愛不能過也

支道林喪法虔之後精神霣喪風味轉墜支遁傳曰法虔道林

同學也儁朗有理義遒甚重之常謂人曰昔匠石廢斤於郢人莊子曰郢人堊漫其鼻端若蠅翼使匠石運斤斲之堊盡而鼻不傷郢人立不失容牙生輟弦於鍾子韓詩外傳曰伯牙鼓琴鍾子期聽之方鼓琴志在太山子期曰善哉乎鼓琴巍巍乎若太山莫景之間志在流水子期曰善哉乎鼓琴洋洋乎若流水鍾子期死伯牙擗琴絕弦終身不復鼓之以爲在者無足爲之鼓琴也推己外求良不虛也冥契既逝發言莫賞中心蘊結余其亡矣郄後一年支遂殞

郗嘉賓喪左右白郗公郎喪既聞不悲因語左右殯時可道公往臨殯一慟幾絕中興書曰超年四十二先愔卒超所交友皆一時俊乂及死之日貴賤爲誄者四十餘人續晉陽秋曰超黨戴桓氏爲其謀主以父愔忠於王室不令知之將亡出一小書箱付門生云本欲焚此恐官年尊必以傷愍爲斃我亡後若大損眠食則呈此箱愔後

陳云離妻當作離珉妻

果慟悼成疾門生乃如超旨則與桓温往反密計惜見即大怒曰小子死恨晚後不復哭

戴公見林法師墓支遁傳曰遁太和元年終于剡之石城山因葬焉曰德音未遠而拱木已積冀神理緜緜不與氣運俱盡耳王珣法師墓下詩序曰余以寧康二年命駕之剡石城山即法師之丘也高墳鬱爲荒楚丘隴化爲宿莽遺跡未滅而其人已遠感想平昔觸物悽懷其爲時賢所惜如此

迹

王子敬與羊綏善綏清淳簡貴爲中書郎少亡綏已見王深相痛悼語東亭云是國家可惜人

王東亭與謝公交惡中興書曰珣兄弟皆謝氏婿以猜嫌離婚太傅既與珣絶婚又離妻由是二族遂成仇釁王在東聞謝喪便出都詣子敬道欲哭謝公子敬始臥聞其言便驚起曰所望於法護法護珣小

子敬二字俞氏藏本不重文

字

王於是往哭督帥刁約不聽前曰官平生在時不見此客王亦不與語直前哭甚慟不執末婢手而退末婢謝琰小字琰字瑗度安少子開率有大度爲孫恩所害贈侍中司空

王子猷子敬俱病篤而子敬先亡獻之以泰元十三年卒年四十五子猷問左右何以都不聞消息此已喪矣語時了不悲便索輿來奔喪都不哭子敬素好琴便徑入坐靈牀上取子敬琴彈弦既不調擲地云子敬子敬人琴俱亡因慟絕良久月餘亦卒幽明錄曰泰元中有一師從遠來莫知所出云人命應終有生樂代者則死者可生若逼人求代亦復不過少時人聞此咸怪其虛誕王子猷子敬兄弟特相和睦子敬疾屬纊子猷謂之曰吾才不如弟位亦通塞請以餘年代弟師曰夫生代死者以已年限

有餘得以足亡者耳今賢弟命既應終君侯筭亦當盡復何所代子猷先有背疾子敬疾篤恒禁來往聞亡便撫心悲惋都不得一聲背即潰裂推師之言信而有實

孝武山陵夕王孝伯入臨告其諸弟曰雖榱桷惟新便自有黍離之哀中興書曰烈宗喪會稽王道子執政寵幸王國寶委以機任王恭入赴山陵故有此歎

羊孚年三十一卒桓玄與羊欣書曰賢從情所寄暴疾而殞孚已見宋書曰欣字敬元太山南城人少懷靜默秉操無競美姿容善笑言長於草隸羊氏譜曰孚即欣從祖祝予之歎如何可言公羊傳曰顏淵死子曰噫天喪予子路亡子曰噫天祝予何休曰祝者斷也天將亡夫子耳

桓玄當篡位語卞鞠云卞範已見昔羊子道恒禁吾此意

今腹心喪羊孚爪牙失索元索氏譜曰元字天保燉煌人父緒散騎常侍元
歷征虜將軍歷陽太守幽明錄曰元在歷陽疾病西
界一年少女子姓某自言爲神所降來與元相聞許
爲治護元性剛直以爲妖惑收以付獄戮之於市中
女臨死曰卻後十七日當令索元知其罪如期元果
亡而忽忽作此詆突詎允天心

棲逸第十八

阮步兵嘯聞數百步蘇門山中忽有真人樵伐者咸
共傳說阮籍往觀見其人擁膝巖側籍登嶺就之箕
踞相對籍商略終古上陳黃農玄寂之道下考三代
盛德之美以問之仡然不應復叙有爲之教棲神導
氣之術以觀之彼猶如前凝矚不轉籍因對之長嘯

晦翁氏藏本作晦誤篇中無此字

良久乃笑曰可更作籍復嘯意盡退還半嶺許聞上唒然有聲如數部鼓吹林谷傳響顧看迺向人嘯也魏氏春秋曰阮籍常率意獨駕不由徑路車跡所窮輒慟哭而反嘗遊蘇門山有隱者莫知姓名有竹實數斛杵臼而已籍聞而從之談太古無爲之道論五帝三王之義蘇門先生翛然曾不眄之籍乃嘐然長嘯韻響寥亮蘇門先生乃逌爾而笑籍既降先生喟然高嘯有如鳳音籍素知音乃假蘇門先生之論以寄所懷其歌曰日沒不周西月出丹淵中陽精晦不見陰光代爲雄亭亭在須臾厭厭將復隆富貴俛仰間貧賤何必終竹林七賢論曰籍歸遂著大人先生論所言皆胷懷間本趣大意謂先生與已不異也觀其長嘯相和亦近乎目擊道存矣

嵇康遊於汲郡山中遇道士孫登遂與之遊康臨去登曰君才則高矣保身之道不足康集序曰孫登者不知何許人無家

於汲郡北山土窟住夏則編草爲裳冬則被髮自覆好讀易鼓一弦琴見者皆親樂之魏氏春秋曰登性無喜怒或沒諸水出而觀之登復大笑時時出入人間所經家設衣食者一無所辭去皆捨去文士傳曰嘉平中汲縣民共入山中見一人所居懸巖百仞叢林鬱茂而神明甚察自云孫姓登名字公和康聞乃從遊三年問其所圖終不荅然神謀所存良妙康每茶然歎息將別謂曰先生竟無言乎登乃曰子識火乎生而有光而不用其光果然在於用光人生有才而不用其才果然在於用才故用光在乎得薪所以保其曜用才在乎識物所以全其年今子才多識寡難乎免於今之世矣子無多求康不能用及遭呂安事在獄爲詩自責云昔慚下惠今愧孫登王隱晉書曰孫登即阮籍所見者也嵇康執弟子禮而師焉魏晉去就易生嫌疑貴賤並沒故登或默也

山公將去選曹欲舉嵇康康與書告絕康別傳曰山巨源爲吏部郎遷散騎常侍舉康康辭之并與山絕豈不識山之不以一官遇己情邪亦欲標不屈之節以杜舉者之

口耳乃答濤書自說不堪流俗而非薄湯武大將軍聞而惡之

李廞是茂曾第五子清貞有遠操而少羸病不肯婚宦居在臨海住兄侍中墓下既有高名王丞相欲招禮之故辟爲府掾廞得牋命笑曰茂弘乃復以一爵假人文字志曰廞字宗子江夏鍾武人祖康秦州刺史父重平陽太守世有名望廞好學善草隸與兄式齊名躄疾不能行坐常仰臥彈琴讀誦不輟河間王辟太尉掾以疾不赴後避難隨兄南渡司徒王導復辟之廞曰茂弘乃復以一爵加人永和中卒廞嘗爲二府辟故號李公府也式字景則廞長兄也思理儒隱有平素之譽渡江累遷臨海太守侍中年五十四而卒

何驃騎弟以高情避世而驃騎勸之令仕荅曰予弟五之名何必減驃騎中興書曰何準字幼道廬江灊人驃騎將軍充第五弟也雅好

高尚徵聘一無所就充位居宰相權傾人主而準散帶衡門不及世事于時名德皆稱之年四十七卒有女爲穆帝皇后贈光祿大夫子恢讓不受

阮光祿在東山蕭然無事常内足於懷阮裕別傳曰裕居會稽剡山志存肥遁有人以問王右軍右軍曰此君近不驚寵辱老子曰寵辱若驚得之若驚失之若驚雖古之沈冥何以過此揚子曰蜀莊沈冥李軌注曰沈冥猶玄寂泯然無迹之貌

孔車騎少有嘉遁意年四十餘始應安東命未仕宦時常獨寢歌吹自箴誨自稱孔郎遊散名山孔愉別傳曰永嘉大亂愉入臨海山中不求聞達中宗命爲參軍百姓謂有道術爲生立廟今猶有孔郎廟

南陽劉驎之高率善史傳隱於陽岐于時苻堅臨江荆州刺史桓沖將盡訏謨之益徵爲長史遣人船往迎贈貺甚厚驎之聞命便升舟悉不受所餉緣道以乞窮乏之比至上明亦盡一見沖因陳無用翛然而退居陽岐積年衣食有無常與村人共值已匱乏村人亦如之甚厚爲鄉閭所安鄧粲晉紀曰驎之字子驥南陽安衆人少尚質素虚退寡欲好游山澤間志存遁逸桓沖嘗至其家驎之方條桑謂沖使君既枉駕光臨宜先詣家君沖遂詣其父父命驎之然後乃還拂短褐與沖言父使驎之自持濁酒葅菜供賓沖敕人代之父辭曰若使官人則非野人之意也沖爲慨然至昏乃退因請爲長史固辭居陽岐去道斥近人士往來必投其家驎之身自供給贈致無所受去家百里有孤嫗疾將死謂人曰唯有劉長史當埋我耳驎之身往候之值終爲治

棺殯其仁愛皆如此以壽卒

南陽翟道淵與汝南周子南少相友共隱于尋陽庾太尉說周以當世之務周遂仕翟秉志彌固其後周詣翟翟不與語晉陽秋曰翟湯字道淵南陽人漢方進之後也篤行任素義讓廉潔饋贈一無所受值亂多寇聞湯名德皆不敢犯尋陽記曰初庾亮臨江州聞翟湯之風束帶躡屐而詣焉亮禮甚恭湯曰使君直敬其枯木朽株耳亮稱其能言表薦之徵國子博士不赴主簿張玄曰此君卧龍不可動也終于家

孟萬年及弟少孤居武昌陽新縣萬年遊宦有盛名當世少孤未嘗出京邑人士思欲見之乃遣信報少孤云兄病篤狼狽至都時賢見之者莫不嗟重因相

孟俞氏藏本誤子
閒俞氏藏本作好

謂曰少孤如此萬年可死袁宏孟處士銘曰處士名陋字少孤武昌陽新人吳司空孟宗後也少而希古布衣蔬食棲遲蓬蓽之下絶人間之事親族慕其孝大將軍命會稽王辟之稱疾不至相府歷年虛位而澹然無悶卒不降志時人奇之

康僧淵在豫章去郭數十里立精舍旁連嶺帶長川芳林列於軒庭清流激於堂宇乃閑居研講希心理味庾公諸人多往看之觀其運用吐納風流轉佳加已處之怡然亦有以自得聲名乃興後不堪遂出僧淵已見

戴安道既厲操東山續晉陽秋曰逵不樂當世以琴書自娛隱會稽剡山國子博士徵不就而其兄欲建式遏之功戴氏譜曰逯字安丘譙國人祖碩父綏有名位

子 好　傍　閑　一

遂以武勇顯有功封廣陵侯仕至大司農

謝太傅曰卿兄弟志業何其太殊戴曰下官不堪其憂家弟不改其樂

許玄度隱在永興南幽穴中每致四方諸侯之遺或謂許曰嘗聞箕山人似不爾耳許曰筐篚苞苴故當輕於天下之寶耳鄭玄禮記注云苞苴裹肉也或以葦或以茅此言許由尚致堯帝之讓筐篚之遺豈非輕邪

范宣未嘗入公門韓康伯與同載遂誘俱入郡范便於車後趨下續晉陽秋曰宣少尚隱遁家于豫章以清潔自立

郗超每聞欲高尚隱退者輒爲辦百萬資并爲造立居宇在剡爲戴公起宅甚精整戴始往舊居與所親

俞氏藏本無遺字

書曰近至剡如官舍爲傳約亦辦百萬資傳隱事差互故不果遺約瑣小字

許掾好遊山水而體便登陟時人云許非徒有勝情實有濟勝之具

郗尚書與謝居士善常稱謝慶緒識見雖不絕人可以累心處都盡尚書郗恢也別見檀道鸞續晉陽秋曰謝敷字慶緒會稽人崇信釋氏初入太平山中十餘年以長齋供養爲業招引同事化納不倦以母老還南山若邪中内史郗愔表薦之徵博士不就初月犯少微星一名處士星占云以處士當之時戴逵居剡既美才藝而交游貴盛先敷著名時人憂之俄而敷死會稽人士以嘲吳人云吳中高士便是求死不得

賢媛第十九

陳嬰者東陽人少脩德行著稱鄉黨秦末大亂東陽人欲奉嬰爲主母曰不可自我爲汝家婦少見貧賤一旦富貴不祥不如以兵屬人事成少受其利不成禍有所歸史記曰嬰故東陽令史居縣素信爲長者東陽人欲立長乃請嬰嬰母諫之乃以兵屬項梁梁以嬰爲上柱國

漢元帝宮人既多乃令畫工圖之欲有呼者輒披圖召之其中常者皆行貨賂王明君姿容甚麗志不苟求工遂毁爲其狀後匈奴來和求美女於漢帝帝以明君充行既召見而惜之但名字已去不欲中改於是遂行漢書匈奴傳曰竟寧元年呼韓邪單于來朝自言願壻漢氏以自親元帝以後宮良家子

王嬙字明君賜之單于懽喜上書願保塞文穎曰昭君本蜀郡秭歸人也琴操曰王昭君者齊國王穰女也年十七儀形絶麗以節聞國中長者求之者王皆不許乃獻漢元帝帝造次不能别房帷昭君恚怒會單于遣使帝令宫人裝出使者請一女帝乃謂宫中曰欲至單于者起昭君喟然越席而起帝視之大驚悔是時使者並見不得止乃賜單于單于大説獻諸珍物昭君有子曰世違單于死世違繼立凡爲胡者父死妻母昭君問世違曰汝爲漢也爲胡也世違曰欲爲胡耳昭君乃吞藥自殺石季倫曰昭以觸文帝諱故改爲明

漢成帝幸趙飛燕飛燕讒班婕妤祝詛於是考問辭曰妾聞死生有命富貴在天脩善尚不蒙福爲邪欲以何望若鬼神有知不受邪佞之訴若其無知訴之何益故不爲也漢書外戚傳曰成帝趙皇后本長安宫人初生父母不舉三日不死乃收

養之及壯屬河陽主家學歌舞號曰飛燕帝微行過主見而説之召入宮大得幸立爲后班婕妤者鴈門人成帝初選入宮大得幸立爲婕妤帝遊後庭嘗欲與同輦婕妤辭之趙飛燕譖許皇后及婕妤婕妤對有辭致上憐之賜黃金百斤飛燕嬌妬婕妤恐見危中求供養太后於長信宮帝崩婕妤充奉園陵薨葬園中

魏武帝崩文帝悉取武帝宮人自侍及帝病困卞后出看疾太后入戶見直侍並是昔日所愛幸者太后問何時來邪云正伏魄時過因不復前而歎曰狗鼠不食汝餘死故應爾至山陵亦竟不臨魏書曰武宣卞皇后琅邪開陽人以漢延熹三年生齊郡白亭有黃氣滿室移日父敬侯怪之以問卜者王越越曰此吉祥也年二十太祖納於譙性約儉不尚華麗有母儀德行

文皇陳云當作大皇

趙母嫁女，女臨去，敕之曰：「愼勿爲好。」女曰：「不爲好，可爲惡邪？」母曰：「好尚不可爲，其況惡乎？」（列女傳曰：趙姬者，桐鄉令東郡虞韙妻，潁川趙氏女也。才敏多覽。韙既没，文皇帝敬其文才，詔入宮省。上欲自征公孫淵，姬上疏以諫。作列女傳解，號趙母注。賦數十萬言。赤烏六年卒。淮南子曰：人有嫁其女而教之者，曰：「爾爲善，善人疾之。」對曰：「然則當爲不善乎？」曰：「善尚不可爲，而況不善乎？」景獻羊皇后曰：此言雖鄙，可以命世人。）

許允婦是阮衛尉女，德如妹，（魏略曰：允字士宗，高陽人，少與清河崔贊俱發名於冀州，仕至領軍將軍。陳留志名曰：阮共字伯彦，尉氏人。清眞守道，動以禮讓。仕魏至衛尉卿。少子侃，字德如，有俊才而飭以名理，風儀雅潤，與嵇康爲友，仕至河内太守。）奇醜。交禮竟，允無復入理，家人深以爲憂。會允有客至，婦令婢視之，還荅曰：「是桓郎。」桓郎者，桓範也。（魏略曰：範字允明，沛郡人，仕至大司農，爲宣王所誅婦云無憂桓必勸入桓果語許云阮家既嫁醜女與卿故當有意卿宜察之許便回入內既見婦即欲出婦料其此出無復入理便捉裾停之許因謂曰婦有四德卿有其幾周禮九嬪掌婦學之法以教九御婦德婦言婦容婦功鄭注曰德謂貞順言謂辭令容謂婉娩功謂絲枲婦曰新婦所乏唯容爾然士有百行君有幾許云皆備婦曰夫百行以德爲首君好色不好德何謂皆備允有慚色遂相敬重

許允爲吏部郎多用其鄉里魏明帝遣虎賁收之其婦出誡允曰明主可以理奪難以情求既至帝覈問之允對曰舉爾所知臣之鄉人臣所知也陛下檢校

定俞氏藏本作走

爲稱職與不若不稱職臣受其罪旣檢校皆官得其人於是乃釋允衣服敗壞詔賜新衣初允被收舉家號哭阮新婦自若云勿憂尋還作粟粥待頃之允至魏氏春秋曰初允爲吏部選遷郡守明帝疑其所用非次將加其罪允妻阮氏跣出謂曰明主可以理奪不可以情求允頷之而入帝怒詰之允對曰某郡太守雖限滿文書先至年限在後日限在前帝前取事視之乃釋然遣出望其衣敗曰清吏也

許允爲晉景王所誅門生走入告其婦婦正在機中神色不變曰蚤知爾耳魏志曰初領軍與夏侯玄李豐親善有詐作尺一詔書以玄爲大將軍允爲太尉共錄尚書事無何有人天未明乘馬以詔版付允門吏曰有詔因便驅走允投書燒之不以關呈景王魏略曰明年李豐被收允欲往見大將軍已出門允回遑不定中道還取袴大將軍

走

正俞氏藏本作主

聞而怪之曰我自收李豐士大夫何爲怱怱乎會鎮北將軍劉靜卒以允代靜大將軍與允書曰鎮北雖少事而都典一方念足下震華鼓建朱節歷本州此所謂著繡晝行也會有司奏允前擅以厨錢穀乞諸俳及其官屬減死徙邊道死魏氏春秋曰允之爲鎮北喜謂其妻曰吾知免矣妻曰禍見於此何免之有晉諸公贊曰允有正情與文帝不平遂幽殺之婦人集載阮氏與允書陳允禍患所起辭甚酸愴文多不録門人欲藏其兒婦曰無豫諸兒事後徙居墓所景王遣鍾會看之若才流及父當收兒以咨母母曰汝等雖佳才具不多率胷懷與語便無所憂不須極哀會止便止又可少問朝事兒從之會反以狀對卒免世語曰允二子奇字子太猛字子豹並有治理晉諸公贊曰奇泰始中爲太常丞世祖嘗祠廟奇應行事朝廷以奇受害之門不令接近出爲長史世祖下詔述允宿望又稱奇才擢爲尚書祠部郎猛禮學儒博

著廚　逸　主

陳云王淩字彦雲誤陵

加有才識爲幽州刺史

王公淵娶諸葛誕女入室言語始交王謂婦曰新婦神色卑下殊不似公休婦曰大丈夫不能仿佛彦雲而令婦人比蹤英傑魏氏春秋曰王廣字公淵王陵子也有風量才學名重當世與傅嘏等論才性同異行於世魏志曰廣有志尚學行陵誅并死臣謂王廣名士豈以妻父爲戲此言非也

王經少貧苦仕至二千石母語之曰汝本寒家子仕至二千石此可以止乎經不能用爲尚書助魏不忠於晉被收涕泣辭母曰不從母敕以至今日母都無慼容語之曰爲子則孝爲臣則忠有孝有忠何負吾邪世語曰經字彦偉清河人高貴鄉公之難王沈王業馳告文王經以正直不出因沈業申意後誅經

及其母晉諸公贊曰沈業將出呼經不從曰吾子行矣漢晉春秋曰初曹髦將自討司馬昭經諫曰昔魯昭不忍季氏敗走失國爲天下笑今權在其門久矣朝廷四方皆爲之致死不顧逆順之理非一日也且宿衛空闕寸刃無有陛下何所資用而一旦如此無乃欲除疾而更深之邪髦不聽後殺經并及其母將死垂泣謝母母顔色不變笑而謂曰人誰不死往所以止汝者恐不得其所也以此并命何恨之有干寶晉紀曰經正直不忠於我故誅之按傳暢干寶所記則是經實忠貞於魏而世語既謂其正直復云因沈業申意何其相反乎故二家之言深得之

山公與嵇阮一面契若金蘭山妻韓氏覺公與二人異於常交問公公曰我當年可以爲友者唯此二生耳妻曰負羈之妻亦親觀狐趙意欲窺之可乎他日二人來妻勸公止之宿具酒肉夜穿墉以視之達旦

忘反公入曰二人何如妻曰君才致殊不如正當以識度相友耳公曰伊輩亦常以我度爲勝晉陽秋曰濤雅素恢達度量弘遠心存事外而與時俯仰嘗與阮籍嵇康諸人著忘言之契至於羣子屯蹇於世濤獨保浩然之度王隱晉書曰韓氏有才識濤未仕時戲之曰忍寒我當作三公不知卿堪爲夫人不耳

王渾妻鍾氏生女令淑虞預晉書曰渾字玄沖太原晉陽人魏司徒昶子仕至司徒武子爲妹求簡美對而未得有兵家子有儁才欲以妹妻之乃白母王氏譜曰鍾夫人名琰之太傅繇之孫曰誠是才者其地可遺然要令我見武子乃令兵兒與羣小雜處使母帷中察之既而母謂武子曰如此衣形者是汝所擬者非邪武子曰是也母曰此才足以拔萃然地

一 量 俯 廿 未

寒不有長年不得申其才用觀其形骨必不壽不可與婚武子從之兵兒數年果亡

賈充前婦是李豐女豐被誅離婚徙邊婦人集曰充妻李氏名婉字淑文豐誅徙樂浪後遇赦得還充先已取郭配女賈氏譜曰郭氏名玉璜即廣宣君也武帝特聽置左右夫人李氏別住外不肯還充舍晉諸公贊曰世祖踐阼李氏赦還而齊獻王妃欲令充遣郭氏更納其母充不許爲李氏築宅而不往來充母柳氏將亡充問所欲言者柳曰我教汝迎李新婦尚不肯安問他事郭氏語充欲就省李充曰彼剛介有才氣卿往不如不去充別傳曰李氏有淑性令才也郭氏於是盛威儀多將侍婢既至入戶李氏起迎郭不覺腳自屈因跪再拜既反語充充曰語

卿道何物按晉諸公贊曰世祖以李豐得罪晉室又郭氏是太子妃母無離絕之理乃下詔敕斷不得往還而王隱晉書亦云充旣與李絕婚更取城陽太守郭配女名槐李禁錮解詔充置左右夫人充母柳亦敕充迎李槐怒攘臂責充曰刊定律令爲佐命之功我有其分李那得與我並充乃架屋永年里中以安李槐晚乃知充出輒使人尋充詔許充置左右夫人充荅詔以謙讓不敢當盛禮晉贊旣云世祖下詔不遣李還而王隱晉書及充別傳並言詔聽置立左右夫人充憚郭氏不敢迎李三家之説並不同未詳孰是然李氏不還別有餘故而世説云自不肯還謬矣且郭槐彊狠豈能就李而爲之拜乎皆爲虛也

賈充妻李氏作女訓行於世李氏女齊獻王妃郭氏女惠帝后充卒李郭女各欲令其母合葬經年不決賈后廢李氏乃祔葬遂定晉諸公贊曰李氏有才德世稱李夫人訓者生女合

陳云魏氏志當作魏志氏字衍

亦才明即齊王妃婦人集曰李氏至樂浪遺二女典式八篇王隱晉書曰賈后字南風爲趙王所誅

王汝南少無婚自求郝普女郝氏譜曰普字道匡太原襄城人仕至洛陽太守司空以其癡會無婚處任其意便許之魏氏志曰王昶字文舒仕至司空既婚果有令姿淑德生東海遂爲王氏母儀或問汝南何以知之曰嘗見井上取水舉動容止不失常未嘗忤觀以此知之汝南別傳曰襄城郝仲將門至孤陋非其所偶也君嘗見其女便求聘焉果高朗英邁母儀冠族其通識餘裕皆此類

王司徒婦鍾氏女太傅曾孫王氏譜曰夫人黃門侍郎鍾琰女亦有儁才女德婦人集曰夫人有文才其詩賦頌誄行於世鍾郝爲娣姒雅相親重鍾不以貴陵郝郝亦不以賤下鍾東海家內則

俞氏藏本作樓書脱諸字

郝夫人之法京陵家內範鍾夫人之禮李平陽秦州子李重已見永嘉流人名曰康字玄胄江夏人魏秦州刺史中夏名士于時以此王夷甫孫秀初欲立威權咸云樂令民望不可殺減李重者又不足殺晉諸公贊曰孫秀字俊忠琅邪人初趙王倫封琅邪秀給爲近職小吏倫數使秀作書疏文才稱倫倫意倫封趙秀徙戶爲趙人用爲侍郎信任之晉陽秋曰倫篡位秀爲中書令事皆決於秀爲齊王所誅遂逼重自裁初重在家有人走從門入出髻中疏示重重看之色動入內示其女女直叫絕了其意出則自裁按諸書皆云重知趙王倫作亂有疾不治遂以致卒而此書乃言自裁甚乖謬且倫秀兇虐動加誅夷欲立威權自當顯戮何爲逼令自裁此女甚高明重每咨焉

周浚作安東時行獵值暴雨過汝南李氏李氏富足而男子不在有女名絡秀聞外有貴人與一婢於內宰豬羊作數十人飲食事事精辦不聞有人聲密覘之獨見一女子狀貌非常浚因求爲妾父兄不許絡秀曰門戶殄瘁何惜一女若連姻貴族將來或大益父兄從之八王故事曰浚字開林汝南安城人少有才名太康初平吳自御史中丞出爲揚州刺史元康初加安東將軍遂生伯仁兄弟絡秀語伯仁等我所以屈節爲汝家作妾門戶計耳按周氏譜浚取同郡李伯宗女此云爲妾妄耳汝若不與吾家作親親者吾亦不惜餘年伯仁等悉從命由此李氏在世得方幅齒遇

陶公少有大志，家酷貧，與母湛氏同居。同郡范逵素知名，舉孝廉（逵未詳），投侃宿。于時冰雪積日，侃室如懸磬，而逵馬僕甚多。侃母湛氏語侃曰：「汝但出外留客，吾自爲計。」湛頭髮委地，下爲二髲（一作髢），賣得數斛米，斫諸屋柱，悉割半爲薪，剉諸薦以爲馬草。日夕，遂設精食，從者皆無所乏。逵既歎其才辯，又深愧其厚意。明旦去，侃追送不已，且百里許。逵曰：「路已遠，君宜還。」侃猶不返。逵曰：「卿可去矣！至洛陽，當相爲美談。」侃廼返。逵及洛，遂稱之於羊晫、顧榮諸人，大獲美譽。（晉陽秋曰：侃父丹娶新淦湛氏女，生侃。湛虔恭有智筭，以陶氏貧賤，紡績以資給侃，使交結勝己。侃少爲尋陽吏，鄱陽）

丹下一有吳揚武將軍五字

冰

孝廉范逵嘗過侃宿時大雪侃家無草湛徹所臥薦剉給陰截髮賣以供調逵聞之歎息逵去侃追送之逵曰豈欲仕乎侃曰有仕郡意逵曰當相談致過廬江向太守張夔稱之召補吏舉孝廉除郎中時豫章顧榮或責羊晫曰君奈何與小人同輿晫曰此寒俊也王隱晉書曰侃母既截髮供客聞者歎曰非此母不生此子乃進之於張夔羊晫亦簡之後晫為十郡中正舉侃為鄱陽小中正始得上品也

陶公少時作魚梁吏嘗以坩鮓餉母母封鮓付使反書責侃曰汝為吏以官物見餉非唯不益乃增吾憂也侃別傳曰母湛氏賢明有法訓侃在武昌與佐吏從容飲燕飲常有限或勸猶可少進侃悽然良久曰昔年少曾有酒失二親見約故不敢踰限及侃丁母憂在墓下忽有二客來弔不哭而退儀服鮮異知非常人遣隨視之但見雙鶴沖天而去幽明録曰陶公在尋陽西南一塞取魚自謂其池曰鶴門按吳司徒孟宗為雷池監以鮓餉母母不受非侃也疑後人因孟假為此說

陳云當作友長子宣字弘之此倒

桓宣武平蜀以李勢妹爲妾甚有寵常著齋後主始不知既聞與數十婢拔白刃襲之續晉陽秋曰溫尚明帝女南康長公主正值李梳頭髮委藉地膚色玉曜不爲動容徐曰國破家亡無心至此今日若能見殺乃是本懷主慚而退妬記曰溫平蜀以李勢女爲妾郡主兇妬不即知之後知乃拔刃往李所因欲斫之見李在窗梳頭姿貌端麗徐徐結髮斂手向主神色閑正辭甚悽惋主於是擲刀前抱之曰阿子我見汝亦憐何況老奴遂善之

庾玉臺希之弟也希誅將戮玉臺希已見玉臺庾友小字庾氏譜曰友字惠彥司空冰第三子歷中書郎東陽太守玉臺子婦宣武弟桓豁女也庾氏譜曰友字弘之長子宣娶宣武弟桓豁之女字女幼徒跣求進閽禁不內女

厲聲曰是何小人我伯父門不聽我前因突入號泣請曰庾玉臺常因人脚短三寸當復能作賊不宣武笑曰壻故自急遂原玉臺一門中興書曰桓溫殺庾希弟倩希聞難而逃希弟友當伏誅子婦桓氏女請溫得宥

謝公夫人幃諸婢使在前作伎使太傅暫見便下幃太傅索更開夫人云恐傷盛德劉夫人已見

桓車騎不好著新衣浴後婦故送新衣與桓氏譜曰沖娶琅邪王恬女字女宗車騎大怒催使持去婦更持還傳語云衣不經新何由而故桓公大笑著之

王右軍郗夫人謂二弟司空中郎曰司空愔已見郗曇別傳曰曇字

陳云封謂朗三字疑當在一作遏謂玄末四字疑衍韶朗玄淵四人小字晉書可考晉書作末謂川唐諱淵故晉書改作川也案晉書作封謂謝歆胡謂謝朗羯謂謝玄末謂謝川皆其小字也所謂川者即奕子泉也曰泉曰川總避諱淵字耳晉書羯譌作遏晉書歆此注作韶歆文相似而一譌又不悉韶爲誰子謝氏譜恐不詳矣當質博雅

重淵鑒少子性韻方質和正沈簡累遷丹陽尹北中郎將徐兗二州刺史王家見二謝傾筐倒庋二謝安萬見汝輩來平平爾汝可無煩復往

王凝之謝夫人既往王氏大薄凝之既還謝家意大不說太傅慰釋之曰王郎逸少之子人身亦不惡汝何以恨迺爾答曰一門叔父則有阿大中郎羣從兄弟則有封胡遏末封胡謝韶小字遏末謝淵小字韶字穆度萬子車騎司馬淵字叔度奕第二子義興太守時人稱其尤彥秀者或曰封胡遏末封謂朗遏謂玄末謂韶朗玄淵一作胡謂淵遏謂玄末謂韶也不意天壤之中乃有王郎

韓康伯母隱古几毀壞卞鞠見几惡欲易之鞠卞範之母之外孫也答曰我若不隱此汝何以得見古物

屣　悅　弟

王江州夫人語謝遏曰汝何以都不復進（夫人玄之妹）爲是塵務經心天分有限

郗嘉賓喪婦兄弟欲迎妹還終不肯歸（郗氏譜曰超娶汝南周閔女名馬頭）曰生縱不得與郗郎同室死寧不同穴（毛詩曰穀則異室死則同穴鄭玄注曰穴謂壙中墟也）

謝遏絕重其姊張玄常稱其妹欲以敵之有濟尼者並遊張謝二家人問其優劣答曰王夫人神情散朗故有林下風氣顧家婦清心玉映自是閨房之秀

王尚書惠嘗看王右軍夫人（宋書曰惠字令明琅邪人歷吏部尚書贈太常卿）問眼耳未覺惡不（婦人集載謝表曰妾年九十孤骸獨存願蒙哀矜賜其鞠養）

穴　穴　穴

答曰髮白齒落屬乎形骸至於眼耳關於神明那可便與人隔

韓康伯母殷隨孫繪之之衡陽韓氏譜曰繪之字季倫父康伯太常卿繪之仕至衡陽太守於闔廬洲中逢桓南郡卞鞠是其外孫時來問訊謂鞠曰我不死見此豎二世作賊在衡陽數年繪之遇桓景眞之難也續晉陽秋曰桓亮字景眞大司馬溫之孫父濟給事中叔父玄篡逆見誅亮聚衆於長沙自號湘州刺史殺太守甄恭衡陽前太守韓繪之等十餘人爲劉毅軍人郭珍斬之殷撫屍哭曰汝父昔罷豫章徵書朝至夕發汝去郡邑數年爲物不得動遂及於難夫復何言

術解第二十

荀勗善解音聲時論謂之闇解遂調律呂正雅樂每至正會殿庭作樂自調宮商無不諧韻阮咸妙賞時謂神解每公會作樂而心謂之不調既無一言直勗意忌之遂出阮爲始平太守後有一田父耕於野得周時玉尺便是天下正尺荀試以校已所治鍾鼓金石絲竹皆覺短一黍於是伏阮神識晉後略曰鍾律之器自周之末廢而漢成哀之間諸儒修而治之至後漢末復隳矣魏氏使協律知音者杜夔造之不能考之典禮徒依于時絲管之聲時之尺寸而制之甚乖失禮度於是世祖命中書監荀勗依典制定鍾律既鑄律管募求古器得周時玉律數枚比之不差又諸郡舍倉庫或有漢時故鍾以律命之皆不叩而應聲音韻合又若俱成晉諸公贊曰律成散騎侍郎阮咸謂勗所造聲高高則悲夫亡國之音哀以思其民困今聲不合雅

懼非德政中和之音必是古今尺有長短所致然今鐘磬是魏時杜夔所造不與勗律相應音聲舒雅而久不知夔所造時人為之不足改易勗性自矜乃因事左遷咸寧始平太守而病卒後得地中古銅尺校度勗今尺短四分方明咸果解音然無能正者干寶晉紀曰荀勗始造正德大象之舞以魏杜夔所制律呂校大樂本音不和後漢至魏尺長於古四分有餘而夔據之是以失韻乃依周禮積粟以起度量以度古器符于本銘遂以為式用之郊廟

荀勗嘗在晉武帝坐上食筍進飯謂在坐人曰此是勞薪炊也坐者未之信密遣問之實用故車腳

人有相羊祜父墓後應出受命君祜惡其言遂掘斷墓後以壞其勢相者立視之曰猶應出折臂三公俄而祜墜馬折臂位果至公幽明錄曰羊祜工騎乘有一兒五六歲端明可喜掘

墓之後兒即亡羊時爲襄陽都督因盤馬落地遂折臂于時士林咸歎其忠誠

王武子善解馬性嘗乘一馬著連錢障泥前有水終日不肯渡王云此必是惜障泥使人解去便徑渡語林曰武子性愛馬亦甚別之故杜預道王武子有馬癖和長輿有錢癖武帝問杜預卿有何癖對曰臣有左傳癖

陳述爲大將軍掾甚見愛重及亡郭璞往哭之甚哀乃呼曰嗣祖焉知非福俄而大將軍作亂如其所言陳氏譜曰述字嗣祖頴川許昌人有美名

晉明帝解占塚宅聞郭璞爲人葬帝微服往看因問主人何以葬龍角此法當滅族主人曰郭云此葬龍

耳不出三年當致天子帝問爲是出天子邪荅曰非出天子能致天子問耳青烏子相冢書曰葬龍之角暴富貴後當滅門

郭景純過江居于暨陽墓去水不盈百步時人以爲近水景純曰將當爲陸璞別傳曰璞少好經術明解卜筮永嘉末海內將亂璞投策歎曰黔黎將同異類矣便結親暱十餘家南渡江居于暨陽今沙漲去墓數十里皆爲桑田其詩曰北阜烈烈巨海混混壘壘三墳唯母與昆

王丞相令郭璞試作一卦卦成郭意色甚惡云公有震厄王問有可消伏理不郭曰命駕西出數里得一栢樹截斷如公長置牀上常寢處災可消矣王從其

語數日中果震栢粉碎子弟皆稱慶王隱晉書曰璞消災轉禍扶厄擇勝時人咸言京管不及大將軍云君乃復委罪於樹木

栢公有主簿善別酒有酒輒令先嘗好者謂青州從事惡者謂平原督郵青州有齊郡平原有鬲縣從事言到臍督郵言在鬲上住

郗愔信道甚精勤常患腹内惡諸醫不可療聞于法開有名往迎之既來便脉云君侯所患正是精進太過所致耳合一劑湯與之一服即大下去數段許紙如拳大剖看乃先所服符也晉書曰法開善醫術嘗行莫投主人妻產而兒積日不墮法開曰此易治耳殺一肥羊食十餘臠而針之須臾兒下羊膋裹兒出其精妙如此

殷中軍妙解經脉中年都廢有常所給使忽叩頭流血浩問其故云有死事終不可說詰問良久乃云小人母年垂百歲抱疾來久若蒙官一脉便有活理訖就屠戮無恨浩感其至性遂令舁來爲診脉處方始服一劑湯便愈於是悉焚經方

巧藝第二十一

彈棊始自魏宮內用妝奩戲傅玄彈棊賦叙曰漢成帝好蹴踘劉向以謂勞人體竭人力非至尊所宜御乃因其體作彈棊今觀其道蹴踘道也按玄此言則彈棊之戲其來久矣且梁冀傳云冀善彈棊格五而此云起魏世謬矣文帝於此戲特妙用手巾角拂之無不中有客自云能帝使爲之客著葛巾角低

頭拂棊妙踰於帝典論帝自敘曰戲弄之事少所喜唯彈棊略盡其妙少時嘗爲之賦昔京師少工有二焉合鄉侯東方世安張公子常恨不得與之對也博物志曰帝善彈棊能用手巾角時有一書生又能低頭以所冠葛巾角撇棊也

陵雲臺樓觀精巧先稱平衆木輕重然後造構乃無錙銖相負揭臺雖高峻常隨風搖動而終無傾倒之理魏明帝登臺懼其勢危別以大材扶持之樓卽頹壞論者謂輕重力偏故也洛陽宮殿簿曰陵雲臺上壁方十三丈高九尺樓方四丈高五丈棟去地十三丈五尺七寸五分也

韋仲將能書魏明帝起殿欲安榜使仲將登梯題之旣下頭鬢皓然因敕兒孫勿復學書文章敘錄曰韋誕字仲將京兆

帝　帝　兆

杜陵人太僕端子有文學善屬辭以光祿大夫卒衛恒四體書勢曰誕善楷書魏宮觀多誕所題明帝立陵霄觀誤先釘榜乃籠盛誕轆轤長絙引上使就題之去地二十五丈誕甚危懼乃戒子孫絕此楷法著之家令

鍾會是荀濟北從舅二人情好不協荀有寶劒可直百萬常在母鍾夫人許孔氏志怪曰勗以寶劒付妻會善書學荀手跡作書與母取劒仍竊去不還世語曰會善學人書伐蜀之役於劒閣要鄧艾章表皆約其言令詞旨倨傲多自矜伐艾由此被收也荀勗知是鍾而無由得也思所以報之後鍾兄弟以千萬起一宅始成甚精麗未得移住荀極善畫乃潛往畫鍾門堂作太傅形象衣冠狀貌如平生二鍾入門便大感慟宅遂

辭恒

空廢孔氏志怪曰于時咸謂勗之報會過於所失數十倍彼此書畫巧妙之極

羊長和博學工書文字志曰忱性能草書亦善行隸有稱於一時能騎射善圍棊諸羊後多知書而射奕餘藝莫逮

戴安道就范宣學中興書曰逵不遠千里往豫章詣范宣宣見逵異之以兄女妻焉視范所爲范讀書亦讀書范抄書亦抄書唯獨好畫范以爲無用不空勞思於此戴乃畫南都賦圖范看畢咨嗟甚以爲有益始重畫

謝太傅云顧長康畫有蒼生來所無續晉陽秋曰愷之尤好丹青妙絕於時曾以一廚畫寄桓玄皆其絕者深所珍惜悉糊題其前桓乃發廚後取之好加理復愷之見封題如初而畫並不存直云妙畫通靈變化而去如人之登仙矣

元校無耳字

戴安道中年畫行像甚精妙庾道季看之語戴云神明太俗由卿世情未盡戴云唯務光當免卿此語耳列仙傳曰務光夏時人也耳長七寸好鼓琴服菖蒲韭根湯將伐桀謀於光光曰非吾事也湯曰伊尹何如務光曰彊力忍詬不知其它湯克天下讓於光光曰吾聞無道之世不踐其土況讓我乎負石自沈於盧水

顧長康畫裴叔則頰上益三毛人問其故顧曰裴楷儁朗有識具正此是其識具看畫者尋之定覺益三毛如有神明殊勝未安時愷之歷畫古賢皆爲之贊也

王中郎以圍棊是坐隱支公以圍棊爲手談博物志曰堯作圍棊以教丹朱語林曰王以圍棊爲手談故其在哀制中祥後客來方幅會戲

愷之俞氏藏本脫之字

顧長康好寫起人形（續晉陽秋曰愷之圖寫特妙）欲圖殷荊州殷曰我形惡不煩耳顧曰明府正爲眼爾（仲堪眇目故也）但明點童子飛白拂其上使如輕雲之蔽日（日一作月）

顧長康畫謝幼輿在巖石裏人問其所以顧曰謝云一丘一壑自謂過之此子宜置丘壑中

顧長康畫人或數年不點目精人問其故顧曰四體妍蚩本無關於妙處傳神寫照正在阿堵中

顧長康道畫手揮五弦易目送歸鴻難

寵禮第二十二

元帝正會引王丞相登御牀王公固辭中宗引之彌

苦王公曰使太陽與萬物同暉臣下何以瞻仰中興書曰元帝登尊號百官陪位詔王導升御坐固辭然後止

桓宣武嘗請參佐入宿袁宏伏滔相次而至莅名府中復有袁參軍彥伯疑焉令傳教更質傳教曰參軍是袁伏之袁復何所疑

王珣郗超並有奇才爲大司馬所眷拔珣爲主簿超爲記室參軍超爲人多須珣狀短小于時荊州爲之語曰髯參軍短主簿能令公喜能令公怒續晉陽秋曰超有才能珣有器望並爲溫所暱

許玄度停都一月劉尹無日不往乃歎曰卿復少時

不去我成輕薄京尹語林曰玄度出都眞長九日十一詣之曰卿尚不去使我成薄德二千石

孝武在西堂會伏滔預坐還下車呼其兒兒即系也丘淵之文章錄曰系字敬魯仕至光祿大夫語之曰百人高會臨坐未得他語先問伏滔何在在此不此故未易得爲人作父如此何如

卞範之爲丹陽尹羊孚南州暫還往卞許云下官疾動不堪坐卞便開帳拂褥羊徑上大牀入被須枕卞回坐傾睞移晨達莫羊去卞語曰我以第一理期卿卿莫負我丘淵之文章錄曰範之字敬祖濟陰宛句人祖嵎下邳太守父循尚書郎桓玄輔政

範之遷丹陽尹玄敗伏誅

任誕第二十三

陳留阮籍譙國嵇康河內山濤三人年皆相比康年少亞之預此契者沛國劉伶陳留阮咸河內向秀琅邪王戎七人常集于竹林之下肆意酣暢故世謂竹林七賢晉陽秋曰于時風譽扇于海內至于今詠之

阮籍遭母喪在晉文王坐進酒肉司隸何曾亦在坐晉諸公贊曰何曾字穎考陳郡陽夏人父夔魏太僕曾以高雅稱性仁孝累遷司隸校尉用心甚正朝廷憚之仕晉至太宰曰明公方以孝治天下而阮籍以重喪顯於公坐飲酒食肉宜流之海外以正風教文王曰嗣

宗毀頓如此君不能共憂之何謂且有疾而飲酒食肉固喪禮也籍飲噉不輟神色自若干寶晉紀曰何曾嘗謂阮籍曰卿恣情任性敗俗之人也今忠賢執政綜核名實若卿之徒何可長也復言之於太祖籍飲噉不輟故魏晉之間有被髮夷傲之事背死忘生之人反謂行禮者籍爲之也魏氏春秋曰籍性至孝居喪雖不率常禮而毀幾滅性然爲文俗之士何曾等深所讎疾大將軍司馬昭愛其通偉而不加害也

劉伶病酒渴甚從婦求酒婦捐酒毀器涕泣諫曰君飲太過非攝生之道必空斷之伶曰甚善我不能自禁唯當祝鬼神自誓斷之耳便可具酒肉婦曰敬聞命供酒肉於神前請伶祝誓伶跪而祝曰天生劉伶以酒爲名一飲一斛五斗解酲毛公注曰酒病曰酲婦人之言

愼不可聽便引酒進肉隗然已醉矣見竹林七賢論

劉公榮與人飲酒雜穢非類人或譏之荅曰勝公榮者不可不與飲不如公榮者亦不可不與飲是公榮輩者又不可不與飲故終日共飲而醉劉氏譜曰昶字公榮沛國人晉陽秋曰昶爲人通達仕至兗州刺史

步兵校尉缺厨中有貯酒數百斛阮籍乃求爲步兵校尉文士傳曰籍放誕有傲世情不樂仕宦晉文帝親愛籍恒與談戲任其所欲不迫以職事籍常從容曰平生曾遊東平樂其土風願得爲東平太守文帝說從其意籍便騎驢徑到郡皆壞府舍諸壁障使內外相望然後教令清寧十餘日便復騎驢去後聞步兵厨中有酒三百石忻然求爲校尉於是入府舍與劉伶酣飲竹林七賢論又云籍與伶共飲步兵厨中並醉而死此好事者爲之言籍景元中卒而劉

伶太始中猶在

劉伶恒縱酒放達或脫衣裸形在屋中人見譏之伶曰我以天地爲棟宇屋室爲幝衣諸君何爲入我幝中鄧粲晉紀曰客有詣伶值其裸袒伶笑曰吾以天地爲宅舍以屋宇爲幝衣諸君自不當入我幝中又何惡乎其自任若是

阮籍嫂嘗還家籍見與別或譏之曲禮嫂叔不通問故譏之籍曰禮豈爲我輩設也

阮公鄰家婦有美色當壚酤酒阮與王安豐常從婦飲酒阮醉便眠其婦側夫始殊疑之伺察終無他意王隱晉書曰籍鄰家處子有才色未嫁而卒籍與無親生不相識往哭盡哀而去其達而無檢皆此類也

阮籍當葬母蒸一肥豚飲酒二斗然後臨訣直言窮矣都得一號因吐血廢頓良久鄧粲晉紀曰籍母將死與人圍棊如故對者求止籍不肯留與決賭既而飲酒三斗舉聲一號嘔血數升廢頓久之

阮仲容咸也步兵居道南諸阮居道北北阮皆富南阮貧七月七日北阮盛曬衣皆紗羅錦綺仲容以竿挂大布犢鼻幝於中庭人或怪之答曰未能免俗聊復爾耳竹林七賢論曰諸阮前世皆儒學善居室唯咸一家尚道棄事好酒而貧舊俗七月七日法當曬衣諸阮庭中爛然錦綺咸時總角乃豎長竿挂犢鼻幝也

阮步兵籍也喪母裴令公楷也往弔之阮方醉散髮坐牀箕踞不哭裴至下席於地哭弔喭畢便去或問裴凡

弔主人哭客乃爲禮阮既不哭君何爲哭裴曰阮方外之人故不崇禮制我輩俗中人故以儀軌自居時人歎爲兩得其中（名士傳曰阮籍喪親不率常禮裴楷往弔之遇籍方醉散髮箕踞傍若無人楷哭泣盡哀而退了無異色其安同異如此戴逵論之曰若裴公之制弔欲冥外以護內有達意也有弘防也）

諸阮皆能飲酒仲容至宗人間共集不復用常桮斟酌以大甕盛酒圍坐相向大酌時有羣豬來飲直接去上便共飲之

阮渾長成風氣韻度似父亦欲作達步兵曰仲容已預之卿不得復爾（竹林七賢論曰籍之抑渾蓋以渾未識已之所以爲達也後咸兄子

簡亦以曠達自居父喪行遇大雪寒凍遂詣浚儀令令爲它賓設黍臛簡食之以致清議廢頓幾三十年是時竹林諸賢之風雖高而禮教尚峻迨元康中遂至放蕩越禮樂廣譏之曰名教中自有樂地何至於此樂令之言有旨哉謂彼非玄心徒利其縱恣而已

裴成公婦王戎女王戎晨往裴許不通徑前裴從牀南下女從北下相對作賓主了無異色裴氏家傳曰頠取戎長女

阮仲容先幸姑家鮮卑婢及居母喪姑當遠移初云當留婢既發定將去仲容借客驢著重服自追之累騎而返曰人種不可失卽遙集之母也竹林七賢論曰咸既追婢於是世議紛然自魏末沈淪閭巷逮晉咸寧中始登王途阮孚別傳曰咸與姑書曰胡婢遂生胡兒姑荅書曰魯靈光殿賦曰胡人遙集於上楹可字曰遙集也故孚字遙集

任愷既失權勢，不復自檢括。或謂和嶠曰：「卿何以坐視元裒敗而不救？」和曰：「元裒如北夏門，拉攞自欲壞，非一木所能支。」晉諸公贊曰：愷字元裒，樂安博昌人。有雅識國幹，萬機大小多綜之。與賈充不平，充乃啓愷掌吏部，又使有司奏愷用御食器，坐免官，世祖情遂薄焉。

劉道真少時常漁草澤，善歌嘯，聞者莫不留連。有一老嫗識其非常人，甚樂其歌嘯，乃殺豚進之。道真食豚盡，了不謝。嫗見不飽，又進一豚，食半餘半，迺還之。後爲吏部郎，嫗兒爲小令史，道真超用之。不知所由，問母，母告之。於是齎牛酒詣道真，道真曰：「去！去！無可復用相報。」劉寶已見

阮宣子常步行以百錢挂杖頭至酒店便獨酣暢雖當世貴盛不肯詣也名士傳曰脩性簡任

山季倫爲荆州時出酣暢人爲之歌曰山公時一醉徑造高陽池日莫倒載歸茗艼無所知復能乘駿馬倒著白接籬舉手問葛彊何如并州兒高陽池在襄陽彊是其愛將并州人也襄陽記曰漢侍中習郁於峴山南依范蠡養魚法作魚池池邊有高隄種竹及長楸芙蓉菱芡覆水是遊燕名處也山簡每臨此池未嘗不大醉而還曰此是我高陽池也襄陽小兒歌之

張季鷹縱任不拘時人號爲江東步兵或謂之曰卿乃可縱適一時獨不爲身後名邪荅曰使我有身後

名不如卽時一桮酒文士傳曰翰任性自適無求當世時人貴其曠達畢茂世云一手持蟹螯一手持酒桮拍浮酒池中便足了一生晉中興書曰畢卓字茂世新蔡人少傲達爲胡毋輔之所知太興末爲吏部郎嘗飲酒廢職比舍郎釀酒熟卓因醉夜至其甕間取飲之主者謂是盜執而縛之知爲吏部也釋之卓遂引主人讌甕側取醉而去温嶠素知愛卓請爲平南長史卒

賀司空入洛赴命爲太孫舍人經吳閶門在船中彈琴張季鷹本不相識先在金閶亭聞弦甚清下船就賀因共語便大相知説問賀卿欲何之賀曰入洛赴命正爾進路張曰吾亦有事北京因路寄載便與賀同發初不告家家追問迺知

祖車騎過江時公私儉薄無好服玩王庾諸公共就祖忽見裘袍重疊珍飾盈列諸公怪問之祖曰昨夜復南塘一出祖于時恒自使健兒鼓行刧鈔在事之人亦容而不問晉陽秋曰逖性通濟不拘小節又賓從多是桀黠勇士逖待之皆如子弟永嘉中流民以萬數揚土大饑賓客攻剽逖輒擁護全衛談者以此少之故久不得調

鴻臚卿孔羣好飲酒王丞相語云卿何爲恒飲酒不見酒家覆瓿布日月糜爛羣曰不爾不見糟肉乃更堪久羣嘗書與親舊今年田得七百斛秫米不了麴糵事羣已見上

有人譏周僕射與親友言戲穢雜無檢節鄧粲晉紀曰王導與

周顗及朝士詣尚書紀瞻觀伎瞻有愛妾能爲新聲顗於衆中欲通其妾露其醜穢顏無作色有司奏免顗官詔特原之周曰吾若萬里長江何能不千里一曲

溫太眞位未高時屢與揚州淮中估客樗蒱與輒不競嘗一過大輸物戲屈無因得反與庾亮善於舫中大喚亮曰卿可贖我庾即送直然後得還經此數四中興書曰嶠有儁朗之目而不拘細行

溫公喜慢語卞令禮法自居卞壼別傳曰壼正色立朝百寮嚴憚貴遊子弟莫不祗肅至庾公許大相剖擊溫發口鄙穢庾公徐曰太眞終日無鄙言重其達也

周伯仁風德雅重深達危亂過江積年恒大飲酒嘗

經三日不醒時人謂之三日僕射晉陽秋曰初顗以雅望獲海內盛名後屢以酒失庾亮曰周侯末年可謂鳳德之衰也語林曰伯仁正有姊喪三日醉姑喪二日醉大損資望每醉諸公常共屯守

衛君長爲温公長史温公甚善之每率爾提酒脯就衛箕踞相對彌日衛往温許亦爾衛永已見

蘇峻亂諸庾逃散庾冰時爲吳郡單身奔亡民吏皆去唯郡卒獨以小船載冰出錢塘口蘧篨覆之時峻賞募覓冰屬所在搜檢甚急卒捨船市渚因飲酒醉還舞棹向船曰何處覓庾吳郡此中便是冰大惶怖然不敢動監司見船小裝狹謂卒狂醉都不復疑自

送過淛江寄山陰魏家得免中興書曰冰爲吳郡蘇峻作逆遣軍伐冰冰棄郡奔會稽後事平冰欲報卒適其所願卒曰出自廝下不願名器少苦執鞭恒患不得快飲酒使其酒足餘年畢矣無所復須冰爲起大舍市奴婢使門內有百斛酒終其身時謂此卒非唯有智且亦達生

殷洪喬作豫章郡殷氏譜曰羨字洪喬陳郡人父識鎮東司馬羨仕至豫章太守臨去都下人因附百許函書既至石頭悉擲水中因祝曰沉者自沉浮者自浮殷洪喬不能作致書郵

王長史謝仁祖同爲王公掾王濛別傳曰丞相王導辟名士時賢協贊中興旌命所加必延俊乂辟濛爲掾長史云謝掾能作異舞謝便起舞神

思安豐至元板作思王安豐

意甚暇晉陽秋曰尚性通任善音樂語林曰謝鎮西酒後於槃案間爲洛市肆工鴝鵒舞甚佳

王公熟視謂客曰使人思安豐戎性通任尚頗類之

王劉共在杭南酣宴於桓子野家伊已見謝鎮西往尚書墓還葬後三日反哭諸人欲要之初遣一信猶未許然已停車重要便回駕諸人門外迎之把臂便下裁得脫幘著帽酣宴半坐乃覺未脫衰尚書謝裒尚叔也已見宋明帝文章志曰尚性輕率不拘細行兄葬後往墓還王濛劉惔共遊新亭濛欲招尚先以問惔曰計仁祖正當不爲異同耳惔曰仁祖韻中自應來乃遣要之尚初辭然已無歸意及再請即回軒焉其率如此

桓宣武少家貧戲大輸債主敦求甚切思自振之方莫知所出陳郡袁耽俊邁多能袁氏家傳曰耽字彥道陳郡陽夏人魏中

乃廻 不往 已

郎令渙曾孫也魁梧爽朗高風振邁少倜儻不羈有異才士人多歸之仕至司徒從事中郎

宣武欲求救於耽耽時居艱恐致疑試以告焉應聲便許略無嫌吝遂變服懷布帽隨溫去與債主戲耽素有蓺名債主就局曰汝故當不辦作袁彥道邪遂共戲十萬一擲直上百萬數投馬絕叫傍若無人探布帽擲對人曰汝竟識袁彥道不郭子曰桓公樗蒱失數百斛米求救於袁耽耽在艱中便云大快我必作采卿但大喚即脫其衰共出門去覺頭上有布帽擲去著小帽既戲袁形勢呼祖擲必盧雉二人齊叫敵家頃刻失數百萬也

王光祿云酒正使人人自遠光祿王蘊也續晉陽秋曰蘊素嗜酒末年尤甚及在會稽略少醒日

劉尹云孫承公狂士每至一處賞翫累日或回至半路卻返中興書曰承公少誕任不羈家於會稽性好山水及求鄞縣遣心細務縱意游肆名阜勝川靡不歷覽

袁彥道有二妹一適殷淵源一適謝仁祖袁氏譜曰眈大妹名女皇適殷浩小妹名女正適謝尚語桓宣武云恨不更有一人配卿

桓車騎在荊州張玄爲侍中使至江陵路經陽岐村村臨江去荊州二百里俄見一人持半小籠生魚徑來造船云有魚欲寄作膾張乃維舟而納之問其姓字稱是劉遺民中興書曰劉驎之一字遺民已見張素聞其名大相忻待劉既知張銜命問謝安王文度並佳不張甚欲話言劉了

無停意既進膾便去云向得此魚觀君船上當有膾具是故來耳於是便去張乃追至劉家爲設酒殊不清旨張高其人不得已而飲之方共對飲劉便先起云今正伐荻不宜久廢張亦無以留之

王子猷詣郗雍州（中興書曰郗恢字道胤高平人父曇北中郎將恢長八尺美鬚髯風神魁梧烈宗器之以爲蕃伯之望自太子左率擢爲雍州刺史）雍州在內見有㲮㲪云阿乞那得此物（阿乞恢小字）令左右送還家郗出見之王曰向有大力者負之而趨（莊子曰夫藏舟於壑藏山於澤謂之固矣然有大力者負之而走昧者不知也）郗無忤色

謝安始出西戲失車牛便杖策步歸道逢劉尹語曰

安石將無傷謝乃同載而歸
襄陽羅友有大韻少時多謂之癡嘗伺人祠欲乞食往太蚤門未開主人迎神出見問以非時何得在此荅曰聞卿祠欲乞一頓食耳遂隱門側至曉得食便退了無怍容爲人有記功從桓宣武平蜀按行蜀城闕觀宇內外道陌廣狹植種果竹多少皆默記之後宣武溧洲與簡文集友亦預焉共道蜀中事亦有所遺忘友皆名列曾無錯漏宣武驗以蜀城闕簿皆如其言坐者歎服謝公云羅友詎減魏陽元後爲廣州刺史當之鎮刺史桓豁語令莫來宿荅曰民已有前

期主人貧或有酒饌之費見與甚有舊請別日奉命征西密遣人察之至日乃往荆州門下書佐家處之怡然不異勝達在益州語兒云我有五百人食器家中大驚其由來清而忽有此物定是二百五十沓烏樏晉陽秋曰友字宅仁襄陽人少好學不持節檢性嗜酒當其所遇不擇士庶又好伺人祠往乞餘食雖復營署壚肆不以爲蓋桓温常責之云君太不逮須食何不就身求乃至於此友傲然不屑荅曰就公乞食今乃可得明日已復無温大笑之始仕荆州後在温府以家貧乞祿温雖以才學遇之而謂其誕肆非治民才許而不用後同府人有得郡者温爲席起別友至尤晚問之友荅曰民性飲道嗜味昨奉教旨乃是首旦出門於中路逢一鬼大見揶揄云我只見汝送人作郡何以不見人送汝作郡民始怖終慚回還以解不覺成淹緩之罪温雖笑其滑稽而心頗愧焉後以爲襄陽太守累遷廣益二州刺史在藩舉其

（宏綱不存小察甚爲吏民所安說薨於益州）

桓子野每聞清歌輒喚奈何謝公聞之曰子野可謂一往有深情

張湛好於齋前種松柏（晉東宫官名曰湛字處度高平人張氏譜曰湛祖嶷正員郎父曠鎮軍司馬湛仕至中書郎）時袁山松出遊每好令左右作挽歌（山松別見續晉陽秋曰袁山松善音樂北人舊歌有行路難曲辭頗疏質山松好之乃爲文其章句婉其節制每因酒酣從而歌之聽者莫不流涕初羊曇善唱樂桓伊能挽歌及山松以行路難繼之時人謂之三絕今云挽歌未詳）時人謂張屋下陳屍袁道上行殯（裴啓語林曰張湛好於齋前種松養鴝鵒袁山松出遊好令左右作挽歌時人云云）

羅友作荊州從事桓宣武爲王車騎集別（車騎王洽別見）友

民　柏　尸

進坐良久辭出宣武曰卿向欲咨事何以便去荅曰友聞白羊肉美一生未曾得喫故冒求前耳無事可咨今已飽不復須駐了無慚色

張驎酒後挽歌甚悽苦桓車騎曰卿非田橫門人何乃頓爾至致驎張湛小字也譙子法訓云有喪而歌者或曰彼爲樂喪也有不可乎譙子曰書云四海遏密八音何樂喪之有曰今喪有挽歌者何以哉譙子曰周聞之蓋高帝召齊田橫至于尸鄉亭自刎奉首從者挽至於宮不敢哭而不勝哀故爲歌以寄哀音彼則一時之爲也鄰有喪舂不相引挽人銜枚孰樂喪者邪按莊子曰紼謳所生必於斥苦司馬彪注曰紼引柩索也斥疏緩也苦用力也引紼所以有謳歌者爲人有用力不齊故促急之也春秋左氏傳曰魯哀公會吳伐齊其將公孫夏命歌虞殯杜預曰虞殯送葬歌示必死也史記絳侯世家曰周勃以吹簫樂喪然則挽歌之來久矣非始起於田橫

也。然譙氏引禮之文，頗有明據，非固陋者所能詳聞。疑以傳疑，以俟通博。

王子猷嘗暫寄人空宅住，便令種竹。或問：「暫住何煩爾？」王嘯詠良久，直指竹曰：「何可一日無此君？」中興書曰：徽之卓犖不羈，欲爲傲達，放肆聲色頗過度。時人欽其才，穢其行也。

王子猷居山陰，夜大雪，眠覺，開室，命酌酒。四望皎然，因起仿偟，詠左思招隱詩。中興書曰：徽之任性放達，棄官東歸，居山陰也。左詩曰：杖策招隱士，荒塗橫古今。巖穴無結構，丘中有鳴琴。白雪停陰岡，丹葩曜陽林。忽憶戴安道。時戴在剡，卽便夜乘小船就之。經宿方至，造門不前而返。人問其故，王曰：「吾本乘興而行，興盡而返，何必見戴？」

服散後三字馮校本無俞氏藏本有

王衛軍云酒正自引人著勝地王薈已見

王子猷出都尚在渚下舊聞桓子野善吹笛續晉陽秋曰左將軍桓伊善音樂孝武飲燕謝安侍坐帝命伊吹笛伊神色無忤既吹一弄乃放笛云臣於箏乃不如笛然自足以韻合歌管臣有一奴善吹笛且相便串請進之帝賞其放率聽召奴奴既至吹笛伊撫箏而歌怨詩因以爲諫也而不相識遇桓於岸上過王在船中客有識之者云是桓子野王便令人與相聞云聞君善吹笛試爲我一奏桓時已貴顯素聞王名卽便回下車踞胡牀爲作三調弄畢便上車去客主不交一言

桓南郡被召作太子洗馬玄別傳曰玄初拜太子洗馬時朝廷以温有不臣之迹故抑玄爲素官船泊荻渚王大服散後已小醉往看桓桓

元板無服散後三字

爲設酒不能冷飲頻語左右令温酒來桓乃流涕嗚咽王便欲去桓以手巾掩淚因謂王曰犯我家諱何預卿事晉安帝紀曰玄哀樂過人每歡戚之發未嘗不至嗚咽王歎曰靈寶故自達靈寶玄小字也異苑曰玄生而有光照室善占者云此兒生有奇耀宜目爲天人宣武嫌其三文復言爲神靈寶猶復用三既難重前卻減神一字名曰靈寶語林曰玄不立忌日止立忌時其達而不拘皆此類

王孝伯問王大阮籍何如司馬相如王大曰阮籍胷中壘塊故須酒澆之言阮皆同相如而飲酒異耳

王佛大歎言三日不飲酒覺形神不復相親晉安帝紀曰忱少慕達好酒在荆州轉甚一飲或至連日不醒遂以此死宋明帝文章志曰忱嗜酒醉輙經日自號上頓

陳云按疑作板通鑑可據時王恭抗表起兵故朝用白版除授也

世嘐以大飲爲上頭起自恍也

王孝伯言名士不必須奇才但使常得無事痛飲酒熟讀離騷便可稱名士

王長史登茅山大慟哭曰琅邪王伯輿終當爲情死王氏譜曰廞字伯輿琅邪人父薈衛將軍廞歷司徒長史周祇隆安記曰初王恭將唱義使諭三吳廞居喪拔以爲吳國內史國寶既死恭罷兵令廞反喪服廞大怒即日據吳都以叛恭使司馬劉牢之討廞廞敗不知所在

祇之

簡傲第二十四

晉文王功德盛大坐席嚴敬擬於王者漢晉春秋曰文王進爵爲王司徒何曾與朝臣皆盡禮唯王祥長揖不拜唯阮籍在坐箕踞嘯歌酣放

自若

王戎弱冠詣阮籍時劉公榮在坐阮謂王曰偶有二斗美酒當與君共飲彼公榮者無預焉二人交觴酬酢公榮遂不得一桮而言語談戲三人無異或有問之者阮荅曰勝公榮者不得不與飲酒不如公榮者不可不與飲酒唯公榮可不與飲酒晉陽秋曰戎年十五隨父渾在郎舍阮籍見而說焉每適渾俄頃輒在戎室久之乃謂渾濬沖清尚非卿倫也戎嘗詣籍共飲而劉昶在坐不與焉昶無恨色既而戎問籍曰彼爲誰也曰劉公榮也濬沖曰勝公榮故與酒不如公榮不可不與酒唯公榮者可不與酒竹林七賢論曰初籍與戎父渾俱爲尚書郎每造渾坐未安輒曰與卿語不如與阿戎語就戎必日夕而返籍長戎二十歲相得如時輩劉公榮通士性尤好酒籍與戎酬酢終日而公榮

不嘗一栝三人各自得也戕爲物論所先皆此類

鍾士季精有才理先不識嵇康鍾要于時賢儁之士俱往尋康康方大樹下鍛向子期爲佐鼓排康揚槌不輟傍若無人移時不交一言鍾起去康曰何所聞而來何所見而去鍾曰聞所聞而來見所見而去文士傳曰康性絶巧能鍛鐵家有盛柳樹乃激水以圜之夏天甚清涼恒居其下傲戲乃身自鍛家雖貧有人就鍛者康不受直唯親舊以雞酒往與共飲噉清言而已魏氏春秋曰鍾會爲大將軍兄弟所暱聞康名而造焉會名公子以才能貴幸乘肥衣輕賓從如雲康方箕踞而鍛會至不爲之禮會深銜之後因呂安事而遂譖康焉

嵇康與呂安善每一相思千里命駕晉陽秋曰安字仲悌東平人冀

州刺史招之第二子志量開曠有拔俗風氣于安後賓晉紀曰初安之交康也其相思則率爾命駕

來值康不在喜出戶延之不入晉百官名曰嵇喜字公穆歷揚州刺史康兄也阮籍遭喪往弔之籍能爲青白眼見凡俗之士以白眼對之及喜往籍不哭見其白眼喜不懌而退康聞之乃齎酒挾琴而造之遂相與善于寶晉紀曰安嘗從康或遇其行康兄喜拭席而待之弗顧獨坐車中康母就設酒食求康兒共語戲良久則去其輕貴如此題門上作鳳字而去喜不覺猶以爲欣故作鳳字凡鳥也許愼說文曰鳳神鳥也從鳥凡聲

陸士衡初入洛咨張公所宜詣劉道眞是其一陸既往劉尚在哀制中性嗜酒禮畢初無他言唯問東吳有長柄壺盧卿得種來不陸兄弟殊失望乃悔往

王平子出爲荊州晉陽秋曰惠帝時太尉王夷甫言於選者以弟澄爲荊州刺史從弟

敦爲青州刺史澄敦俱詣太尉辭太尉謂曰今王室將卑故使弟等居齊楚之地外可以建霸業內足以匡帝室所望於二弟也王太尉及時賢送者傾路時庭中有大樹上有鵲巢平子脫衣巾徑上樹取鵲子涼衣拘閡樹枝便復脫去得鵲子還下弄神色自若傍若無人鄧粲晉紀曰澄放蕩不拘時謂之達

高坐道人於丞相坐恒偃臥其側見卞令肅然改容云彼是禮法人高坐傳曰王公曾詣和上和上解帶偃伏悟言神解見尚書令卞望之便斂衿飾容時歎皆得其所

桓宣武作徐州時謝奕爲晉陵中興書曰奕自吏部郎出爲晉陵太守先粗經虛懷而乃無異常及桓遷荆州將西之間意

氣甚篤奕弗之疑唯謝虎子婦王悟其旨虎子謝據小字奕弟也其妻王氏已見每曰桓荆州用意殊異必與晉陵俱西矣俄而引奕爲司馬奕既上猶推布衣交在溫坐岸幘嘯詠無異常日宣武每曰我方外司馬遂因酒轉無朝夕禮桓舍入內奕輒復隨去後至奕醉溫往主許避之主曰君無狂司馬我何由得相見

謝萬在兄前欲起索便器于時阮思曠在坐曰新出門戶篤而無禮

謝中郎是王藍田女壻謝氏譜曰萬取太原王述女名荃嘗著白綸巾肩輿徑至揚州聽事見王直言曰人言君侯癡君

侯信自癡藍田曰非無此論但晚令耳述別傳曰述少貞獨退靜人未嘗知故有晚令之言

王子猷作桓車騎騎兵參軍桓問曰卿何署荅曰不知何署時見牽馬來似是馬曹中興書曰桓沖引徽之爲參軍蓬首散帶不綜知其府事桓又問官有幾馬荅曰不問馬何由知其數論語曰廄焚孔子退朝曰傷人乎不問馬注貴人賤畜故不問也又問馬比死多少荅曰未知生焉知死論語曰子路問死孔子曰未知生焉知死馬融注曰死事難明語之無益故不荅

謝公嘗與謝萬共出西過吳郡阿萬欲相與共萃王恬許恬已見時爲吳郡太守太傅云恐伊不必酬汝意不足爾

萬猶苦要太傅堅不回萬乃獨往坐少時王便入門内謝殊有欣色以爲厚待已良久乃沐頭散髮而出亦不坐仍據胡牀在中庭曬頭神氣傲邁了無相酬對意謝於是乃還未至船逆呼太傅安曰阿螭不作爾王恬小字螭虎

王子猷作桓車騎參軍桓謂王曰卿在府久比當相料理初不荅直高視以手版拄頰云西山朝來致有爽氣

謝萬北征常以嘯詠自高未嘗撫慰衆士謝公甚器愛萬而審其必敗乃俱行從容謂萬曰汝爲元帥宜

數喚諸將宴會以說衆心萬從之因召集諸將都無所說直以如意指四坐云諸君皆是勁卒諸將甚忿恨之謝公欲深著恩信自隊主將帥以下無不身造厚相遜謝及萬事敗軍中因欲除之復云當爲隱士故幸而得免萬敗事已見上

王子敬兄弟見郗公躡履問訊甚脩外生禮及嘉賓死皆著高屐儀容輕慢命坐皆云有事不暇坐既去郗公慨然曰使嘉賓不死鼠輩敢爾愔子超有盛名且獲寵於桓溫故爲超敬愔

王子猷嘗行過吳中見一士大夫家極有好竹主已

知子猷當往乃灑埽施設在聽事坐相待王肩輿徑造竹下諷嘯良久主已失望猶冀還當通遂直欲出門主人大不堪便令左右閉門不聽出王更以此賞主人乃留坐盡歡而去

王子敬自會稽經吳聞顧辟彊顧氏譜曰辟彊吳郡人歷郡功曹平北參軍有名園先不識主人徑往其家值顧方集賓友酣燕而王遊歷既畢指麾好惡傍若無人顧勃然不堪曰傲主人非禮也以貴驕人非道也失此二者不足齒之傖耳便驅其左右出門王獨在輿上回轉顧望左右移時不至然後令送著門外怡然不屑

世說新語下之上

世說新語卷下之上

世說新語卷下之下

宋　臨川王義慶　撰

梁　劉孝標　注

排調第二十五

諸葛瑾爲豫州遣別駕到臺語云小兒知談卿可與語連往詣恪（瑾已見）（江表傳曰恪字元遜瑾長子也少有才名發藻岐嶷辯論應機莫與爲對孫權見而奇之謂瑾曰藍田生玉眞不虛也仕吳至太傅爲孫峻所害）後於張輔吳坐中相遇（環濟吳紀曰張昭字子布忠正有才義仕吳爲輔吳將軍）恪不與相見別駕喚恪咄咄郎君恪因嘲之曰豫州亂矣何咄咄之有答曰君明臣賢未聞其亂恪曰昔唐堯在上四

凶在下荅曰非唯四凶亦有丹朱於是一坐大笑

晉文帝與二陳共車過喚鍾會同載卽駛車委去比出已遠旣至因嘲之曰與人期行何以遲遲望卿遥遥不至會荅曰矯然懿實何必同羣帝復問會皐繇何如人荅曰上不及堯舜下不逮周孔亦一時之懿士二陳騫與泰也會父名繇故以遥遥戲之騫父矯宣帝諱懿泰父羣祖父寔故以此酬之

鍾毓爲黃門郎有機警在景王坐燕飲時陳羣子玄伯武周子元夏同在坐魏志曰武周字伯南沛國竹邑人仕至光祿大夫共嘲毓景王曰皐繇何如人對曰古之懿士顧謂玄伯元夏曰君子周而不比羣而不黨孔安國注論語曰忠信爲周阿黨爲比

比黨助也君子雖衆不相私助

嵇阮山劉在竹林酣飲王戎後往步兵曰俗物已復來敗人意魏氏春秋曰時謂王戎未能超俗也王笑曰卿輩意亦復可敗邪

晉武帝問孫皓吳録曰皓字元宗一名彭祖大皇帝孫也景帝崩皓嗣位爲晉所滅封歸命侯聞南人好作爾汝歌頗能爲不皓正飲酒因舉觴勸帝而言曰昔與汝爲鄰今與汝爲臣上汝一桮酒令汝壽萬春帝悔之

孫子荆年少時欲隱語王武子當枕石漱流誤曰漱石枕流王曰流可枕石可漱乎孫曰所以枕流欲洗

其耳逸士傳曰許由爲堯所讓其友巢父責之由乃過清泠水洗耳拭目曰向聞貪言負吾之友所以漱石欲礪其齒

頭責秦子羽云子羽未詳子曾不如太原温顒潁川荀寓温顒已見荀氏譜曰寓字景伯祖式太尉父保御史中丞世語曰寓少與裴楷王戎杜默俱有名仕晉至尚書范陽張華士卿劉許晉百官名曰劉許字文生涿鹿郡人父放魏驃騎將軍許惠帝時爲宗正卿按許與張華同范陽人故曰士卿互其辭也宗正卿或曰士卿義陽鄒湛河南鄭詡晉諸公贊曰湛字潤甫新野人以文義達仕至侍中詡字思淵滎陽開封人爲衛尉卿祖泰揚州刺史父袤司空此數子者或謇喫無宮商或尫陋希言語或淹伊多姿態或讙譁少智諝或口如含膠飴或頭如巾齏杵文士傳曰華爲人少威儀多姿態推意此語則此六句還以目上六人而

口如含膠飴則指鄒湛湛辯麗英博而有此稱未詳而猶以文采可觀意思詳

序攀龍附鳳並登天府張敏集載頭責子羽文曰余友有秦生者雖有姊夫之尊

少而狎焉同時好暱有太原温長仁顒潁川荀景伯寓范陽張茂先華士卿劉文生許南陽鄒潤甫湛河南鄭思淵詡數年之中繼踵登朝而此賢身處陋巷屢沽而無善價亢志自若終不衰隳爲之慨然又怪諸賢既已在位曾無伐木嚶鳴之聲甚違王貢彈冠之義故因秦生容貌之盛爲頭責之文以戲之并以嘲六子焉雖似譎諧實有興也其文曰維泰始元年頭責子羽曰吾託子爲頭萬有餘日矣大塊稟我以精造我以形我爲子植髮膚置鼻耳安眉須插牙齒眸子摛光雙顴隆起每至出入之間遨遊市里行者辟易坐者竦跽或稱君侯或言將軍捧手頃側佇立崎嶇如此者故我形之足偉也子冠冕不戴金銀不佩釵以當笄恰以代幗旨味弗嘗食粟茹菜隈摧園間糞壤汗黑歲莫年過曾不自悔子厭我於形容我賤子乎意態若此者乎必子行已之累也子遇我如讎我視子如仇居常不樂兩者俱憂何其鄙哉子欲

爲人寶也則當如皐陶后稷巫咸伊陟保乂王家永見封殖子欲爲名高也則當如許由子臧卞隨務光洗耳逃祿千歲流芳子欲爲遊說也則當如陳軫蒯通陸生鄧公轉禍爲福令辭從容子欲爲進趣也則當如賈生之求試終軍之請使砥礪鋒穎以幹王事子欲爲恬淡也則當如老聃之守一莊周之自逸廓然離俗志陵雲日子欲爲隱遁也則當如榮期之帶索漁父之濯滄浪棲遲神丘垂餌巨壑此一介之所以顯身成名者也今子上不希道德中不交儒墨塊然窮賤守此愚惑察子之情觀子之志退不爲處士進無望於三事而徒翫日勞形習爲常人之所喜不亦過乎於是子羽愀然深念而對曰凡所教救謹聞命矣以受性拘係不閑禮義設以天幸爲子所寄今欲使吾爲忠也即當如伍胥屈平欲使吾爲信耶則當殺身以成名欲使吾爲介節耶則當赴水火以全貞此四者人之所忌故吾不敢造意頭曰子所謂天刑地網剛德之尤不登山抱木則褰裳赴汧吾欲告爾以養性誨爾以優游而與蟣蝨同情不聽我謀悲哉俱寓人體而獨爲子頭且擬人其倫喻子儕偶子不如太原溫顒潁川荀寓范陽張華士卿劉許南陽

臧　汧　幹　俗　交　閑　耶　汧　遊與

蒋云案魏志昶中子深字道沖与家譜異

鄒湛河南鄭詡此數子者或謇吃無宮商或尫陋希言語或淹伊多姿態或讙譁少智諝或口如含膠飴或頭如巾齏杵而猶文采可觀意思詳序攀龍附鳳並登天府夫抵痔得車沈淵得珠豈若夫子徒令脣舌腐爛手足沾濡哉居有事之世而耻爲權圖譬猶鑿池抱甕難以求富嗟乎子羽何異檻中之熊深穽之虎石間饑蟹竇中之鼠事力雖勤見功甚苦宜其拳局剪蹙至老無所希也支離其形猶能不困非命也夫豈與夫子同處也

王渾與婦鍾氏共坐見武子從庭過渾欣然謂婦曰生兒如此足慰人意婦笑曰若使新婦得配參軍生兒故可不啻如此王氏家譜曰倫字太沖司空穆侯中子司徒渾弟也醇粹簡遠貴老莊之學用心淡如也爲老子例略周紀年二十餘舉孝廉不行歷大將軍參軍年二十五卒大將軍爲之流涕

吃 以 詆 地 煎 沵

荀鳴鶴陸士龍二人未相識俱會張茂先坐張令共語以其並有大才可勿作常語陸舉手曰雲間陸士龍荀荅曰日下荀鳴鶴陸曰既開青雲覩白雉何不張爾弓布爾矢荀荅曰本謂雲龍騤騤定是山鹿野麋獸弱弩彊是以發遲張乃撫掌大笑晉百官名曰荀隱字鳴鶴潁川人荀氏家傳曰隱祖昕樂安太守父岳中書郎隱與陸雲在張華坐語互相反覆陸連受屈隱辭皆美麗張公稱善云世有此書尋之未得歷太子舍人延尉平蚤卒

陸太尉詣王丞相陸玩已見王公食以酪陸還遂病明日與王牋云昨食酪小過通夜委頓民雖吳人幾為傖鬼

元帝皇子生，普賜羣臣。殷洪喬謝曰：殷羨已見皇子誕育，普天同慶，臣無勳焉，而猥頒厚賚。中宗笑曰：此事豈可使卿有勳邪？

諸葛令、王丞相共爭姓族先後，王曰：何不言葛王，而云王葛？令曰：譬言驢馬，不言馬驢，驢寧勝馬邪？諸葛恢已見

劉眞長始見王丞相，時盛暑之月，丞相以腹熨彈棊局，曰：何乃渹？吳人以冷爲渹劉既出，人問：見王公云何？劉曰：未見他異，唯聞作吳語耳。語林曰：眞長云：丞相何奇？止能作吳語及細唾也。

王公與朝士共飲酒，舉瑠璃盌謂伯仁曰：此盌腹殊空，謂之寶器，何邪？以戲周之無能荅曰：此盌英英，誠爲清徹

所以爲寶耳公乃王導

謝幼輿謂周侯曰卿類社樹遠望之峨峨拂青天就而視之其根則羣狐所託下聚溷而已謂顗好媟瀆故答曰枝條拂青天不以爲高羣狐亂其下不以爲濁聚溷之穢卿之所保何足自稱

王長豫幼便和令丞相愛恣甚篤每共圍棊丞相欲舉行長豫按指不聽丞相笑曰詎得爾相與似有瓜葛蔡邕曰瓜葛疏親也

明帝問周伯仁眞長何如人答曰故是千斤犗特王公笑其言伯仁曰不如捲角牸有盤辟之好以戲王也

公乃王導

王丞相枕周伯仁膝指其腹曰卿此中何所有荅曰此中空洞無物然容卿輩數百人

于寶向劉眞長中興書曰寶字令升新蔡人祖正吳奮武將軍父瑩丹陽丞寶少以博學才器著稱歷散騎常侍叙其搜神記孔氏志怪曰寶父有嬖人寶母至妒葬寶父時因推著藏中經十年而母喪開墓其婢伏棺上就視猶暖漸有氣息輿還家終日而蘇說寶父常致飲食與之接寢恩情如生家中吉凶輒語之校之悉驗平復數年後方卒寶因作搜神記中云有所感起是也劉曰卿可謂鬼之董狐春秋傳曰趙穿攻晉靈公於桃園趙宣子未出境而復太史書趙盾弑其君宣子曰不然對曰子爲正卿亡不越境反不討賊非子而誰孔子曰董狐古之良史也書法不隱趙盾古之賢大夫也爲法受惡

許文思往顧和許顧先在帳中眠許至便徑就牀角

膝　搜　姤　暖　輒　爻　搜

枕共語許琛已見既而喚顧共行顧乃命左右取枕上新衣易已體上所著許笑曰卿乃復有行來衣乎

康僧淵目深而鼻高王丞相每調之僧淵曰鼻者面之山管輅別傳曰鼻者天中之山相書曰鼻之所在爲天中鼻有山象故曰山目者面之淵山不高則不靈淵不深則不清

何次道往瓦官寺禮拜甚勤充崇釋氏甚加敬也阮思曠語之曰卿志大宇宙尸子曰天地四方曰宇往古來今曰宙勇邁終古終古往古也楚辭曰吾不能忍此終古也何曰卿今日何故忽見推阮曰我圖數千戶郡尚不能得卿迺圖作佛不亦大乎思曠裕也

庾征西大舉征胡既成行止鎮襄陽晉陽秋曰翼率衆入沔將謀伐

狄既至襄陽狄尚彊未可決戰會康帝崩兄冰薨留長子方之守襄陽自馳還夏口殷豫章與庾書送一折角如意以調之豫章殷羨庾答書曰得所致雖是敗物猶欲理而用之

桓大司馬乘雪欲獵先過王劉諸人許眞長見其裝束單急問老賊欲持此何作桓曰我若不為此卿輩亦那得坐談語林曰宣武征還劉尹數十里迎之桓都不語直云垂長衣談清言竟是誰功劉荅曰晉德靈長功豈在爾二人說小異故詳載之

褚季野問孫盛卿國史何當成孫云久應竟在公無暇故至今日褚曰古人述而不作何必在蠶室中漢書曰李陵降匈奴武帝甚怒太史令司馬遷盛明陵之忠帝以遷為陵遊說下遷腐刑乃述唐虞以來至于

獲麟爲史記遷與任安書曰李陵既生降僕又茸之以蠶室蘇林注曰腐刑者作窨室畜火時如蠶室舊時平陰有蠶室獄

謝公在東山朝命屢降而不動後出爲桓宣武司馬將發新亭朝士咸出瞻送高靈時爲中丞亦往相祖先時多少飲酒因倚如醉戲曰卿屢違朝旨高卧東山諸人每相與言安石不肯出將如蒼生何今亦蒼生將如卿何謝笑而不荅高靈已見婦人集載桓玄問王凝之妻謝氏曰太傅東山二十餘年遂復不終其理云何謝荅曰亡叔太傅先正以無用爲心顯隱爲優劣始末正當動靜之異耳

初謝安在東山居布衣時兄弟已有富貴者翕集家

門傾動人物劉夫人戲謂安曰大丈夫不當如此乎謝乃捉鼻曰但恐不免耳

支道林因人就深公買印山深公荅曰未聞巢由買山而隱逸士傳曰巢父者堯時隱人山居不營世利年老以樹爲巢而寢其上故號巢父高逸沙門傳曰遁得深公之言慙恧而已

王劉每不重蔡公二人嘗詣蔡語良久乃問蔡曰公自言何如夷甫荅曰身不如夷甫王劉相目而笑曰公何處不如荅曰夷甫無君輩客

張吳興年八歲虧齒玄之已見先達知其不常故戲之曰君口中何爲開狗竇張應聲荅曰正使君輩從此中

陳云吳字疑衍

出入

郝隆七月七日出日中仰臥人問其故荅曰我曬書征西寮屬名曰隆字佐治汲郡人仕吳至征西叅軍

謝公始有東山之志後嚴命屢臻勢不獲已始就桓公司馬于時人有餉桓公藥草中有遠志公取以問謝此藥又名小草何一物而有二稱本草曰遠志一名棘宛其葉名小草謝未即荅時郝隆在坐應聲荅曰此甚易解處則爲遠志出則爲小草謝甚有愧色桓公目謝而笑曰郝叅軍此過乃不惡亦極有會

爰

庾園客詣孫監值行見齊莊在外尚幼而有神意庾

爰

試之曰孫安國何在即荅曰庾穉恭家庾大笑曰諸孫大盛有兒如此又荅曰未若諸庾之翼翼還語人曰我故勝得重喚奴父名孫放别傳曰斂兄弟並秀異與庾翼子園客同爲學生園客少有佳稱因談笑嘲放曰諸孫於今爲盛盛監君諱也放即荅曰未若諸庾之翼翼放應機制勝時人仰焉司馬景王陳鍾諸賢相酬無以踰也

范玄平在簡文坐談欲屈引王長史曰卿助我范汪别傳曰汪字玄平潁陽人左將軍略之孫少有不常之志通敏多識博涉經籍致譽於時歷吏部尚書徐兗二州刺史王曰此非拔山力所能助史記曰項羽爲漢兵所圍夜起歌曰力拔山兮氣蓋世時不利兮騅不逝

郗隆爲桓公南蠻參軍三月三日會作詩不能者罰

陳云恢當悟下及注同

陳云唐詩下當有序字

酒三升斗隆初以不能受罰既飲攬筆便作一句云娵隅躍清池桓問娵隅是何物荅曰蠻名魚爲娵隅桓公曰作詩何以作蠻語隆曰千里投公始得蠻府參軍那得不作蠻語也

斗

袁羊嘗詣劉恢恢在內眠未起袁因作詩調之曰角枕粲文茵錦衾爛長筵唐詩曰晉獻公好攻戰國人多喪其詩曰角枕粲兮錦衾爛兮予美亡此誰與獨旦袁故嘲之劉尚晉明帝女晉陽秋曰恢尚廬陵長公主名南弟主見詩不平曰袁羊古之遺狂

殷洪遠荅孫興公詩云聊復放一曲劉眞長笑其語拙問曰君欲云那放殷曰榼臘亦放何必其鎗鈴邪

殷融已見

桓公既廢海西立簡文晉陽秋曰海西公諱奕字延齡成帝子也興寧中即位少同閹人之疾使宮人與左右淫通生子大司馬溫自廣陵還姑孰過京都以皇太后令廢帝爲海西公

侍中謝公見桓公拜桓驚笑曰安石卿何事至爾謝曰未有君拜於前臣立於後

郗重熙與謝公書道王敬仁聞一年少懷問鼎郗曇王脩已見史記曰楚莊王觀兵於周郊周定王使王孫滿迎勞楚王王問鼎大小輕重對曰在德不在鼎莊王曰子無阻九鼎楚國折鉤之喙足以爲九鼎也不知桓公德衰爲復後生可畏春秋傳曰齊桓公伐楚責苞茅之不貢論語曰後生可畏焉知來者之不如今孔安國曰後生少年

張蒼梧是張憑之祖嘗語憑父曰我不如汝憑父未

陳云毛詩疑作毛公

解所以蒼梧曰汝有佳兒張蒼梧碑曰君諱鎮字義遠吳國吳人忠恕寬明簡正貞粹泰安中除蒼梧太守討王含有功封興道縣侯憑時年數歲斂手曰阿翁詎宜以子戲父

習鑿齒孫興公未相識同在桓公坐桓語孫可與習參軍共語孫云蠢爾蠻荊敢與大邦為讎習云薄伐獫狁至于太原小雅詩也毛詩注曰蠢動也荊蠻荊之蠻也獫狁北夷也習鑿齒襄陽人孫興公太原人故因詩以相戲也

桓豹奴是王丹陽外生形似其舅桓甚諱之豹奴桓嗣小字中興書曰嗣字恭祖車騎將軍沖子也少有清譽仕至江州刺史王氏譜曰混字奉正中軍將軍恬子仕至丹陽尹宣武云不恒相似時似耳恒似是形時似是神

桓逌不說

王子猷詣謝萬林公先在坐瞻矚甚高王曰若林公鬚鬢並全神情當復勝此不謝曰脣齒相須不可以偏亡春秋傳曰脣亡齒寒鬚鬢何關於神明林公意甚惡曰七尺之軀今日委君二賢

郗司空拜北府南徐州記曰舊徐州都督以東爲稱晉氏南遷徐州刺史王舒加北中郎將北府之號自此起也王黃門詣郗門拜云應變將略非其所長驟詠之不已郗倉謂嘉賓曰公今日拜子猷言語殊不遜深不可容倉郗融小字也郗氏譜曰融字景山愔第二子辟琅邪王文學不拜而蚤終嘉賓曰此是陳壽作諸葛評蜀志陳壽評曰亮連年動衆而無成

功益應變將略非其所長也王隱晉書曰壽字承祚巴西安漢人好學善著述仕至中庶子初壽父爲馬謖參軍諸葛亮誅謖髡其父頭亮子瞻又輕壽故壽撰蜀志以愛憎爲評也人以汝家比武侯復何所言

王子猷詣謝公謝曰云何七言詩東方朔傳曰漢武帝在柏梁臺上使羣臣作七言詩七言詩自此始也子猷承問荅曰昂昂若千里之駒汎汎若水中之鳧出離騷

王文度范榮期俱爲簡文所要范年大而位小王年小而位大將前更相推在前既移久王遂在范後王因謂曰簸之揚之糠粃在前范曰洮之汰之沙礫在後王坦之范啓已見上說是孫綽習鑿齒言

俞氏藏本無然字元板同

劉遵祖少爲殷中軍所知稱之於庾公庾公甚忻然便取爲佐既見坐之獨榻上與語劉爾日殊不稱庾小失望遂名之爲羊公鶴昔羊叔子有鶴善舞嘗向客稱之客試使驅來氃氋而不肯舞故稱比之徐廣晉紀曰劉爰之字遵祖沛郡人少有才學能言理歷中書郎宣城太守

魏長齊雅有體量而才學非所經初宦當出虞存嘲之曰與卿約法三章談者死文筆者刑商略抵罪魏怡然而笑無忤於色魏氏譜曰顗字長齊會稽人祖衡處士父說大鴻臚卿顗仕至山陰令漢書曰沛公入咸陽召諸父老曰天下苦秦苛法久矣今與父老約法三章耳殺人者死傷人及盜抵罪應劭注曰抵至也但至於罪

郗嘉賓書與袁虎道戴安道謝居士云恒任之風當有所弘耳以袁無恒故以此激之袁戴謝並已見

范啓與郗嘉賓書曰子敬舉體無饒縱掇皮無餘潤郗荅曰舉體無餘潤何如舉體非眞者范性矜假多煩故嘲之

二郗奉道二何奉佛皆以財賄謝中郎云二郗諂於道二何佞於佛中興書曰郗愔及弟曇奉天師道晉陽秋曰何充性好佛道崇修佛寺供給沙門以百數久在揚州徵役吏民功賞萬計是以爲遐邇所譏充弟準亦精勤唯讀佛經營治寺廟而已矣

王文度在西州與林法師講韓孫諸人並在坐林公

理每欲小屈孫興公曰法師今日如著弊絮在荆棘中觸地挂閡

范榮期見郗超俗情不淡戲之曰夷齊巢許一詣垂名何必勞神苦形支策據梧邪郗未荅韓康伯曰何不使遊刃皆虛（莊子曰昭文之鼓琴師曠之支策惠子之據梧三子之智幾矣皆其盛也故載之末年庖丁爲文惠君解牛三年之後未嘗見全牛也用刃十九年矣所解數千牛而刃若新發於硎文惠君問之庖丁曰彼節者有間而刃刃無厚以無厚入有間恢恢乎其於遊刃必有餘地）

簡文在殿上行右軍與孫興公在後右軍指簡文語孫曰此噉名客簡文顧曰天下自有利齒兒後王光祿作會稽謝車騎出曲阿祖之（王蘊謝玄已見）王孝伯罷秘

書丞在坐謝言及此事因視孝伯曰王丞齒似不鈍王曰不鈍頗亦驗

謝遏夏月嘗仰臥謝公清晨卒來不暇著衣跣出屋外方躡履問訊公曰汝可謂前倨而後恭戰國策曰蘇秦説惠王而不見用黑貂之裘弊黄金百斤盡大困而歸父母不與言妻不爲下機嫂不爲炊後爲從長行過洛陽車騎輜重甚衆秦之昆弟妻嫂側目不敢視秦笑謂其嫂曰何先倨而後恭嫂謝曰見季子位高而金多秦歎曰一人之身富貴則親戚畏懼貧賤則輕易之而況於他人哉

顧長康作殷荆州佐請假還東爾時例不給布颿顧苦求之乃得發至破冢遭風大敗周祗隆安記曰破冢洲名在華容縣作牋與殷云地名破冢眞破冢而出行人安穩布颿

俞氏藏本脫六十九版

案從兄下當有子字

案晉書作食訖有一食字

無恙

符朗初過江裴景仁秦書曰朗字元達符堅從兄性宏放神氣爽悟堅常曰吾家千里駒也堅爲慕容沖所圍朗降謝玄用爲員外散騎侍郎吏部郎王忱與兄國寶命駕詣之沙門法汰問朗曰見吏王吏部兄弟未朗曰非一狗面人心又一人面狗心者是邪忱醜而才國寶美而狠故也朗常與朝士宴時賢並用唾壺朗欲夸之使小兒跪而張口唾而含出又善識味會稽王道子爲設精饌訖問關中之食孰若於此朗曰皆好唯鹽味小生即問宰夫如其言或人殺雞以食之朗曰此雞棲恒半露問之亦驗又食鵝炙知白黑之處咸試而記之無豪釐之差著符子數十篇蓋老莊之流也朗矜高忤物不容於世後衆讒而殺之

王咨議大好事問中國人物及風土所生終無極已王氏譜曰肅之字幼恭右將軍羲之第四子歷中書郎驃騎咨議朗大患之次復問奴婢貴賤朗云謹厚有識中者乃至十萬無

意爲奴婢問者止數千耳

東府客舘是版屋謝景重詣太傅時賓客滿中初不交言直仰視云王乃復西戎其屋秦詩敘曰襄公備其兵甲以討西戎婦人閔其君子故作詩曰在其版屋亂我心曲毛公注曰西戎之版屋也

顧長康噉甘蔗先食尾人問所以云漸至佳境

孝武屬王珣求女壻曰王敦桓温磊砢之流既不可復得且小如意亦好豫人家事酷非所須正如眞長子敬比最佳珣舉謝混後袁山松欲擬謝婚續晉陽秋曰山松陳郡人祖喬益州刺史父方平義興太守山松歷秘書監吳國内史孫恩作亂見害初帝爲晉陵公主訪壻於王珣珣舉謝混云人才不及眞長不減子敬帝曰如此便已足矣王曰卿莫近禁

脘止

臠

桓南郡與殷荊州語次因共作了語顧愷之曰火燒平原無遺燎桓曰白布纏棺竪旒旐殷曰投魚深淵放飛鳥次復作危語桓曰矛頭淅米劒頭炊殷曰百歲老翁攀枯枝顧曰井上轆轤臥嬰兒殷有一參軍在坐云盲人騎瞎馬夜半臨深池殷曰咄咄逼人仲堪眇目故也中興書曰仲堪父嘗疾患經時仲堪衣不解帶數年自分劑湯藥誤以藥手拭涙遂眇一目

桓玄出射有一劉參軍與周參軍朋賭垂成唯少一破劉謂周曰卿此起不破我當撻卿周曰何至受卿

撻劉曰伯禽之貴尚不免撻而況於卿 尚書大傳曰伯禽與康叔見周公三見而三笞康叔有駭色謂伯禽曰有商子者賢人也與子見之乃見商子而問焉商子曰南山之陽有木焉名喬二三子往觀之見喬實高高然而上反以告商子商子曰喬者父道也南山之陰有木焉名曰梓二三子復往觀焉見梓實晉晉然而俯反以告商子商子曰梓者子道也二三子明日見周公入門而趨登堂而跪周公拂其首勞而食之曰爾安見君子乎禮記曰成王有罪周公則撻伯禽亦其義也

周殊無忤色桓語庾伯鸞曰 晉東宮百官名曰庾鴻字伯鸞潁川人庾氏譜曰鴻祖義吳國内史父楷左衛將軍鴻仕至輔國内史 劉叅軍宜停讀書周叅軍且勤學問

桓南郡與道曜講老子王侍中爲主簿在坐桓曰王主簿可顧名思義王未荅且大笑桓曰王思道能作

陳云仕疑左誤一無仕字

大家兒笑道曜未詳思道王禎之小字也老子明道禎之字思道故曰顧名思義

祖廣行恒縮頭詣桓南郡始下車桓曰天甚晴朗祖參軍如從屋漏中來祖氏譜曰廣字淵度范陽人父台之仕光禄大夫廣仕至護軍長史

桓玄素輕桓崖崖在京下有好桃玄連就求之遂不得佳者崖桓脩小字續晉陽秋曰脩少爲玄所侮於言端常嗤鄙之玄與殷仲文書以爲嗤笑曰德之休明肅愼貢其楛矢如其不爾籬壁間物亦不可得也國語曰仲尼在陳有隼集陳侯之庭而死楛矢貫之石砮尺有咫問於仲尼對曰隼之來遠矣此肅愼之矢也昔武王克商通道于九夷百蠻使各以方賄貢於是肅愼氏貢楛矢古者分異姓之職使不忘服也故分陳以肅愼之貢若求之故府其可得使求得之金櫝

如初

輕詆第二十六

王太尉問眉子汝叔名士何以不相推重眉子已見叔王澄也

眉子曰何有名士終日妄語

庾元規語周伯仁諸人皆以君方樂周曰何樂謂樂毅邪史記曰樂毅中山人賢而爲燕昭王將軍率諸侯伐齊終於趙庾曰不爾樂令耳周曰何乃刻畫無鹽以唐突西子也列女傳曰鍾離春者齊無鹽之女也其醜無雙黃頭深目長壯大節鼻昻結喉肥項少髮折腰出胷皮膚若漆行年三十無所容入衒嫁不售乃自詣齊宣王乞備後宮因說王以四殆王拜爲正后吳越春秋曰越王勾踐得山中採薪女子名曰西施獻之吳王

陳云邑下當有城字見漢書高紀

深公云人謂庾元規名士胷中柴棘三斗許

庾公權重足傾王公庾在石頭王在冶城坐大風揚塵王以扇拂塵曰元規塵汙人按王公雅量通濟庾亮之在武昌傳其應下公以識度裁之囂言自息豈或回貳有扇塵之事乎王隱晉書戴洋傳曰丹陽太守王導問洋得病七年洋曰君侯命在申爲土地之主而於申上冶火光照天此爲金火相爍水火相炒以故相害導呼冶令奕遜使啓鎮東徙令東冶是也丹陽記曰丹陽冶城去宮三里吳時鼓鑄之所吳平猶不廢又云孫權築冶城爲鼓鑄之所既立石頭大塢不容近立此小城當是徙縣冶空城而置冶爾冶城疑是金陵本治漢高六年令天下縣邑秣陵不應獨無

王右軍少時甚澀訥在大將軍許王庾二公後來右軍便起欲去大將軍留之曰爾家司空王丞相已見元規

充俞氏藏本俱誤 克蔣云晉書曰克

復何所難

王丞相輕蔡公曰我與安期千里共遊洛水邊何處聞有蔡充兒晉諸公贊曰充字子尼陳留雍丘人充別傳曰充祖睦蔡邕孫也充少好學有雅尚體貌尊嚴莫有媟慢於其前者高平劉整有儁才而車服奢麗謂人曰紗縠人常服耳嘗遇蔡子尼在坐終日不自安見憚如此是時陳留爲大郡多人士琅邪王澄嘗經郡入境問此郡多士有誰乎吏曰有江應元蔡子尼時陳留多居大位者澄問何以但稱此二人吏曰向謂君侯問人不謂位也澄笑而止充歷成都王東曹掾故稱東曹妬記曰丞相曹夫人性甚忌禁制丞相不得有侍御乃至左右小人亦被檢簡時有妍妙皆加誚責王公不能久堪乃密營別館衆妾羅列兒女成行後元會日夫人於青疎臺中望見兩三兒騎羊皆端正可念夫人遥見甚憐愛之語婢汝出問是誰家兒給使不達旨乃荅云是第四五等諸郎曹氏聞驚愕大恚命車駕將黃門及婢二十人人持食刀自出尋討王公亦遽命駕飛轡出門

陳云來入疑東入

猶患牛遲乃以左手攀車闌右手捉麈尾以柄助御者打牛狼狽奔馳劣得先至蔡司徒聞而笑之乃故詣王公謂曰朝廷欲加公九錫公知不王謂信然自敘謙志蔡曰不聞餘物唯聞有短轅犢車長柄麈尾王大愧後貶蔡曰吾昔與安期千里共在洛水集處不聞天下有蔡充兒正忿蔡前戲言耳

褚太傅初渡江嘗入東至金昌亭吳中豪右燕集亭中謝歆金昌亭詩叙曰余尋師来入經吳行達昌門忽覩斯亭傍川帶河其榜題曰金昌訪之耆老曰昔朱買臣仕漢還爲會稽内史逢其迎吏逆旅比舍與買臣爭席買臣出其印綬羣吏慚服自裁因事建亭號曰金傷失其字義耳褚公雖素有重名于時造次不相識別敕左右多與茗汁少著粽汁盡輒益使終不得食褚公飲訖徐舉手共語云褚季野於是四坐驚散無不狼狽

王右軍在南丞相與書每歎子姪不令云虎㹠虎犢還其所如虎㹠王彭之小字也王氏譜曰彭之字安壽琅邪人祖正尚書郎父彬衛將軍彭之仕至黃門郎虎犢彪之小字也彪之字叔虎彭之第三弟年二十而頭須皓白時人謂之王白須少有局幹之稱累遷至左光祿大夫

褚太傅南下孫長樂於船中視之長樂孫綽言次及劉真長死孫流涕因諷詠曰人之云亡邦國殄瘁大雅詩毛公注曰殄盡瘁病也褚大怒曰真長平生何嘗相比數而卿今日作此面向人孫迴泣向褚曰卿當念我時咸笑其才而性鄙

謝鎮西書與殷揚州爲真長求會稽殷荅曰真長標

同伐異俠之大者常謂使君降階爲甚乃復爲之驅馳邪

桓公入洛過淮泗踐北境與諸僚屬登平乘樓眺矚中原慨然曰遂使神州陸沈百年丘墟王夷甫諸人不得不任其責八王故事曰夷甫雖居台司不以事物自嬰當世化之羞言名教自臺郎以下皆雅崇拱默以遺事爲高四海尚寧而識者知其將亂晉陽秋曰夷甫將爲石勒所殺謂人曰吾等若不祖尚浮虛不至於此袁虎率爾對曰運自有廢興豈必諸人之過桓公懍然作色顧謂四坐曰諸君頗聞劉景升不劉鎮南銘曰表字景升山陽高平人黃中通理博識多聞仕至鎮南將軍荊州刺史有大牛重千斤噉芻豆十倍於常牛負重致遠曾不若一羸

元板亦無伏字

牸魏武入荊州烹以饗士卒于時莫不稱快意以況袁四坐既駭袁亦失色

袁虎伏滔同在桓公府桓公每遊燕輒命袁伏袁甚恥之恒歎曰公之厚意未足以榮國士與伏滔比肩亦何辱如之

高柔在東甚爲謝仁祖所重既出不爲王劉所知仁祖曰近見高柔大自敷奏然未有所得眞長云故不可在偏地居輕在角䚥（奴角反）中爲人作議論高柔聞之云我就伊無所求人有向眞長學此言者眞長曰我寔亦無可與伊者然遊燕猶與諸人書可要安固

輒一

世說新語卷下之下　九

安固者高柔也孫統爲柔集叙曰柔字世遠樂安人才理清鮮安行仁義婿泰山胡毋氏女年二十既有倍年之覺而姿色清惠近是上流婦人柔家道隆崇既罷司空參軍安固令營宅於伏川馳動之情既薄又愛翫賢妻便有終焉之志尚書令何充取爲冠軍參軍僶俛應命眷戀綢繆不能相舍相贈詩書清婉辛切

劉尹江虨王叔虎孫興公同坐江王有相輕色虨以手歙叔虎云酷吏詞色甚彊劉尹顧謂此是瞋邪非特是醜言聲拙視瞻言江此言非是醜拙似有忿於王也

孫綽作列仙商丘子贊曰所牧何物殆非真豬儻遇風雲爲我龍攄列仙傳曰商丘子晉者商邑人好吹竽牧豕年七十不娶妻而不老問其道要言但食老朮昌蒲根飲水如此便不饑不老耳貴戚富室聞而服之不能終歲輒止叮將有匿術孫

雲字俞氏藏本誤作雨云二字

綽爲贊曰商丘卓犖執策吹竽渴飲寒泉饑食昌蒲所收何物殆非眞豬儻逢風雲爲我龍攄時人多以爲能王藍田語人云近見孫家兒作文道何物眞豬也

桓公欲遷都以張拓定之業孫長樂上表諫此議甚有理桓見表心服而忿其爲異令人致意孫云君何不尋遂初賦而彊知人家國事孫綽表諫曰中宗龍飛實賴萬里長江畫而守之耳不然胡馬久已踐建康之地江東爲犲狼之場矣綽賦遂初陳止足之道

孫長樂兄弟就謝公宿言至款雜劉夫人在壁後聽之具聞其語謝公明日還問昨客何似劉對曰亡兄門未有如此賓客夫人劉惔之妹謝深有愧色

簡文與許玄度共語許云舉君親以爲難簡文便不復答許去後而言曰玄度故可不至於此按邴原別傳魏五官中郎將嘗與羣賢共論曰今有一丸藥得濟一人疾而君父俱病與君邪與父邪諸人紛紛或父或君原勃然曰父子一本也亦不復難君親相校自古如此未解簡文詰許意

謝萬壽春敗後還書與王右軍云慙負宿顧右軍推書曰此禹湯之戒春秋傳曰禹湯罪己其興也勃焉言禹湯以聖德自罪所以能興今萬失律致敗雖復自咎其可濟焉故不嘉萬也

蔡伯喈睹睞笛椽孫興公聽妓振且擺折伏滔長笛賦叙曰余同寮桓子野有故長笛傳之耆老云蔡邕伯喈之所製也初邕避難江南宿於柯亭之館以竹爲椽邕仰眄之曰良竹也取以爲笛音聲獨絶歷代傳之至于今

王右軍聞大嗔曰三祖

壽一作臺樂器虺瓦一作虺凡弔孫家兒打折

王中郎與林公絕不相得王謂林公詭辯林公道王云著膩顔帢綸布單衣挾左傳逐鄭康成車後問是何物塵垢囊中郎坦之帢帽也裴子曰林公云文度著膩顔挾左傳逐鄭康成自爲高足弟子篤而論之不離塵垢囊也

孫長樂作王長史誄云余與夫子交非勢利心猶澄水同此玄味禮記曰君子之交淡若水小人之交甘若醴王孝伯見曰才士不遜亡祖何至與此人周旋

謝太傅謂子姪曰中郎始是獨有千載車騎曰中郎衿抱未虛復那得獨有中郎謝萬

庾道季詫謝公曰裴郎云謝安謂裴郎乃可不惡何得為復飲酒庾龢裴啓已見裴郎又云謝安目支道林如九方皋之相馬略其玄黃取其儁逸支遁傳曰遁每標舉會宗而不留心象喻解釋章句或有所漏文字之徒多以為疑謝安石聞而善之曰此九方皋之相馬也略其玄黃而取其儁逸列子曰伯樂謂秦穆公曰臣所與共儋纆薪菜者有九方皋此其於馬非臣之下也公使行求馬反曰得矣牡而黃使人取之牡而驪公曰毛物牝牡之不知何馬之能知也伯樂曰若臯之觀馬者天機也得其精亡其麤在其內亡其外見其所見不見其所不見視其所視遺其所不視若彼之所相有貴於馬也既而馬果千里足謝公云都無此二語裴自為此辭耳庾意甚不以為好因陳東亭經酒壚下賦讀畢都不下賞裁直云君乃復作裴氏學於此語林遂廢今時有

者皆是先寫無復謝語續晉陽秋曰晉隆和中河東裴啓撰漢魏以來迄于今時言語應對之可稱者謂之語林時人多好其事文遂流行後說太傅事不實而有人於謝坐叙其黄公酒壚司徒王珣爲之賦謝公加以與王不平乃云君遂復作裴郎學自是衆咸鄙其事矣安鄉人有罷中宿縣詣安者安問其歸資荅曰嶺南凋弊唯有五萬蒲葵扇又以非時爲滯貨安乃取其中者捉之於是京師士庶競慕而服焉價增數倍旬月無賣夫所好生羽毛所惡成瘡痏謝相一言挫成美於千載及其所與崇虛價於百金上之愛憎與奪可不慎哉

王北中郎不爲林公所知乃著論沙門不得爲高士論大略云高士必在於縱心調暢沙門雖云俗外反更束於教非情性自得之謂也

人問顧長康何以不作洛生詠荅曰何至作老婢聲

陳云說林疑作語林

洛下書生詠音重濁故云老婢聲

殷顗庾恒並是謝鎮西外孫謝氏譜曰尚長女僧要適庾龢次女僧韶適殷歆殷少而率悟庾每不推嘗俱詣謝公謝公熟視殷曰阿巢故似鎮西巢殷顗小字也於是庾下聲語曰定何似謝公續復云巢頰似鎮西庾復云頰似足作健不庾氏譜曰恒字敬則祖亮父龢恒仕至尚書僕射

舊目韓康伯將肘無風骨說林曰范啓云韓康伯似肉鴨

符宏叛來歸國謝太傅每加接引宏自以有才多好上人坐上無折之者適王子猷來太傅使共語子猷直熟視良久回語太傅云亦復竟不異人宏大慚而

熟　苻

陳云翼當作廙

逷續晉陽秋曰宏苻堅太子也堅爲姚萇所殺宏將母妻來投詔賜田宅桓玄以宏爲將玄敗寇湘中伏誅

支道林入東見王子猷兄弟還人問見諸王何如荅曰見一羣白頸烏但聞喚啞啞聲

王中郎舉許玄度爲吏部郎郗重熙曰相王好事不可使阿訥在坐頭訥詢小字

王興道謂謝望蔡霍霍如失鷹師永嘉記曰王秖之字興道琅邪人祖翼平南將軍父胡之司州刺史秖之歷永嘉太守正員常侍望蔡謝琰小字也

桓南郡每見人不快輒嗔云君得哀家梨當復不烝食不舊語秣陵有哀仲家梨甚美大如升入口消釋言愚人不別味得好梨烝食之也

苻　和

假譎第二十七

魏武少時嘗與袁紹好爲游俠觀人新婚因潜入主人園中夜叫呼云有偷兒賊青廬中人皆出觀魏武乃入抽刃劫新婦與紹還出失道墜枳棘中紹不能得動復大叫云偷兒在此紹遑迫自擲出遂以俱免

曹瞞傳曰操小字阿瞞少好譎詐遊放無度孫盛雜語云武王少好俠放蕩不修行業嘗私入常侍張讓宅中讓乃手戟於庭踰垣而出有絶人力故莫之能害也

魏武行役失汲道軍皆渴乃令曰前有大梅林饒子甘酸可以解渴士卒聞之口皆出水乘此得及前源

魏武常言人欲危己己輒心動因語所親小人曰汝

懷刃密來我側我必說心動執汝使行刑汝但勿言其使無他當厚相報執者信焉不以爲懼遂斬之此人至死不知也左右以爲實謀逆者挫氣矣曹瞞傳曰操在軍廩穀不足私語主者曰何如主者云可以小斛足之操曰善後軍中言操欺衆操題其主者背以徇曰行小斛盜軍穀遂斬之仍云特當借汝死以厭衆心其變詐皆此類也

魏武常云我眠中不可妄近近便斫人亦不自覺左右宜深慎此後陽眠所幸一人竊以被覆之因便斫殺自爾每眠左右莫敢近者

袁紹年少時曾遣人夜以劒擲魏武少下不著魏武揆之其後來必高因帖臥牀上劒至果高按袁曹後由鼎峙迹

始構貳自斯以前不聞譽隟有何意故而剸之以劍也

王大將軍既爲逆頓軍姑孰晉明帝以英武之才猶相猜憚乃著戎服騎巴賨馬齎一金馬鞭陰察軍形勢未至十餘里有一客姥居店賣食帝過愒之謂姥曰王敦舉兵圖逆猜害忠良朝廷駭懼社稷是憂故劬勞晨夕用相覘察恐形迹危露或致狼狽追迫之日姥其匿之便與客姥馬鞭而去行敦營匝而出軍士覺曰此非常人也敦卧心動曰此必黃須鮮卑奴來命騎追之已覺多許里追士因問向姥不見一黃須人騎馬度此邪姥曰去已久矣不可復及於是騎

人息意而反異苑曰帝躬往姑孰敦時晝寢卓然驚悟曰營中有黃頭鮮卑奴來何不縛取帝所生母荀氏燕國人故貌類焉

王右軍年裁十歲時大將軍甚愛之恒置帳中眠大將軍嘗先出右軍猶未起須臾錢鳳入屏人論事晉陽秋曰鳳字世儀吳嘉興人也姧謟好利爲敦鎧曹參軍知敦有不臣心因進說後敦敗見誅都忘右軍在帳中便言逆節之謀右軍覺既聞所論知無活理乃剔吐汙頭面被褥詐孰眠敦論事造半方憶右軍未起相與大驚曰不得不除之及開帳乃見吐唾從橫信其實孰眠於是得全于時稱其有智按諸書皆云王允之事而此言羲之疑謬

陶公自上流來赴蘇峻之難令誅庾公謂必戮庾可以謝峻晉陽秋曰是時成帝在繈褓太后臨朝中書令庾亮以元舅輔政欲以風軌格政繩御四海而峻擁兵近甸爲逋逃藪亮圖召峻王導卞壼並不欲亮曰蘇峻豺狼終爲禍亂晁錯所謂削亦反不削亦反遂下優詔以大司農徵之峻怒曰庾亮欲誘殺我也遂克京邑平南温嶠聞亂號泣登舟遣叅軍王愆期推征西陶侃爲盟主俱赴京師時亮敗績奔嶠嶠人皆尤而少之嶠愈相崇重分兵以配給之庾欲奔竄則不可欲會恐見執進退無計温公勸庾詣陶曰卿但遥拜必無它我爲卿保之庾從温言詣陶至便拜陶自起止之曰庾元規何緣拜陶士衡畢又降就下坐陶又自要起同坐坐定庾乃引咎責躬深相遜謝陶不覺釋然

壹　豺　克

宋本脫一坐字

陳云谷口未詳何人

温公喪婦從姑劉氏家值亂離散唯有一女甚有姿慧姑以屬公覔婚公密有自婚意答云佳婿難得但如嶠比云何姑云喪敗之餘乞粗存活便足慰吾餘年何敢希汝比卻後少日公報姑云已覔得婚處門地粗可壻身名宦盡不減嶠因下玉鏡臺一枚姑大喜既婚交禮女以手披紗扇撫掌大笑曰我固疑是老奴果如所卜按温氏譜嶠初取高平李暅女中取琅邪王詡女後取廬江何邃女都不聞取劉氏便爲虛謬谷口云劉氏政謂其姑爾非指其女姓劉也孝標之注亦未爲得玉鏡臺是公爲劉越石長史北征劉聰所得王隱晉書曰建興二年嶠爲劉琨假守左司馬都督上前鋒諸軍事討劉聰晉陽秋曰聰一名載字玄明屠各人父淵因亂起兵死聰嗣

業

諸葛令女庾氏婦既寡誓云不復重出此女性甚正彊無有登車理即庾亮子會妻　乂虨已見上恢既許江思玄婚乃移家近之初誑女云宜徙於是家人一時去獨留女在後比其覺已不復得出江郎莫來女哭詈彌甚積日漸歇江虨暝入宿恒在對牀上後觀其意轉帖虨乃詐厭良久不悟聲氣轉急女乃呼婢云喚江郎覺江於是躍來就之曰我自是天下男子厭何預卿事而見喚邪既爾相關不得不與人語女默然而慙情義遂篤葛令之清英江君之茂識必不背聖人之正典習蠻夷之穢行康王之言所輕多矣

世說新語卷下之下　廿七

案注當在思玄婚下誤刊在上句下彡音轉之甚悉事詳安上方正第五

愍度道人始欲過江與一傖道人爲侶謀曰用舊義往江東恐不辦得食便共立心無義旣而此道人不成渡愍度果講義積年名德沙門題目曰支愍度才鑒清出孫綽愍度贊曰支度彬彬好是拔新俱稟昭見而能越人世重秀異咸競爾珍孤桐嶧陽浮磬泗濱後有傖人來先道人寄語云爲我致意愍度無義那可立舊義者曰種智有是而能圓照然則萬累斯盡謂之空無常住不變謂之妙有而無義者曰種智之體豁如太虛虛而能知無而能應居宗至極其唯無乎治此計權救饑爾無爲遂負如來也

王文度弟阿智惡乃不翅當年長而無人與婚孫興公有一女亦僻錯又無嫁娶理因詣文度求見阿智

旣見便陽言此定可殊不如人所傳那得至今未有婚處我有一女乃不惡但吾寒士不宜與卿計欲令阿智娶之文度欣然而啓藍田云興公向來忽言欲與阿智婚藍田驚喜旣成婚女之頑嚚欲過阿智方知興公之詐阿智王虔之小字虔之字文將辟州別駕不就娶太原孫綽女字阿恒

范玄平爲人好用智數而有時以多數失會嘗失官居東陽桓大司馬在南州故往投之桓時方欲招起屈滯以傾朝廷且玄平在京素亦有譽桓謂遠來投巳喜躍非常比入至庭傾身引望語笑歡甚顧謂袁虎曰范公且可作太常卿范裁坐桓便謝其遠來意

范雖實投桓而恐以趨時損名乃曰雖懷朝宗會有亡兒瘞在此故來省視桓悵然失望向之虛佇一時都盡中興書曰初桓温請范汪為征西長史復表為江州並不就還都因求為東陽太守溫甚恨之汪後為徐州温北伐令汪出梁國失期温挾憾奏汪為庶人汪居吳後至姑孰見温温語其下曰玄平乃來見當以護軍處之汪數日辭歸温曰卿適來何以便去汪曰數歲小兒喪往年經亂權瘞此境故來迎之事竟去耳温愈怒之竟不屑意

謝遏年少時好著紫羅香囊垂覆手太傅患之而不欲傷其意乃譎與賭得即燒之遏謝玄小字

黜免第二十八

諸葛厷在西朝少有清譽為王夷甫所重時論亦以

擬王後爲繼毋族黨所讒誣之爲狂逆將遠徙友人王夷甫之徒詣檻車與別友問朝廷何以徙我王曰言卿狂逆友曰逆則應殺狂何所徙友巳見

桓公入蜀至三峽中部伍中有得猨子者荊州記曰峽長七百里兩岸連山略無絶處重巖疊障隱天蔽日常有高猨長嘯屬引清遠漁者歌曰巴東三峽巫峽長猿鳴一聲淚沾裳其母緣岸哀號行百餘里不去遂跳上船至便卽絶破視其腹中腸皆寸寸斷公聞之怒命黜其人

殷中軍被廢在信安終日恒書空作字揚州吏民尋義逐之竊視唯作咄咄怪事四字而巳晉陽秋曰初浩以中軍將

軍鎮壽陽羌姚襄上書歸降後有罪浩陰圖誅之會關中有變苻健死浩爲率軍而行云修復山陵襄前驅恐遂反軍至山桑聞襄將至棄輜重馳保譙襄至據山桑焚其舟實至壽陽略流民而還浩士卒多叛征西温乃上表黜浩撫軍大將軍奏免浩除名爲民浩馳還謝罪既而遷于東陽信安縣

桓公坐有參軍椅烝薤不時解共食者又不助而椅終不放舉坐皆笑桓公曰同盤尚不相助況復危難乎敕令免官

殷中軍廢後恨簡文曰上人著百尺樓上儋梯將去

續晉陽秋曰浩雖廢黜夷神委命雅詠不輟雖家人不見其有流放之戚外生韓伯始隨至徙所周年還都浩素愛之送至水側乃詠曹顏遠詩曰富貴他人合貧賤親戚離因泣下其悲見于外者唯此一事而已則書空去梯之言未必皆實也

俞氏藏本脫下遐字

鄧竟陵免官後赴山陵過見大司馬桓公公問之曰卿何以更瘦大司馬寮屬名曰鄧遐字應玄陳郡人平南將軍岳之子勇力絕人氣蓋當世時人方之樊噲嘗爲桓溫參軍數從溫征伐歷竟陵太守枋頭之役溫既懷恥忿且憚遐因免遐官病卒鄧曰有愧於叔達不能不恨於破甑郭林宗別傳曰鉅鹿孟敏字叔達敦朴質直客居太原雜處凡俗未有所名嘗至市貿甑何擔墮地壞之徑去不顧適遇林宗見而異之因問曰壞甑可惜何以不顧客曰甑既已破視之何益林宗賞其介決因以知其德性謂必爲美士勸令讀書遊學十年遂知名三府並辟不就東夏以爲美賢

桓宣武既廢太宰父子仍上表曰應割近情以存遠計若除太宰父子可無後憂簡文手答表曰所不忍言況過於言宣武又重表辭轉苦切簡文更答曰若

賈 荷擔

晉室靈長，明公便宜奉行此詔；如大運去矣，請避賢路。桓公讀詔，手戰流汗，於此乃止。太宰父子遠徙新安。司馬晞傳曰：晞字道升，元帝第四子，初封武陵王，拜太宰。少不好學，尚武凶恣。時太宗輔政，晞以宗長不得執權，常懷憤慨，欲因桓温入朝殺之。太宗即位，新蔡王晃首辭，引與晞及子綜謀逆。有司奏晞等斬刑，詔原之，徙新安。晞未敗四五年中，喜爲挽歌，自搖大鈴，使左右習和之。又燕會倡妓，作新安人歌舞離別之辭，其聲甚悲。後果徙新安。

桓玄敗後，殷仲文還爲大司馬咨議，意似二三，非復往日。大司馬府聽前有一老槐，甚扶踈。殷因月朔與衆在聽，視槐良久，歎曰：「槐樹婆娑，無復生意！」晉安帝紀曰：桓玄敗，殷仲文歸京師。高祖以其衛從二后，且以大信宜令，引爲鎮軍長史。自以名輩先達，位遇至重，而後

來謝混之徒皆疇昔之所附也今比肩同列常怏然自失後果徙信安

殷仲文既素有名望自謂必當阿衡朝政忽作東陽太守意甚不平晉安帝紀曰仲文後爲東陽愈憤怨乃與桓胤謀反逆伏誅仲文嘗照鏡不見頭俄而難及及之郡至富陽慨然嘆曰看此山川形勢當復出一孫伯符孫策富春人故及此而嘆

儉嗇第二十九

和嶠性至儉家有好李王武子求之與不過數十王武子因其上直率將少年能食之者持斧詣園飽共噉畢伐之送一車枝與和公問曰何如君李和既得唯笑而已晉諸公贊曰嶠性不通治家富擬王公而至儉將有犯義之名語林曰嶠諸弟往園

中食李而皆計核責錢故嶠婦弟王濟伐之也

王戎儉吝其從子婚與一單衣後更責之王隱晉書曰戎性至儉不能自奉養財不出外天下人謂爲膏肓之疾

司徒王戎既貴且富區宅僮牧膏田水碓之屬洛下無比契疏鞅掌每與夫人燭下散籌筭計晉諸公贊曰戎性簡要不治儀望自遇甚薄而產業過豐論者以爲台輔之望不重王隱晉書曰戎好治生園田周徧天下翁嫗二人常以象牙籌晝夜筭計家資晉陽秋曰戎多殖財賄常若不足或謂戎故以此自晦也戴逵論之曰王戎晦默於危亂之際獲免憂禍既明且哲於是在矣或曰大臣用心豈其然乎逵曰運有險易時有昏明如子之言則蘧瑗季札之徒皆負責矣自古而觀豈一王戎也哉

王戎有好李賣之恐人得其種恒鑽其核

王戎女適裴頠貸錢數萬女歸戎色不說女遽還錢乃釋然

衛江州在尋陽永嘉流人名曰衛展字道舒河東安邑人祖列彭城護軍父韶廣平令展光熈初除鷹揚將軍江州刺史有知舊人投之都不料理唯餉王不留行一斤此人得餉便命駕本草曰王不留行生大山治金瘡除風久服之輕身李弘範聞之曰家舅刻薄乃復驅使草木中興書曰李軌字弘範江夏人仕至尚書郎按軌劉氏之甥此應弘度非弘範也

王丞相儉節帳下甘果盈溢不散涉春爛敗都督白之公令舍去曰慎不可令大郎知王悅也

蘇峻之亂庾太尉南奔見陶公陶公雅相賞重陶性

儉吝及食噉薤庾因留白陶問用此何爲庾云故可種於是大嘆庾非唯風流兼有治實

郗公大聚歛有錢數千萬嘉賓意甚不同常朝旦問訊郗家法子弟不坐因倚語移時遂及財貨事郗公曰汝正當欲得吾錢耳廼開庫一日令任意用郗公始正謂損數百萬許嘉賓遂一日乞與親友周旋略盡郗公聞之驚怪不能已已中興書曰超少卓犖不羈有曠世之度

汰侈第三十

石崇每要客燕集常令美人行酒客飲酒不盡者使黃門交斬美人王丞相與大將軍嘗共詣崇丞相素

不能飲輒自勉彊至于沈醉每至大將軍固不飲以觀其變已斬三人顏色如故尚不肯飲丞相讓之大將軍曰自殺伊家人何預卿事王隱晉書曰石崇爲荆州刺史劫奪殺人以致巨富王丞相德音記曰丞相素爲諸父所重王君夫問王敦聞君從弟佳人又解音律欲一作妓可與共來遂往吹笛人有小忘君夫聞使黄門階下打殺之顏色不變丞相還曰恐此君處世當有如此事兩說不同故詳錄

石崇廁常有十餘婢侍列皆麗服藻飾置甲煎粉沈香汁之屬無不畢備又與新衣著令出客多羞不能如廁王大將軍往脫故衣著新衣神色傲然羣婢相謂曰此客必能作賊語林曰劉寔詣石崇如廁見有絳紗帳大牀茵蓐甚麗兩婢持

錦香囊寔遽反走即謂崇曰向誤入卿室內崇曰是厠耳

武帝嘗降王武子家武子供饌並用瑠璃器婢子百餘人皆綾羅絝羅以手擎飲食烝㹠肥美異於常味帝怪而問之答曰以人乳飲㹠帝甚不平食未畢便去王石所未知作羅一作襬

王君夫以粭糒澳釜石季倫用蠟燭作炊君夫作紫絲布步障碧綾裏四十里石崇作錦步障五十里以敵之石以椒爲泥王以赤石脂泥壁晉諸公贊曰王愷字君夫東海人王肅子也雖無檢行而少以才力見名有在公之稱旣自以外戚晉氏政寬又性至豪舊制鴆不得過江爲其羽櫟酒中必殺人愷爲翊軍時得鴆於石崇而養之其大如鵞喙長尺餘純食蛇虺司隸奏按愷

崇詔悉原之卽燒於都街愷肆其意色無所忌憚爲後軍將軍卒謚曰醜

石崇爲客作豆粥咄嗟便辦恒冬天得韭蓱虀又牛形狀氣力不勝王愷牛而與愷出遊極晚發爭入洛城崇牛數十步後迅若飛禽愷牛絕走不能及每以此三事爲搤腕乃密貨崇帳下都督及御車人問所以都督曰豆至難煑唯豫作熟末客至作白粥以投之韭蓱虀是擣韭根雜以麥苗爾復問馭人牛所以駛馭人云牛本不遲由將車人不及制之爾急時聽偏轅則駛矣愷悉從之遂爭長石崇後聞皆殺告者

晉諸公贊曰崇性好俠與王愷競相誇衒也

王君夫有牛名八百里駮常瑩其蹄角王武子語君夫我射不如卿今指賭卿牛以千萬對之君夫既恃手快且謂駿物無有殺理便相然可令武子先射武子一起便破的卻據胡牀叱左右速探牛心來須臾炙至一臠便去相牛經曰牛經出甯戚傳百里奚漢世河西薛公得其書以相牛千百不失本以負重致遠未服輜軿故文不傳至魏世高堂生又傳以與晉宣帝其後王愷得其書焉臣按其相經云陰虹屬頸千里注曰陰虹者雙筋自尾骨屬頸甯戚所飯者也愷之牛其亦有陰虹也甯戚經曰棰頭欲得高百體欲得緊大膁疏肋難齵龍頭突目好跳又角欲得細身欲促形欲得如卷

王君夫嘗責一人無服餘衵因直內著曲閤重閨裏不聽人將出遂饑經日迷不知何處去後因緣相為

疑作愷武帝之甥也

垂死迺得出

石崇與王愷爭豪並窮綺麗以飾輿服續文章志曰崇資產累巨萬金宅室輿馬僭擬王者庖膳必窮水陸之珍後房百數皆曳紈繡珥金翠而絲竹之藝盡一世之選築榭開沼殫極人巧與貴戚羊琇王愷之徒競相高以侈靡而崇爲居最之首琇等每愧羨以爲不及也武帝愷之甥也每助愷嘗以一珊瑚樹高二尺許賜愷枝柯扶踈世罕其比愷以示崇崇視訖以鐵如意擊之應手而碎愷既惋惜又以爲疾己之寶聲色甚厲崇曰不足恨今還卿乃命左右悉取珊瑚樹有三尺四尺條幹絕世光彩溢目者六七枚如愷許比甚衆愷惘然自失南州異物志曰珊瑚生大秦國有洲在張海中距其國七八百里名珊瑚

舅 元校甥亦作舅

藝

樹洲底有盤石水深二十餘丈珊瑚生於石上初生白軟弱似菌國人乘大船載鐵網先没在水下一年便生網目中其色尚黄枝柯交錯高三四尺大者圍尺餘三年色赤便以鐵鈔發其根繫鐵網於船絞車舉網還裁鑿恣意所作若過時不鑿便枯索蟲蠹其大者輸之王府細者賣之廣志曰珊瑚大者可爲車軸

王武子被責移第北邙下晉諸公贊曰濟與從兄佑不平濟爲河南尹未拜行過王宮吏不時下道濟於車前鞭之有司奏免官論者以濟爲不長者尋轉太僕而王佑已見委任濟遂斥外于時人多地貴濟好馬射買地作埒編錢匝地竟埒時人號曰金溝溝一作埒

石崇每與王敦入學戲見顏原象家語曰顏回字子淵魯人少孔子二十九歲而髮白三十二歲蚤死原憲已見而嘆曰若與同升孔堂去人何

必有間王曰不知餘人云何子貢去卿差近史記曰端木賜字子貢衛人嘗相魯家累千金終於齊石正色云士當令身名俱泰何至以甕牖語人原憲以甕爲戶牖

彭城王有快牛至愛惜之朱鳳晉書曰彭城穆王權字子輿宣帝弟馗子太始元年封王太尉與射賭得之彭城王曰君欲自乘則不論若欲噉者當以二十肥者代之既不廢噉又存所愛王遂殺噉

王右軍少時在周侯末坐割牛心噉之於此改觀俗以牛心爲貴故羲之先食之

忿狷第三十一

魏武有一妓聲最清高而情性酷惡欲殺則愛才欲置則不堪於是選百人一時俱教少時果有一人聲及之便殺惡性者

王藍田性急嘗食雞子以筯刺之不得便大怒舉以擲地雞子於地圓轉未止仍下地以屐齒蹍之又不得瞋甚復於地取内口中齧破即吐之王右軍聞而大笑曰使安期有此性猶當無一豪可論況藍田邪中興書曰述清貴簡正少所推屈唯以性急爲累安期述父也有名德已見

王司州嘗乘雪往王螭許王胡之王恬並已見司州言氣少有牾逆於螭便作色不夷司州覺惡便輿牀就

牾　嗔

之持其臂曰汝詎復足與老兄計［按王氏譜胡之蟜是恬從祖兄］撥其手曰冷如鬼手馨彊來捉人臂

桓宣武與袁彥道樗蒱袁彥道齒不合遂厲色擲去五木溫太眞云見袁生遷怒知顏子爲貴［論語曰哀公問弟子孰爲好學孔子曰有顏回者好學不遷怒不貳過不幸短命死矣］

謝無奕性麤彊以事不相得自往數王藍田肆言極罵王正色面壁不敢動半日謝去良久轉頭問左右小吏曰去未荅云已去然後復坐時人嘆其性急而能有所容

王令詣謝公值習鑿齒已在坐當與并榻王徙倚不

陳云時當作明尋下文自了晉書五行志具此文

坐公引之與對榻去後語胡兒曰子敬實自清立但人爲爾多矜咳殊足損其自然劉謙之晉紀曰王獻之性甚整峻不交非類

王大王恭嘗俱在何僕射坐中興書曰何澄字子玄清正有器望歷尚書左僕射恭時爲丹陽尹大始拜荆州靈鬼志謠徵曰初桓石民爲荆州鎮上明民忽歌黃曇曲曰黃曇英揚州大佛來上明少時石民死王忱爲荆州佛大忱小字也訖將乖之際大勸恭酒恭不爲飲大逼彊之轉苦便各以帬帶繞手恭府近千人悉呼入齋大左右雖少亦命前意便欲相殺何僕射無計因起排坐二人之間方得分散所謂勢利之交古人羞之

苦　明　硋

桓南郡小兒時與諸從兄弟各養鵝共鬬南郡鵝每不如甚以爲忿迺夜往鵝欄間取諸兄弟鵝悉殺之既曉家人咸以驚駭云是變怪以白車騎車騎曰無所致怪當是南郡戲耳問果如之

讒險第三十二

王平子形甚散朗內實勁俠鄧粲晉紀云劉琨嘗謂澄曰卿形雖散朗而內勁俠以此處世難得其死澄默然無以答後果爲王敦所害劉琨聞之曰自取死耳

袁悅有口才能短長說亦有精理始作謝玄參軍頗被禮遇後丁艱服除還都唯齎戰國策而已語人曰少年時讀論語老子又看莊易此皆是病痛事當何

所益邪天下要物正有戰國策既下說司馬孝文王大見親待幾亂機軸俄而見誅袁氏譜曰悅字元禮陳郡陽夏人父朗給事中仕至驃騎咨議太元中悅有寵於會稽王每勸專覽朝權王頗納其言王恭聞其說言於孝武乃託以他罪殺悅於市中既而朋黨同異之聲播於朝野矣

孝武甚親敬王國寶王雅雅別傳曰雅字茂達東海沂人少知名晉安帝紀曰雅之爲侍中孝武甚信而重之王珣王恭特以地望見禮至於親幸莫及雅者上每置酒燕集或召雅未至上不先舉觴時議謂珣恭宜傅東宮而雅以寵幸超授太傅尚書左僕射雅薦王珣於帝帝欲見之嘗夜與國寶及雅相對帝微有酒色令喚珣垂至已聞卒傳聲國寶自知才出珣下恐傾奪其寵因曰王珣當今名流陛下不宜有酒色見之自

可別詔召也帝然其言心以爲忠遂不見珣

王緒數讒殷荆州於王國寶殷甚患之求術於王東亭曰卿但數詣王緒往輒屏人因論它事如此則二王之好離矣殷從之國寶見王緒問曰比與仲堪屏人何所道緒云故是常往來無它所論國寶謂緒於已有隱果情好日踈讒言以息按國寶得寵於會稽王由緒獲進同惡相求有如市賈終至誅夷曾不攜貳豈有仲堪微間而成離隙

尤悔第三十三

魏文帝忌弟任城王驍壯因在卞太后閤共圍棊並噉棗文帝以毒置諸棗蔕中自選可食者而進王弗

俞氏藏本無兒字 魏志當作魏氏 陳云魏氏

悟遂雜進之既中毒太后索水救之帝預敕左右毀缾罐太后徒跣趨井無以汲須臾遂卒魏略曰任城威王彰字子文太祖卞太后第二子性剛勇而黃須北討代郡烏與麾下百餘人突虜而走太祖聞曰我黃須兒可用也魏志春秋曰黃初三年彰來朝初彰問璽綬將有異志故來朝不即得見有此忿懼而暴薨復欲害東阿太后曰汝已殺我任城不得復殺我東阿魏志方伎傳曰文帝問占夢周宣吾夢磨錢文欲滅而愈更明何謂宣悵然不對帝固問之宣曰陛下家事雖欲爾而太后不聽是以欲滅更明耳帝欲治弟植之罪逼於太后但加貶爵

王渾後妻琅邪顏氏女王時爲徐州刺史交禮拜訖王將答拜觀者咸曰王侯州將新婦州民恐無由答拜王乃止武子以其父不答拜不成禮恐非夫婦不

爲之拜謂爲顏妾顏氏恥之以其門貴終不敢離婚姻之禮人道之大豈由一不拜而遂爲妾媵者乎世說之言於是乎紕繆

陸平原河橋敗爲盧志所讒被誅王隱晉書曰成都王穎討長沙王乂使陸爲都督前鋒諸軍事機別傳曰成都王長史盧志與機弟雲趣舍不同又黃門孟玖求爲邯鄲令於穎穎教付雲雲時爲左司馬曰刑餘之人不可以君民玖聞此怨雲與志讒構日至及機於七里澗大敗玖誣機謀反所致穎乃使牽秀斬機先是夕夢黑幔繞車手決不開惡之明旦秀兵奄至機索戎服著衣帢見秀容貌自若遂見害時年四十三軍士莫不流涕是日天地霧合大風折木平地尺雪于寶晉紀曰初陸抗誅步闡百口皆盡有識尤之及機雲見害三族無遺臨刑歎曰欲聞華亭鶴唳可復得乎八王故事曰華亭吳由拳縣郊外墅也有清泉茂林吳平後陸機兄弟共遊於此十餘年語林曰機爲河北都督聞警角之聲謂孫丞曰聞此不如華亭鶴唳故臨刑而有此嘆

陳云失士當作失土
陳云敬胤未詳其人

劉琨善能招延而拙於撫御一日雖有數千人歸投其逃散而去亦復如此所以卒無所建鄧粲晉紀曰琨爲幷州牧紏合齊盟驅率戎旅而内不撫其民遂至喪軍失士無成功也敬胤按琨以永嘉元年爲幷州于時晉陽空城寇盜四攻而能收合士衆抗衡淵勒十年之中敗而能振不能撫御其得如此乎凶荒之日千里無煙豈一日有數千人歸之若一日數千人去之又安得一紀之間以對大難乎

王平子始下丞相語大將軍不可復使羌人東行平子面似羌按王澄自爲王敦所害丞相名德豈應有斯言也

王大將軍起事丞相兄弟詣闕謝周侯深憂諸王始入甚有憂色丞相呼周侯曰百口委卿周直過不應旣入苦相存救旣釋周大說飲酒及出諸王故在門

胤衡

周曰今年殺諸賊奴當取金印如斗大繫肘後大將軍至石頭問丞相曰周侯可爲三公不丞相不荅又問可爲尚書令不又不應因云如此唯當殺之耳復默然逮周侯被害丞相後知周侯救已嘆曰我不殺周侯周侯由我而死幽冥中負此人虞預晉書曰敦克京邑參軍呂猗說敦曰周顗戴淵皆有名望足以惑衆視近日之言無慙懼之色若不除之役將未歇也敦即然之遂害淵顗初猗爲臺郎淵既上官素有高氣以猗小器待之故售其說焉

王導溫嶠俱見明帝帝問溫前世所以得天下之由溫未荅頃王曰溫嶠年少未諳臣爲陛下陳之王迺具叙宣王創業之始誅夷名族寵樹同已及文王之

○克

末高貴鄉公事宣王創業誅曹爽任蔣濟之流者是也高貴鄉公之事已見上明帝聞之覆面著牀曰若如公言祚安得長

王大將軍於衆坐中曰諸周由來未有作三公者有人荅曰唯周侯邑五馬領頭而不克大將軍曰我與周洛下相遇一面頓盡值世紛紜遂至於此因爲流涕鄧粲晉紀曰王敦參軍有於敦坐樗蒱臨當成都馬頭被殺因謂曰周家奕世令望而位不至三公伯仁垂作而不果有似下官此馬敦慨然流涕曰伯仁總角時與於東宮相遇一面披衿便許之三司何圖不幸王法所裁悽愴之深言何能盡

温公初受劉司空使勸進母崔氏固駐之嶠絕裾而去温氏譜曰嶠父襜娶清河崔參女迄於崇貴鄉品猶不過也每爵

皆發詔虞預晉書曰元帝即位以溫嶠爲散騎侍郎嶠以母亡遭賊不得往臨葬固辭詔曰嶠以未葬朝議又頗有異同故不拜其令入坐議吾將折其衷

庾公欲起周子南子南執辭愈固庾每詣周庾從南門入周從後門出庾嘗一往奄至周不及去相對終日庾從周索食周出蔬食庾亦彊飯極歡幷語世故約相推引同佐世之任既仕至將軍二千石尋陽記曰周邵字子南與南陽翟湯隱於尋陽廬山庾亮臨江州聞翟周之風束帶躡屐而詣焉聞庾至轉避之亮復密往值邵彈鳥於林因前與語還便云此人可起即拔爲鎮蠻護軍西陽太守其集載與邵書曰西陽一郡戶口差實非履道眞純何以鎮其流遁詢之朝野僉曰足下今具上表請足下臨之無讓而不稱意中宵慨然曰大丈夫乃爲庾元規所賣一嘆遂發

背而卒

阮思曠奉大法敬信甚至大兒年未弱冠忽被篤疾阮氏譜曰傭字彥倫裕長子也仕至州主簿兒既是偏所愛重爲之祈請三寶晝夜不懈謂至誠有感者必當蒙祐而兒遂不濟於是結恨釋氏宿命都除以阮公智識必無此弊脫此非謬何其惑歟夫文王朞盡聖子不能駐其年釋種誅夷神力無以延其命故業有定限報不可移若請禱而望其靈匪驗而忽其道固陋之徒耳豈可與言神明之智者哉

桓宣武對簡文帝不甚得語廢海西後宜自申叙乃豫撰數百語陳廢立之意既見簡文簡文便泣下數十行宣武矜愧不得一言

佑　與

夷粹 元校粹夷

桓公臥語曰作此寂寂將爲文景所笑既而屈起坐
曰既不能流芳後世亦不足復遺臭萬載邪續晉陽秋曰桓
溫既以雄武專朝任兼將相其不臣之心形于音迹
曾臥對親僚撫枕而起曰爲爾寂寂爲文景所笑衆
莫敢對

謝太傅於東船行小人引船或遲或速或停或待又
放船從橫撞人觸岸公初不呵譴人謂公常無嗔喜
曾送兄征西葬還征西謝奕日莫雨駛小人皆醉不可處
分公乃於車中手取車柱撞馭人聲色甚厲夫以水
性沈柔入隘奔激方之人情固知迫隘之地無得保
其夷粹孟子曰湍水決之東則東決之西則西搏而
躍之可使過顙激而行之可使在山豈水之

疾 元校同 何 元校同 暮

性哉人可使爲不善性亦猶是也

簡文見田稻不識問是何草左右荅是稻簡文還三日不出云寧有賴其末而不識其本文公種菜曾子牧羊縱不識稻何所多悔此言必虛

桓車騎在上明畋獵東信至傳淮上大捷語左右云羣謝年少大破賊因發病薨談者以爲此死賢於讓揚之荆續晉陽秋曰桓沖本以將相異宜才用不同忖己德量不及謝安故解揚州以讓安自謂少經軍鎮及爲荆州聞苻堅自出淮肥深以根本爲慮遣其隨身精兵三千人赴京師時安已遣諸軍且欲外示閒暇因令沖軍還沖大驚曰謝安乃有朝堂之量不閑將略吾量賊必破襄陽而并力淮淝今大敵果至方遊談示暇遣諸不經事年少而實寡弱天下誰知吾其左衽矣俄聞大勳克舉慚慨而薨

畋

陳云桓公當作桓玄

桓公初報破殷荊州周祗隆安記曰仲堪以人情注於玄疑朝廷欲以玄代己遣道人竺僧慭齎寶物遺相王寵幸媒尼左右以罪狀玄玄知其謀而擊滅之曾講論語至富與貴是人之所欲不以其道得之不處孔安國注曰不以其道得富貴則仁者不處玄意色甚惡

紕漏第三十四

王敦初尚主敦尚武帝女舞陽公主字修禕如廁見漆箱盛乾棗本以塞鼻王謂廁上亦下果食遂至盡既還婢擎金澡盤盛水瑠璃盌盛澡豆因倒著水中而飲之謂是乾飯羣婢莫不掩口而笑之

元皇初見賀司空言及吳時事問孫皓燒鋸截一賀

藻　椀

頭是誰司空未得言元皇自憶曰是賀劭劭即循父也皓凶暴驕矜劭上書切諫皓深恨之親近憚劭貞正譖云謗毀國事被詰責後還復職劭中惡風口不能言語皓疑劭託疾收付酒藏考掠千數卒無一言遂殺之司空沵潸曰臣父遭遇無道創巨痛深無以仰荅明詔禮云創巨者其日久痛深者其愈遲元皇愧慙三日不出

蔡司徒渡江見彭蜞大喜曰蟹有八足加以二螯令烹之既食吐下委頓方知非蟹後向謝仁祖說此事謝曰卿讀爾雅不熟幾為勸學死大戴禮勸學篇曰蟹二螯八足非蛇蟺之穴無所寄託者用心躁也故蔡邕為勸學章取義焉爾雅曰蟚蜞小者螃即彭蜞也似蟹而小今彭蜞小於蟹而大於彭蜞即爾雅所謂蟚蜞也然此三物皆八足二螯而狀甚相類蔡謨不精其小大食而

蛇　澤　澤

致弊故謂讀爾雅不孰也

任育長年少時甚有令名武帝崩選百二十挽郎一時之秀彥育長亦在其中王安豐選女壻從挽郎搜其勝者且擇取四人任猶在其中童少時神明可愛時人謂育長影亦好自過江便失志王丞相請先度時賢共至石頭迎之猶作疇日相待一見便覺有異坐席竟下飲便問人云此爲茶爲茗覺有異色乃自申明云向問飲爲熱爲冷耳嘗行從棺邸下度流涕悲哀王丞相聞之曰此是有情癡晉百官名曰任瞻字育長樂安人父琨少府卿瞻歷謁者僕射都尉天門太守

謝虎子嘗上屋熏鼠虎子據小字據字玄道尚書褒第二子年三十三亡胡兒旣無由知父爲此事聞人道癡人有作此者戲笑之時道此非復一過太傅旣了已之不知因其言次語胡兒曰世人以此謗中郎亦言我共作此中郎據也章仲反按世有兄第三人則謂第二者爲中令謝昆弟有六而以據爲中郎未可解當由有三時以中爲稱因仍不改也胡兒懊熱一月日閉齋不出太傅虛託引已之過以相開悟可謂德教

殷仲堪父病虛悸聞牀下蟻動謂是牛鬪殷氏譜曰殷師字師子祖識父融並有名師至驃騎咨議生仲堪續晉陽秋曰仲堪父曾有失心病仲堪腰不解帶彌年父卒孝武不知是殷公問仲堪有一殷病如此不仲堪流

涕而起曰臣進退唯谷大雅詩也毛公注曰谷窮也

虞嘯父爲孝武侍中帝從容問曰卿在門下初不聞有所獻替虞家富春近海謂帝望其意氣對曰天時尚煗䱜魚蝦鱃未可致尋當有所上獻帝撫掌大笑中興書曰嘯父會稽人光祿潭之孫右將軍純之子少歷顯位與王歆同廢爲庶人義旗初爲會稽內史

王大喪後朝論或云國寶應作荆州晉安帝紀曰王忱死會稽王欲以國寶代之孝武中詔用仲堪乃止國寶主簿夜函白事云荆州事已行國寶大喜而夜開閤喚綱紀話勢雖不及作荆州而意色甚恬曉遣參問都無此事即喚主簿數之曰卿何以誤人事邪

惑溺第三十五

魏甄后惠而有色先爲袁熙妻甚獲寵曹公之屠鄴也令疾召甄左右白五官中郎已將去公曰今年破賊正爲奴魏略曰建安中袁紹爲中子熙娶甄會女紹死熙出在幽州甄留侍姑及鄴城破五官將從而入紹舍見甄怖以頭伏姑鄴上五官將謂紹妻袁夫人扶甄令舉頭見其色非凡稱歎之太祖聞其意遂爲迎娶擅室數歲世語曰太祖下鄴文帝先入袁尚府見婦人被髮垢面垂涕立紹妻劉後文帝問知是熙妻使令攬髮以袖拭面姿貌絕倫既過劉謂甄曰不復死矣遂納之有寵魏氏春秋曰五官將納熙妻也孔融與太祖書曰武王伐紂以妲己賜周公太祖以融博學眞謂書傳所記後見融問之對曰以今度古想其然也

荀奉倩與婦至篤冬月婦病熱乃出中庭自取冷還

以身尉之婦亡奉倩後少時亦卒以是獲譏於世粲別傳曰粲常以婦人才智不足論自宜以色爲主驃騎將軍曹洪女有色粲於是聘焉容服帷帳甚麗專房燕婉歷年後婦病亡未殯傅嘏往喭粲粲不哭而神傷嘏問曰婦人才色並茂爲難子之聘也遺才存色非難遇也何哀之甚粲曰佳人難再得顧逝者不能有傾城之異然未可易遇也痛悼不能已已歲餘亦亡亡時年二十九粲簡貴不與常人交接所交者一時俊傑至葬夕赴期者裁十餘人悉同年相知名士也哭之感慟路人粲雖褊隘以燕婉自喪然有識猶追惜其能言奉倩曰婦人德不足稱當以色爲主裴令聞之曰此乃是興到之事非盛德言冀後人未昧此語何劭論粲曰仲尼稱有德者有言而荀粲減於是顧所言有餘而識不足

賈公閭充別傳曰充父逵晚有子故名曰充字公閭言後必有充閭之異後妻郭氏

陳云向令疑尚令

酷妬有男兒名黎民生載周充自外還乳母抱兒在中庭兒見充喜踊充就乳母手中嗚之郭遙望見謂充愛乳母即殺之兒悲思啼泣不飲它乳遂死郭後終無子晉諸公贊云郭氏即賈后母也爲性高朗知后無子甚撫愛慜懷每勸厲之臨亡誨賈后令盡意於太子言甚切至趙充華及賈謐母並勿令出入宮中又曰此皆亂汝事后不能用終至誅夷臣按傳暢此言則郭氏賢明婦人也向令賈后撫愛慜懷豈當縱其妬悍自斃其子然則物我不同或老壯情異乎

孫秀降晉晉武帝厚存寵之太原郭氏錄曰秀字彥才吳郡吳人爲下口督甚有威恩孫皓憚欲除之遣將軍何定遡江而上辭以捕鹿三千口供廚秀豫知謀遂來歸化世祖喜之以爲驃騎將軍交州牧妻以姨妹蒯氏室家甚篤妻嘗妬乃罵

撫

秀爲豬子（晉陽秋曰蒯氏襄陽人祖良吏部尚書父鈞南陽太守）秀大不平遂不復入蒯氏大自悔責請救於帝時大赦羣臣咸見旣出帝獨留秀從容謂曰天下曠蕩蒯夫人可得從其例不秀免冠而謝遂爲夫婦如初

韓壽美姿容賈充辟以爲掾充每聚會賈女於青璅中看見壽說之恒懷存想發於吟詠後婢往壽家具述如此幷言女光麗壽聞之心動遂請婢潛修音問及期往宿壽蹻捷絕人踰牆而入家中莫知（晉諸公贊曰壽字德眞南陽赭陽人曾祖暨魏司徒有高行壽敦家風性忠厚豈有若斯之事諸書無聞唯見世說自未可信）自是充覺女盛自拂拭說暢有異於常後會諸吏

聞壽有奇香之氣是外國所貢一著人則歷月不歇十洲記曰漢武帝時西域月氏國王遣使獻香四兩大如雀卵黑如桑椹燒之芳氣經三月不歇蓋此香也充計武帝唯賜已及陳騫餘家無此香疑壽與女通而垣牆重密門閤急峻何由得爾乃託言有盜令人修牆使反曰其餘無異唯東北角如有人跡而牆高非人所踰充乃取女左右婢考問即以狀對充祕之以女妻壽郭子謂與韓壽通者乃是陳騫女即以妻壽未婚而女亡壽因娶賈氏故世因傳是充女

王安豐婦常卿安豐安豐曰婦人卿壻於禮為不敬後勿復爾婦曰親卿愛卿是以卿卿我不卿卿誰當

卿卿遂恒聽之

王丞相有幸妾姓雷頗預政事納貨蔡公謂之雷尚書語林曰雷有寵生恬洽

仇隟第三十六

孫秀旣恨石崇不與綠珠干寶晉紀曰石崇有妓人綠珠美而工笛孫秀使人求之崇別館北邙下方登涼觀臨清水使者以告崇出其婢妾數十人以示之曰任所以擇使者曰本受命者指綠珠也未識孰是崇勃然曰綠珠吾所愛不可得也使者曰君侯博古知今察遠照邇願加三思崇不然使者已出又反崇竟不許又憾潘岳昔遇之不以禮後秀爲中書令岳省內見之因喚曰孫令憶疇昔周旋不秀曰中心藏之何日忘之岳於是始知必不免王隱晉書曰岳

孫秀爲腹心 俞氏藏本脫孫爲二字作秀腹心

父文德爲琅邪太守孫秀爲小吏給使岳數蹴蹋秀而不以人遇之也後收石崇歐陽堅石同日收岳晉陽秋曰歐陽建字堅石渤海人有才藻府人爲之語曰渤海赫赫歐陽堅石初建爲馮翊太守趙王倫爲征西將軍孫秀爲腹心撓亂關中建每匡正由是有隟王隱晉書曰石崇潘岳與賈謐相友善及謐廢權終見危與淮南王謀誅倫事泄收崇及親眷以上皆斬之初岳母誡岳以止足之道及收與母別曰負阿母崇家河北收者至曰吾不過流徙交廣耳及車載東市始嘆曰奴輩利吾家之財崇人曰知財爲害何不蚤散崇不能荅石先送市亦不相知潘後至石謂潘曰安仁卿亦復爾邪潘曰可謂白首同所歸語林曰潘石同刑東市石謂潘曰天下殺英雄卿復何爲潘曰俊士塡溝壑餘波來及人潘金谷集詩云投分寄石友白首同所歸乃成其讖

劉輿兄弟少時爲王愷所憎嘗召二人宿欲默除之

吏 隙

陳云劉粲當作鄧粲

令作抗抗畢垂加害矣石崇素與璵琨善聞就愷宿知當有變便夜往詣愷問二劉所在愷卒迫不得諱荅云在後齋中眠石便徑入自牽出同車而去語曰少年何以輕就人宿劉粲晉紀曰琨與兄璵俱知名遊權貴之間當世以爲豪傑

王大將軍執司馬愍王夜遣世將載王於車而殺之當時不盡知也晉陽秋曰司馬丞字元敬譙王遜子也爲中宗相州刺史路過武昌王敦與燕會酒酣謂丞曰大王篤實佳士非將御之才對曰焉知鉛刀不能一割乎敦將謀逆召丞爲軍司馬丞嘆曰吾其死矣地荒民解勢孤援絶赴君難忠也死王事義也死忠與義又何求焉乃馳檄諸郡丞赴義敦遣從毋弟魏乂攻丞王寘使賊迎之薨於東敦既滅追贈驃騎謚曰愍王雖愍王家亦未之皆悉而無忌兄弟皆穉無忌別傳曰無忌字公壽丞子也才器兼濟有

士　劉粲　門　湘　文

文武幹襲封譙王衞軍將軍王胡之與無忌長甚相暱胡之嘗共遊無忌入告母請爲饌母流涕曰王敦昔肆酷汝父假手世將司馬氏譜曰丞娶南陽趙氏女王廙別傳曰廙字世將祖覽父正廙高朗豪率王導庾亮遊于石頭會廙至爾日迅風飛颿廙倚船樓長嘯神氣甚逸導謂亮曰世將爲復識事亮曰正足舒其逸耳性倨傲不合己者面拒之故爲物所疾加平南將軍薨吾所以積年不告汝者王氏門彊汝兄弟尚幼不欲使此聲著蓋以避禍耳無忌驚號抽刃而出胡之去已遠

應鎮南作荊州王隱晉書曰應詹字思遠汝南南頓人璩曾孫也爲人弘長有淹度飾之以文才司徒何充嘆曰所謂文質之士累遷江州刺史鎮南將軍王脩載譙王子無忌同至新亭與別坐上賓甚多不悟二人俱到有一

客道譙王丞致禍非大將軍意正是平南所爲耳無忌因奪直兵參軍刀便欲斫脩載走投水舸上人接取得免中興書曰褚裒爲江州無忌於坐拔刀斫耆之裒與桓景共免之御史奏無忌欲專殺害詔以贖論前章既言無忌毋告之而此章復云客叙其事且王廙之害司馬丞遐邇共悉脩齡兄弟豈容不知法盛之言皆實錄也

王右軍素輕藍田藍田晚節論譽轉重右軍尤不平藍田於會稽丁艱停山陰治喪右軍代爲郡屢言出弔連日不果後詣門自通主人既哭不前而去以陵辱之於是彼此嫌隙大構後藍田臨揚州右軍尚在郡初得消息遣一參軍詣朝廷求分會稽爲越州使

陳云此日疑比日之誤

人受意失旨大爲時賢所笑藍田密令從事數其郡諸不法以先有隙令自爲其宜右軍遂稱疾去郡以憤慨致終中興書曰羲之與述志尚不同而兩不相能述爲會稽艱居郡境王羲之後爲郡申尉而已初不重詣述深以爲恨喪除徵拜揚州就徵周行郡境而不歷羲之臨發一別而去羲之初語其友曰王懷祖免喪正可當尚書投老可得爲僕射更望會稽便自邈然述既顯授又檢校會稽郡求其得失主者疲於課對羲之恥慨遂稱疾去郡墓前自誓不復仕朝廷以其誓苦不復徵也

王東亭與孝伯語後漸異孝伯謂東亭曰卿便不可復測答曰王陵廷爭陳平從默但問克終云何耳漢書曰呂后欲王諸呂問右相王陵以爲不可問左丞相陳平平曰可陵出讓平平曰面折廷爭臣不如君全社稷定劉氏君不如臣晉安帝紀曰初王恭赴山陵欲斬國寶王珣固諫之乃止既而恭謂珣曰此日視

祖

君一似胡廣昫曰王陵廷爭陳平從默但問克終如何也

王孝伯死縣其首於大桁司馬太傅命駕出至標所孰視首曰卿何故趣欲殺我邪續晉陽秋曰王恭深懼禍難抗表起兵於是遺左將軍謝琰討恭恭敗走曲阿爲湖浦尉所擒初道子與恭善欲載出都面相折數聞西軍之逼乃令於兒塘斬之梟首於東桁也

桓玄將篡桓脩欲因玄在脩母許襲之庾夫人云汝等近過我餘年我養之不忍見行此事桓氏譜曰桓冲後娶潁川庾蔑女字姚晉安帝紀曰脩少爲玄所侮言論常鄙之脩深憾焉密有圖玄之意脩母曰靈寶視我如母汝等何忍骨肉相圖脩乃止

遣　桓　子

世說新語下卷下　終

右世說三十六篇世所傳釐爲十卷或作四十五篇而末卷但重出前九卷中所載余家舊藏葢得之王原叔家後得晏元獻公手自校本盡去重複其注亦小加剪截最爲善本晉人雅尚清談唐初史臣脩書率意竄定多非舊語尚賴此書以傳後世然字有譌舛語有難解以它書證之閒有可是正處而注亦比晏本時爲增損至於所疑則不敢妄下雌黃姑亦傳疑以竢通博紹興八年夏四月癸亥廣川董弅題

郡中舊有南史劉賓客集版皆廢于火世說亦
不復在游到官始重刻之以存故事世說最後
成因併識于卷末淳熙戊申重五日新定郡守
笠澤陸游書

嘉靖乙未歲吴郡袁氏嘉趣堂重雕

依宋本校

兩晋衣冠每以清言相高不
在能言之列者輒下其品說
者有謂崇虚廢務晋室不
競亦職此之由然王茂洪謝
安石此兩人者經綸中興碩
德也言論風旨尤班班見於
策豈當以清言少之蓋中
之所存者精明昭融洞燭至

理則發而為言自然超詣蟬蛻塵埃之外昔孔子嘗欲無言矣復繼之以天何言哉四時行焉百物生焉天何言哉乃言之重而辭之復何也游於聖人之門者觀之是其為言也震動八極而非聽聞所測發揚一真而無眹兆可求

有出乎言之表矣孰謂言可已乎江左諸人雖不能進此然至於理到神會超然遐舉亦有非後世所能及者世說所著是也退食自公開數尺許豈獨無使舌本間強如含瓦石亦足之以滌雲滯念眇視萬物為游息之樂頗不善欲揭來湘中

偶有蜀本自隨因屬文學掾
褚君重為讎挍鋟板置郡庠
褚君刊正訛舛甚悉視它本
為頗善云淳熙十六年歲在
已酉十二月旦日江原張 縯書